Giles Kristian begeistert mit seinen historischen Romanen ein riesiges Publikum. *Schneefieber* ist sein Thrillerdebüt über eine rasante Verfolgungsjagd tief in den Bergen Norwegens. Giles Kristian ist mütterlicherseits norwegischer Herkunft, und als Kind verbrachte er die Ferien deshalb oft in seiner skandinavischen Heimat. Seither fasziniert ihn die atemberaubende Landschaft. Auf die Idee für seinen ersten Thriller kam er während eines mehrtägigen Skiausflugs, als er sich plötzlich fragte: Was wäre, wenn hier draußen jemand hinter uns her wäre und uns umbringen wollte? *Schneefieber* wurde mit mehreren Preisen ausgezeichnet und von *The Times* als Thriller des Monats gekürt.

Schneefieber in der Presse:

»Eine High-Speed-Lawine von einem Thriller.« *The Sun*

»Sensationell ... fesselnde Spannung.« *Daily Mail*

»Ein Survival-Thriller, der den Herzschlag in die Höhe treibt, mit einem atemberaubenden Setting im hohen Norden. Ein fesselnder Adrenalinrausch!« Lucy Clarke

Außerdem von Giles Kristian lieferbar:
Camelot
Lancelot
Raven. Blutauge
Raven. Söhne des Donners
Raven. Odins Wölfe
Götter der Rache
Winterblut
Sturm des Todes

GILES KRISTIAN

SCHNEE FIEBER

THRILLER

Aus dem Englischen
von Ulrike Clewing

 PENGUIN VERLAG

Die Originalausgabe erschien 2022
unter dem Titel *Where Blood Runs Cold*
bei Bantam Press, London 2022.

Penguin Random House Verlagsgruppe FSC® N001967

1. Auflage 2023
Copyright © 2022 by Giles Kristian
Copyright © 2023 der deutschsprachigen Ausgabe
by Penguin Verlag in der
Penguin Random House Verlagsgruppe GmbH,
Neumarkter Straße 28, 81673 München
Redaktion: Peter Hammans
Umschlaggestaltung: www.buerosued.de
Umschlagabbildung: Arcangel/David Paire, www.buerosued.de
Satz: satz-bau Leingärtner, Nabburg
Druck und Bindung: GGP Media GmbH, Pößneck
Printed in Germany
ISBN 978-3-328-10985-3

www.penguin-verlag.de

Wenn du dich jemals gefragt hast:
Wie weit würde ich gehen?,
dann ist dieses Buch genau das richtige für dich.

Anheimelnd, dunkel, tief die Wälder, die ich traf.
Doch noch nicht eingelöst, was ich versprach.
Und Meilen, Meilen noch vorm Schlaf.
Und Meilen Wegs noch bis zum Schlaf.

»Innehaltend inmitten der Wälder an einem Schnee-Abend«
von Robert Frost (1923), Auszug. Aus dem Amerikanischen
von Paul Celan. *Frankfurter Anthologie*, 2016.

1

Erik sah in den Rückspiegel. Sofia fuhr mit dem Finger auf der Scheibe den Weg einer Schneeflocke nach, die schmelzend und immer mehr von sich selbst preisgebend in ruckartigen Bewegungen über die Scheibe rutschte, bis sie schließlich ganz verschwunden war.

Als er sich wieder der Straße zuwandte, wusste er, dass Sofia seinen Blick bemerkt hatte, und schaute erneut in den Spiegel. Ihre Blicke trafen sich einen kurzen Moment lang, dann sah sie wieder zum Fenster hinaus, zu einem alten Bauernhaus aus rot gestrichenem Holz mit seinen Nebengebäuden hinüber, die im Schneetreiben nur schemenhaft erkennbar an ihnen vorbeizogen.

Mit Sofias Schwester hatte er sich früher immer einen Spaß daraus gemacht. Er schaute Emilie an, und sie sah sofort weg. Ob Sofia jetzt auch daran dachte, während sie die schneebedeckten Kiefern und die schmutzigen Verwehungen an sich vorbeiziehen sah? Er war überzeugt davon.

Dem Navi zufolge würden sie das Ziel in sechzehn Minuten erreichen. Sie würden den Kofferraum mit Vorräten vollpacken und sich auf den Weg zur Hütte machen. Elise wollte vor dem Schlafengehen unbedingt noch gemeinsam zu Abend essen. Behagliche Kleidung. Kerzenschein. Er würde Feuer machen. Ein wenig Musik. Ein gemütliches

Familienessen. Die erste Nacht in den Bergen. Der Beginn von etwas Neuem.

Die Fahrt von Tromsø hierher war problemlos verlaufen. Zweieinhalb Stunden, die kurze Pinkelpause, der kleine Imbiss und die halbstündige Überfahrt mit der Ullsfjord-Fähre von Breivikeidet nach Svensby eingerechnet. Auf der ruhigen Überfahrt hatte er sich im Anblick der Gipfel und höhergelegenen Hänge der schneebedeckten Berge verloren, die in den violetten Schimmer der Dämmerung getaucht waren. Der Himmel hatte das unvergleichliche Blau von azuritischem Kupfererz angenommen. Das Wasser vor dem Bug der Fähre hingegen war schwarz und unergründlich, ein dunkler Spiegel zwischen den Welten.

Seit drei Tagen hatte es immer wieder geschneit. Die Schneepflüge hatten den geräumten Schnee am Straßenrand zu Schluchten aufgetürmt, während die Menschen schliefen. Er hatte wach gelegen und zugehört, dankbar für die Unterbrechung der Grabesstille in der Nacht. Jetzt trieb der Wind den restlichen Schnee in geisterhaften Verwirbelungen vor den Autoscheinwerfern über den schwarzen Asphalt.

Die Idee, in die Lyngenalpen zu fahren, war dem Wunsch entsprungen, die letzten zehn Monate hinter uns zu lassen. Nicht um zu vergessen – wer könnte das schon? –, sondern um etwas anderes zu spüren. Um wieder atmen zu können. Und das hatten sie bitter nötig. Elise hatte ihm das immer wieder gesagt und zweifellos recht damit. Sie hatte meistens recht.

Ihr Arbeitgeber, die norwegische Sektion von *Friends of the Earth*, hätte nicht verständnisvoller sein können. Sie hatten Elise ein herzliches Willkommen bereitet, als sie zurückkam, und ihr sogar diese Reise organisiert, um ihr den Wiedereinstieg zu erleichtern. Und hatte nicht Erik selbst vorgeschlagen, eine Hütte zu mieten, weit weg von allem und jedem? Frische Luft. Skitouren. Polarlichter.

Immer wieder hatte er Elises Blick zum Spiegel beobachtet und gesehen, wie sie den leeren Platz Sofia gegenüber auf dem Rücksitz ansah.

»Heute wird einiges los sein«, mischte Elise sich in seine Gedanken ein. Sie waren inzwischen in der Stadt angekommen.

»Dass hier so viel Betrieb ist, hätte ich nie gedacht«, sagte er über das Lenkrad gebeugt, während er Ausschau nach einem Parkplatz hielt.

»Wegen der Demonstration.« Elise sah zu der Menschenmenge hinüber, die sich hundert Meter vor ihnen vor einer provisorischen Bühne auf einem kleinen Platz versammelt hatte. »Karine hat mir davon erzählt, aber ich hatte vergessen, dass das heute ist.«

»Wer ist Karine?«, fragte er, fest davon überzeugt, dass sie die Frage mit einem Augenrollen quittieren würde.

»Karine Helgeland. Sie meinte, ich solle doch auch zur Demo kommen, wenn wir rechtzeitig in der Stadt sind.«

Er wusste, dass Elise mit dieser lokalen Aktivistin für die Belange der samischen Bevölkerung online in Verbindung stand und sich von ihr über die Bergwerksgesellschaft auf den neuesten Stand bringen ließ, die hier in der Gegend Land und eine alte Kupfermine gekauft hatte.

»Aber hast du nicht noch ein paar Tage Urlaub, bis du wieder anfängst zu arbeiten?«, fragte er, während er den

Wagen in eine Parklücke manövrierte. Er klang gereizter als beabsichtigt.

Elise drehte sich stirnrunzelnd zu ihm um. »Ich habe dir doch gesagt, dass wir diese Woche noch Urlaub haben, bevor ich wieder anfange.«

Erneut wanderte sein Blick zum Rückspiegel. Sofia sah zum Fenster hinaus. Er musste raus, im Auto hielt er es nicht mehr aus. Die Anspannung war unerträglich, auch wenn sie überwiegend von ihm selbst ausging.

»Ich kann abends ein paar Nachforschungen anstellen«, fuhr Elise fort, »und vielleicht mit ein paar Leuten sprechen. Aber die Tage haben wir für uns.«

Ohne zu antworten, drehte er sich zu Sofia um und lächelte ihr zu. Ein Lächeln, das sich für ihn fremd anfühlte. »Komm, lass uns einkaufen gehen. Ein bisschen Schokolade vielleicht?«

Lächelnd griff Sofia nach ihrer Wollmütze, die auf dem Durcheinander von Taschen und dem Familienbesitz der Amdahls lag, und zog sie sich über den Kopf.

»Bleib in meiner Nähe«, rief er Sofia zu, während er sich, die Arme um die Tasche mit den Einkäufen geschlungen, den Weg durch die Menge bahnte.

»Da, Papa, ich sehe sie schon, da vorne«, bemerkte Sofia und streckte den Arm aus.

»Bleib bei mir«, meinte er nur und schob sich durch die Menge weiter voran. Eine Gruppe von Männern und Frauen stand dort mit Schildern in der Hand, auf denen so etwas stand wie: NEIN ZU NICKEL AUS NOWOTROIZK und WAS IN DER ARKTIS GESCHIEHT, GESCHIEHT

AUCH ANDERSWO. Besonders ein Schild fiel Erik auf. Es zeigte das Foto eines samischen Hirten und eines Rentiers. Darunter stand WO SOLLEN WIR NOCH HIN?

Die Demonstranten, einige von ihnen in typischer Sami-Tracht mit ihren leuchtenden Blau- und Rottönen, scharten sich um eine Frau am Mikrofon, die sich an die Menge wandte. Die Worte schepperten durch die billige Lautsprecheranlage, waren aber trotzdem klar und deutlich zu verstehen. Nowotroizk Nickel würde die alte Kupfermine wieder in Betrieb nehmen, sagte sie, und damit noch mehr von dem angestammten Land zerstören, auf dem die Rentiere weiden. Die Habgier des Konzerns sei »ein weiterer Angriff auf das fragile Ökosystem der Arktis«.

Elise wieder einmal mittendrin. Nicht unbedingt einer der größten Kämpfe, die sie und die *Friends of the Earth* im Namen der Natur und ihrer unzähligen Arten ausfochten. Aber besser, Elise war hier, als achthundert Kilometer entfernt, um sich gegen den Transport gebrauchter Brennelemente vom Finnischen Meerbusen nach Sibirien zur Wehr zu setzen, wie bei ihrer letzten Mission. Besser, sie waren zusammen.

»Da ist sie, Papa!«, rief Sofia, während sie sich bei dem Versuch, ihn einzuholen, zwischen ein paar jugendlichen Handyzombies hindurchzwängte.

»Ich sehe sie auch, Lillemor.«

»Papa!«, protestierte Sofia mit gespielter Empörung, weil er sie mit ihrem Kosenamen angeredet hatte. *Kleine Mutter.* Es schien, als würde sie ihn gelegentlich doch ganz gern hören.

Elise stand am Rand der Bühne und sah zu einer größeren Frau hinauf, die die wackelige Metalltreppe von der Bühne herunterkam. Sie lächelte und winkte Elise zu, als wären sie alte Freundinnen.

Erik arbeitete sich weiter nach vorne, blieb jedoch plötzlich stehen. Ein Mann hatte sich ihm unvermittelt in den Weg gestellt und sah ihm direkt in die Augen. Ein Teil der Einkäufe war aus der Tüte gefallen und hatte sich zwischen den Stiefeln im Schneematsch verteilt.

Er wich dem Blick des Mannes aus, nahm die Einkaufstasche mit einem Arm und wollte gerade ein Packung Hackfleisch aufheben, als der Mann ihn anbrüllte.

»Passen Sie doch auf, wo Sie hingehen!«

Verdammt. Das ist doch nicht wahr, oder? Er stellte die Tüte in den Schneematsch, richtete sich auf und sah seinem Gegenüber direkt ins Gesicht. Nur mit Mühe vermochte er das Adrenalin im Zaum zu halten, das ihn durchströmte.

»Sie sind mir doch in den Weg gelaufen«, stellte er ruhig und sachlich fest.

»Papa«, rief Sofia.

»Wegen Ihrer Einkaufstasche konnten Sie doch gar nichts sehen«, entgegnete der Mann, ein Russe vermutlich. Kräftig und jung. Kurzes wasserstoffblondes Haar und stechende kobaltblaue Augen. Der unruhige Blick ließ darauf schließen, dass er es darauf anlegte, sich etwas zu beweisen. Die Art von Blick, bei der man als Vater besser so tun sollte, als hätte man es nicht gesehen.

Doch dafür war es jetzt zu spät. Erik hielt dem Blick seines Gegenübers stand und richtete sich auf. Ihm war klar, dass er provoziert wurde, und natürlich auch, dass es keine gute Idee wäre, diesem Mann den Rücken zuzukehren.

»Papa«, rief Sofia, dieses Mal flehender. Ihre Stimme verriet Angst.

Kopfschüttelnd bückte Erik sich erneut. »Hilf mir, Lillemor.« Sofia gehorchte, hob ein paar Dosen auf und steckte sie in die Tasche.

»Darf ich?«, ertönte eine Stimme. Ein anderer Mann aus der Menge ging neben ihnen in die Hocke und hob eine Dose Bier auf, die sich aus dem Sixpack gelöst hatte. Er wischte sie ab, wobei Erik eine Tätowierung auf seinem Handrücken auffiel. Ein Wolf mit gefletschten Zähnen unter einem Fallschirm. Flügel zu beiden Seiten, es könnte aber auch Feuer sein. »Ich trinke lieber Ringnes«, fuhr der Mann mit demselben Akzent wie der Mann zuvor fort. »Eine Brauerei aus Oslo, die aber jetzt Dänen gehört. Wie Norwegen früher.« Er reichte Erik die Dose. Erik tat sie zu den anderen Einkäufen in die Tüte. Beide richteten sich zu ihrer vollen Größe auf.

Erik nickte zum Dank.

Der Mann lächelte. Erst als sie sich gegenüberstanden, bemerkte Erik die verblasste Narbe, die über die Lippen bis zum Kinn des Mannes verlief. Er war groß, knapp zwei Meter bestimmt, und hatte ein schmales Gesicht. Sein Blick war nicht weniger starr und insistierend als der des anderen Mannes.

»Ich entschuldige mich«, sagte der Lange und deutete auf seinen flachsblonden Begleiter, der ungehalten darüber zu sein schien, dass Erik ihn so einfach hatte abblitzen lassen. »Mein Bruder ist … etwas unbeholfen, und seine Umgangsformen lassen manchmal zu wünschen übrig.«

Erik sah den Mann an, der aber nur mit den Schultern

zuckte, sich in die kräftigen Hände blies und in einer Mischung aus halbherziger Bestätigung und Bedauern ein Nicken andeutete. Erik nickte ihnen noch einmal zu, klemmte sich die Einkaufstüte unter den Arm und reichte Sofia die freie Hand.

Ein Plärren drang aus den Lautsprechern auf der Bühne. »Wir müssen verteidigen, was uns gehört«, sagte der samische Demonstrant. »Nichts zu tun, wäre Verrat an unseren Vorfahren, an unseren Kindern und Kindeskindern.«

»Komm, wir suchen Mama«, sagte Erik und nahm Sofia fest bei der Hand. Gemeinsam machten sie sich auf den Weg durch die Menge, bis sie seine Frau gefunden hatten, die sich gerade mit einer anderen Frau unterhielt.

»Erik, das ist Karine.« Elise lächelte ihrer Freundin zu.

»Freut mich, dich kennenzulernen, Karine«, sagte Erik und gab ihr die Hand.

»Dann musst du Sofia sein.« Karine trat einen Schritt zurück, um Sofia in Augenschein zu nehmen, die lediglich ein verlegenes Hallo hervorbrachte. »Ich weiß schon eine ganze Menge über dich«, sagte die ältere Frau und nickte ihr bewundernd zu.

»Karine hat mir bei den Vorbereitungen zu den Ermittlungen gegen *Novotroizk Nickel* geholfen«, erklärte Elise ihrem Mann. »Ich weiß gar nicht, was ich ohne sie gemacht hätte.«

Er nahm an, dass Karine Elise auch bei anderen Dingen geholfen hatte. Jedenfalls war bei diesen abendlichen Skype-Telefonaten meistens ein Wein oder ein starker Gin Tonic dabei. Und vor etwa einer Woche, als er in ihr Arbeitszimmer gekommen war, um Elise die übliche Tasse grünen Tee zu bringen, hatte er gesehen, dass sie geweint hatte. Darüber hatten sie aber nicht gesprochen. Wenn Elise sich Karine Helgeland gegenüber öffnen konnte, dann war das doch gut, oder?

»Ganz schön viele Leute hier«, bemerkte Erik und machte eine Geste in Richtung der Menschenmenge.

»Wir tun, was wir können.« Karine mochte Ende fünfzig sein. Das von zahllosen Tagen im Freien gegerbte Gesicht ließ sie streng wirken, wiewohl ihr Blick einen jugendlichen Schalk durchblitzen ließ.

»Hat Frau Helgeland nicht eine wunderschöne Kofte an, Sofia?« Elise deutete auf Karines Tracht mit farblich abgesetzten Bändern, aufwendigen Stickereien und der roten Filzmütze.

Sofia nickte.

Karine lächelte ihr zu. »Normalerweise trage ich das nur an unserem Nationalfeiertag …«

»Also am sechsten Februar«, unterbrach Sofia sie.

Karine warf Elise einen anerkennenden Blick zu und wandte sich mit strahlenden Augen wieder Sofia zu. »Aber heute ist ein Tag, an dem wir stolz auf unser Erbe sein können und für unser Land eintreten, das nicht für sich selbst sprechen kann.« Um die Dramatik etwas abzuschwächen, nahm sie die Mütze ab und beugte sich zu Sofia hinunter. »Wenn ich ehrlich bin, kann das Ding ganz schön jucken.« Sie fuhr sich mit ihren dicken Fingern durch das kurze braune Haar und legte Elise eine Hand auf die Schulter. »Wir sind so dankbar dafür, Elise, dass wir dich bei uns haben.« Mit ihrer Stimme übertönte sie den in der Nähe befindlichen Lautsprecher. »Gemeinsam setzen wir uns für den Schutz unseres Landes ein.« Sie und Elise tauschten Blicke demonstrativer Solidarität und Entschlossenheit.

»Ihr habt eine lange Fahrt hinter euch«, fuhr Karine fort. »Sicher werdet ihr euch jetzt erst einmal da oben einrichten wollen.« Sie sah zu den schneebedeckten Bergen hinüber, die im Westen der Stadt aufragten. »Warum kommt ihr nicht Samstagabend zum Essen zu uns?« Sie wandte sich zu Erik um. »Wenn ihr nichts Besseres vorhabt.«

Bevor er antworten konnte, drehte Karine sich zu einem gut aussehenden Mann mit silbergrauem Haar um, der die klapprigen Metallstufen herunterkam. Ein herzliches Lächeln erfüllte ihr sonnengebräuntes Gesicht.

»Das ist Lars, mein Mann. Lars, das sind Elise Amdahl und ihr Mann Erik.«

Lars nickte Elise zu und drückte Erik fest die Hand.

»Und wen haben wir da?«, fragte Lars, trat einen Schritt zurück und hielt Sofia die Hand hin. »Eine kleine Abenteurerin, die den ganzen weiten Weg hergekommen ist, um mal zu sehen, wie wir Bergtrolle leben?«

Sofia sah sich hilfesuchend nach ihrer Mutter um. »Ich bin Sofia«, stellte sie sich schließlich vor.

Lars senkte den Kopf. »Und wie alt bist du? Fünfzehn? Sechzehn?«

»Fast dreizehn.«

»Freut mich, dich kennenzulernen, Sofia.«

Karine und Elise lächelten sich zu. »Die Amdahls kommen am Samstag zum Essen zu uns«, sagte Karine zu Lars, der erstaunt die Brauen hochzog und offensichtlich genauso überrascht wie Erik war, dass alles so schnell ging.

»Wir freuen uns. Schreib mir doch noch, wann wir kommen

und ob wir etwas mitbringen sollen. Wir sehen uns dann am Samstag.«

Erik hatte sich schon abgewandt, hob zum Abschied aber noch kurz die Hand. Durch eine Lücke in der Menge erspähte er den großen Mann mit der Narbe im Gesicht, der ihm beim Einsammeln seiner Einkäufe geholfen hatte. Der Mann nickte ihm freundlich zu.

»Na, dann komm, Lillemor«, meinte Erik daraufhin zu Sofia.

Sofia mochte die Fahrt zur Hütte hinauf, vor allem als sie Schneeketten aufziehen mussten, nachdem sie die geräumte Straße verlassen hatten. Sie durfte ihrem Vater beim Montieren der Hebel und Klammern helfen. Die Fahrt verlängerte sich dadurch zwar um eine halbe Stunde, aber der Anblick ihres Gesichts, als sie anschließend wieder im Auto saßen und sie sich mit vor Kälte geröteten Wangen in die Hände blies, war es wert.

Elise zog sich die Mütze vom Kopf, wärmte ihre Hände im Luftstrom, der aus der Klimaanlage kam, und lächelte ihn auf diese unnachahmliche Weise an, die er so vermisst hatte. Sie folgten dem gewundenen Weg bergauf, Richtung Jiekkevárri, dem mit fast zweitausend Metern höchsten Berg der Provinz Troms. An halb im Schnee versunkenen Baracken und Winterquartieren vorbei, die es dort schon seit vierzig Jahren gab, zwischen schneebedeckten Wiesen und hohen Fichten hindurch, die, als hätte sie ein Fluch verhext, steif gefroren dastanden. Der Benziner des Mitsubishi schnurrte vor sich hin und erzeugte den Strom für die Elektromotoren. Die Ketten rasselten auf den Reifen und bissen sich in den Tiefschnee. Wie Pilger kamen sie aus der neuen Welt, so schien es, um der alten zu huldigen.

Hin und wieder überholten sie andere Fahrzeuge – die Geländewagen anderer Hüttenbesitzer, die meisten von ihnen mit einer Thule-Skibox auf dem Dach wie bei ihnen selbst, oder gelbe Schneepflüge mit rotierenden Blinklichtern, die ihrerseits einen Schneesturm erzeugten, indem sie den Schnee in die Verwehungen rechts und links der Straße schleuderten. Für dreitausend Kronen im Jahr hielt einem so ein Schneepflug den Weg zur eigenen Hütte offen.

»Da sind wir aber jemandem etwas schuldig«, sagte Erik, als sie links von der Straße abbogen und sahen, dass der Weg vor ihnen frei war. Doch auf dem Dach ihrer Behausung türmte sich der Schnee einen Meter hoch. Der Schwerkraft trotzend ragte er sogar über die Giebel hinaus, als wäre er in derselben Magie gefangen, die das Wasser, das eigentlich die Felswände hinabstürzen sollte, in Skulpturen verwandelte und die Bäume unter ihrer schweren weißen Last auf unnatürliche Weise erstarren ließ.

Derselbe Zauber, der auch ihn festhielt.

Es war Viertel nach zwei, und die Dunkelheit setzte schon ein, als Elise den Schlüssel im Schloss umdrehte. Der Geruch von Kiefernholz, der ihnen aus dem Haus entgegenströmte, versetzte Erik schlagartig zurück in die Zeit, in der er als Junge und auch als Erwachsener so viele Male am Fjord und in den Bergen seinen Urlaub verbracht hatte. Sie machten Licht, zündeten Kerzen an, und er befasste sich damit, dem Jøtul-Holzofen im Wohnzimmer Leben einzuhauchen, während Elise Filterkaffee aufsetzte und Sofia sich in ihrem Schlafzimmer einrichtete. Er hatte die Ofenscheibe vom Ruß befreit, bevor er Feuer machte. Nun beäugte er die Flammen, die sich erst zaghaft, dann gieriger, vom Anzündholz nährten und dann an der alten Birke leckten, deren ledrige weiße Rinde wie Papier an ihr haftete. Die Kälte steckt in den Wänden, hatte seine Großmutter immer gesagt. Erst jetzt wusste er, was sie damit gemeint hatte. Bald prasselte das Feuer leise vor sich hin, Flammen züngelten hinter dem Glas, und der eiserne Ofen begann zu klimpern und zu ticken, während sich das Metall durch die Hitze ausdehnte. Die Hütte zu beleben, war ein Ritual. Als sagte man dem Ort so etwas wie: *Wir werden uns noch kennenlernen, aber für den Moment sollst du wissen, dass du zu uns gehörst und wir zu dir.*

Er verspürte eine Ruhe, wie er sie in den vergangenen zehn Monaten nicht mehr erlebt hatte. Sein Innerstes entspannte sich. Doch kaum war er sich dieser Veränderung bewusst geworden, setzte die Erinnerung an den Schrei wieder ein. Die Übelkeit, die in ihm aufstieg, während er zusah. Der Sprung nach vorne, der viel, sehr viel zu spät kam. Er schüttelte den Kopf, um die Vorstellung zu vertreiben, schluckte die Galle hinunter, die ihm in der Kehle brannte, erhob sich von seinem Stuhl und ging hinaus, um neue Holzscheite zu holen.

Am nächsten Morgen, nach vier Tassen Kaffee, die er gebraucht hatte, um eine weitere unruhige und wenig erholsame Nacht wettzumachen, holte er zwei Schneeschaufeln aus dem Schuppen. Gemeinsam mit Elise machte er sich daran, den Weg vom Auto zur Hüttentür freizuschaufeln, wo der Schneepflug nicht hingekommen war.

Sofia half ihnen eine Weile, leerte die Asche vom Vorabend aus dem Ofen, befüllte vom Stapel unter dem Dachvorsprung den Korb mit neuen Holzscheiten, holte Skier und Schneeschuhe aus der Dachbox und brachte sie auf die Veranda, wo sie sie ordentlich, paarweise zwischen den Ständern an der Verandawand, aufstellte. Dann verschwand sie in der Hütte. Erik holte eine Leiter aus dem Schuppen, während Elise weiter den Weg freiräumte. Wenigstens die Hälfte des Schnees wollte er bis zum Mittagessen vom Dach geräumt haben.

»Fall mir bloß nicht runter«, rief Elise ihm zu, als er auf der obersten Sprosse angekommen war und aufs Dach steigen wollte. Das hätte sie sich schenken können. Die Warnung traf ihn wie ein Schlag ins Gesicht. Er hielt sich kurz an der Leiter fest, ohne zu Elise hinabzusehen. Er wusste, dass sie sich in ihrem Innersten ihrer eigenen Worte schämte.

Er zog sich aufs Dach hinauf und tastete sich mit vorsichtigen Schritten voran bis zur Schaufel, die er bereits hinaufgeworfen hatte. Das gleichmäßige Schieben und Kratzen von Elises Schaufel drang zu ihm herauf. Gerade wollte er prüfen, wo das Dach endete und der Überhang begann, als er im Augenwinkel eine Bewegung wahrnahm. Sofia, ausstaffiert mit kompletter Helly-Hansen-Montur und Schneeschuhen, sah aus, als wollte sie sich für die Teilnahme an einer von Amundsens Polarexpeditionen bewerben. Sie machte sich auf den Weg den Hang hinauf zum Kiefernwald, der hinter der Hütte lag.

»Was hast du vor?«, rief Erik ihr hinterher.

Sie blieb stehen, als ahnte sie, was kommen würde. Schließlich drehte sie sich um. »Ich will mich ein wenig in der Umgebung umsehen«, rief sie und winkte ihm mit einer behandschuhten Hand zu. Erik wusste, dass das Taschenmesser darin steckte, das sie sich so sehr zu Weihnachten gewünscht hatte. Ein Schweizer Taschenmesser mit fünfzehn Funktionen. Das war alles, was sie sich gewünscht hatte, und Erik durchzuckte es immer bis in die Fußspitzen, wenn er sah, wie sie die scharfen Klingen und Werkzeuge öffnete und wieder schloss.

»Sofia, nein, ich möchte, dass du hierbleibst.« Er gestikulierte mit der Schaufel, um seinen Worten Nachdruck zu verleihen.

»Aber ich will mich doch nur etwas umsehen.«

»Und ich will, dass du hierbleibst, wo wir dich sehen können.«

»Weil ihr nicht wollt, dass ich auch sterbe«, widersprach sie leise. Nicht leise genug. Er hatte es gehört, und auch Elise hatte es gehört. Sie sahen sich an und einigten sich wortlos darauf, nicht zu reagieren.

»Und wenn sie verspricht, nicht weit wegzugehen?« Elises Blick ging zuerst zum Himmel und dann auf die Uhr. Er schätzte, dass es etwa um Mittag herum war. »In zwei Stunden wird es dunkel«, sagte Elise. »Es wäre doch schade, wenn sie die Zeit nicht nutzt.«

»Nein«, brachte er mit einem energischeren Ton vor, als er beabsichtigt hatte.

Kaum erkennbar schüttelte Elise den Kopf, drehte sich um, steckte die Schaufel in den Schnee neben dem Weg und ging zur Veranda.

»Was hast du vor?«, rief er ihr nach.

»Irgendjemand muss doch das Mittagessen machen«, sagte sie und verschwand.

Seine Tochter gehorchte. Mit hängendem Kopf und geballten Fäusten kam Sofia zurück. Einen Moment später spürte er unter seinen Füßen, wie sie die Tür zuschlug, und wunderte sich, dass sich der Schnee durch die Erschütterung nicht gelöst und ihn mitgerissen hatte.

»Mist.« Tag eins eines gemütlichen Familienausflugs in die Berge, und schon war Sofia sauer auf ihn, und Elise schmollte. »Mist«, entfuhr es ihm erneut. Er rammte die Schaufel in den Schnee und beförderte damit einen Brocken über die Dachkante. *Und ich hänge auf diesem verdammten Dach herum,* dachte er, *als würde das irgendetwas nützen.*

Und wieder sauste die Schaufel herunter, Schnee flog durch die Luft. Er verlor sich in seiner Arbeit. Eigentlich liebte er die monotone Schinderei und die Wärme. Wie sie die Arme und den unteren Rücken durchströmte. Der Rhythmus des Atems und das Pulsieren des Blutes in den Ohren. Den Frieden, der von der Bewegung ausging.

Stille machte ihn wahnsinnig. Wie einen Vogel, der in einem Raum gefangen ist und immer wieder gegen die Fensterscheibe fliegt.

2

Und wieder hat er den Traum. Er weiß, dass er träumt, kann ihn aber trotzdem nicht steuern. Das gelingt ihm nie. Die Gestalt ist eher ein Schatten denn ein Wesen, eher eine düstere Erscheinung als eine menschliche Gestalt. Vergleichbar mit einem Gefühl von Betroffenheit, als wäre man jemandem, den man mag, zu nahe getreten oder hätte dessen Gefühle verletzt. Oder mit der schmerzhaften Enttäuschung, wenn etwas zu Bruch gegangen ist, das nicht mehr zu reparieren ist.

All diese Gefühle empfindet er in dem Traum. Und er weiß, dass er in dem Traum ist. Dieses Mal aber ist es anders, und trotz des Grauens bewegt er sich darauf zu.

Was bist du?

Er erkennt die Umrisse eines Gesichts in der dunklen Form. Ein Auge. Auch Sofia ist da. *Hier bin ich!* ruft er ihr zu, aber sie hört ihn nicht. Eine schreckliche Angst überkommt ihn, dringt in ihn und gräbt ihre Krallen tief in jede Faser seines Herzens. *Sofia!*

Sie geht auf die Gestalt zu. *Nein – bleib weg! Sofia, bleib bei mir!*

Er hört seine Tochter schreien.

»Erik!« Mit einem Schlag war er wach. Elises Stimme hatte ihn zurückgeholt. Die verschwommene blaue Anzeige des Weckers nahm Konturen an, während er mit Herzrasen aus dem Bett sprang, denn er wusste, dass der Schrei real gewesen war. Drei Uhr zweiundzwanzig.

»Sie hat einen Albtraum«, rief Elise ihm zu, die schon auf dem Treppenabsatz stand. Erik stolperte hinterher. Elise stieß die Tür zu Sofias Schlafzimmer auf.

»Pst, meine Kleine. Es ist nur ein Traum«, flüsterte Elise ihr beruhigend zu, während sie sich auf dem Bettrand niederließ und Sofias Hände ergriff. »Nur ein Traum.«

Erik schnaubte, immer noch versucht, seinen eigenen Traum wegzublinzeln, der wie ein nasses Kleidungsstück an seinen Gedanken und seinem Körper klebte.

»Papa«, sagte Sofia, halb wach, halb immer noch träumend.

Erik setzte sich auf die andere Bettkante, fuhr ihr sanft mit der Hand über das schweißnasse zerzauste Haar und strich es ihr aus der Stirn. »Schon gut, Lillemor, Papa ist ja da.«

»Ich hole ihr ein bisschen Wasser«, sagte Elise und ließ Erik mit Sofia allein.

»Alles ist gut. Du schläfst gleich wieder weiter. Ich bin ja da.« Er beugte sich zu ihr hinab, gab ihr einen Kuss auf die Stirn. Seine Lippen verweilten einen Moment dort. »Wir lieben dich über alles.«

Lächelnd ließ sie ihren Kopf aufs Kissen sinken, als er sich erhob.

»Hab dich lieb«, kam es verwaschen aus ihrem Mund, während sie schon wieder wegdämmerte.

Am nächsten Morgen war er früh auf und machte sich gleich daran, den restlichen Schnee vom Dach zu räumen. Zurück in der Hütte fand er Elise vor dem aufgeklappten

Laptop am Esstisch vor. Neben ihr ein Kaffee. Die beiden senkrechten Falten zwischen Augenbrauen und Nase waren nicht weniger eindeutig als das *Bitte-nicht-stören*-Schild an der Tür eines Hotelzimmers.

Sie musste ihn nicht ansehen, um zu wissen, was er dachte. »Nur ein oder zwei Stunden«, sagte sie, während sie mit kraus gezogener Stirn weiter auf den Laptopbildschirm starrte. Ihre Finger huschten über die Tastatur. Ihm war schleierhaft, wie sie Wörter tippen und gleichzeitig sprechen konnte.

Ohne groß zu überlegen, kam die Frage aus ihm heraus: »Fängst du nicht erst in einer Woche wieder an?«

Sie nahm die rechte Hand von der Tastatur. Der Zeigefinger ging nach oben. »Du warst doch auf dem Dach.«

»Ja, aber du warst noch im Bett«, konterte er.

Gereizt atmete sie ein und sah zu ihm auf. Die kraus gezogene Stirn hatte sich geglättet. »Das ist der erste Job, den ich wieder mit ihnen mache. Ich will vorbereitet sein.« Sie deutete auf den Laptop. »Und es ist wichtig.«

Er beschloss, mit Sofia zum *Vinmonopolet* in der Stadt zu fahren, um Wein zu kaufen. Im Auto drehte er sich zu ihr um und sah sie einen Augenblick an.

»Ich kann gar nicht glauben, dass du schon bald ein Teenager bist.«

Sie zog die Augenbrauen hoch. Wahrscheinlich gingen ihr die vielen Male durch den Kopf, die man sie, lange vor ihrem dreizehnten Geburtstag, einen trotzigen Teenager genannt hatte.

»Ich meine es ernst. Wo ist nur die Zeit geblieben?«, sagte er kopfschüttelnd

»Papa«, entgegnete sie, den Blick nach vorn zur Wind-

schutzscheibe gerichtet, »du hast mir doch eine Langlauf-
tour versprochen, wenn ich dreizehn Jahre alt werde. Weißt
du noch? Eine richtige Tour, mit Übernachtung in Schnee-
höhlen und allem Drum und Dran.«

Er sah weiter auf die Straße, der Magen zog sich ihm
zusammen. »Du hast es versprochen, Papa«, drängte Sofia.

»Ich weiß. Aber das ist schon ein paar Jahre her.«

Bevor Emilie gestorben ist, ließ er ungesagt, obwohl es laut
genug in der Stille stand.

»Morgen werde ich dreizehn. Ich bin alt genug.«

»Ich glaube nicht, dass wir es dieses Mal schaffen.«

»Aber du hast es versprochen«, protestierte sie. »Vorletz-
tes Ostern hat Emilie dich darum gebeten, und du hast gesagt, sie solle warten, bis ich dreizehn bin, dann würden wir
drei zusammen gehen.«

»Ich weiß, was ich gesagt habe«, brachte er schärfer hervor, als er beabsichtigt hatte. Allein den Namen zu hören,
war schwer. »Aber seitdem ist so viel passiert, das ist nicht
mehr das Gleiche.«

Er sah sie an, aber sie wandte kopfschüttelnd den Blick
ab, zum Seitenfenster hinaus.

Er erinnerte sich noch sehr genau an den Tag. Emilie
hatte sich die abgegriffenen Skiwanderkarten ihres Groß-
vaters ausgeliehen, auf denen er seine eigenen Touren mit
einem Stift markiert hatte, und eine fünftägige Skitour mit
vier Übernachtungen durch Wälder und über zugefrorene
Seen geplant. Sie war ganz aufgeregt. Aber Sofia war noch
zu klein, um mitzukommen. Erik hatte deshalb zu Emilie
gesagt, dass sie damit noch warten müsste, bis Sofia dreizehn
war und sie die Tour gemeinsam unternehmen konnten.

Natürlich war ihm klar gewesen, wie enttäuscht Emilie war. Trotzdem hatte sie Sofia die Route erklärt, die mit großen leuchtenden Augen zugehört und der ganzen Familie dann verkündet hatte, dass sie Erik an ihrem dreizehnten Geburtstag an sein Versprechen erinnern würde. Er wusste, dass sie das nicht vergessen würde.

Jetzt aber war nicht Ostern mit vierzehn Stunden Tageslicht, in denen die Sonne genügend Wärme für den Aufstieg spendete und die Schneeoberfläche leicht anschmolz, um perfekte Bedingungen für den Abstieg zu schaffen. Es war gerade mal Februar, die Tage waren kurz und kalt.

»Gedulde dich noch ein Jahr, Lillemor. Nur ein Jahr, dann machen wir die Tour. Und die wird ein richtiges Abenteuer, das verspreche ich dir.«

Schweigen. Wieder so ein Versprechen, von dem er nicht sicher war, ob er es halten konnte.

»Gut, dass du mir die Wegbeschreibung gemailt hast«, sagte Elise zu Karine, während sie sich im Hauseingang der Helgelands den Schnee von den Stiefeln klopften und anschließend Mäntel und Hüte aufhängten. Der Übergang zum unbeschwerten Familienprogramm war vollzogen, als hätte man, wie auf dem Wintermarkt, den Schalter für die Beleuchtung umgelegt.

»Es ist noch mehr Schnee angesagt«, verkündete Lars, während er sich hinauslehnte und in die grauen Wolken hinaufsah. »In ein paar Tagen kommst du damit hier nicht mehr hoch.« Er deutete auf den Mitsubishi. »Wenn es richtig schneit, geht hier ohne Motorschlitten gar nichts.«

Karine und Lars erwiesen sich als die perfekten Gastgeber, großzügig und herzlich. Lars genoss sein Bier, sodass es genügend Berührungspunkte gab und der Start in den Abend besser verlief, als er erwartet hatte.

Elises Frage, ob es sie nicht manchmal ängstigte, so weit draußen in der Abgeschiedenheit zu leben, beantwortete Lars mit einem Kichern.

»Wir leben gerne hier draußen.« Er deutete auf das Fenster, dessen Vorhänge zurückgezogen waren. Hinter der Scheibe schimmerte schwach der Schnee in der tiefschwarzen Nacht. »Wir sind eben keine Stadtmenschen.« Er sah zu Karine hinüber, die Elise in der Küche ihr Rezept für *Fiskeboller* verriet. Der Duft von cremiger Béchamelsauce und Kartoffeln erfüllte den Raum, was ihn zurück in seine Kindheit versetzte und an die Küche seiner Mutter erinnerte. »Wenn wir immer Besuch haben wollten, dann würden wir in Tromsø wohnen«, sagte Lars mit einem verschmitzten Lächeln.

Erik schätzte Lars auf Anfang sechzig. Breitschultrig und von stattlicher Statur hatte er selbst jetzt, nach dem langen Winter, von der vielen Arbeit im Freien sonnengebräunte Hände.

»Ständig werden neue Hütten gebaut. Schmucke Häuser aus Zedernholz. Sogar die Dächer sind aus Zedernholz. Und innen«, fuhr Lars fort, »ist alles mit Eichenholz verkleidet. Riesige Fenster mit Aussicht auf die Berge und das Meer und so konstruiert, dass sie sich ins Landschaftsbild einfügen.« Er machte eine ausladende Bewegung mit der Hand, rieb sich die Stoppeln auf der Wange. »Aber das weißt du ja alles. Karine hat mir erzählt, dass du Tischler bist. Du hast bestimmt viel zu tun, bei all den Häusern, die derzeit aus dem Boden schießen.«

»Im Moment gönne ich mir eine kleine Auszeit«, erklärte Erik und spürte Elises Blick auf sich ruhen, die ihn von der Küchentür aus ansah. *Eine Auszeit.* Wann hatte er das letzte Mal eine Treppe eingebaut, einen Fensterrahmen oder eine Fußbodenleiste eingesetzt? Oder überhaupt einen Blick auf Baupläne geworfen? Zehn Monate war es nun her, seit er den Hinweis *Vorübergehend geschlossen. Ich bitte um Verständnis* auf seiner Website platziert und bis heute nicht entfernt hatte. Die Zimmerei Amdahl war bis auf Weiteres außer Betrieb.

Beim Abendessen ging es natürlich um Nowotroizk Nickel und darum, wie die Einheimischen darüber dachten, dass das russische Unternehmen sich die Schürfrechte an der alten Kupfermine in Koppangen westlich der Stadt gesichert hatte. Lars, Karine und Elise waren sich in der Sorge einig, dass Abfälle in den Fjord gekippt werden könnten, dass der Rat der Samen gar nicht erst angehört worden war und die Regierung offensichtlich entschlossen war, das Land der Ureinwohner im Norden Norwegens zu zerstören.

So ging es eine Zeit lang. Er hörte nur noch halb hin und schwenkte den Wein in seinem Glas, als Karine einen Brief von der Korkplatte neben dem Kühlschrank holte.

»Der Brief kam gestern«, sagte sie und reichte ihn Elise. Auf dem Briefkopf erkannte er das Firmenlogo von Nowotroizk Nickel, zwei blaue, wie Berggipfel ineinander verschlungene N. »Sie schreiben, dass es sich zunächst nur um Erkundungen handelt«, sagte Karine, »um Erkenntnisse darüber zu gewinnen, ob sich der Betrieb der alten Mine überhaupt lohnt. Das war vor etwa einem Jahr.« Sie deutete auf den Brief in Elises Hand. »Sie wollen die stillgelegten Tunnel untersuchen und drei neue Probebohrungen durchführen, solange die Ergebnisse einer Machbarkeitsstudie noch nicht vorliegen.« Sie schob ihren Teller beiseite, als wäre ihr das Gespräch über die Wiedereröffnung der Mine auf den Appetit geschlagen.

Das Thema langweilte ihn. Außerdem war er wütend, weil er wusste, wie sehr es Elise am Herzen lag. Sie war ganz versessen darauf. Wie konnte er nur glauben, sie könnten hier in den Bergen wieder zueinanderfinden. Zudem war ihm der brillante Wein zu Kopf gestiegen. In dieser Stimmung warf er in die Unterhaltung ein, dass die Welt eben Kupfer brauchte, wenn sie Strom haben wollte, und dass Elektrizität eben so funktionierte.

»Wollen wir nicht alle Elektroautos haben? Wenn wir die Welt elektrifizieren wollen, um sie zu retten, dann müssen wir alte Gewohnheiten ablegen.«

»Ist das dein Ernst?« Karines Züge hatten die Härte eines Granitfelsens angenommen.

»Du hast zu tief ins Glas geschaut«, erklärte Elise mit einem Lächeln um den Mund, aber Verärgerung in den Augen.

Karine schlug schließlich vor, das Thema zu wechseln, und Lars stand auf und bedeutete Sofia, dass er ihr etwas zeigen wollte.

Elise stand auf, um Geschirr in die Küche zu tragen, und so saß er allein da und sah zu, wie Lars Sofia den Inhalt einer wunderschön geschnitzten Holzkiste zeigte, die auf der Fensterbank stand. Dahinter tauchte die Nacht die Welt in ein schwarzes Nichts. Sofia schien sich aufrichtig für die alten Fotos zu interessieren, auf denen Vorfahren der Helgelands zu sehen waren. Ebenso für die anderen Schätze: einen Kamm aus Rentiergeweih, der Sofia an die Artefakte erinnerte, die sie im Wikingerschiffsmuseum in Oslo gesehen hatte. Ein Nadeletui aus Horn mit winzigen Rentiergravuren. Einen leeren Geldbeutel mit Zinnfadenstickerei, der einst Karines Urgroßmutter gehört hatte. Das Aufregendste, Sofias riesengroßen Augen nach zu urteilen, war ein riesiges Messer, das Lars vom steinernen Kaminsims über dem Ofen genommen hatte.

»Das ist ein *Stuorraniibi*.« Lars lächelte, als er sah, wie Sofia fragend die Stirn krauszog. »Das samische Wort für großes Messer.« Mit einer überzogenen Geste zuckte er die Achseln, zog die fast fünfundzwanzig Zentimeter lange Klinge aus der Scheide aus Rentierleder und deutete eine Schneidebewegung an. »Damit kann man Feuerholz machen oder kleine Bäume für Unterstände fällen. Und sie ist sogar stark genug, um Rentierknochen zu spalten.« Er drehte das Messer um und reichte ihr den Griff. »Fass ihn mal an.« Sie strich über das Holz. »Das ist Birke«, erklärte er. »Für einen besseren Halt bei Kälte und Schnee.«

»Ich habe ein Schweizer Offiziersmesser«, verkündete Sofia voller Begeisterung. Kaum ausgesprochen, hatte sie das Messer in der Hand und klappte nacheinander alle Klingen und Werkzeuge aus. Mit Stolz sah sie, wie Lars voller Bewunderung den Kopf schüttelte, als hätte er so etwas Wunderbares noch nie gesehen.

Sofia wirkte so konzentriert und interessiert, wie er es bei Unternehmungen mit ihr schon lange nicht mehr erlebt hatte. Doch was genau *hatte* er im letzten Jahr mit ihr zusammen eigentlich gemacht? Sie waren ein paar Mal wandern gegangen und hatten Beeren gesammelt. Er hatte sie mit ins Alfheim-Stadion genommen, um zuzusehen, wie Tromsø IL in der vierten Runde des Norwegischen Fußballpokals gegen Rosenborg verlor. Ach ja, und dann war da noch die Beerdigung ihrer Schwester als gemeinsamer Familientag gewesen.

Erik stand auf, schnappte sich die drei leeren Weinflaschen und stellte sie auf die Arbeitsplatte in der Küche.

»Möchtet ihr einen Kaffee?«, fragte Karine und holte Becher aus dem Schrank.

Elise sah ihn an und kannte die Antwort. Zumindest wortlos konnten sie sich noch verständigen.

»Nein, danke. Unsere Kleine wird morgen dreizehn. Es gibt ein großes Geburtstagsfrühstück, für das wir früh aufstehen müssen«, antwortete Elise mit einem Lächeln.

Erik sah zu Sofia hinüber, die am Fenster stand und in die Nacht hinaussah, während Lars ihr von Hánas, Karines Bruder, erzählte, der Rentierhirte war.

»Jetzt, während wir es hier gemütlich und warm haben«, sagte Lars, »ist Hánas mit seiner Herde irgendwo da oben auf dem Plateau.« Er deutete auf die dunkle Silhouette des Bergs.

»Manchmal sehen wir da oben ein kleines Licht. Dann wissen wir, das ist Hánas in seinem Zelt«, sagte Karine, die zu ihrem Mann und Sofia ans Fenster kam.

»Es muss wunderschön sein da oben«, schwärmte Sofia.

»Aber auch sehr kalt.« Elise gab vor zu frieren und legte Sofia eine Hand auf die Schulter.

Sofia schien es nicht zu bemerken. Wie gebannt sah sie

zum Berg hinauf. Lächelnd bemerkten Elise und Karine, wie versunken das Mädchen war.

»Dann wünsche ich dir einen schönen Geburtstag morgen, Sofia. Und sorg dafür, dass deine Mama und dein Papa dich den ganzen Tag lang verwöhnen. Das fängt mit einem besonders schönen Frühstück an.« Sie deutete mit dem Kinn auf die dunklen Gipfel in der Ferne. »Mein Vater hat mich an meinem dreizehnten Geburtstag dort mit hinaufgenommen und mir beigebracht, wie man ein ausgewachsenes Rentier mit dem Lasso fängt. Ich sehe es noch vor mir. So ein großes Geweih.« Sie warf die Hände hoch. »Mindestens anderthalb Meter breit.«

»Ha, wer's glaubt!«, spottete Lars mit einer abwertenden Handbewegung.

»Warst du dabei, mein Schatz?«, fragte sie und reckte ihr Kinn provozierend vor, sodass Erik das trotzige junge Mädchen in ihr erkannte, das sie einmal gewesen war. »Wessen Geschichte ist das eigentlich?«

Lars machte erneut eine abfällige Handbewegung.

»Jedenfalls habe ich es nach mehreren Versuchen geschafft, dem Tier das Lasso über das riesige Geweih zu werfen. Mein Vater musste mir helfen, das Seil zu halten – ungefähr so.« Sie ahmte die Aktion nach. »Sonst hätte mich der Hirsch mitgerissen, und ich würde wahrscheinlich heute noch an seinem Geweih hängen. Aber vor Einbruch der Dunkelheit mussten wir zu Hause sein, weil wir dort oben keinem *Stallo* begegnen wollten.«

Sofia verzog das Gesicht. »Was ist denn ein Stallo?«

»Für die Geschichten von dummen, riesigen Stallos und Trollen ist Sofia doch wirklich zu alt«, schaltete sich Lars ein. Er stand neben einem antiken Barschrank und schenkte sich im gedämpften Licht des Innenraums einen Brandy ein.

»Ich habe Sofia gerade erzählt, was ich an meinem dreizehnten Geburtstag gemacht habe«, erklärte Karine. »Abenteuer muss man erleben, wenn man jung ist.«

Sofias Blick ging zu Erik, und er wusste, was sie den Helgelands jetzt sagen würde – nämlich, dass er ihr versprochen hatte, mit ihr auf eine Skitour zu gehen, wenn sie dreizehn würde. Dass sie es nicht tat, versetzte ihm einen Stich.

Den Brandy, den Lars ihm angeboten hatte, hatte er dankend ausgeschlagen. Nachdem sie sich bei ihren Gastgebern für den schönen Abend bedankt hatten, standen sie nun auf der Terrasse beisammen, wo sie sich in ihre Mäntel, Stiefel und Mützen hüllten.

»Einen Moment noch, Sofia. Ich habe noch etwas Besonderes für dich.« Der Atem stand Lars in weißen Wolken vor dem Gesicht. »Hier, bitte, mein Geschenk für dich zum Geburtstag.«

Sofia nahm das *Stuorraniibi* entgegen, das er ihr reichte, und sah ihre Eltern verunsichert an.

»Du darfst es natürlich nur benutzen, wenn deine Eltern es dir erlauben«, fügte Lars hinzu und nickte erst Elise und dann Erik zu. »Aber ich dachte … na ja … du hast zwar dein modernes Taschenmesser, mit dem du alles Mögliche machen kannst, aber ich finde, dass du auch etwas aus der Vergangenheit haben solltest. Etwas, das dich an die erinnert, die vor uns da waren.«

Sofia starrte das Geschenk mit offenem Mund an, wusste nicht, was sie sagen sollte.

Erik sah seinerseits Elise an. *Sie* wusste natürlich, was sie sagen sollte. Etwa: *Was zum Teufel ist in dich gefahren, Lars, einem dreizehnjährigen Mädchen so einen riesigen Finnendolch zu schenken? Wie kann man nur auf solch eine Idee kommen?*

»Du Glückliche«, sagte Elise, legte Sofia den Arm um die Schulter und bedeutete ihr mit leichtem Druck, dass sie sich bedanken sollte.

»Danke, Herr Helgeland«, sagte Sofia schließlich, wobei sie sich zwingen musste, den Blick von dem Messer zu lassen und stattdessen Lars anzusehen.

»Wenn du ein gutes Messer immer sehr sorgfältig behandelst, dann behandelt es auch dich gut«, erklärte Lars. »Also dann, Sofia, bis zum nächsten Mal.« Er wandte sich um und ging zum Haus zurück. »Und alles Gute zum Geburtstag!« Der Atem stand ihm im Lichtschein des Hauseingangs in einer großen Wolke vor dem Gesicht.

3

Ihm war schon klar, dass er sich im Haus der Helgelands danebenbenommen hatte. Zwar nicht in dem Moment selbst, aber hinterher wurde es ihm doch schnell bewusst. Elises Schweigen auf der Rückfahrt im Auto war nicht minder gnadenlos und entschlossen wie das monotone Hin und Her der Scheibenwischer, die die Windschutzscheibe schneefrei hielten. Ihr starrer Blick nach vorne zeugte eher von Wut und Empörung als von der Bereitschaft, ein zweites Augenpaar auf die gefährliche Straße zu richten.

Zumindest hatte sie gewartet, bis sie zurück waren und Sofia im Bett lag, bevor sich seine Vermutung bestätigte.

»Du wusstest doch genau, wie die Helgelands über die erneute Inbetriebnahme der Mine denken«, sagte sie. »Wie besorgt und verzweifelt sie darüber sind.« Sie neigte den Kopf, ihre Augen blitzten vorwurfsvoll auf. »Und du weißt auch, welchen Schaden das anrichtet.«

»Ich habe nur gesagt, dass es so schlimm vielleicht gar nicht ist«, antwortete er, während er sich auf der Bettkante die Strümpfe auszog. »Vielleicht tut es den Helgelands auch mal ganz gut, die Sache von der positiven Seite her zu betrachten. Das ist alles.«

»Und noch schlimmer ist«, fuhr sie fort, ohne auf seine Erklärung einzugehen, »dass du genau weißt, dass diese Geschichte der eigentliche Grund ist, warum wir hier sind.«

Einen Moment herrschte Schweigen. Die Sekunden wurden durch das Ticken der Uhr über der Schlafzimmertür markiert.

»Der eigentliche Grund?«, fragte er, wie ein Angler, der einen Köder ins Eisloch wirft. »Wir sind als Familie hergekommen, weil wir Zeit miteinander verbringen wollen.«

»Du weißt, was ich meine«, zischte sie und knallte die Schranktür zu. Dann hielt sie inne, um zu horchen, ob Sofia aufgewacht war. »Das ist meine Arbeit.« Sie drehte sich zu ihm um, warf sich das Nachthemd über den Kopf und zerrte es an sich herunter. Dann stand sie mit Tränen in den Augen verärgert und aufgewühlt da.

Er wusste, dass alles, was er jetzt sagte, nur falsch sein konnte. Denn sie hatte recht. Er sollte sich entschuldigen. Ihre Hand nehmen. Sie in die Arme schließen. Aber er schwieg.

Während die Zeiger der Uhr Schritt für Schritt in die Nacht vorrückten, spürte er, dass sie im Dunkeln wach neben ihm lag.

»Hier ist noch eine Kleinigkeit von mir«, sagte er und reichte Sofia ein Geschenk, während sie eine weitere Karte ans Ende der Zickzacklinie stellte, die sich zwischen Frühstückstellern, Waffeln, Moltebeeren-Marmelade, Käse, Salami, gepökeltem Lammfleisch, grünen Paprikaringen, gekochten Eiern, einem Teller mit knusprigem Speck und Mohnbrot über den Tisch schlängelte.

Sofia betrachtete das Päckchen, das aussah, als hätte sich ein Igel Papier aus der Mülltonne gezupft und sich darin eingewickelt, um sich warm zu halten. Eine Kleinigkeit, die ihm erst zwei Minuten, bevor sie ins Zimmer gekommen war, wieder eingefallen war.

Es war eine pinkfarbene Merinowollmütze mit kleinen Iglus, Schneeflocken und Eisbären darauf, von denen einige Schlittschuh liefen, andere auf ihrem Hinterteil sitzend Angelruten hielten.

»Sie hat ein Fleece-Futter, damit sie nicht kratzt und dich schön warm hält«, fügte er hinzu, wobei ihm klar wurde, dass Sofia für eine solche Mütze eigentlich zu alt war. Selbst mit neun oder zehn hätte sie sich wahrscheinlich schon nicht mehr für Rosa entschieden. Die Eisbären wären vielleicht noch okay gewesen. Aber mit dreizehn? Ihre aktuelle Mütze war ein unförmiges, schäbiges Etwas im Camouflage-Look.

»Ich kann sie noch umtauschen«, fügte er hinzu.

»Nein, sie gefällt mir.« Sie schüttelte den Kopf, legte die Mütze ordentlich zusammen und platzierte sie neben ihren Karten auf dem Tisch.

Nachdem Sofia beim Frühstück noch weitere Geschenke geöffnet hatte, packte sie nun auch das ihrer Eltern aus. Dieser Moment war sehr wichtig, und er wusste, dass sie das alle so sahen. Er ließ sie nicht aus den Augen, als sie das Papier um den hellblauen Trekking-Rucksack aufriss.

»Im Frühjahr gehen wir wandern«, sagte er.

»Danke«, sagte sie stirnrunzelnd und stellte den Rucksack neben sich auf den Boden.

»Er ist extra für Frauen entworfen worden«, ergänzte Elise, zog vielsagend eine Augenbraue hoch und klopfte sich auf die Hüften.

»Ich finde ihn toll«, sagte Sofia.

»Wir können ihn später ausprobieren. Wir könnten zum Gletscher fahren, wenn du magst, und dort vielleicht ein kleines Picknick veranstalten. Wir müssen allerdings zurück sein, bevor es dunkel wird«, schlug er vor.

Sofia nickte und nahm die Kopfhörer zur Hand, die sie bereits ausgepackt hatte. »Darf ich die ausprobieren?«

»Du hast doch noch gar nicht zu Ende gefrühstückt.« Elise deutete auf das gekochte Ei, die Scheibe Brot und den Käse auf ihrem Teller.

»Ich hab keinen Hunger.« Sofia drehte sich um und verschwand.

Er zögerte einen Moment und griff dann zur Kaffeekanne. »Ich glaube, ich sollte sie jetzt mal auf eine Skitour mitnehmen.«

»Glaubst du wirklich, dass sie so weit ist?«, fragte Elise.

Er überlegte. Die Kanne schwebte über seiner Tasse. Er dachte an die Englandreise, die Kletterwand, und sah Emilie dort auf der blauen Matte liegen, die ihren Sturz hätte abfangen sollen, was aber irgendwie nicht funktionierte.

Tellerklappern holte ihn aus seinen Erinnerungen zurück. Elise hatte begonnen, den Tisch abzuräumen, und er sah ihr einen Moment lang zu, wie sie die Reste in eine leere Schüssel kratzte. In Gedanken war sie bei ihrer Arbeit, das wusste er. Sobald die Frühstücksteller weg waren, käme ihr Laptop auf den Tisch. Er würde bestimmt auch etwas finden, was erledigt werden musste, konnte sich überlegen, welche Vorräte aus der Stadt geholt werden mussten. So viel zum Familienurlaub.

Er hörte sich Sofias Namen rufen. Einmal, zweimal.

Nichts. Schließlich vernahm er Schritte und das Knarren der Treppe.

»Was ist?« Sofia blieb in der Tür stehen. Der Blick ihrer blauen Augen wanderte von einem zum anderen und blieb schließlich an ihm haften.

Ein wenig Frischluft würde ihm guttun. Und ein wenig Zeit mit Sofia, nur sie beide.

»Papa?« Sofia holte ihn in die Wirklichkeit zurück. Ungeduldig reckte sie ihr Kinn vor.

Er sah sie an. Er sah sie ganz bewusst an. Sie hatte so viel durchgemacht – und was hatte er getan? Ihr Leid noch vermehrt, indem er sie in Watte gepackt hatte, obwohl sie größer wurde. In einer Phase, in der sie ihren Horizont hätte erweitern müssen, statt behütet zu werden. Sie hatte Besseres verdient.

»Ich habe über die Skitour nachgedacht«, sagte er. »Ich nehme dich mit.«

4

Sofia zitterte vor Aufregung, als sie noch vor dem Morgengrauen vor der Hütte standen. Erik rückte seinen Rucksack zurecht und zog ein letztes Mal den Hüftgurt fest. Hinter ihnen sickerte warmes Licht aus den Fenstern der Hütte, vor ihnen die Stille der Winternacht. Wie ein Relikt der langen Polarnacht umklammerte sie die Landschaft. Sein Blick ging Richtung Westen, wo ein unsichtbarer Mond den wolkenverhangenen Himmel mit einem weißen Schimmer überzog, dessen diffuses Licht den Schnee auf den zerklüfteten Berggipfeln matt aufleuchten ließ.

Auch er war aufgeregt, bebte vor Tatendrang und fühlte sich so stark und jung wie lange nicht mehr. Vielleicht sogar seit seinem Militärdienst nicht mehr, als er achtzehn gewesen war und sie in Bardufoss ihre Ausbildung für Kälte absolvieren mussten. Als junger Mann hatte er damals noch alles vor sich gehabt.

»Bist du bereit, Lillemor?« Sofia streifte sich ihre Dreifinger-Fäustlinge über. Auf der Rückfahrt von den Helgelands und den ganzen Tag darauf hatte es geschneit. Er sog die klare, frische Luft ein. Eine Welt aus unverbrauchtem Pulverschnee lag vor ihnen. Die Bedingungen waren nahezu perfekt.

»Ja, Papa, ich bin so weit.« Das leichte Zittern in ihrer Stimme entging ihm nicht. Verständlich, wenn man bei minus zehn Grad den Schutz der warmen, gemütlichen Hütte verlässt, um sich auf eine Skitour zu begeben, und vermutlich tagelang keinen anderen Menschen mehr zu sehen bekommt.

»Fühlt sich doch gut an, oder?«, sagte er, während er sich daran machte, den Pulka zu verschnüren, den er mit Zelt, Kocher, Schlafsäcken und anderen Dingen beladen hatte, die sie auf ihrer Tour sicher brauchen würden. Beim Verstauen des Erste-Hilfe-Kastens fiel ihm Emilies alter Teddybär in die Hände, der tief unter den Decken versteckt war. Ein schäbiges, mottenzerfressenes Ding mit kurzem, rotem Pullover. Aus einem ihm unerfindlichen Grund hatte Emilie ihn Krähe getauft. Er hatte ihn seit Jahren nicht mehr gesehen. Sofia musste ihn aus der Vorhölle für Plüschtiere vom Dachboden gefischt und unbemerkt in den Pulka geschmuggelt haben. Ob er nun ein paar Gramm mehr oder weniger zu ziehen hatte, darauf kam es nicht an. Vielleicht war das für Sofia eine Möglichkeit, Emilie mit auf die Tour zu nehmen.

In Daunenjacke und Mütze eingemummelt, kam ihre Mutter zu ihnen hinaus. Sofia steckte die Skistöcke in den Schnee, und Elise nahm Sofias Hände.

»Versprich mir, vorsichtig zu sein.«

Sofia lächelte, ließ es aber gut sein, als sie bemerkte, wie ernst es ihrer Mutter war.

»Versprochen«, sagte sie mit gesenktem Kopf.

»Viel Spaß«, fügte Elise noch hinzu, was sich fast anhörte wie ein Befehl.

»Den werden wir bestimmt haben.« Die weiße Atemwolke vor Sofias Mund mischte sich mit der ihrer Mutter.

»Und pass gut auf deinen Papa auf.«

Das Lächeln kehrte auf Sofias Lippen zurück und verharrte dort wie eine Katze im warmen Körbchen.

»Mach ich, Mama.« Sie tat so, als wäre ihr das Aufhebens unangenehm.

Elise streifte einen Handschuh ab, schob die Hand in die Jackentasche und zog ein zusammengefaltetes Stück Papier hervor. »Eine kleine Botschaft für später.« Sie zog den Reißverschluss einer Tasche an Sofias grüner Jacke auf, schob das zusammengefaltete Blatt hinein und zog den Reißverschluss wieder zu. Dann umschloss sie mit den Händen Sofias rosafarbene Geburtstagsmütze, zog ihren Kopf zu sich heran und gab ihr einen Kuss auf Wangen und Stirn.

»Vielleicht gehen wir das nächste Mal alle zusammen«, sagte Erik zu Elise.

Sie zog eine Augenbraue bis an den Rand ihrer Wollmütze hoch. »Dann werden wir wohl ein größeres Zelt brauchen.« Was zumindest kein *Nein* war. Er lächelte und fand, dass sie wunderschön aussah. Dann ging sie zu Erik, umarmte ihn, und beide hielten einander im Arm.

»Ich liebe dich«, flüsterte Elise, ihre Wange fest an seine gedrückt.

»Ich liebe dich auch«, hauchte er in das raue Gewebe ihrer Mütze.

So verweilten sie einen Moment, bis sie ein Stück auf Abstand ging, um ihn ansehen zu können.

»Alles klar?«

»Ja«, antwortete Sofia und ergriff mit ihren behandschuhten Händen entschlossen die Skistöcke.

Er versuchte, sich Emilie vorzustellen, wie sie dort auf

ihren Skiern stehen würde, auf die Skistöcke gestützt, und darauf brannte, endlich loszufahren. Einen schmerzhaften Moment lang nahm die Vorstellung schemenhaft Gestalt an. Er sah sie vor sich, und der Schmerz übermannte ihn. Er musste den Blick abwenden. Er wandte sich dem Pulka zu und ging in Gedanken noch einmal die Liste der Gegenstände durch, die er für die Tour eingepackt hatte.

»Einen Augenblick noch«, sagte er, denn er musste sich gedanklich zunächst von Emilie lösen. Der Platz neben Sofia musste wieder frei sein, ein unberührter Fleck Schnee in der Dunkelheit. Flüsternd zählte er all die Dinge noch einmal auf, die sie brauchten. »Sonnenbrille. Skibrille. Sonnencreme. Ersatzseil für den Flaschenzug. Ersatzsocken. Schneesonde.« Fast den ganzen Tag hatten sie mit den Vorbereitungen zugebracht. Thermo-Unterwäsche, Mikrofaser-Wäsche, Softshell-Jacken, Softshell-Hosen, wollene Skisocken, Daunenjacken. Eispickel, Schneeschaufel. Jedem einzelnen Gegenstand widmete er einen eigenen Moment. Eine Art Ehrerbietung. *Kocher, Ersatzgaskartusche, Streichhölzer, Erste-Hilfe-Kasten.*

»Okay, ich bin so weit«, signalisierte er mit erhobenem Skistock.

Er stieß den Stock in den Schnee, drückte sich mit dem einem Bein ab, das andere kam ins Gleiten, und schon waren sie unterwegs, der Pulka knirschend hinter ihnen.

Lautlos wie Schatten zogen sie über den Schnee.

Abstoßen, gleiten. Abstoßen, gleiten.

»Passt gut auf euch auf!«, rief Elise ihnen nach. Erik winkte mit einem Stock. Nun waren sie allein in der Dunkelheit. Im silbrigen Mondschein zogen sie Spuren dort, wo vorher nichts gewesen war.

Sie fuhren in Richtung Westen, während sich hinter ihnen der Tag heranpirschte. Weiter ging es, zwischen schneebeladenen Fichten hindurch, durch ein hügeliges Tal Richtung Norden. Sofia fuhr sehr gut, und er war stolz auf sie. Beide verloren sich in ihrem Rhythmus, ihr Diagonalschritt war ruhig und fließend, sie kamen voran. Sofia fuhr in den Spuren, die er in den Tiefschnee gezogen hatte.

Drei Stunden waren sie jetzt unterwegs, hatten nur eine kleine Pause eingelegt, um ein wenig auszuruhen und eine Tasse schwarzen Kaffee zu trinken. Sie hatten sich einen Schokoriegel von *Kvikk Lunsj* geteilt, dem Sofia mehr abgewinnen konnte als dem Kaffee. Dann ging es weiter. Zwei Farbkleckse in der weiten weißen Welt zogen ihre Spur in den unberührten Schnee.

Mittags machten sie in einer Baumgruppe halt. Erik nahm die Schaufel vom Pulka und grub eine Stufe in den Schnee, auf die sie sich setzen konnten, um Käse- und Salamibrote zu essen. Das Schweigen störte ihn nicht, und er fragte sich, ob es ihr genauso ging.

»Ist dir warm genug?«, erkundigte er sich. Er spürte, wie der Schweiß auf seiner Haut kälter wurde, wollte aber nicht, dass Sofia kalt wurde.

»Mir geht's gut«, erwiderte sie.

Er betrachtete ihre Skier und Stöcke, die sie ordentlich neben seine gestellt hatte. Erst hatte sie ihn beim Wachsen seiner Skier beobachtet, dann hatte er zugesehen, wie sie ihre eigenen behandelte und dabei sehr sorgfältig vorging, das Material fast ehrfürchtig behandelte.

»Bist du immer noch wild entschlossen, heute Nacht im Zelt zu schlafen?« Er hatte eine Rundtour um den westlichen

Rand des Strupbreen-Gletschers bis zum Blåvatnet-See geplant, dann weiter Richtung Osten zum Stor Reindalstinden, um den hohen Berg herum, bevor es am Fjord entlang schließlich zurück nach Süden, nach Koppangen, ging.

»Natürlich, warum fragst du?«

»Weil es am Fuß des Tvillingstinden eine Hütte gibt. Dort wäre es wärmer.«

»Ich will aber im Zelt schlafen«, sagte sie. Diese Stirnfalte zwischen ihren Augen. Genau wie bei ihrer Mutter. »Du hast doch gesagt, das geht schon, und du hast gesagt, dass wir mindestens eine Nacht im Zelt übernachten. Und die erste Nacht wäre perfekt, weil wir noch frisch sind und alles noch trocken ist.«

Er hob entschuldigend die Hand. »Schon gut, machen wir ja«, sagte er lächelnd. »Natürlich machen wir das.«

Sie war erleichtert. Nachdem sie sich die Rucksäcke wieder aufgesetzt und die Skier untergeschnallt hatten, fragte Sofia ihn, ob er sich vorstellen könne, dass sich noch jemand anderer auf die selbst gebaute Schneebank setzen würde.

»Ich glaube, es wird wieder schneien, bevor jemand hier vorbeikommt. Dann wird sie zugeschneit sein.« Er wusste nicht, ob sie enttäuscht war, dass die Bank verschwinden würde, oder sich freute, dass sie nur ihnen gehört hatte.

»Die ersten Skifahrer«, fuhr er fort, »kommen sowieso erst in drei Wochen. Im Februar zieht es nur die Profis her.«

Jedenfalls lag Stolz auf ihrem Gesicht, das war deutlich zu erkennen.

»Sieh mal da, Papa!«

Sein Blick folgte ihrem ausgestreckten Arm, über dem offenen Gelände kreiste ein Adler.

»Der ist vermutlich auf der Jagd«, sagte er. Sie suchten den Horizont nach seiner Beute ab, konnten aber nichts ausmachen. Plötzlich legte der Adler die Flügel an, ging in den Sinkflug über und wurde immer schneller, je enger er seine Flügel anlegte. Kurz bevor er auf dem Schnee auftreffen würde, breitete er die Flügel aus. Der Schwanz spreizte sich fächerförmig, er richtete die Beine nach vorn. Im selben Moment vernahmen sie das dumpfe Schlagen der riesigen Flügel.

»Können wir etwas näher herangehen?«, fragte Sofia.

»Aber nur ein bisschen.« Sie kamen unter der Baumgruppe hervor und fuhren los, darauf bedacht, in der Spur zu bleiben, die sie selbst gelegt hatten, um Kraft zu sparen. Der Adler aber hatte sie bereits gesehen oder auf andere Weise wahrgenommen. Lautlos wie rieselnder Schnee erhob er sich in die Luft.

Das majestätische Tier entschwand, wurde zu einem immer kleineren Punkt am Himmel, während sie auf Skiern zu der Stelle glitten, wo der Adler gelandet war. Dort fanden sie einen Schneehasen mit weißem Winterfell. Drumherum lagen kleine Fellbüschel, die im Wind zitterten. Der Hase lag reglos da. Die zwei betrachteten das tote Tier, das der Adler mit seinen Krallen förmlich zerfetzt hatte.

Im Schnee drei Blutflecken, hell und alarmierend an diesem bedeckten Tag. Ob Sofia an Emilie dachte? Ob sie sich an den Anblick ihrer Schwester erinnerte, wie sie gebrochen auf der Gummimatte am Fuße der Kletterwand in Südlondon lag?

Er erinnerte sich an Sofias Gesichtsausdruck, während sie

auf Emilie hinabsah. An den Knochen, der durch die Haut ragte. An das Blut. Den unfassbaren Winkel.

»Lass uns gehen«, sagte er.

Der Tag neigte sich dem Ende entgegen, als sie Richtung Norden schwenkten und mit dem Aufstieg begannen. Zweimal hielten sie an, um Felle unter die Skier zu spannen. Ein Anstieg war besonders steil. Fünfundvierzig Minuten lang mühten sie sich im Seitwärtsgang den Berg hinauf, die Metallkanten der Skier bei jedem Schritt in den Schnee gedrückt, um nicht wieder abzurutschen.

Ein schweres Stück Arbeit für ein junges Mädchen. Immer wieder mussten sie stehen bleiben, um zu verschnaufen, und er wusste, wie enttäuscht sie darüber war, dass ihre Oberschenkel vor Anstrengung schmerzten. Aber sie beklagte sich nicht, und er machte kein großes Aufhebens davon, als sie oben angekommen waren und auf die Spuren zurückblickten, die sie auf dem Weg nach oben hinterlassen hatten.

»Mach lieber deine Jacke zu, Lillemor.« Beim Aufstieg war ihr warm geworden, sodass sie den Reißverschluss ihrer Windjacke geöffnet hatte. Sie teilten sich den Rest des Kaffees aus seiner Thermoskanne, und er versprach ihr, dass sie später ein Feuer machen würden. Dann fuhren sie Richtung Koppangsbreen-Gletscher, um sich nach einer guten Stelle umzusehen, an der sie ihr Nachtlager aufschlagen konnten. »Ob der Adler den Hasen wiedergefunden hat?«

»Bestimmt.«

»Aber das war doch bestimmt schwierig, weil er sich nicht mehr bewegt hat.«

Er dachte darüber nach. »Aber das Blut sieht er bestimmt. Und unsere Spuren.«

»Klar, unsere Spuren auch.«

Sie fanden einen Platz, der weit genug von abfallenden Stellen entfernt lag, sodass sie keinen Lawinenabgang befürchten mussten. Eine Reihe Tannen bot ausreichenden Schutz vor dem Wind. Der Schnee erwies sich als zu schwer, daher zogen sie die Schneeschuhe an und stampften ihn eine Weile fest. Anschließend sammelten sie Feuerholz.

Er überließ es Sofia, das Zelt auszurichten. Und sie machte alles genau richtig. Der Eingang quer zum Wind, der nach Einbruch der Dunkelheit immer stärker wurde. Die Heringe schlugen sie waagerecht ein, stampften den Schnee drum herum fest und ließen sie noch eine Weile festfrieren, bevor sie die Spannseile daran befestigten. Schließlich errichteten sie mit der Schaufel eine spitz zulaufende, in den Wind gerichtete Wand, damit der Schnee, der vermutlich noch fallen würde, gegen die Wand oder direkt über das Zelt hinweg geblasen würde, anstatt es unter sich zu begraben. Wenn es in der Nacht ruhiger werden sollte, sagte er ihr, sollte sie ihn wecken, denn das könnte bedeuten, dass der Wind gedreht hatte und er den Schnee wegräumen musste, der aufs Zelt gefallen war.

Um das Zelt herum häuften sie kleine Schneedämme auf, damit weder Wind noch Schnee unter das Zelt gelangen konnten. Schließlich gruben sie ein Loch in den Vorraum, auf dessen Rand sie sich stellen und auch die Ausrüstung unterbringen konnten.

Beim Einräumen der Schlafsäcke und der übrigen Ausrüstung sah er ein, dass es ein Fehler gewesen war, sein Versprechen einer gemeinsamen Skitour zurückzunehmen. Es wäre unfair gewesen, ihr das zu verweigern. Er wusste, dass sie dazu in der Lage war und seine Ängste umsonst gewesen waren.

Als alles erledigt war, bekam er Hunger. Und als er sah, dass Sofia vor Kälte zitterte, begann er, vor dem Zelt eine Stelle für ein Feuer platt zu treten. Mit den Ästen, die sie gesammelt hatten, errichtete er eine Feuerstelle und schabte mit seinem Messer etwas Rinde von den Ästen. Sofia türmte das Anzündholz zu einem Haufen auf. Schon bald knisterte ein Feuer. Die Flammen züngelten in der Dunkelheit. Sie saßen auf ihren Matten und sahen in die Flammen, als wäre gerade eine Gottheit geboren worden und sie wären die ersten Menschen.

Später, als die Flammen kleiner geworden waren, taten sie einen Block gefrorenen Rindfleisch-Gemüse-Eintopf in einen Topf und stellten ihn auf das Feuer, bis es kochte. Obwohl sie erst einen Tag auf Skiern gestanden hatten, waren sie sich beide darüber einig, dass dies die beste Mahlzeit war, die sie jemals gegessen hatten. Aber das, so beschlossen sie, wollten sie Sofias Mutter niemals sagen.

Nach dem Essen wusch er den Topf mit Schnee aus und kochte etwas Wasser für heiße Schokolade auf. Eingemummelt in ihre Schlafsäcke, die Tassen mit beiden Händen umschlossen, pusteten sie und schlürften die Schokolade, als wäre sie ein geheimnisvolles Elixier, auf das sie in einer Gletscherspalte gestoßen waren.

»Wie geht es deinen Füßen?«, erkundigte er sich.

»Gut«, stellte sie fest, während sie im Schlafsack mit den Zehen spielte.

»Keine Blasen?«

»Ich glaube nicht. Aber die Beine tun mir vom Anstieg etwas weh«, gab sie zu.

»Meine auch.«

Der Wind frischte auf. Er strich über die Zeltplane, als wollte er hinein. Erik hatte die Rucksäcke als Puffer an der Zeltwand gegenüber von Sofia platziert. In der Grundausbildung beim Militär hatten sie die unerfahrensten Rekruten immer von den Eiswänden weggeholt und in die Mitte der Gruppe gelegt, nachdem sie Iglus und Schneelöcher zum Schlafen gebaut hatten. Es gab aber noch einen anderen Grund, die Rucksäcke nicht im Vorraum abzustellen. Es hätte noch Platz für eine weitere Isomatte, einen weiteren Schlafsack, eine weitere Person gegeben, aber er wollte sich den Anblick ersparen. Für Sofia, redete er sich ein, wusste aber, dass er es für sich getan hatte.

»Zeigst du mir, wie man Holz für ein Lagerfeuer schichtet, Papa? Falls wir morgen Nacht wieder eins machen.« Sie zeigte auf ihre Uhr. »Zum Schlafengehen ist es noch zu früh.«

»Morgen übernachten wir in einer warmen Hütte«, sagte er.

»Trotzdem sollte ich es mal lernen«, sagte sie mit diesem unwiderstehlichen Lächeln, von dem sie wusste, dass es sie, und damit auch ihn, vier oder fünf Jahre jünger machte. Ein Lächeln aus besseren Zeiten. »Wir könnten doch morgen früh ein Feuer machen«, schlug sie vor. »Für deinen Kaffee.«

Es wurde kalt. Selbst im Zelt formte der Atem Wolken vor ihrem Gesicht. Sollte sie den Temperaturabfall noch nicht bemerkt haben, sich darüber zumindest nicht beklagen, wäre es vielleicht keine schlechte Idee, sie zu beschäftigen und auf andere Gedanken zu bringen.

»Wir können mit dem Messer, das du von Lars Helgeland bekommen hast, etwas Holz spalten«, schlug er vor.

»Du meinst mit meinem Messer«, korrigierte sie ihn, während sie schon bis zu den Ellbogen in ihrem Geburtstagsrucksack steckte, um es zu suchen.

»Natürlich, mit deinem Messer«, korrigierte er sich und zog sich die Skistiefel an.

Er suchte draußen ein wenig Holz zusammen und legte es neben die noch flackernde Feuerstelle. Sein Blick ging zum Himmel hinauf, der sich inzwischen vollkommen zugezogen hatte. Die Wolken eilten Richtung Osten. Der immer stärker werdende Wind blies ihm ins Gesicht und in die restliche Glut. Hätte er die Anzeige mit aus dem Zelt genommen, wäre das Thermometer bestimmt um zwei oder drei Grad gefallen.

Immer wieder hatten sie sich am Vortag den Wetterbericht angehört. Für Grönland wurde zwar ein Schneesturm angekündigt, der aber, darin waren sich die Experten einig, nicht nach Island und zur Norwegischen See übergreifen würde. Er hoffte, dass sie recht behielten, denn morgen würden sie den Gletscher überqueren, auf dem es keinen Schutz gab.

Er spaltete das erste Stück und zeigte ihr, wie man kleine Späne davon abschabte. Dann gab er ihr das Messer. Sie stellte das Holz in das Fußloch, das er in den Vorraum gegraben hatte, und setzte oben die Klinge des Messers an. Sie achtete darauf, dass möglichst viel über den Stamm hinausragte. Dann nahm sie einen weiteren Ast, schlug damit mehrmals auf den Messerrücken ein und trieb so die Klinge hinein, die das Holz spaltete. Genauso, wie er es ihr gezeigt hatte. Doch mit einem Mal steckte die Klinge fest. Sie musste an einem festeren Kernstück hängen geblieben sein, das sich im Holz befand. Sie packte das Messer am Griff, um es herauszuziehen. Gerade wollte er einschreiten, ihr sagen, dass es so nicht ginge, aber es war zu spät. Sie rutschte ab. Die Klinge durchtrennte den Baumwollhandschuh und glitt in das weiche Fleisch unterhalb des Daumens. Sie gab keinen Laut von sich.

»Scheiße«, entfuhr es ihm. Er führte die Hand zur Laterne und zog ihr behutsam den Handschuh aus. Beide betrachteten sie den Schnitt. Er fluchte erneut.

»Entschuldigung, Papa«, sagte sie mit schreckgeweiteten Augen. Nicht vor Schmerz. Noch nicht, denn das Messer war sehr scharf. Der Schmerz würde bald kommen, das wusste er.

Er nahm die andere Hand und legte sie um die Verletzung herum. »Drück ganz fest.« Er holte den Erste-Hilfe-Kasten aus dem Pulka. Über die Schulter sah er sich nach ihr um. »Fester!« Blut sickerte hervor und tropfte auf die Bodenmatte. Ihm drehte sich der Magen um.

»Das wird schon wieder.« Er riss ein Verbandspäckchen mit den Zähnen auf und nahm ihre Hand. »Das Messer war zum Glück sauber. Wir bringen jetzt die Blutung zum Stillstand, dann wird alles gut.«

Sie wandte den Blick ab.

»Wird dir schwindlig?«

»Nein. Na ja, ein bisschen vielleicht doch.«

Er wickelte den Verband um die Hand. Ordentlich und fest, denn er musste sitzen.

»Mir ist schwindlig, Papa.«

»Ich bin gleich fertig.«

Er riss ein Pflaster ab, nahm die Laterne und hielt sie dicht daran, um zu sehen, ob noch Blut durchsickerte. Nichts zu sehen.

»Ich hatte dir doch gesagt, dass es so nicht geht.«

»Tut mir leid.« Sie weinte.

»Schon gut, du kannst nichts dafür«, lenkte er ein.

»Es tut weh.«

»Ich weiß.«

Er sah, dass sie zitterte. »Es ist meine Schuld. Ich hätte dir das Messer nicht überlassen dürfen.«

Sie hielt die verletzte Hand mit der anderen. Tränen liefen ihr übers Gesicht.

»Warte hier«, sagte er. Er ging hinaus und band ihre Skier und Stöcke auf den Pulka. Dann holte er die Schlafsäcke und legte sie zusammen mit Sofias Rucksack und ein paar anderen Dingen aus dem Zelt in den Pulka.

»Was hast du vor?«

»Die Helgelands wohnen nicht weit weg von hier. Nur fünf oder sechs Kilometer weiter westlich.«

»Das ist aber trotzdem ein langer Weg.«

»Ach was, so weit ist das nicht.«

Er half ihr in Stiefel und Jacke und setzte ihr die Mütze auf den Kopf. Sie stieg in den Pulka, und er deckte sie mit den Schlafsäcken zu. Ski fahren konnte sie nicht, weil sie mit dem dicken Verband um die rechte Hand den Skistock nicht richtig greifen konnte.

»Wir sind bald da, und dann sehen wir uns den Schnitt genauer an«, versprach er.

»Aber er ist doch schwer zu ziehen«, wandte sie ein.

»Das geht schon.« Er legte das Zuggeschirr an. »Es ist ein sehr guter Schlitten, der läuft wie geschmiert.«

Sie machten sich auf den Weg. Der eisige Wind trieb ihm Tränen in die Augen, die ihm über die Wangen liefen. In der Dunkelheit war die Skibrille keine Hilfe. In regelmäßigen Abständen warf er einen Blick zurück über die Schulter, versuchte, sich schematisch das Bild der Landschaft mit dem Zelt einzuprägen, damit er die Stelle am nächsten Morgen wiederfand.

Im Zelt hatte er die Laterne angelassen. Ihr Licht warf einen matten Schein an die Zeltwände, drang aber nicht in die Nacht hinaus. Vor den verschneiten Tannen hatte ihr Zelt etwas von einer zerbrechlichen kleinen Kapelle am Ende der Welt.

Aber das war jetzt nicht wichtig. Nur das Kind in dem Pulka war wichtig. Mit voller Kraft ging er los. Das Adrenalin gab ihm die Energie, und die Wut erhitzte sein Blut. Er hätte Sofia nicht mitnehmen dürfen. Sie war noch nicht so weit, und das hätte er wissen müssen. Denn eigentlich hatte er es doch gewusst, oder?

Dreimal blieben sie stehen, damit er das GPS-Gerät und die Karte mit dem abgleichen konnte, was er vom Display des Navis an dem Abend, als sie von den Helgelands kamen, noch im Kopf hatte. Auf die Stöcke gestützt hob er die Skier einen nach dem anderen an, um die Unterseite vom Schnee zu befreien. Dann ging es weiter. Er suchte seinen Rhythmus und orientierte sich an dem wenigen, das er in dem schwachen Mond- oder Sternenlicht erkennen konnte, das durch die Wolken sickerte und vom Schnee reflektiert wurde.

Hin und wieder rief er Sofia über die Schulter etwas zu, um sich zu vergewissern, dass es ihr gut ging und sie nicht fror. Sie versicherte ihm jedes Mal, dass es ihr gut ginge, aber er hörte an ihrer Stimme, dass sie noch weinte.

»Wir sind gleich da.« Er sprach nicht viel. Der Wind blies die Worte fort, und er hatte an dem Pulka schwer zu ziehen. Er brauchte seinen Atem.

Aber er war stark. Stärker als der Wind. Gefolgt vom Knarzen des Pulka stapfte er durch immer tiefer werdenden Schnee.

Über eine Stunde waren sie schon unterwegs, als ihn das ungute Gefühl beschlich, dass er entweder den Kompass oder die Karte falsch gelesen hatte und ihn seine Erinnerung trog, denn von Helgelands Haus war weit und breit nichts zu sehen. Die Silhouette der Berge, die er im Dunkeln erkennen konnte, schien ihm vertraut. Er dachte, er würde über den zugefrorenen See fahren, um den sie mit dem Auto herumgefahren waren, doch immer noch fehlte von dem Haus jede Spur. Nicht eine Hütte hatte er gesehen. Seine Angst wuchs, ebenso die Eisschicht, die sich unter seinen Skiern bildete.

Ich könnte umkehren, dachte er. *Zurück zum Zelt gehen und den Morgen abwarten.* Doch ihre Spuren dürften mittlerweile verweht sein. Was, wenn er das Zelt nicht wiederfand? Im Schneesturm konnten sie nicht draußen bleiben.

Er lief weiter. Wie Nadeln trafen die Schneekristalle auf seine Haut. Sein Herzschlag dröhnte ihm in den Ohren, unerbittlich wie eine tickende Uhr.

Vielleicht waren die Helgelands nicht zu Hause und das Licht gelöscht, sodass er ihr Haus nicht ausmachen konnte.

Oder sie waren an einem ganz anderen Berg und auf einem ganz anderen zugefrorenen See unterwegs.

Aber dann kam es in Sicht. In der Ferne, am Fuß des Bergs, kauerte es in der arktischen Nacht. Der gelbe Schein der Fenster und das Licht des Filmprojektors fielen hinaus in den Schnee.

Das Haus von Lars und Karine Helgeland.

5

Karine und Lars standen beide in der Tür, offensichtlich sehr beunruhigt darüber, dass jemand mitten in der Nacht und bei einem solchen Schneesturm draußen noch unterwegs war. Noch überraschter waren sie, Sofia und ihn vor der Tür stehen zu sehen. Eilig baten sie die beiden ins warme Haus hinein.

Als Erik die Tür hinter sich schließen wollte, wirbelte Schnee herein, als hätte der Wind seine Hand nach ihm ausgestreckt. Dann war es still. Sie waren in Sicherheit. Karine kümmerte sich im Wohnzimmer um Sofia, und Lars entfachte das niedergebrannte Feuer im Holzofen neu. Noch immer strömte Adrenalin durch die Muskeln seiner Oberschenkel, sein Herz raste. Mit Schrecken dachte er daran, was alles hätte passieren können.

Karine machte ihnen heiße Milch mit Honig, und Lars schenkte Erik einen ordentlichen Brandy ein und sich selbst einen kleinen. Er wollte von Erik wissen, wo sie das Lager errichtet hatten und welche Route sie für die Tour geplant hätten.

»Eine sehr gute Entscheidung, zu uns zu kommen«, sagte Karine. Sie saß neben Sofia und wickelte behutsam den Verband von der Hand. Dann drückte sie einen Wattebausch auf eine Tube antibakterieller Salbe. »Das brennt jetzt ein bisschen, Liebes«, sagte sie und betupfte die Wunde, die zu

Eriks Erleichterung aufgehört hatte zu bluten. Sofia zuckte zusammen und sog zwischen den Zähnen die Luft ein.

»Wie hast du das bloß gemacht?«, wollte Karine wissen. Sie holte eine Dose Sprühpflaster aus dem Erste-Hilfe-Kasten und schüttelte sie.

»Mit einem Messer«, sagte Sofia. »Ich wollte Holz für das Lagerfeuer spalten.«

Von Gewissensbissen geplagt, schüttelte Lars den Kopf und gestand Erik seine Schuld ein. Doch Erik selbst schuldete den Helgelands ein Wort der Entschuldigung für sein Verhalten beim Abendessen vor zwei Tagen. »Ich habe mich unmöglich benommen«, gestand er. Die Hände um den Becher mit der heißen Milch geschlungen, sah er Lars an.

»Schon gut«, winkte Lars ab.

»Wir sind ziemlich altmodische Leute hier oben in den Bergen«, erklärte Lars. »All diese Veränderungen kümmern uns nicht. Aber manchmal müssen wir sie hinnehmen«, fügte er schulterzuckend hinzu. »Was bleibt uns übrig?«

Erik nickte. »Das Leben geht weiter«, sagte er und sah zu Sofia hinüber. Er dachte an die Tränen, die seine Familie in den letzten zehn Monaten vergossen hatte.

»So, das wär's.« Karine führte Sofias Hand zur Tischlampe, um ihre Arbeit zu begutachten. »Ich lege dir jetzt einen neuen Verband an. Aber nicht so dick, wie dein Vater ihn gemacht hat.« Sie sah Erik mit hochgezogener Augenbraue an. »Er wollte wohl eine ägyptische Mumie aus dir machen?«

Karine bereitete das Gästezimmer für die beiden vor. Erik bedankte sich und verkündete, dass er Elise jetzt nicht mehr anrufen würde, weil es schon spät sei und sie bestimmt schon schliefe. Sie würde sich in der Nacht nur endlos Sorgen um Sofia machen, wenn er ihr erzählte, was passiert war.

»Das ist sicher vernünftig«, pflichtete Lars ihm bei. »Ruf morgen früh an. Anschließend fahre ich dich mit dem Schneemobil zurück zu deinem Lager. Dann kannst du den Rest deiner Sachen holen. Wenn du willst und Sofia wieder fit ist, könnt ihr euch dann auf den Heimweg machen.« Er nippte an seinem Brandy.

»Es sei denn, du willst die Tour fortsetzen«, sagte Karine. Sie war gerade ins Zimmer gekommen und setzte sich neben Sofia auf die Sofalehne. Sofia schaute ihn erwartungsvoll an. Mit einem kaum merkbaren Kopfschütteln signalisierte er ihr, dass es so nicht kommen würde. Voller Mitgefühl nahm Karine Sofias Hand.

»Danke, dass wir bei euch bleiben dürfen«, sagte Erik. Nachdem er die Milch und den Weinbrand ausgetrunken hatte, erhob er sich und nickte Lars zu. »Wir haben euch schon genug Schlaf gekostet.« Er warf einen Blick auf die Uhr in der Küche. Elf Uhr. Nicht wirklich spät, vermutlich aber später, als die Helgelands sonst aufblieben.

Lars stand auf, ohne zu widersprechen. »Na dann ...« Er klatschte in seine großen Hände, als wollte er die Verhandlungen förmlich beschließen. »Fühlt euch wie zu Hause«, sagte er und ging zum Ofen, um die Lüftungsschlitze zu schließen, damit die Flammen ausgehen konnten. Karine sammelte Tassen und Gläser zusammen und brachte sie in die Küche.

»Gute Nacht, Frau Helgeland«, sagte Sofia.

Mit einem bewundernden Nicken quittierte Karine ihr höfliches Benehmen. »Schlaf gut, Sofia. Morgen früh gibt es ein üppiges Frühstück.«

Das hochfrequente Dröhnen von Motoren riss ihn aus dem Schlaf. Es hörte sich an wie ein aufgebrachter Bienenschwarm draußen in der Nacht. Es dauerte einen Moment, bis er wusste, wo er war. Sofia lag neben ihm und schlief fest. Er kroch unter der Decke hervor und ging zum Fenster. Die alten Dielen knarrten bei jedem Schritt. Er zog den Vorhang beiseite und entdeckte Schneemobile, die sich über das wellige, schneebedeckte Gelände in Richtung des Hauses durch den Schnee fraßen. Die LED-Scheinwerfer durchschnitten die Nacht und warfen immer wieder Lichtkegel ins Zimmer.

In einer geraden Reihe fuhren die Motorschlitten schließlich vor dem Haus vor. Vier Männer stiegen ab und stapften zur Tür. Im Flur vor dem Schlafzimmer vernahm er Schritte. Erst auf dem Treppenabsatz, dann die Treppe weiter hinunter, während mit der Faust fünf harte Schläge gegen die Haustür gedroschen wurden.

Er öffnete die Schlafzimmertür einen Spaltbreit und hörte, wie sich unten Männer mit starkem Akzent mit Lars unterhielten. Karine war ebenfalls unten. Er hörte, wie sich einer der Männer bei ihr dafür entschuldigte, dass sie die Helgelands aus dem Bett geholt hatten. Polizei war es nicht. Nicht mit solch einem Akzent. Er überlegte, was die vier Männer dazu gebracht haben könnte, nachts hierherzufahren, doch ihm fiel nichts ein. Er warf einen prüfenden Blick über die Schulter zu Sofia, um sich zu vergewissern, dass sie noch immer schlief. Dann machte er die Tür vorsichtig auf und trat leise auf den Treppenabsatz hinaus. Er wollte nicht in Unterwäsche und T-Shirt gesehen werden. Er wollte am besten gar nicht gesehen werden.

Vom Treppenabsatz aus blickte er hinunter und lauschte, hielt sich aber im Verborgenen. Während er zwischen den Stäben des Treppengeländers hindurchlugte, fühlte er sich wie ein kleines Kind, das die Gäste seiner Eltern ausspähte. In einem der Männer erkannte er den hochgewachsenen Mann wieder, der ihm geholfen hatte, die verlorenen Bierdosen einzusammeln. Neben ihm stand der Mann, der sich ihm in den Weg gestellt hatte, sodass er den Einkauf fallen ließ. Er zog sich die rote NYC-Mütze vom Kopf, unter der seine kurzen weißen Haare zum Vorschein kamen. Die anderen beiden kannte er nicht. Einer von ihnen bat Lars um etwas zu trinken, um sich nach der Fahrt etwas aufzuwärmen. Lars holte eine Flasche Wodka aus der Cocktailbar.

»Was wollt ihr hier mitten in der Nacht?«, erkundigte sich Lars, während er langsam von einem zum anderen ging und jedem ein Glas einschenkte. »So geht das nicht. Wenn Novotroizk Nickel uns etwas zu sagen hat, dann ist auf den Bürgerversammlungen Gelegenheit dazu.«

»Oder auf Facebook«, fügte Karine hinzu. Sie zog den Gürtel ihres Morgenmantels enger und verschränkte die Arme vor der Brust. Wie ein Bergmassiv hatte sie sich zwischen Küche und Wohnzimmer in Position gebracht.

Der große Mann bedankte sich bei Lars für den Drink. »Das ist nur ein kleiner Höflichkeitsbesuch«, beteuerte er. »Wir wären gern früher gekommen, aber es gab ein Problem mit einem der Schlitten.« Er deutete mit dem Kopf zum Fenster, während er einen Schluck nahm. »So etwas erwartet man nicht bei einer japanischen Maschine.« Schulterzuckend setzte er nach: »Werden wahrscheinlich in Amerika hergestellt.« Er nahm einen weiteren Schluck. »Wir möchten dir und allen anderen gutwilligen Menschen hier versichern, dass Novotroizk Nickel eure Sorgen ernst nimmt.« Sein Blick wanderte zwischen Lars zu Karine hin und her. »Das Unternehmen ist entschlossen, nichts zu tun, was euch beunruhigen müsste oder diesem … wunderschönen Land schaden könnte.«

Der große Mann hob sein Glas in Richtung Lars und Karine und leerte es dann. Die anderen drei Männer hatten ihre Gläser bereits ausgetrunken und schenkten sich aus Lars' Flasche nach.

»Die Firma möchte nur, dass ihr die Proteste einschränkt.« Lächelnd legte der große Mann Daumen und Zeigefinger zusammen. »Nur ein bisschen.« Es war nicht nur die Narbe, die über seine Lippen verlief, die diesem Lächeln etwas Bedrohliches verlieh.

»Novotroizk Nickel ist sich über die Folgen für die Umwelt und das Weideland, die mit der Wiedereröffnung der Mine verbunden sind, sehr wohl im Klaren«, sagte Karine. »Wir werden nicht wegsehen.«

»Verstehen Sie mich nicht falsch, Frau Helgeland«, entgegnete der große Mann. Er stellte das leere Glas ab und griff in seine Jacke. »Wir möchten nur gerne einen Beitrag zu Ihrer Sache leisten. Eine … *Geste* des guten Willens.«

Er hielt einen Umschlag hoch, dessen Umfang auf eine beträchtliche Summe Bargeld schließen ließ. »Eine kleine Hilfe für das Volk der Samen, das in unseren beiden Ländern seit so vielen Jahren unterdrückt wird.«

Erik sah, wie Karine den Kopf schüttelte, als Lars den Umschlag annahm. Er hatte gar nicht bemerkt, dass er die Luft angehalten hatte, und war erleichtert, dass Lars das

Angebot nicht zurückgewiesen hatte. Wie eine Wodka-Fahne konnte er die Gewalt förmlich riechen, die diese Männer verströmten. Er trat ein Stück vom Geländer ins Dunkel zurück.

»Ich glaube sowieso nicht, dass wir bei den nächsten Demonstrationen dabei sein können«, sagte Lars zu dem großen Mann. »Es gibt hier genug zu tun.« Er sah Karine an. »Es wird Zeit, dass wir mit den Arbeiten an der Scheune beginnen.« Und wieder an den großen Mann gewandt: »Die Dachbalken sind morsch. Sie müssen ersetzt werden.«

Der große Mann nickte. »Gute Arbeit, Herr Helgeland.« Die anderen drei Männer machten es sich hinter ihm bequem. Der weißhaarige Mann hatte sich an das Fenster gestellt und durchwühlte eine Holzkiste auf dem Fensterbrett: die Schachtel mit den Hornnadeln, die Ledertasche mit der Zinnfadenstickerei. Eingehend betrachtete er jeden Gegenstand, als käme er aus einer anderen Zeit. Einer anderen Welt. Sein Begleiter, ein kleinerer Mann mit Stiernacken, stocherte mit einem Eisen im Feuer herum.

Den vierten Mann sah er nicht.

Der große Mann sah Karine an, neigte den Kopf, als gelte es, etwas zu erkunden. Ein ungutes Gefühl machte sich in Erik breit. »Und Sie, Frau Helgeland?«, wollte der Mann wissen. »Sind Sie auch zu beschäftigt, um demonstrieren zu gehen? So wie Ihr Mann?«

Karine hielt seinem Blick stand und schwieg.

Der große Mann nahm eine Kutschenuhr vom Kaminsims, hielt sie sich einen Moment lang ans Ohr und schien das leise Ticken des Sekundenzeigers zu genießen. »Wissen Sie, da, wo ich herkomme, gibt es ein Sprichwort«, sagte er.

»*I wolki syty – i owzy zely*. Was so viel bedeutet wie, sind die Wölfe satt, sind die Schafe … in Sicherheit.« Er stellte die Uhr zurück und lächelte Karine an. »Denken Sie jetzt gut nach, Frau Helgeland. Um der Schafe willen.«

Karine sah ihren Mann an. Ihr Blick war kalt wie Stahl. Erik spürte, wie sich in ihm etwas zusammenzog. Er schlich sich ins Schlafzimmer zurück, kniete neben Sofias Bett und legte ihr seine Hand auf den Kopf.

»Sofia, wach auf«, flüsterte er. Sie rührte sich und murmelte leise. Er gab ihr einen Kuss auf die Wange. »Wach auf, Lillemor.« Sie öffnete die Augen und sah sich einen Moment lang verwirrt um, als wüsste sie nicht, wo sie war und wie sie dorthin gekommen war. Er zog sie aus dem Bett und legte ihr einen Finger auf die Lippen. Dann nahm er ihre Kleidung vom Stuhl am Fußende des Bettes und reichte sie ihr. »Beeil dich!«, flüsterte er.

»Was ist los, Papa?« Begleitet von erstaunten Blicken, streifte sie die Thermounterwäsche über den Kopf.

»Pst, schnell«, sagte er und schwang sich ebenfalls in seine Kleidung. Dann hörten beide, wie Karine Helgeland die Männer im Erdgeschoss mit lauter Stimme zum Gehen aufforderte. Irgendetwas in ihrer Stimme veranlasste Sofia, sich schneller zu bewegen. Sich schneller in die Protektorhose zu zwängen, als wäre sie feuerfest und ein Feuer stünde bevor.

Erik schlich sich wieder auf den Treppenabsatz hinaus, drückte sich gegen die dunkle Wand und spähte hinunter in den Wohnbereich.

»Wir werden unser Volk nicht verraten«, sagte Karine zu dem großen Mann. »Karine«, raunte Lars ihr zu und hob beschwichtigend die Handflächen. »Meine Frau hat ihren Stolz«, sagte er, »das ist alles. Wir wollen keinen Ärger.«

Der große Mann dachte einen Moment über diese Worte nach, dann drehte er sich um, ging zum Fenster und sah in den Schnee hinaus. »Ihr Mann hat mein Geld angenommen, Frau Helgeland«, sagte er, und sein Atem beschlug die Scheibe. »Da, wo ich herkomme, gilt es als unhöflich, ein Geschenk zurückzugeben.«

»Mir ist es egal, woher du kommst«, sagte Karine und reckte Lars ihr Kinn entgegen. »Gib ihm das Geld zurück«, forderte sie ihn auf und deutete mit dem Kopf auf den großen Mann. Lars schüttelte den Kopf, woraufhin Karine die Zähne bleckte und auf den großen Mann zeigte, der immer noch in die stille Nacht hinausstarrte. »Bei der Ehre meiner Vorfahren … ich schwöre, dass es zwischen uns keinen Deal gibt. Und jetzt verlass auf der Stelle mein Haus.«

Die Entschlossenheit in ihrer Stimme, die Klarheit und der Mut beeindruckten Erik.

Der weißhaarige Mann trat auf sie zu. Erik sah die Pistole in seiner Hand. Er hielt sie Karine unter das Kinn und drückte es damit hoch.

»Du Miststück«, höhnte der Mann.

Lars holte mit seinen großen Händen aus. Doch der Mann wirbelte blitzschnell herum und schlug ihm die Pistole gegen die Schläfe. Das Ganze lief zugleich mit einer unglaublichen Schnelligkeit wie auch in Zeitlupe ab. Lars knickten die Beine weg. Er fiel zur Seite und schlug mit dem Kopf dumpf gegen den Kamin.

»Konstantin, verdammt!«, brüllte ihn der Mann mit dem Stiernacken an.

Karine schrie auf. Erik gefror das Blut in den Adern. Seine Gliedmaßen verwandelten sich in gefühllose Gewichte, während sein Herz gegen das Brustbein hämmerte.

»Du Idiot«, sagte der große Mann zu dem Kumpan mit der Pistole und trat auf Lars' reglosen Körper zu.

»Reg dich ab, großer Bruder«, sagte der weißhaarige Mann, während er sich die Pistole wieder in den Hosenbund schob. Der große Mann ging in die Hocke und legte Lars zwei Finger an den Hals. Fünf Sekunden. Zehn Sekunden. Dann drehte er Lars auf den Rücken und legte die Blutlache frei, die sich unter dem gebrochenen Schädel des Mannes ergossen hatte. Auf Russisch murmelte er irgendetwas Dreckiges vor sich hin.

»Was hast du getan?«, fragte Karine den großen Mann fast tonlos mit vor Schreck weit aufgerissenen Augen, die Hände seitlich ans Gesicht gepresst »Was hast du getan?« Jetzt lauter und voller Hass.

Erik sammelte sich und huschte ins Schlafzimmer zurück. Dort stand Sofia wie versteinert neben dem Bett. Er ging an ihr vorbei direkt zum Fenster, öffnete es leise und drückte es auf. Wie der kalte Atem eines Dämons wehte der Schnee hinein.

»Beeil dich«, sagte er, packte Sofias Mütze und setzte sie ihr auf. Dann half er ihr auf die Fensterbank.

»Papa!«, flüsterte sie.

»Pst! Ich lass dich runter.«

Sie hockte sich auf das Fensterbrett, und Erik nahm sie bei den Händen. Unten polterten Möbel. Karine schrie. Auch einen der Männer hörte er schreien, sie solle weglaufen und dass sie ihr fünf Minuten Vorsprung geben würden.

»Fertig?«

»Aber Papa …«, keuchte sie.

»Wir müssen hier weg. Halt dich einfach gut fest.« Sie ließ die Beine über die Kante hängen. Er verschaffte sich einen sicheren Stand, beugte sich vor und ließ sie an der Außenwand hinabgleiten.

In dem Moment flog die Haustür auf. Karine rannte mit wehendem Nachthemd zur Tür hinaus in den mondbeschienenen Schnee.

»Nicht loslassen! Noch nicht!«, flüsterte er Sofia zu, die sich an die Hauswand drückte. Der große Mann war draußen aufgetaucht. In aller Seelenruhe, als wollte er nur eine Zigarette rauchen, ging er auf eines der Schneemobile zu, zog ein Jagdgewehr aus dem Futteral und schraubte einen Schalldämpfer auf.

»Nicht bewegen, Lillemor.« Er sah auch die anderen drei Männer in den Schnee hinaustreten. Sie lachten. Konstantin hielt die Wodkaflasche in der Hand. Ein anderer hatte die Gläser dabei.

»Ich kann nicht mehr, Papa.« Verzweifelt sah sie zu ihm hoch.

»Ich halte dich«, zischte er ihr fast tonlos zu. »Rühr dich nicht.«

Sein Rücken tat ihm weh. Mit zusammengebissenen Zähnen kämpfte er gegen den Schmerz an, während er zusah, wie der große Mann den Verschluss zurückzog, durchlud und das Gewehr anhob. Den Schaft auf die rechte Schulter gelegt, zielte er. Die Prozedur folgte einer Reihe fließender und unauslöschlich in sein Muskelgedächtnis eingebrannter Bewegungen.

Karine Helgeland war noch keine hundert Meter durch den Schnee zum Waldrand gelaufen, als der Schuss durch die Nacht peitschte und die Kugel sie in den Rücken traf. Mit dem Gesicht voran fiel sie in den Schnee.

»Nicht bewegen«, flehte Erik Sofia an und senkte den Kopf, um sein eigenes Gesicht zu verbergen, als der große Mann sich zum Haus umdrehte und in ihre Richtung sah, dann das Gewehr über die Schulter warf, zum Haus zurückging und in den Schein des elektrischen Lichts trat.

Erst als Erik die Tür ins Schloss fallen hörte, atmete er wieder auf.

»War das … ein Gewehr?« Das Weiße in ihren Augen blitzte auf.

»Ich gebe dir jetzt ein bisschen Schwung und lass dich dann los.«

»Nein, nicht, Papa.«

»Keine Angst. Ich komme sofort nach. Fertig? Eins … zwei … drei.«

Er stützte sich ab und ließ los. Dann schnappte er sich ihren Rucksack, warf ihn hinterher und griff sich auch seinen eigenen. Er kletterte aus dem Fenster und hielt sich am Sims fest. Er vergewisserte sich, dass er nicht auf sie sprang, stieß sich ab und landete mit einem dumpfen Geräusch im Schnee.

Der Schuppen befand sich auf der anderen Seite des Hauses, und die Vorhänge an den Fenstern waren nicht zugezogen, weil die Helgelands die Aussicht auf die Berge liebten und es niemanden gab, der ihnen hineinschauen konnte.

»Bleib dicht hinter mir und duck dich«, sagte er zu Sofia, die sich gerade den Rucksack umschnallte.

»Was ist los, Papa?« Sie hielt sich dicht hinter ihm, den Blick auf die Stelle gerichtet, an der reglos Karines Körper lag. Starr wie ein Stein. »Haben die Frau Helgeland erschossen?«

»Wir müssen hier weg.« Er zitterte am ganzen Körper, schaffte es aber, seine Stimme fest klingen zu lassen.

»Ich hab Angst«, wimmerte sie.

Er nahm sie bei den Schultern und zog sie zu sich heran, sodass sie sich direkt in die Augen sahen. »Ich bin bei dir, Sofia. Ich bin da. Bei dir. Alles wird gut. Aber wir müssen *jetzt* von hier verschwinden.«

Sie nickte unsicher und angstvoll, war aber willens, sich ihm anzuvertrauen.

Hintereinander gingen sie geduckt so dicht an der Wand entlang, dass er das Teeröl in den Bohlen riechen konnte. Am großen Wohnzimmerfenster krochen sie auf Händen und Knien vorbei. Der Schatten im Schnee verriet ihm, dass jemand am Fenster stand und hinaussah.

Beide hielten inne. Er wagte nicht zu atmen, aus Furcht, der aufsteigende Dampf könnte sie verraten. Beim Blick auf die vier Schneemobile, die vor dem Haus aufgereiht waren, fragte er sich, ob sie vielleicht die Zündschlüssel hatten stecken lassen. Und wenn nicht? Wenn sie vom Verandafenster aus beobachtet wurden? Das Risiko war ihm zu groß.

Der Schatten im Schnee wurde kleiner. Sie schlichen weiter. Als sie am letzten Fenster vorbei waren, richteten sie sich auf und huschten zum Schuppen neben dem Haus. Er bedeutete Sofia, zu warten und das Haus im Auge zu behalten, während er die Tür aufdrückte und hineinging. Lars' Schneemobil stand dort, signalrot wie ein Leuchtturm, aber keine Spur vom Zündschlüssel. Er holte ihre Skier und den Pulka heraus.

»Kannst du damit Ski fahren?«, fragte er mit einer Kopfbewegung zu ihrer rechten Hand. Zumindest hatte sie sich den Fäustling schon über den frischen Verband gezogen, den Karine ihr angelegt hatte.

»Ja«, beschloss sie.

Sie schnallten sich die Skier unter. Er legte das Schlittengeschirr an und stellte sich vor, was geschehen würde, wenn einem der Männer im Haus die vier Becher auf der Küchenanrichte oder die beiden Schnapsgläser auffielen. Oder wenn einer von ihnen hinaufging und das ungemachte Bett im Gästezimmer sah. Das offene Fenster.

»Wir müssen uns beeilen«, sagte er. »So schnell du kannst.«

Sofia nickte.

Mit erhobenem Skistock deutete er in Richtung Wald. »Erst mal bis zu den Bäumen«, sagte er. »Sieh dich nicht zum Haus um. Konzentriere dich auf die Bäume, okay?«

»Da liegt doch Frau Helgeland, oder?« Er sah, wie sie zitterte und sich ihr Atmen beschleunigte, und befürchtete, dass sie bald die Nerven verlieren würde.

»Konzentrier dich auf die Bäume, hab ich gesagt.« Sie riss sich vom Anblick des leblosen Körpers los. »Okay?«

»Ja.«

»Dann los!« Sie stießen sich ab und zogen den Pulka mit einem vernehmlichen Knirschen hinter sich her. Er fühlte sich wie eine Maus, die unter dem Sitz der Eule hindurchflitzt. Dann vernahm er hinter sich einen Schrei. Er riskierte einen Blick über die Schulter und sah einen Mann im offenen Fenster des Gästezimmers.

»Hey, stehen bleiben!« Der Mann drehte sich um und brüllte den anderen im Haus auf Russisch etwas zu.

»Los, schneller!«, trieb er Sofia an. Kurz erhaschte er einen Blick auf Karine Helgeland, während sie an ihr vorbeifuhren. Auf ihr dunkles Haar. Das graue Baumwollnachthemd flatterte im Wind. Ihr Blut färbte den Schnee.

Bei den Tannen angekommen, forderte er Sofia auf, weiterzufahren. Er sah sich erneut um. Der große Mann war vor das Haus getreten. Einen beklemmenden Moment lang schien es, als träfen sich ihre Blicke.

Erik drehte sich wieder um und sah Sofia mit ausladenden Bein- und Armschwüngen zwischen den Bäumen hindurchfahren. Ihr Fahrstil war perfekt, dynamisch.

»Fahr, Sofia!«, schrie er, als hinter ihm die Schneemobile aufheulten und er die Scheinwerfer zwischen den Bäumen tanzen sah. »Los!«

Er folgte Sofia.

Das Scheinwerferlicht durchflutete den Wald, verdrängte die Nacht und tauchte die Landschaft in künstliche Helligkeit, in der die kahlen Stämme, die schneebedeckten Äste und alles, was die Dunkelheit verbarg, zum Vorschein kam.

Ein Projektil schlug neben ihm in einen Baum ein. Ein heller Splitter flog davon, während der peitschende Knall des Schusses erst ein wenig später zu hören war.

»Deckung, runter!«, schrie er. Augenblicklich ließ Sofia sich seitlich in den Schnee fallen. Doch der Pulka, den er hinter sich herzog, verwehrte ihm diese Option. Er sank auf die Knie, holte tief Luft und umschloss mit dem rechten

Arm den Stamm eines dünnen Baumes, um nicht das Gleichgewicht zu verlieren.

Beweg dich bloß nicht, befahl er Sofia in Gedanken. Ihr die Warnung zuzurufen, wagte er nicht. *Bitte! Beweg dich nicht.*

Die vier Männer auf den Motorschlitten hatten den Waldrand erreicht. Die Fahrzeuge liefen im Leerlauf, als würden die Yamaha-Motoren all ihre Kraft brauchen, um kaltes, weißes Licht in die Nacht hinauszuschleudern. Im Schutz der Bäume rührte Erik keinen Muskel. Das Licht stürzte zu beiden Seiten der Stämme in den Wald hinein. Ein paar lange Skischritte vor ihm, hatte sich Sofia in Deckung gebracht. Ein Stück ihres blauen Rucksacks ragte über eine Schneewehe hinweg. Ein Zipfel ihrer grünen Jacke wurde von den Scheinwerfern zwar nicht direkt angestrahlt, war aber auch nicht völlig im Dunkeln verborgen. Sie lag am Rande eines Lichtkegels, wie zwischen zwei Welten gefangen. Eine arme Seele im Fegefeuer in Erwartung des Jüngsten Gerichts.

Bleib ruhig, formulierte er im Stillen und in der Hoffnung, dass die Männer hinter den Bäumen nicht sahen, was er sah. Und sie *war* still. So still, dass er einen furchterregenden Augenblick lang befürchtete, eine Kugel hätte sie getroffen.

Doch, da! Eine Bewegung. Eine Unterbrechung der absoluten Reglosigkeit. Das kaum wahrnehmbare Heben und Senken des Rucksacks durch ihr Atmen. Nur zu erahnen, wie ein Tick am Auge, die Erfüllung seines verzweifelten Wunsches.

Sie zu rufen, traute er sich nicht. Sie könnten es über die Schlittenmotoren hinweg hören. Das Motorengeräusch erstarb, das Licht zwischen den Bäumen wurde schwächer, der Wald versank wieder in Finsternis. Er hörte, wie die Männer sich etwas zuriefen. Mühsam richtete er sich auf, darauf bedacht, den schmalen Schatten nicht zu verlassen. Mit der linken Schulter an den Stamm einer Tanne gelehnt, sah er den Weg zurück, den er gekommen war.

Im Licht der Scheinwerfer sah er zwei Männer, die Skier und Ausrüstung von den Schlitten holten. Einer lief vor der Yamaha seines Begleiters her. Sein Schatten ragte tief in den Wald hinein, wie ein unförmiger Riese, der sie holen wollte – eine dieser riesenhaften Gestalten aus der samischen Legende, etwas Körperloses zwischen den Bäumen.

Die beiden Motorschlitten, die immer noch im Leerlauf liefen, erwachten zum Leben und fuhren in entgegengesetzter Richtung am Waldrand entlang. Wie vom Jagdfieber gepackt, jaulten die Motoren auf.

Jetzt!

Erik löste die Füße aus der Bindung, legte alle Kraft in Arme und Schultern und pflanzte die Stöcke vor den Stiefelspitzen in den Schnee. Dann spannte er Bauch- und Rückenmuskeln an und zog sich hoch.

»Steh auf, Sofia!«, rief er. Er beugte sich vor, rammte die Stöcke in den Schnee und stieß sich ab. »Los!«

Sie stellte sich auf ihre Skier und fuhr, wie er, im Doppelstockschub zwischen den Bäumen davon.

»Schneller!«, feuerte er sie an. »Nicht stehen bleiben! Egal, was passiert. Auf keinen Fall stehen bleiben!«

Zwei Meter vor ihm spritzten Splitter aus einem Stamm. Der Knall ließ Erik reflexhaft den Kopf einziehen, auch wenn ihm klar war, dass er auf dieses Geräusch erst reagierte hatte, nachdem das Geschoss bereits an ihm vorbeigeflogen war. Hätte sie ihr Ziel getroffen, hätte er nichts gehört, und Sofia wäre jetzt auf sich allein gestellt.

Aber Sofia war schnell, mal in der Doppelstocktechnik, mal im Diagonalschritt huschte sie wie der Hauch eines Windes zwischen den Tannen hindurch. Er hatte Mühe, ihr zu folgen. Der Pulka behinderte ihn. Nicht wegen des Gewichts, schwer war er nicht, sondern weil er andauernd einen Weg suchen musste, der breit genug für den Schlitten war. Diese Überlegungen liefen nicht bewusst ab. Er überließ es seinem Gehirn und seinem Körper, diese Entscheidungen in Sekundenbruchteilen für ihn zu treffen. In diese blitzschnelle Choreografie griff er nicht ein. Er ließ sich einfach nur bewegen.

Das Dröhnen der Schneemobile ebbte ab. Ab und zu leuchteten ihre Scheinwerfer in der Ferne auf. Die Fahrer wollten ihrer Beute den Weg abzuschneiden, oder sie suchten dort einen bequemeren Zugang in den Wald, wo die Bäume lichter waren und sie zwischen ihnen hindurchfahren konnten.

Die Motorschlitten waren im Moment jedoch nicht seine Hauptsorge. Seine Furcht galt den beiden Männern auf Skiern, die hinter ihnen her waren. Er wusste nicht, wer sie waren. Aber er wusste, dass sie Sofia und ihn, ohne zu zögern, umbringen würden, und diese Vorstellung entfachte ein Feuer in ihm und unter seinen Skiern. Er hastete durch die Nacht, das Blut toste in seinen Adern, und die unablässige Frequenz seines Atems war wie das Mantra an eine höhere Macht. *Hilf uns. Hilf uns. Hilf uns.*

Die unteren Äste klammerten sich an ihn und sprangen ihm gegen Schultern und Oberschenkel.

Meistens sah er sie nicht. Es war zu dunkel, und sie war zu weit voraus. Der Schlitten ließ es nicht zu, dass er ihren Spuren folgte. Er überlegte, ob er das Geschirr öffnen und den Pulka zurücklassen sollte, verwarf den Gedanken aber wieder. Und jedes Mal, wenn er ihren Rucksack aufblitzen sah oder die parallelen Spuren, die sie kurz zuvor gezogen hatte, reicherte sich sein Blut schlagartig wieder mit Sauerstoff an, belebte Kreislauf und Muskeln und erfüllte sein pochendes Herz mit einer unvorstellbaren Kraft.

Er wusste nicht, wie dicht ihm die Verfolger auf den Fersen waren, denn er konnte es sich nicht leisten, anzuhalten und sich umzuschauen, aber er hatte noch nie so viel Angst gehabt. Noch nie hatte er sich wie ein gejagtes, hilfloses Tier gefühlt.

Doch dann, als hätte ein launenhafter Gott beschlossen, der gehetzten Beute eine Chance zu geben, wurde Sofia und ihm etwas anderes zuteil: wahrhafte Dunkelheit. Plötzlich senkte sie sich in den Wald und zwischen die Bäume hinab. Er blickte hinauf. Kein Mond lugte mehr durch die Lücken zwischen den Baumkronen herab. Keine Sterne. Nicht einmal die Wolke, die sie verbarg, war zu erkennen. Vor ihm und um ihn herum nichts als die schemenhafte Andeutung von Bäumen. Gerade noch war vom Schnee ein schwacher Schimmer ausgegangen. Doch dieses sphärische Leuchten war jetzt erloschen, und selbst der Pulka nur wenig hinter ihm war nicht mehr zu sehen. Lediglich die Skistöcke waren als diffuse Formen zu erkennen.

Stellenweise kam er nur noch schwer voran, weil der Schnee so tief war, dass er darin versank und er sich mit vor Anstrengung schmerzenden Oberschenkeln nur noch mühsam weiterschleppte. Aber wenn es ihm so ging, dann seinen Verfolgern sicher auch, sodass sie die Verfolgung möglicherweise aufgaben, weil ihr Wille zu überleben stärker war als der, zu töten. Er hoffte, dass das stimmte. Außerdem wusste er, dass Sofia leicht und wendig war, und selbst wenn der Schnee an manchen Stellen bis zu zwei Meter tief war, war er sicher, dass sie mühelos über die Oberfläche glitt und den Abstand zwischen sich und den Mördern der Helgelands vergrößern würde.

Aber sosehr er sich auch wünschte, dass sie gut vorankam, so schwer fiel es ihm, den Gedanken zu ertragen, dass sie allein auf sich gestellt war. Sich das genauer auszumalen, wagte er nicht. So kämpfte er sich weiter voran, arbeitete sich eine Weile durch den Schnee. Inzwischen sah er auch etwas besser, da seine Augen sich an die tiefschwarze Nacht gewöhnt hatten. Der Mond zeigte sich immer noch nicht, warf kein Licht zwischen die Bäume.

Plötzlich hörte er etwas, das klang, als hätte jemand den Deckel einer Getränkedose aufgerissen. Er blieb stehen und sah sich in alle Richtungen um, weil er nicht einordnen konnte, aus welcher Richtung das Geräusch gekommen war. Die Luft anzuhalten, um besser hören zu können, erwies sich als schwierig, denn er war außer Atem und brauchte eher mehr Luft als weniger. Er vernahm das Geräusch erneut; sein Kopf schnellte nach rechts. Aber er sah nichts außer den schemenhaften schwarzen Umrissen von Bäumen auf grauem Grund. Was er umso unangenehmer empfand, als er nicht mehr mit dem Skifahren selbst beschäftigt war. Während er so dastand, der Wind über ihm an den Ästen rüttelte und die Mörder ihm dicht auf den Fersen waren, wurde allmählich alles schwarz um ihn herum. Die Welt um ihn herum begann zu verschwimmen. Panik machte sich in ihm breit. Die Panik, die einen befällt, wenn man blind ist und weiß, dass man nicht sehen kann, wo die Gefahr lauert.

»Sofia?« Er flüsterte nur ihren Namen, mehr nicht, denn er wusste nicht, ob ihre Verfolger tausend oder fünfzig Meter zurücklagen.

»Hier, Papa. Ich bin hier.«

Er fuhr zu ihr hinüber, legte seine Arme um sie und zog sie zu sich heran.

»Papa!« Ihre Schultern bebten, der Brustkorb hob sich. Statt zu atmen, keuchte sie ein hastiges Stakkato aus kurzen Atemzügen. Ihre Lunge bekam zu wenig Sauerstoff. Er drückte sie fester an sich, als würde es ihr helfen, in den normalen Rhythmus zu finden, wenn er sie eng an sich drückte und damit die Krämpfe eindämmte. »Sie haben sie umgebracht, stimmt's? Ich habe sie gesehen. Sie war tot, Papa. Ich habe sie gesehen!«

»Pst, Lillemor, ist ja gut. Ich bin ja da. Alles ist gut.«

Er drückte sie fest an sich, und selbst durch die Schichten ihrer Kleidung spürte er ihr Herz gegen den Brustkorb hämmern, als wäre ein Vogel darin gefangen.

Sie drückte ihn von sich weg.

»Kommen sie her?« Sie sah sich nicht um, sondern lediglich ihn an, als könne nur er ihr die Antwort geben, die sie brauchte. »Kommen sie her, Papa?«, fragte sie erneut. Tränen schimmerten in ihren großen runden Augen. Er spürte das Zittern ihrer behandschuhten Hände in seinen eigenen.

Er hasste es, ihr nicht die Antwort geben zu können, die sie hören wollte.

»Ich weiß es nicht«, sagte er. »Vielleicht schon. Wir müssen weiter.«

Beide blickten den Weg zurück, den sie gekommen waren.

»Wir müssen uns einen sicheren Ort suchen«, sagte Erik.

Er setzte Rucksack ab, öffnete das obere Fach und fuhr mit der Hand hinein. Anschließend probierte er es von der Seite, tastete die Seitentaschen ab und fluchte leise vor sich hin. Er öffnete die Wasserflasche und reichte sie Sofia.

»Hier, trink etwas.« Mit zittrigen Händen griff sie nach der Flasche, nahm ein paar Schlucke und gab sie ihm zurück. Auch er nahm einen Schluck.

Die nächste Frage traute er sich kaum zu stellen.

»Hast du die Handys eingesteckt, bevor wir zum Fenster raus sind?«

Sie biss sich auf die Unterlippe und hielt den Atem an. »Sie lagen auf dem Stuhl, glaube ich.«

Mit dem Kinn deutete er auf ihren Rucksack. »Bist du sicher, dass du sie nicht eingepackt hast?«

Sie nickte. »Entschuldigung, Papa.«

»Es ist nicht deine Schuld.« Er zog einen Handschuh aus und wischte ihr die Tränen von den Wangen. »Ich hätte daran denken müssen.«

»Ich glaube, ich hatte ein Handtuch draufgelegt«, sagte sie. »Deshalb haben wir sie nicht gesehen.«

»Hast du bestimmt nicht. Sie lagen offen dort. Ich hätte

81

sie sehen müssen. Aber uns blieb keine Zeit. Wichtig ist, dass wir dort weggekommen sind, oder?«

»Sind sie jetzt hinter uns her?«, fragte sie.

»Wir müssen sehen, dass wir hier wegkommen.« Er warf sich den Rucksack über die Schulter. »Bis morgen früh suchen wir uns ein sicheres Versteck.« Er griff wieder nach ihren Händen. »Kannst du Ski fahren?«

Sie nickte.

»Und du bist nicht zu müde?«

»Mir geht's gut.«

»Und deine Hand?«

Sie hob ihre linke Hand mit dem Fäustling und schaute sie an. »Sie zieht ein bisschen.«

Er zog ihr den Fäustling aus. Auf dem Verband war frisches Blut zu sehen. Darum würden sie sich später kümmern.

»Dann lass uns jetzt fahren.« Er drehte sich gerade zum Schlitten um, als sie die Luft anhielt. Sie hatte etwas gesehen und sich sofort weggeduckt. Mit der einen Hand deutete sie in den Wald, die andere presste sie sich auf den Mund, als wollte sie schreien.

Er drehte sich um, und da war es. Ein rotes Licht. Die Entfernung war schwer einzuschätzen, denn das Licht erzeugte keinen Schein und strahlte nicht in den Wald. Zuerst dachte er, es würde blinken, doch dann erkannte er, dass der Mann, zu dem es gehörte, sich zwischen den Bäumen bewegte, und dass er das Licht nicht hielt, sondern trug. Es war eine Stirnlampe. Die rote LED folgte den Bewegungen seines Kopfes, wenn er sich in alle Richtungen umsah. Er suchte nach ihnen.

Eiskalt durchströmte das Blut seine Adern. Er hastete zum

Schlitten zurück, legte das Geschirr an und setzte sich den Rucksack auf. Während er Sofia anzischte, schnappte er sich seine Skistöcke und zeigte in die Richtung, in der sie zuvor unterwegs gewesen waren. Einen Moment lang stand sie reglos da und starrte ihn an.

Los, signalisierte er ihr wortlos, ohne zu wissen, ob sie die Bewegung seiner Lippen überhaupt sehen konnte. *Los*, bedeutete er ihr noch einmal. Jetzt pflanzte sie die Stöcke in den Schnee, beugte sich vor und stieß sich ab. Er blickte sich um. Das rote Licht kam näher. Mehr war nicht zu erkennen. Immerhin aber wusste er, wo der Mann sich aufhielt. Gab es noch einen zweiten Mann im Wald? Wo war er? Zurückgeblieben vielleicht? Möglich. Oder benutzte er keine Stirnlampe, sodass sie ihn gar nicht sehen konnten. Nicht ausgeschlossen, dass er schon dicht hinter ihnen war, vielleicht sogar gerade sein Gewehr anhob und Erik durch ein Nachtsichtgerät beobachtete.

Auch Erik stieß sich ab, verlagerte sein Gewicht vom abstoßenden auf den gleitenden Ski, spürte die Kraft in den Hüften.

Er dachte an sein Handy, das neben dem von Sofia auf dem Stuhl im Gästezimmer der Helgelands liegen geblieben war. Das war jetzt nicht mehr zu ändern. Hätte Sofia nicht ihr Handtuch auf den Stuhl gelegt, hätte er im letzten Moment vielleicht noch daran gedacht, sie einzustecken. Andererseits hätte er sie in seiner Panik vielleicht ebenfalls vergessen. Und wenn sie nicht offen herumlagen, bestand zumindest die Chance, dass die Mörder von Lars und Karine sie auch nicht gesehen hatten. Und wenn doch? Was, wenn einer der Kerle Eriks Handy gerade in der Hand hatte und seine Kontakte und Nachrichten, die meistgewählten Nummern und seine Fotos durchstöberte? Was, wenn sie schon wussten, wo er wohnte? Nein. Sie hatten keine Zeit gehabt, das Zimmer zu durchsuchen, beschloss er. Der Typ hatte aus dem Fenster geschrien und war Sekunden später mit seinen Leuten draußen im Schnee bei den Schlitten gewesen.

Denk nicht darüber nach – fahr einfach, sagte er zu sich.

Er sah sich um. Das rote Licht war verschwunden. Der Mann hatte es vermutlich ausgeschaltet, um nicht gesehen zu werden.

Fahr einfach. Fahr und bleib auf keinen Fall stehen.

Er wusste, dass das Militär rotes Licht bei Nachtübungen verwendete, weil es die Sicht nicht so stark beeinträchtigte wie weißes Licht und für andere schlechter sichtbar war. Waren diese Männer etwa russische Ex-Militärs? Wie auch immer, ihm war klar, dass es für sie ein Leichtes sein dürfte, seinen Spuren und auch Sofias zu folgen. Möglich, dass sie ihren Verfolgern noch ein Stück voraus waren. Zwei oder drei Kilometer vielleicht. Aber Sofia war ein Kind. Sie würde müde werden. Dann würde er sie nicht mehr beschützen können.

6

Erik spürte den Wind auf der rechten Wange. Die Eiskristalle, die er mit sich brachte, machten die Haut empfindungslos. In nicht enden wollenden Schwaden fiel Schnee, als hätte derjenige, der die Welt erschaffen hat, beschlossen, alles wegzuwischen und noch einmal von vorn zu beginnen. Sofia und er glitten weiter durch die in den Schneemassen versunkene Welt, dicht gefolgt von den Männern mit ihren Gewehren.

Sofia wurde allmählich langsamer. Ihr Gleitschritt wurde kürzer, und die Entschlossenheit, mit der sie die Stöcke in den Schnee setzte, war nicht mehr dieselbe. Seit über einem Kilometer hatte sie die Doppelstocktechnik nicht mehr eingesetzt. Er hoffte, dass sie Energie sparen und sich weniger anstrengen wollte, eine Erholungsphase einlegte. Aber das war es nicht, und das wusste er. Ihm war klar, dass ihre Beine inzwischen ausgelaugt sein mussten, Trizeps und Bizeps erschöpft waren, die Lunge brannte und ihr Herz unproduktiv raste. Den ganzen Tag waren sie schon auf Skiern unterwegs gewesen, bevor sie ihr Lager aufgeschlagen hatten. Und bei den Helgelands hatte sie nicht mehr als drei Stunden geschlafen.

Die Angst, die in ihm hochkroch, verwandelte sich in etwas anderes. In seinem Blut vollzog sich eine Metamorphose, aus Furcht wurde Wut.

»Ich kann nicht mehr, Papa«, rief sie, machte mühsam noch einen Schritt und noch einen und steckte kraftlos die Stöcke in den Schnee. Er hatte sie eingeholt, fuhr jetzt neben ihr. Beide hielten den Blick stur nach vorn gerichtet.

»Doch, du kannst noch.« Nahezu lautlos glitten sie Seite an Seite über den hartgefrorenen Schnee.

»Ich bin müde«, sagte sie. »Meine Arme tun weh.«

»Du schaffst das. Du bist stark.«

Sie antwortete nicht.

Sie fuhren weiter durch die Dunkelheit. Abstoßen, gleiten, abstoßen, gleiten. Das Blut rauschte ihm in den Ohren, die Atmung war in einen eigenen unerbittlichen Rhythmus übergegangen, der ihn an einen alten Charlton-Heston-Film erinnerte, in dem schweißglänzende Galeerensklaven im Takt der Trommel die Riemen zogen. Vor seinem inneren Auge erschien das Bild einiger Sklaven, die tot von ihren Bänken sanken. Aber sie hatten auch kein junges Mädchen an ihrer Seite.

Ich würde für immer so weiterfahren, dachte er. *Bis ans Ende der Welt würde ich für sie fahren.*

Das Gelände stieg an. Leicht zunächst, aber es wurde steiler. Sie gelangten auf einen mit Kiefern bewachsenen Bergrücken.

»Ich kann wirklich nicht mehr«, klagte Sofia.

»Doch, kannst du. Ich bin ja bei dir. Gib nicht auf.«

Er redete ihr gut zu, schneller zu laufen. Mehr Schwung zu holen, den sie nutzen konnte, um den Anstieg zu bewältigen. Das kostete zwar mehr Kraft, war aber besser, als sich mit müden Schritten bis zum Kamm hinaufzuschleppen.

»Gut so«, sagte er. Sie war wieder schneller geworden. Er war stolz auf sie. »Weiter so.«

Ein Vogel schreckte von seinem Schlafplatz auf. Geisterhaft erhob er sich, flog davon und ließ den Schnee von den Tannenzweigen auf sie hinabrieseln.

Der Schwerkraft trotzend, kämpften sie sich den Hang hinauf. Ski und Wachs, Technik, Können, Muskelkraft, intuitives Körpergefühl – alle für einen Moment in Perfektion vereint, als sie schließlich oben auf dem Bergkamm ankamen. Sofia fuhr weiter, aber Erik blieb stehen und blickte über die Schulter zurück. Kein rotes Licht schimmerte durch den grauen Dunst seiner Atemluft.

Er schloss zu ihr auf. Ihre Schritte synchronisierten sich erneut. Ihr Lauf war flüssig, die Schritte lang, als hätte Sofia eine verborgene Kraftreserve angezapft. Das Knarzen der Skier klang, als würden sie dem Grund unter dem Schnee geheimnisvolle Dinge zuflüstern.

Er sah sie jetzt besser. In der Ferne konnte er einzelne Bäume mit ihren schneebeladenen Ästen ausmachen. Richtung Westen lichteten sich die Wolken und ließen ein wenig Mondlicht durch. Wie Blut, das durch einen Verband sickert. Aus Richtung Nordost durchdrang das laute Brummen eines Schneemobils die Stille und ließ die Furcht in ihm aufsteigen, dass sie ihnen direkt in die Arme laufen würden. Was sollte er tun? Hinten waren ihnen die beiden Männer auf den Fersen. Jetzt stehen zu bleiben, würde den Tod bedeuten.

Und wenn sie den Mann von seinem Schneemobil holten? Was wäre, wenn sie sich die Maschine schnappten und sich damit aus dem Staub machten?

Er unterdrückte einen Fluch und schüttelte den Kopf. Unmöglich. Er ärgerte sich über sich selbst, wie er sich nur einer solchen Fantasterei hingeben, sich Möglichkeiten ausdenken konnte, die jenseits aller Realität waren. Er schob die Gedanken beiseite, konzentrierte sich auf seine körperliche Verfassung, darauf, dass Sofia und er effizient fahren mussten.

Doch wenn ihnen nichts Besseres einfiel, würden sie früher oder später auf eines der Schneemobile treffen, die auf der Nordseite des Waldes unterwegs waren. Unschwer, sich auszumalen, wie er vom Scheinwerferlicht geblendet wurde, die Panik, Sofias Schrei. Wie er nach ihr griff, als der Mann auf dem Schneemobil, irgendwo auf der anderen Seite des weißen Lichts, sein Gewehr anhob und den Abzug drückte.

Sie könnten natürlich auch eine Abkürzung nach Westen nehmen und umkehren. Den Versuch machen, um ihre Verfolger herumzufahren, und zum Haus der Helgelands zurückkehren. Aber wie? Einem von der Russen konnten sie jederzeit über den Weg laufen. Wenn ihre Verfolger seine und Sofias Spuren entdeckten, würden sie die Männer auf den Schneemobilen informieren, und die würden sofort kehrtmachen. Sofia und ihm wäre damit nicht geholfen, denn ihre Verfolger standen bestimmt über Handys oder Walkie-Talkies miteinander in Kontakt.

Also weiterfahren, sagte er laut vor sich hin. Zu sich selbst und Sofia.

Und trotzdem. Was wäre, wenn er tatsächlich eines der Schneemobile erobern könnte? Gab es eine Möglichkeit, das zu bewerkstelligen? Hatten sie überhaupt eine Überlebenschance, wenn er es nicht schaffte? Wenn sie nichts anderes tun konnten, als den Männern mit ihren Maschinen auf Skiern davonzulaufen, sich in die Stadt zu retten oder an einem anderen Ort in Sicherheit zu bringen?

Diesmal schob er den Gedanken nicht beiseite.

»Irgendwas muss uns einfallen, Lillemor«, sagte er wenig später. Sie keuchten, die Atemwolke stand ihnen vor dem Gesicht und gefror in der Luft. »Wir müssen versuchen, an einen ihrer Schlitten zu kommen.«

»Nein, Papa!« Sie stellte ihre Stöcke auf, stieß sich ab und glitt weiter. Sie sah ihn nicht an, sondern starr ins Dunkel hinaus.

»Wir müssen es probieren«, sagte er. »Wir haben keine Wahl.«

Als sie zwischen den Bäumen hindurchfuhren, warfen die schulterhohen Äste ihre weiße Last vor dem Schlitten ab.

»Du hast gesagt, dass alles in Ordnung ist, solange wir fahren«, sagte Sofia. Sie fuhr schneller, als wollte sie ihm etwas beweisen. Und wie oft hatte sie ihm schon etwas bewiesen! Es schmerzte ihn, ihren verzweifelten Kampf mit ansehen zu müssen. Er wollte ihr die Hoffnung nicht nehmen, wusste aber, dass es so nicht weiterging. »Lass uns einfach weiterlaufen, Papa«, bettelte sie. »Einfach … weiterlaufen.«

»Hör zu, Sofia.« Eine Ladung Schnee bahnte sich ihren Weg hinunter von den oberen Ästen und ging in einem Gestöber um sie herum nieder. Der Wind fegte zwischen den Tannen hindurch und verwehte die Spuren hinter ihnen. »Wenn wir uns einen ihrer Schlitten schnappen, schaffen wir es. Dann kriegen sie uns nicht mehr.«

Sie antwortete nicht und fuhr weiter.

Hinter ihnen heulten die Motoren immer lauter auf.

»Kann ich auf dich zählen?«

Sie schwieg.

Sie fuhren weiter.

Nach einer Weile sagte sie: »Okay, Papa.«

Er hatte Angst. Das Herz hämmerte ihm in der Brust, als wolle es ihn warnen. Eine andere Sprache kannte es nicht. *So nicht. So nicht. So nicht*, redete es auf ihn ein.

Er hatte sich die Handschuhe ausgezogen, um das Seil besser fassen zu können. Seine Hände zitterten. Er ballte sie immer wieder zu Fäusten und redete im Stillen auf sie ein, dass sie ihm immer gute Dienste geleistet hätten und er sie jetzt brauchte.

Plötzlich spürte er einen großen Druck auf der Blase. Er zögerte zunächst, griff sich dann unter die Jacke, schob die einzelnen Schichten der Skiwäsche auseinander und ließ es erleichtert in den Schnee laufen. In dem Moment durchschnitt das Scheinwerferlicht eines Schneemobils den Wald wie ein Zyklop mit grimmigem Blick auf der Suche nach demjenigen, der ihm die Schafe stehlen will. In aller Eile zog er sich wieder an und duckte sich weg.

Er legte das Seil auf den Schnee und sah sich zwischen den Bäumen nach der Stelle um, an der er den Pulka zurückgelassen hatte. Wieder auf Skiern, lief er zwischen Birken einen sanften Hang hinauf. Dort blieb er stehen und wartete, während das Licht immer greller wurde.

Sein Instinkt mahnte ihn, sich zu verstecken. Unter den Bäumen Schutz zu suchen, bevor das grelle weiße Licht auf ihn fiel und ihm die Sicht nahm. Bevor der Fahrer ihn sah. Bevor er Sofia einem so schrecklichen Risiko aussetzte, denn was er jetzt tat, fühlte sich an, als würde er sie opfern, und das bereitete ihm ein unerträgliches Gefühl. Aber er hatte seine Entscheidung getroffen und würde sie jetzt nicht wieder rückgängig machen.

»Hier drüben«, rief er dem Motorschlitten und seinem Suchscheinwerfer zu. »Genau hier. Hier bin ich, du Scheißkerl.«

Den qualvollen Bruchteil einer Sekunde glaubte er, die Maschine hätte ihn auf eine seltsame Weise wahrgenommen. Als wäre sie nicht mehr ein Haufen aus Stahl, Karbon, Plastik und Kunstfaser, sondern ein lebendiges, fühlendes Wesen, das die bösen Absichten seines Fahrers teilte. Denn sie wand sich und brüllte. Riesige Zahnräder, deren Zähne die Ketten antrieben und die Maschine nach vorne trieben. Auf ihn!

Lauf!, schrie ihm sein Innerstes zu.

Die Muskeln spannten sich an, waren zum Sprung bereit. Er aber widersetzte sich, blieb stehen und wartete.

»Hier bin ich«, rief er durch den Nebel seines Atems hindurch. Der Mann, der auf dem Schlitten kniete, sollte ihn sehen. »Hier bin ich, du Mistkerl.«

Das Schneemobil hielt direkt auf ihn zu. Vielleicht war es Zufall. Vielleicht aber auch nicht. Der Lichtstrahl huschte über den Schnee und blitzte zwischen den Bäumen hindurch. Aber er stand da.

Noch nicht.

Der Schlitten kam, die Kufen rutschten, die Ketten bohrten sich in den Schnee, der Motor jaulte auf.

Noch nicht.

Der Schlitten arbeitete sich die Anhöhe hinauf, die plötzlich von gleißendem Licht überflutet war. Erstarrt wie ein Reh im Scheinwerferlicht kam er sich vor. Wie eine silberne Wolke stand ihn der Atem vor dem Gesicht.

Jetzt!

Erik hob den linken Ski an und wendete ihn, dann den rechten, und schon sauste er, den Motorschlitten hinter sich lassend, den Hang hinab. Der Lichtstrahl projizierte seinen Schatten auf die verschneiten Bäume.

Die Dunkelheit verschluckte ihn. Noch immer geblendet vom grellen Licht des Schlittens fuhr er blind, aber geradeaus, in der Hoffnung, dass seine Spuren tief und auffällig genug waren, sodass der Fahrer des Schlittens sie sah.

Seine Augen hatten sich wieder an die Dunkelheit angepasst, sodass er sich orientieren konnte. Er blieb stehen, stieg aus der Bindung, nahm die Skier und schleuderte sie in Richtung des Schlittens. Mit den Stöcken hastete er durch den Tiefschnee zu der Stelle zurück, wo der Anstieg anfing und er sich dem Schlitten entgegengestellt hatte.

»Mist! Oh Gott, nein!« Er fand das Seil nicht. Auf Knien und mit bloßen Händen tastete er den Schnee nach dem Seil ab. »Bitte!« Panik stieg in ihm auf.

Schließlich stieß er mit den Fingern auf etwas Festes. Das Seil. Er griff danach und erspähte ein Stück weiter die schneebedeckte Fichte, an deren Stamm er das andere Ende geknotet hatte. Unterdessen rauschte der Motorschlitten den Hang hinunter und folgte den Spuren, die er hinterlassen hatte.

Einen kurzen Moment noch, dann spannte er das Seil, schlang das Ende zweimal um den Stumpf eines abgebrochenen Asts und lehnte sich, das Seil, so gut es ging, um die Unterarme geschlungen, zurück.

Ein gewaltiger Stoß erschütterte den Baum und das Seil wie ein vorbeidonnernder Zug. Der Fahrer wurde rückwärts vom Schlitten geschleudert, das Gefährt jaulte auf und prallte splitternd und knirschend gegen eine Tanne.

Erik packte die Stöcke und stolperte wie ein tollwütiger Yeti oder mondsüchtiger Bergtroll auf das Schneemobil zu, das träge in den unteren Ästen der Tanne hing.

»Papa!« Sofias dunkle Kontur zeichnete sich hinter ihm vor der gräulichen Schneewand ab. Der Fahrer des Schlittens kniete im Schnee und zerrte ungehalten an seinem Helm. Mit einem ohrenbetäubenden Schrei bekam er ihn schließlich herunter und schleuderte ihn zur Seite. Seine Augen glühten voller Hass in einem wutverzerrten Gesicht. Konstantin.

»Zurück!«, rief Erik Sofia zu, die wie angewurzelt fast in Reichweite des Mannes stand, der sich schwankend aufrichtete und etwas auf Russisch brüllte, das sich anhörte, als wolle er Gott und alle Heiligen verfluchen. Erik stürzte sich auf ihn und riss ihn zu Boden. Ein Schwall alkoholgesättigten Atems strömte ihm ins Gesicht. Wodka.

»Papa!« schrie Sofia erneut.

Der Mann unter ihm bäumte sich auf und rammte ihm den Ellbogen gegen die Schläfe. Zahllose weiße Sternchen tanzten durch das Schwarz vor seinen Augen. Er spürte, wie der Mann sich umdrehte, und sah verschwommen, wie er schwer atmend auf Händen und Knien davonkroch. Erik griff nach einem Skistock, richtete sich auf und taumelte ihm hinterher. Er holte mit dem Stock aus und ließ ihn auf den Hinterkopf des Russen niedersausen. Der Mann wand sich wie eine Schlange, packte am Oberschenkel zu und schleuderte Erik in den Schnee.

Kalt wie Fjordwasser strömte die Angst durch seine Adern und jede Windung seiner Gedärme, denn wenn dieser Mann ihn umbrachte, würde auch Sofia sterben. Gleichzeitig aber verlieh ihm die Angst auch eine Art elektrischer Energie, die ihn belebte. Blitzschnell löste er sich aus der Umklammerung und kroch zurück, den Skistock immer noch in der Hand. Er richtete sich auf, machte zwei Ausfallschritte, nahm den Stock in beide Hände und rammte ihn seinem Widersacher in den Hals. Wie ein prähistorisches Vieh jaulte der Mann auf.

Der Teller an der Stockspitze steckte einen kurzen Moment am Schlüsselbein des Russen fest. Erik spannte die Bauchmuskeln an und drückte den Stock tiefer hinein, bis er etwas Heißes in seinem Gesicht spürte. Das Blut, das dem Mann wie ein Geysir aus dem Mund schoss, nachdem ihm der Stock die Lunge perforiert hatte. Erik hielt den Stock fest. Der Mann, den er aufgespießt hatte, krümmte sich, klapperte mit den Zähnen und schlug mit einem Arm wie wild um sich. Der andere hing wie ein gebrochener Flügel schlaff neben ihm.

Schließlich ließ er die Stange los, packte den Mann mit beiden Händen am Hals und drückte zu. Beide gingen zu Boden. Er spürte den Knorpel an der Luftröhre unter seinen bloßen Daumen.

»Papa, da kommen sie!«, rief Sofia. Er wagte es nicht, loszulassen. Er hatte begonnen, den Mann zu töten und konnte jetzt nicht aufhören. Wenn er das jetzt tat, würde der Mann aufstehen und erst ihn, dann Sofia umbringen. Noch schändlicher wäre es, die Tat nur halb zu Ende zu bringen und ein verletztes, blutspeiendes Ungeheuer im Schnee zurückzulassen. Eine jämmerliche Kreatur, gefangen zwischen Leben und Tod. Er drückte zu, mit aller Kraft, bis er spürte, wie die knorpelige Röhre nachgab. Seine Daumen rutschten tief hinab, sodass er fürchtete, sie würden die Haut durchstoßen und auf den Halswirbeln landen. Er vernahm ein Glucksen, dann ein leises Ausatmen, das Seufzen eines Organismus, der dabei war, sein jahrzehntelanges Leben auszuhauchen.

Vom Blick des Toten gefangen – Aggressivität und Bedrohlichkeit waren aus seinen Augen gewichen –, hörte er erst jetzt, dass Sofia ihn wieder und wieder rief. Als er den Skistock aus dem Mann herausriss, stieg Dampf vom Aluminium auf. Erik drehte sich um und stapfte durch den Tiefschnee auf die Yamaha zu, die schräg am Stamm der Tanne hing.

»Sie ist kaputt, Papa.« Sie hatte recht. Die linke Kufe des Schlittens hatte sich bei dem Aufprall gelöst. Das Fahrzeug war unbrauchbar.

Das schrille Aufheulen des anderen Schneemobils näherte sich unüberhörbar. Keine hundert Meter hinter dem toten Russen schoss Scheinwerferlicht durch den Wald.

»Wir müssen hier weg«, rief er Sofia zu und eilte zu der Stelle zurück, an der er die Skier und den Pulka abgestellt hatte.

Sie stand wie versteinert da. Erik spürte Sofias entsetzten, auf ihn gerichteten Blick, während er das Zuggeschirr anlegte und sich den Rucksack aufsetzte. Ein Kloß steckte ihm im Hals, und ein säuerlicher Geschmack stieg in ihm auf. Der Geschmack von Scham. Am liebsten hätte er sich übergeben. Es ekelte ihn vor dem, was er getan hatte, und das umso mehr, als sein kleines Mädchen das hatte mit ansehen müssen.

Er stapfte zu ihr und fasste sie mit den Händen, die kurz zuvor noch einen Mann zu Tode gewürgt hatten, bei den Schultern.

»Wir müssen hier weg«, sagte er erneut. Abwechselnd galt sein Blick dem Licht und dem Lärm, die sich unaufhaltsam näherten, dann wieder dem dunklen Wald, in der Gewissheit, dass auch die Männer auf Skiern bald kommen würden. Er spürte, wie Sofia in seinen Händen zitterte und schüttelte sie sanft. »Wir müssen weiter«, sagte er. »Verstehst du, Sofia?«

»Die haben auch Herrn Helgeland umgebracht, oder?«

Das Bild von Lars stand ihm vor Augen, wie er zu Boden ging und mit dem Kopf am Kamin aufschlug. »Ja.«

Sofia schien wieder zu Atem zu kommen. Sie senkte den Blick.

»Wir hatten keine Wahl«, fuhr er fort. »Verstehst du das?«

Sie *verstand*. Ihr Schweigen sagte es ihm.

»Schnell«, sagte er. Sie nickte.

Er stieg in die Bindungen und fuhr zu dem havarierten Motorschlitten hinüber, wo er das Gewehr des Russen aus dem Futteral neben dem Sitz zog. Dann ging er zu dem Toten hinüber und tastete ihn ab. In der Brusttasche des fellgefütterten Parkas fand er eine Handvoll Patronen, die er sich in die Tasche steckte.

»Fahr, Lillemor.« Mit dem blutverschmierten Stock –

der, wie er jetzt bemerkte, auch noch verbogen war – deutete er Richtung Norden. »Los.«

Sofia entschwand zwischen den Bäumen. Er blickte kurz über die Schulter und folgte ihr.

Sie fuhren die ganze Nacht. Hin und wieder ließ das schwache Mondlicht die Landschaft erkennen. Hohe, verschneite Tannen standen da wie Riesen, als hätte sie ein seltsamer Fluch vor langer Zeit in einem Krieg zwischen Urvölkern eingefroren. Die Schneedecke, über die sie hinwegglitten, schimmerte bläulich. Felsige Überhänge waren von massiven Eiszapfen gesäumt, scharf wie die Eckzähne von Vampiren. Eis sammelte sich in riesigen Platten an den Felswänden, als schwebte es, wie ein umgekehrter Lavastrom aus einer polaren Eruption, inmitten eines Wasserfalls.

Als Sofia keine Kraft mehr hatte, machten sie eine kleine Pause im Windschatten eines Felsens am Rande eines zugefrorenen Sees. Er gab ihr einen Schokoriegel und kochte etwas Schnee in dem kleinen Gaskocher für Wasser auf. Dann zog er sie zu sich und hielt sie fest an sich gedrückt. Er befürchtete, dass ihnen wenig Zeit zum Ausruhen blieb, weckte sie aber trotzdem nicht, als sie eingeschlafen war.

Im Wald waren sie noch einmal davongekommen. Das Geräusch der Motoren hinter sich, gefolgt von leisen Rufen hatte ihnen verraten, dass ihre Jäger den zerstörten Schlitten und ihren toten Partner gefunden hatten. Das andere Schneemobil würde sicher ihre Spur aufnehmen und sie bis zur Erschöpfung jagen. Aber Sofia hatte alles gegeben, um aus dem Wald heraus ins Freie zu gelangen. Bei Tageslicht wäre das vermutlich einem Todesurteil gleichgekommen.

Solange aber die Dunkelheit anhielt, war es ihre Rettung. Denn das Schneegestöber im dichten Wald erwies sich hier draußen unter freiem Himmel als ein wahrer Blizzard, der ihre Spuren schnell unlesbar machen würde. Schon nach wenigen Minuten waren sie kaum mehr zu sehen.

Er erschwerte aber das Fahren, wenn sie an einem Anstieg oder einer anderen schwierigen Stelle gezwungen waren, gegen den Wind anzukämpfen, der ihnen den Schnee ins Gesicht peitschte. Er erklärte ihr, dass ihre Spuren verwischt würden und dass es da oben in der grauen, wirbelnden Finsternis jemanden geben würde, der auf ihrer Seite war, auch wenn er selbst an solche Dinge nicht glaubte.

In Wirklichkeit glaubte er, dass sie allein waren und weder die Bäume noch der freie Himmel oder die stumm aufragenden Berge noch irgendeine andere allgegenwärtige, von Menschen beschworene Gottheit sich um sie kümmerten, so oder so. Ob sie lebten oder von der Welt gingen, an dieser Nacht würde es nicht das Geringste ändern.

Er hielt sie in den Armen und zählte ihre gedehnten Atemzüge, einen nach dem anderen. Nach weiteren fünfzig würde er sie wecken, sagte er sich. Dann nach weiteren fünfzig, und wieder weiteren fünfzig. Schließlich fielen ihm selbst die Augen zu. Als er plötzlich aus einem dieser Albträume aufschreckte, verfluchte er sich dafür, eingeschlafen zu sein, weckte Sofia und drängte zur Weiterfahrt.

»Ich bin so müde.«

»Ich weiß. Ich auch.«

Er roch die Schokolade in ihrem Atem. »Vielleicht sind sie gar nicht mehr hinter uns her«, sagte sie. »Vielleicht haben sie aufgegeben, weil sie unsere Spur verloren haben.«

Er schüttelte den Kopf und strich ihr mit dem Daumen etwas Schnee vom Mützenrand. »Wir dürfen nichts riskieren.« Bereits der Gedanke daran, einen Menschen getötet zu haben, erfüllte ihn mit Abscheu. Das Wissen aber, dass dieser Mann der Bruder des großen Mannes war, wütete in ihm wie eine Klinge aus Eis.

Sie sah ihn fragend an. »Aber wohin sollen wir gehen?«

Einfach nach Hause zu Elise konnten sie nicht gehen. Das Risiko, die Mörder der Helgelands dorthin zu lotsen, konnte er nicht eingehen. Das Gleiche galt für alle anderen abgelegenen Hütten, auf die sie stoßen könnten. Er wusste, was passieren würde, wenn ihre Verfolger vor der Tür standen, bevor die telefonisch herbeigerufene Hilfe eintraf.

»Wir gehen nach Norden«, beschloss er. »Über den Gletscher.« Er blinzelte in das Schneegestöber, das den Felsen, an dem sie Rast machten, umtoste und sie unter sich begraben würde, wenn sie länger blieben. »Wenn der Schneesturm anhält, wird er unsere Spuren verwischen. Sie werden dann aufgeben müssen. Sie können uns nicht ewig jagen.« Er hoffte, dass er damit recht hatte.

Sie öffnete die Verschlüsse ihrer Fäustlinge und blies heißen Atem hinein. »Und was ist mit dem Bruder von Frau Helgeland? Der Rentierhirte. Hánas, heißt er, glaube ich.« Sie reckte ihr Kinn in das Schneetreiben. »Frau Helgeland hat doch gesagt, dass er irgendwo auf der anderen Seite des Gletschers ist. Vielleicht finden wir ihn.«

»Und wie?«

Sie überlegte einen Moment. »Manchmal können sie sein Licht sehen. Von ihrer Hütte aus. Wenn wir ihn finden, kann er Hilfe holen. Oder helfen, uns zu verstecken.«

»Es wird hell sein, bevor wir den Gletscher überquert haben. Selbst wenn wir jetzt sein Licht sehen würden, was von hier aus unmöglich ist, hätten wir es wieder aus den Augen verloren, bevor wir höheres Gelände erreichen.«

Sie verstummte wieder. Er spürte, wie ihr Körper zu zittern begann, als wäre mit der Hoffnung auch alle Wärme aus ihr gewichen.

Dann wurde ihm klar, was er getan hatte. »Wie groß ist seine Herde?«, wollte er von ihr wissen. Sie sah zu ihm auf. »Wie viele Rentiere hat dieser Hánas?«

Sie zog die Augenbrauen bis zum Rand ihrer Eisbärenmütze hoch. »Herr Helgeland hat gesagt, dass nur Touristen fragen, wie viele Rentiere ein Hirte hat. Das ist unhöflich. Das ist, als würde man jemanden fragen, wie viel Geld er hat.«

»Aber es müssen ziemlich viele sein.« Vielleicht nicht Hunderte, wenn Hánas allein dort oben war. Fünfzig Tiere vielleicht, oder hundert? Er wusste nicht, ob Rentiere Lärm machten, konnte sich aber nicht vorstellen, dass sie wie Schafe den ganzen Tag miteinander kommunizieren. Ganz still würde eine Tierherde aber sicher auch nicht sein.

»Dann suchen wir die Rentiere?«

»Wir halten nach allem Ausschau«, sagte er. »Rauch, Licht, einfach alles.«

Sie blickte Richtung Norden und biss sich auf die Lippen. »Schaffen wir das?« Dieses Mal wollte er ihr die Hoffnung nicht nehmen.

Er nickte. »Das schaffen wir.«

Sie überquerten den zugefrorenen See. Der Wind peitschte ihnen den Schnee gegen die linke Gesichtshälfte und nahm ihnen die Sicht. Schließlich ging es einen Steilhang hinauf. Immer wieder hielten sie an, um zu verschnaufen, ein wenig zu trinken und Ausschau nach ihren Verfolgern zu halten. Als sie endlich wieder einen Wald erreicht hatten, waren sie dankbar für den Schutz, den er ihnen bot. Aber dort bleiben, das wusste er, konnten sie nicht.

Ihm ging durch den Kopf, dass dem letzten Schneemobil früher oder später der Sprit ausgehen musste. Vielleicht hatten sie Reservetreibstoff dabei. Die Benzinkanister der beiden Schlitten vielleicht, die sie bei den Helgelands zurückgelassen hatten. Außerdem mussten die beiden Männer auf Skiern noch irgendwo da draußen sein. Ihnen blieb gar nichts anderes übrig als weiterzufahren. Nach Norden, in die windumtoste Finsternis. Noch ein Stück weiter von zu Hause weg.

Als sie aus dem Schutz der Bäume herauskamen, genossen sie eine lange Abfahrt, die sie nur wenig Kraft kostete. Nur ab und zu setzten sie die Stöcke ein, um das Gleichgewicht zu halten und sich in der Dunkelheit sicher zu fühlen. Normalerweise hätten sie ein breites Grinsen vor sich hergetragen, bis die Kälte auf die Zähne traf. Juchzend, nach vorn gebeugt, um der Luft einen geringeren Widerstand entgegenzusetzen, die Stöcke unter die Arme geklemmt, wäre Sofia an ihm vorbeigesaust.

In der Ebene angekommen, fanden sie sich in einem engen Tal wieder. Wie dunkle, gezackte Klingen durchschnitten die Berge zu beiden Seiten des Tals die grauen Wolken, die ihre Fracht auf die Erde fallen ließen. Schnee auf Schnee.

Der Wind heulte mit ohrenbetäubendem Lärm über den Pass. Er fürchtete, den Motorschlitten nicht hören zu können. So oft, wie Sofia sich immer wieder umdrehte und den Weg zurückblickte, den sie gekommen waren, dachte sie vermutlich dasselbe. Er erklärte ihr, dass sie das Licht des Schlittens schon sehen würden und es besser wäre, wenn sie auf die unberührte Fläche vor sich achtete. Trotzdem blickte er selbst auch immer wieder in das wirbelnde Chaos hinter sich.

»Wir machen bald wieder eine Pause.«

Sie musste etwas essen. Beide mussten sie etwas essen. Warum zogen sie den Lastschlitten die ganze Strecke hinter sich her, wenn sie nicht anhielten, um etwas von dem zu sich zu nehmen, was sich darin befand? Er rang mit sich. Einerseits wagte er zu hoffen, dass ihre Verfolger aufgegeben hatten und ihre Spur in der Dunkelheit und in dem Schnee, den der Wind in Wogen über den weißen Untergrund wehte, verloren hatten. Andererseits war er überzeugt davon, dass die Männer kommen würden. Und diese Stimme begrub die andere unter sich. Also fuhren sie weiter, über die Grenze ihrer Belastbarkeit, der körperlichen ebenso wie der seelischen, längst hinaus.

Gut eine Stunde lang schwiegen beide, jeder gefangen in seinem eigenen Rhythmus. Zwei Automaten draußen in der Wildnis, synchron und ausdauernd. Sie durchquerten eine Landschaft, in der zahllose Gletscher über Millionen von Jahren erst gewachsen waren, um dann wieder zu schmelzen, vorzurücken und sich erneut zurückzuziehen. Und mit jedem Vorstoß über das darunterliegende Gestein, wie mit einem Tischlerhobel über Holz, Schicht um Schicht abzuschleifen.

Auch ihre eigene Stärke war im Begriff zu erodieren.

Doch plötzlich erspähte Sofia das rote Licht.

»Da, Papa.« Sie blieb stehen und zeigte mit ihrem Stock in die Richtung.

Er sah nichts.

»Jetzt ist es weg.«

Er beugte sich zu ihr hinunter, um das Heulen des Windes zu übertönen: »Bist du sicher, Lillemor?« Ein ungutes Gefühl überkam ihn. Denn Sofia hatte nicht hinter sich, sondern nach vorne gezeigt, dorthin, wo das Bergmassiv auf der Westseite des Tals auslief und der Gletscher anfing. »Du hast wirklich ein rotes Licht gesehen?«

Selbst im Morgengrauen erkannte er bereits das sonderbare bläulich-graue Schimmern des Gletschereises am Talausgang.

»Ja, ich bin mir sicher. Ganz kurz, dann war es wieder weg.«

Er wünschte, sie würde sich irren. Selbst wenn das bedeutete, dass sie so erschöpft war, dass ihr die Augen oder ihr verwirrter Geist Streiche spielten und Sichtungen heraufbeschworen, die es in Wirklichkeit gar nicht gab.

»Wie hat er es geschafft, vor uns zu kommen?«, wollte sie wissen.

»Keine Ahnung.« Aber das war nicht die entscheidende Frage. So ernüchternd die Erkenntnis war, dass sie es trotz all der Anstrengung, nach den langen kraftzehrenden Stunden im Blizzard, nicht geschafft hatten, ihren Verfolgern zu entkommen, beschäftigte Erik dennoch vor allem die Frage, warum der Kerl das Risiko einging, sie mit der Stirnlampe auf sich aufmerksam zu machen. Und nicht einfach ihren Spuren folgte, denn er war ihnen etwa einen Kilometer voraus. Damit sie sahen, wohin er ging? Weil er sich durch den Schneesturm quälte? Erik glaubte das nicht. Der Mann hatte sich bestimmt nicht abgemüht, sie zu überholen, und wenn sie ohne Lampe fahren konnten, dann er auch. Das ließ nur eine Antwort zu. Er hatte mit dem Licht einem seiner Kameraden ein Zeichen gegeben.

»Ich schwöre, ich habe es ganz bestimmt gesehen, Papa.«

»Glaub ich dir.« Er schob die Mütze über dem rechten Ohr hoch, wandte sich nach Süden und hielt die behandschuhten Hände schützend in den Wind. Er schloss die Augen und versuchte, den Schneesturm auszublenden und sich auf das Röhren des anderen Schneemobils zu konzentrieren. Aber er hörte nur die Raserei des Sturms da draußen. Unten im Tal waren sie etwas geschützt gewesen, während der Westwind seine Wut über die Berge peitschte.

»Was machen wir jetzt?«, fragte Sofia.

Er spähte in das Schneegestöber und fürchtete, der Motorschlitten könnte schon in der Nähe sein und der Fahrer die Scheinwerfer ausgeschaltet haben, um unentdeckt zu bleiben.

»Wir haben das Gewehr.« Er hängte den Pulka ab, holte das Gewehr heraus, das zwischen den Schlafsäcken und der übrigen Ausrüstung, vor Feuchtigkeit geschützt, verstaut war, und packte seinen Rucksack auf den Schlitten. Um sie zu beruhigen, hielt er ihr das Gewehr entgegen. »Siehst du?« Er tätschelte den Holzschaft und hielt sich das Zielfernrohr ans Auge. Er konnte nur wenig erkennen. Von Panik ergriffen starrte sie auf das Gewehr, wie jedes Kind, das eine tote Frau im Nachthemd und mit einer Schusswunde im Rücken im Schnee hatte liegen sehen.

Als er das Auge vom Zielfernrohr nahm, bemerkte er das Entsetzen im Gesicht seiner Tochter. »Keine Sorge, ich werde es nur im Notfall benutzen.«

Er zog den Verschluss zurück, hielt sich das Gewehr vors Auge und blickte in die Kammer. Mit den Zähnen zog er sich den Handschuh von der rechten Hand und schob den kleinen Finger in die Kammer, um sich zu vergewissern, dass sich keine Patrone darin befand. Sie war leer. Er holte eine Patrone aus der Jackentasche und schob sie ins Magazin. Für eine weitere Patrone war kein Platz mehr, das Magazin war voll. Wie viele Patronen es enthielt, wusste er nicht.

Er dachte an die wenigen Male zurück, die er ähnliche Gewehre in der Hand gehalten hatte. Als Wehrpflichtiger und später in seinen Dreißigern, als er zu einer Elchjagd eingeladen war. Er erinnerte sich an den Nervenkitzel, als er in der Morgendämmerung durch den taunassen Wald gepirscht war. Das ferne Bellen der aufgeregten Hunde. Die ursprüngliche Atmosphäre, die sie wie ein Zauber umfangen hatte, so wie sie seit fünfzehntausend Jahren Jäger durchdrungen hatte, als die Menschen sich mit Fackeln und Ästen versammelten, um Mammuts von der Herde zu trennen und in Fallen zu locken.

Nicht dass er jemals einen Elch zur Strecke gebracht hätte. Meist waren sie schwer zu erlegen, und der eine, dem er nahegekommen war, hatte ihm die Kehrseite zugewandt, sodass er kein freies Schussfeld hatte. Also hatte er nicht abgedrückt.

»Es ist nur für den Notfall«, rief er ihr gegen den Wind zu. Er verriegelte den Verschluss wieder und hörte, wie eine Patrone aus dem Magazin in die Kammer wanderte. Dann sicherte er das Gewehr, warf sich die Waffe über die Schulter, streifte den Handschuh wieder über und legte das Pulka-Geschirr an.

»Dann los.« Sie nahmen eine leicht andere Richtung als die, aus der Sofia das rote Licht gesehen hatte. Den Gletscher würden sie von Osten aus anfahren, in der Hoffnung, dem Mann auf Skiern zuvorzukommen, bevor er ihnen den Weg abschnitt.

Was aber, wenn sein Plan nicht aufging? Wenn Sofia zu müde war? Wenn der Mann zusätzlich zur roten Stirnlampe auch noch ein Nachtsichtgerät hatte, sie jetzt in Monochrom beobachtete und die Umgebung in Grüntönen sehen konnte? Welche Chance hatten sie dann?

Ihn beschlich das ungute Gefühl, dass diese Typen ihr sadistisches Spiel mit ihnen trieben. Dass einer von ihnen auf Skiern vorausgefahren war, um sie abzupassen, während die anderen beiden ihn und Sofia in die Falle trieben.

Wie die Mammuts damals.

»Lass dich nicht unterkriegen«, murmelte er vor sich hin und entließ eine weiße Wolke aus seinem Mund. »Bis zum Gletscher musst du es schaffen, und da oben verschwindest du.« Suchst einen Unterschlupf, hältst dich versteckt, bis diese Bastarde aufgeben. Mehr konnten sie nicht tun. »Einfach verdammt gut Ski fahren«, raunte er in die Nacht.

Dann hörte er den Motor.

106

7

»Ich kann nicht mehr, Papa«, rief Sofia ihm über die Schulter zu. »Ich kann einfach nicht weiter.«

»Doch, wirst du mal sehen. Ich bin ja da. Fahr einfach weiter. Wir sind bald da. Nur noch ein paar hundert Meter, dann haben wir es geschafft«, log er. »Du schaffst das.«

»Meine Beine sind wie Gummi. Ich falle gleich hin.«

Inzwischen wurde es hell. Die Wolken jenseits des östlichen Bergrückens waren von einem blassrosa Schimmer durchzogen. Im Tal hing noch die Dunkelheit, die sich wie ein bösartiges Tier dort festzuklammern schien, das hoffte, unbemerkt zu bleiben, bis die Nacht wieder hereinbrach.

»Du stürzt schon nicht.« Er redete ihr gut zu, auch wenn er fürchtete, dass sie recht hatte.

Zwanzig, dreißig kraftraubende Meter weiter kam ihm eine Idee. »Warte mal, Sofia.« Er nahm ihre Stöcke und schlang die Schlaufe des einen um den Teller des anderen. Die Schlaufe des zweiten Stocks hakte er in den Karabinerhaken an der Rückseite des Pulka ein. Die Ersatzseile wären besser gewesen, aber sie waren weg, denn mit ihnen hatte er in der Nacht einen Mann umgebracht.

»Halt dich einfach daran fest.« Er reichte ihr das untere Ende des ersten Stocks. »Überlass mir den Rest.«

»Aber du ziehst doch schon den Schlitten.« Sie weinte nicht, aber sie hatte Angst und war erschöpft. Die Qual stand ihr ins Gesicht geschrieben. »Das ist zu schwer. Du kannst nicht beides ziehen.« Trotzdem umklammerte sie die Stöcke mit beiden Händen.

»Nur nicht loslassen. Wir versuchen es, und wenn es nicht geht, lassen wir die den Schlitten zurück.«

»Aber den brauchen wir doch.«

»Die wichtigsten Dinge nehmen wir dann raus und packen sie in meinen Rucksack, okay? Aber lass es uns wenigstens versuchen.«

»Gut.«

»Jetzt halt dich fest.«

Er fuhr los, brauchte eine Weile, um in den richtigen Rhythmus zu kommen. Es war ein hartes Stück Arbeit, zugleich den Pulka und Sofia zu ziehen, aber er wusste, dass er es schaffen würde.

»Alles klar?«, rief er ihr über die Schulter hinweg zu.

»Ja«, rief sie, klammerte sich an die Stöcke, hielt ihre eigenen Skier dicht beieinander und glitt über den Schnee, den der Pulka vor ihr geebnet hatte.

Einen Kilometer waren sie auf diese Weise nun vorangekommen. Inzwischen war er sich sicher, dass der Mann auf dem Schneemobil ohne Scheinwerfer fuhr, denn immer wieder vernahm er das Dröhnen des Motors, das den schneidenden Wind durchdrang. Das Fahrzeug selbst bekam er nie zu Gesicht. Er vermutete, dass es das Tal in langsamen Bogen durchquerte, denn das Geräusch kam und ging. Das machte ihm Hoffnung. Es sagte ihm, dass der Fahrer Eriks Gewehr fürchtete. Der Mann wollte nicht zur Zielscheibe werden, indem er mit eingeschaltetem Licht den Skispuren folgte. Ihm dürfte klar sein, dass Erik sich in

Stellung bringen und auf das beleuchtete Fahrzeug schießen würde.

Fahr einfach weiter, sagte er zu sich. *Sieh zu, dass du auf den Gletscher kommst und häng sie im Sturm ab.*

»Da, Papa! Da ist das Licht wieder!«

»Ich hab's gesehen.« Ein roter Blitz. Ganz in der Nähe. Zweihundert Meter entfernt. Vielleicht noch näher. Dann war es wieder verschwunden.

Er blieb nicht stehen. Keuchend sog er die eisige Luft in sich ein. Sein Herz hämmerte gegen das Brustbein, drängend und hartnäckig, wie ein Metronom, das den Takt vorgibt, und er hielt das Tempo.

Im höher gelegenen Teil des Talschlusses schimmerte der Schnee blau vom darunter liegenden Gletschereis. Sie würden es schaffen. Der Mann auf den Skiern würde sie erst sehen, wenn sie an ihm, oder besser gesagt, an der Stelle vorbei waren, an der sie das rote Licht hatten aufblitzen sehen. Danach würden Sofia und er auf den Gletscher steigen. Da oben, im Auge des Sturms, wären ihre Spuren rasch verweht. Sie würden nach einem Unterschlupf Ausschau halten oder sich einen bauen.

Während er diesen Gedanken nachhing und seine Beine von dieser Hoffnung zehrten, zog etwas an seiner Schulter. Er sah an sich herab und entdeckte einen Riss in seiner Jacke, schwankte und wäre fast gestürzt, als zugleich das Geräusch eines Schusses ertönte. Ein jäher Knall inmitten des ununterbrochenen Heulens des Windes.

Sofia schrie auf. Von Panik gepackt, sah er sich um. Sie schien nicht getroffen worden zu sein.

»Wir dürfen nicht stehen bleiben.« Er machte längere

Schritte und legte jedes Mal, wenn er sich abstieß, noch mehr Kraft hinein. »Duck dich, Sofia, bleib unten.« Noch einmal blickte er sich um und sah, dass sie hinter dem Pulka in die Hocke gegangen war. Nur ein kleiner Teil ihres blassen Gesichts und ihre Augen waren zu sehen, während sie sich an der Stange festhielt.

Er warf einen kurzen Blick auf den Riss im Stoff an seiner Schulter, während ihm Geschichten von Menschen einfielen, die zunächst keinen Schmerz verspürt hatten, nachdem sie angeschossen worden waren. In dem Augenblick blitzte weiteres Mündungsfeuer auf. Er spürte, wie ein Geschoss in Höhe seines Gesichts an ihm vorbeizischte, zuckte zusammen und duckte sich weg. Sein Instinkt sagte ihm, dass er sich klein machen, den Schützen um Gnade anflehen und tun sollte, was der Mann verlangte, solange er versprach, Sofia nichts anzutun. Ihm war aber auch klar, dass es Gnade nicht geben würde. Als seine Skier zum Stehen kamen, schob er die Stöcke zwischen Zuggeschirr und Hüfte, zog sich die Handschuhe aus, nahm das Gewehr von der Schulter und legte an.

Er entsicherte und legte das Auge an das Zielfernrohr an. Er konnte die Position des Mannes jedoch nicht ausmachen.

»Bleib unten, Sofia.« Abwechselnd sah er durchs Zielfernrohr und dann wieder in die Dunkelheit hinaus, während ihn allmählich Panik ergriff.

Wo bist du?

Er wusste, dass der Mann jeden Moment wieder schießen würde, aber er konnte ihn nicht sehen.

Los!

Wo war der Kerl? Eriks Hände zitterten. Er versuchte, ruhig durch die Nase ein- und auszuatmen, um den Puls und sein Zittern unter Kontrolle zu bringen. Und er hielt den Atem an, weil er fürchtete, die Wolke seines warmen Atems könnte ihn verraten.

Los! Zeig dich, du Bastard.

Er stützte sich auf ein Knie. Den Kolben an die Schulter gelegt, zielte er ungefähr auf die Stelle, an der er das orangefarbene Mündungsfeuer hatte aufflammen sehen. Der Wind wehte ihm die Schneeflocken ins Gesicht, sodass er die Augen kaum offen halten, geschweige denn einen Schuss abgeben konnte.

Wieder Mündungsfeuer. Eissplitter regneten auf ihn herab, nachdem die Salve etwa drei Meter vor ihm in den Schnee eingeschlagen hatte.

Er schwenkte den Lauf in die Richtung und drückte ab. Der Rückschlag der Remington 700 traf ihn wie der Tritt eines Maultiers. Er zog den Verschluss zurück und ließ ihn wieder vorschnellen, um die nächste Patrone in die Kammer zu laden. Er verfluchte sich dafür, den Abzug zu hektisch durchgezogen zu haben, anstatt ihn nur leicht anzutippen. Wahrscheinlich hatte er dabei das Gewehr verrissen und danebengeschossen. Mehr als das Aufblitzen des Mündungsfeuers – diesen Sekundenbruchteil der Flamme da draußen in der Nacht – hatte er nicht, um zu zielen.

»Papa«, flüsterte Sofia hinter ihm.

»Ruhe, Lillemor.«

»Aber Papa, er kommt.«

Jetzt hörte er es auch, und ihm wurde klar, dass der Russe auf dem Motorschlitten das Mündungsfeuer aus ihren Waffen gesehen hatte und seinem Kameraden jetzt zu Hilfe kam.

»Bring ihn um, Papa. Bitte!«

»Bleib unten.« Seine Hände schmerzten vor Kälte. Mit den Blicken tastete er die Konturen der Landschaft ab. Die welligen, schneebedeckten Erdhügel. Die Wipfel hoher Büsche und verkümmerter Birken lugten aus der Schneedecke hervor, kaum erkennbare Silhouetten bewegten sich im Wind. Schließlich glaubte er, eine Bewegung zu sehen. Eine Sinnestäuschung vielleicht. Vielleicht auch nicht.

»Na, komm schon«, murmelte er vor sich hin, während er versuchte, sich an die Schießausbildung als Rekrut zu erinnern, die er in den zwölf Monaten bei der Armee absolviert hatte. Aber das war lange her.

Ruhig anvisieren. Luft anhalten. Feuern. Er legte den Finger an den Abzug. Das Gewehr schlug ihm mit aller Wucht gegen die Schulter. Der Schuss war durchdringend, weil die Remington nicht mit einem Schalldämpfer ausgestattet war.

Er bewegte sich ein Stück zur Seite, machte sich klein. Natürlich hatte er in dem Moment erneut seine Position preisgegeben. Dann ein Blitz und ein Surren dort, wo er gerade noch gestanden hatte. Das Projektil war längst vorbei.

Hörst du den Schuss, bist du noch am Leben.

Das Blut rauschte ihm in den Ohren, ein wässriges Rauschen mit dem Nachhall der Schüsse. Wie ein Tinnitus. Er lud nach, schoss aber nicht.

Wo steckst du, du verdammter Mistkerl?

Der Wind heulte, und Erik blinzelte gegen den tosenden Schnee an. Er zitterte vor Angst um Sofia und vor Wut und

Hass auf die Männer, die ihr das antaten. Auch jetzt wollte er dem Mann, den er nicht sehen konnte, am liebsten zu verstehen geben, dass sie mit ihm machen konnten, was sie wollten. Ihm ins Gesicht schießen, die Haut bei lebendigem Leibe abziehen konnten. Solange sie Sofia am Leben ließen. Aber natürlich wusste er, dass sie das nicht tun würden. Und dieses himmelschreiende Unrecht versetzte ihn in eine bisher nie gekannte Rage.

Die linke Hand am Vorderschaft und der Finger am Abzug wurden langsam taub. Doch aus Furcht, das Ziel erneut zu verfehlen, drückte er nicht ab. Aber jede weitere Sekunde, die er wartete, war eine Einladung an seine Feinde, zu schießen und ihn zu töten. Sein Körper schien in der Kleidung zu schrumpfen, als erwartete er, dass vom nächsten Geschoss Fleisch, Knochen und innere Organe zerrissen würden. Ein Gemetzel, eine Qual und ein Fehlschlag sondergleichen.

»Er kommt«, rief Sofia.

Er blickte über die Schulter in die Richtung, aus der er das Knurren des Viertakters vernahm, sah aber nichts als eine Wand aus tosendem Schnee. Dann das Gleißen der Scheinwerfer über den Schnee. Blitzschnell hatte Erik das Auge wieder am Zielfernrohr, gerade in dem Moment, als der Mann mit dem Gewehr die Hand hob, um sich gegen das blendende Licht des Motorschlittens abzuschirmen. Erik zog den Abzug durch. Um in aller Ruhe abzudrücken, dazu blieb ihm keine Zeit. Der Kopf des Mannes zerbarst in einer Fontäne aus Knochensplittern, Hirn und Blut. Die Szene war ausgeleuchtet wie die Bühne eines Ein-Mann-Stücks in einem verlassenen Theater. Erik wirbelte herum, drehte sich im Tiefschnee auf dem Knie, lud durch, legte an und feuerte in das Scheinwerferlicht. Er lud nach und feuerte erneut. Der Motorschlitten schlingerte, erhob sich über einen unsichtbaren Hügel, kippte zur Seite und flog mit aufheulendem Motor sechs, vielleicht acht Meter weit durch die Luft, bevor er kreischend und zersplitternd auf der Seite liegen blieb.

Erik lud nach und drückte erneut ab. Nichts als ein stumpfes Klicken ertönte. Das Magazin war leer.

»Sofia, los. Weg von hier!«, brüllte er.

Sofort trennte sie die Stücke und machte sie vom Zug-geschirr los.

»Ich ziehe dich«, rief er ihr zu.

»Ich kann selbst fahren. Sind sie tot?« Verängstigt sah sie sich um.

Keine hundert Meter entfernt lag der Motorschlitten auf der Seite. Die Scheinwerfer erleuchteten noch immer den Schnee. Vom Fahrer keine Spur.

»Ich weiß es nicht. Einer bestimmt«, sagte er, während er das Zuggeschirr anlegte. »Wir müssen hier weg.«

Sie brachte ihre Stöcke in Stellung und stieß sich im Dia-gonalschritt kraftvoll im Tiefschnee ab. Er hängte sich das Gewehr über die Schulter. Er war nicht getroffen worden. Die Kugel hatte die Jacke nur gestreift. Dennoch tastete er prüfend am Stoff.

»Fahr los, ich hole dich gleich ein«, rief er ihr hinterher.

»Papa!«

»Alles in Ordnung. Ich muss hier nur kurz noch etwas nachsehen. Fahr schon – ich komme nach.«

Sie tauchte in die Dunkelheit ein.

»Großer Gott«, murmelte er vor sich hin, während er zu dem Toten fuhr. Nicht einmal seine Mutter hätte ihn wiedererkannt. Das Gesicht und den größten Teil des Schädels gab es nicht mehr. Erik versuchte, nicht auf die dampfenden, schmierigen Überreste zu schauen, aber die Statur des Mannes verriet ihm, dass es sich um den breitschultrigen, stiernackigen Kerl handelte, der bei den Helgelands mit dem Schürhaken im Kamin herumgestochert hatte, bevor Konstantin Lars niedergeschlagen und ihm den Schädel gebrochen hatte.

Mit abgewandtem Gesicht beugte er sich vor und tastete die Taschen des pelzgefütterten Parkas ab. Er roch das Blut, und der Gestank feuchter Hirnmasse drang ihm in die Nase. Er spürte, wie ihm die Galle hochschoss. Dann spürte er etwas – ein Handy? – in einer der großen Seitentaschen der Jacke des Toten.

»Papa!«, rief Sofia. Er erkannte ihre blassen Umrisse in der Dunkelheit.

Er sah er sich noch einmal nach dem Motorschlitten um. Dort rührte sich nichts.

»Bitte, Papa. Komm jetzt!«

Er zog den Gegenstand aus der Manteltasche. Kein Telefon, sondern ein Walkie-Talkie. Er steckte es ein und stand auf. Irgendwo musste der Typ doch seine Munition haben. Für eine gründliche Suche fehlte ihm jedoch die Zeit. Und wo hatte er sein verdammtes Gewehr hingelegt? Dort. Ein paar Schritte entfernt, halb im Schnee begraben.

»Papa, komm endlich!«

»Schon gut, ich komm ja schon.« Gemeinsam setzten sie sich Richtung Talschluss in Bewegung.

Im Morgengrauen stiegen sie über das schneebedeckte Eis zu den beiden Gipfeln am oberen Ende des Tales hinauf. Der Anstieg war beschwerlich, aber das Adrenalin elektrisierte ihn. Sie verließen das dunkle Tal und gelangten ans Licht, zu dem sie sich hingezogen fühlten wie Kinder auf der Flucht vor Ungeheuern, die ihnen in der Nacht auflauerten.

An das, was sich unten im Tal abgespielt hatte, wollte er nicht denken. Doch eine Momentaufnahme im Scheinwerferlicht des Schneemobils hatte sich ihm wie ein Film eingebrannt. Das Projektil hatte dem Mann den Kopf weggeblasen. Bruchstücke des Schädels und Hirnmasse flogen überall herum. Rückblickend ein abscheuliches Bild, und trotzdem erregte es ihn auch, weckte eine gewisse Wildheit in ihm, die er nicht völlig unterdrücken wollte. Der Mann hatte versucht, sie umzubringen. Er hätte sein Gewehr auf Sofia gerichtet und ihr Leben ausgelöscht wie die Flamme einer Kerze. Aber jetzt war er tot, ein Nichts. Nicht mehr als ein Fleischklumpen im Schnee. *Gut so.*

Oben auf dem Gletscher raubte ihnen der Schnee, den der Wind über die offene Ebene vor sich hertrieb, fast vollständig die Sicht. Kaum mehr als hundert Meter weit konnten sie sehen. Der Wind blies bitterkalt. Er heulte aus westlicher Richtung und erschien ihm auf eine Weise durchdringend und, schlimmer noch, bösartig, wie er es noch nie erlebt hatte. Sein Kinn war inzwischen taub, der Schweiß am Rand seiner Mütze gefroren. Die Kälte arbeitete sich durch die Handschuhe bis zu den Fingern vor und schien durch Stiefel und Socken bis zu den Zehen zu kriechen. Er fürchtete, dass sie sich ihren Weg sogar durch die

Milliarden Poren der Gore-Tex-Schichten seiner Jacke und der Überhose bahnen könnte. Und Erik wusste, dass es Sofia nicht anders erging. Zum Glück trug sie Fäustlinge, die um einiges wärmer hielten als normale Fingerhandschuhe.

»Sieh dir das an, Sofia!«, rief er und deutete auf die Spuren hinter sich, die sich mit Schnee füllten und vor ihren Augen verschwanden.

»Glaubst du, sie sind immer noch hinter uns her?«

Er sah, wie erschöpft sie war, und wusste, dass nur die pure Angst sie noch auf den Beinen hielt. Dunkle Ringe zeichneten sich unter ihren Augen ab wie blaue Flecken. Sie ballte die Fäuste und öffnete sie wieder, weil auch ihr allmählich richtig kalt wurde.

»Einer ist noch auf Skiern unterwegs«, erklärte er ihr, während er die letzten Patronen ins Magazin lud. »Was mit dem anderen ist, weiß ich nicht.«

»Du hast ihn doch erschossen.« Die Hoffnung in ihren müden Augen berührte ihn.

»Möglich.« Er wollte sie nicht zu sehr in Sicherheit wiegen.

Sie betrachtete die Spuren und wie sie sich hinter ihr auflösten. Dann blickte sie nach Norden in den dichten Schnee, der ihnen nicht mehr über das verriet, was ihnen bevorstand, als die Kristallkugel einer Wahrsagerin im Trockeneis.

»Schaffst du noch ein Stück?« Er schwang sich das Gewehr über die Schulter. »Bis wir einen Platz gefunden haben, an dem wir uns einen Unterschlupf im Schnee bauen können?«

Missmutig zog sie die Stirn kraus. Zumindest war es kein

Nein. »Ich habe eine Schaufel. Wir können es uns gemütlich und warm einrichten.« Das Sprechen fiel ihm schwerer, denn inzwischen waren auch die Kiefer gefühllos. Es fiel ihm schwer, die Worte zu artikulieren, und er spürte, wie sie ihm wie eine Dachlawine träge aus dem Mund purzelten. »Wir machen uns etwas Warmes zu essen, und du kannst ein bisschen schlafen.«

Mit gequälter Miene sah sie ihn an. Sie fror. Ihre Hände öffneten und schlossen sich um die Stöcke herum, als wären sie zwei kleine Avatare ihrer Angst.

Er hob einen Skistock und zeigte nach vorn. »Nur noch ein kleines Stück, dann machen wir Pause. Versprochen.«

Sie nickte.

Sie fuhren eine weitere Stunde, wenn man von Fahren überhaupt noch sprechen konnte. Es war mehr ein Gehen auf Skiern. Sie stemmten sich gegen den Wind, und es fühlte sich an, als würden sie kaum vorankommen. Wenn sie eine Gletscherspalte oder eine Kuppe umrunden mussten, breiteten sie die Arme mit den Stöcken weit aus wie Segel und wurden vom Wind vorangetrieben.

Schließlich rief er Sofia zu, dass sie anhalten sollte. Er hatte eine weiße Silhouette in der weißen Welt ausgemacht und stellte beim Näherkommen erleichtert fest, dass er keiner Sinnestäuschung aufgesessen war. Es handelte sich um eine Erhebung, vielleicht über einer Klippe oder einem großen Felsen, wo sich das Eis, als sich das Gletschereis mit seinem enormen Gewicht darüber schob, geteilt hatte und sich eine Lippe von etwa acht Metern Höhe über der Ebene erhob.

Er rief Sofia zu sich, und beide fuhren sie um den Grat

herum. Hier konnten sie Rast machen, sich vor dem hefti-
gen Wind und dem Schneetreiben schützen und, so hoff-
ten sie, sich unter der Schneedecke verstecken. Er sah auf
die Uhr. Vor über neun Stunden waren sie aus dem Haus
der Helgelands geflohen. Neun anstrengende, angsterfüllte
Stunden. Blutige Stunden. Er hängte den Schlitten ab, stieg
aus den Skiern, holte die Schaufel und begann zu graben.

Er stach ein Loch in die Schneewand. Sofia half, die
Blöcke herauszuziehen und beiseitezuschieben. Sie arbeiteten, ohne ein Wort zu verlieren. Für Worte fehlte ihnen
die Kraft. Der letzte große körperliche Einsatz in Erwartung der Belohnung, die ihnen bevorstand. Hin und wieder machte er eine Pause, holte Luft und lauschte. Zweimal
ging er um die Erhebung herum, um sich zu vergewissern,
dass ihre Spuren wirklich verweht waren.

Er war sich nicht sicher, ob es richtig war, Sofia eine
Pause zu gönnen. Aber so wie bisher konnte sie nicht
weitermachen. Besser, sie riskierten es jetzt, während der
Schneesturm die Sicht behinderte, als später, wenn sie ohne
Deckung waren und beide schon längst nicht mehr auf den
Skiern stehen konnten. Also grub er.

Sie brauchten eine Weile, bis sie zurücktreten und ihr
Werk in Augenschein nehmen konnten. Ihr Atem umfing sie in einer weißen Wolke. Noch immer sprachen sie
nicht. Sie standen nur da und betrachteten, was sie geschaf-
fen hatten, als wäre es ihr Lebenswerk. Die Höhle war in
der Form eines T in die Schneewand geschnitten. In der
mittleren Kammer sollte sich die kalte Luft sammeln, während die beiden Seitenarme des T als Schlafplätze dienten.

Sie krochen hinein und formten die Decke zu einem

Gewölbe aus, glätteten die Oberfläche und beseitigten die kleinen Spitzen, an denen sich Eiswasser sammeln und auf sie heruntertropfen konnte. Dann holte Sofia einen Skistock von draußen, mit dem Erik ein Loch in die Decke bohrte, bis durch das entstandene Loch ein wenig Tageslicht erkennbar wurde.

»Wir müssen es immer wieder freimachen«, erklärte er ihr. Seine Stimme klang gedämpft und dumpf in der kleinen Höhle.

»Wegen des Kohlenmonoxids, ich weiß«, fügte sie hinzu. »Aber wir könnten doch auch eine Kerze anzünden?«

»Klar, das können wir auch«, sagte er.

Ihr Lächeln erschien ihm wie ein kleines Wunder.

Alles, was sie brauchten, brachten sie in das Schneeloch, einschließlich des Gewehrs. Die Rucksäcke deponierten sie im kalten Gang. Er zog den Schlitten zum Eingang und legte eine dünne Schneeschicht darüber. Am Eingang stellte er den Kocher auf, füllte einen Topf mit Schnee und gab zwei Folienbeutel mit Fertigmahlzeiten in das Wasser, als es kochte. Chili con Carne und Rigatoni mit pikantem Gemüse. Sofia entschied sich für die Rigatoni. Keine zehn Minuten später saßen sie vor ihren Tellern und aßen.

Als Nächstes wärmten sie zwei Beutel Schokoladenpudding auf, und er sah dem Mädchen dabei zu, wie es mit jedem Löffel wertvolle Kalorien in sich hineinschaufelte. Zum Schluss machte er Schokolade heiß und reichte Sofia eine Tasse. Mit beiden Händen umklammerte sie ihren Becher und blies ihrem Vater den süßen Duft entgegen. Aus ihrem entrückten Blick schloss er, dass sie in Gedanken vielleicht bei dem Mann mit dem zerschossenen Kopf sein konnte. Er unterdrückte ein Schaudern und hoffte, dass sie einfach nur erschöpft war. Als sie ausgetrunken hatte, nahm er ihr den Becher ab, wischte ihn mit Schnee aus und legte ihr dann den Schlafsack um. Um es warm zu haben und für den Fall, dass sie fliehen mussten, würden sie vollständig bekleidet schlafen. Sie schlüpften nicht einmal in ihre Schlafsäcke, denn beim leisesten Geräusch eines Motors oder dem Klicken eines nachladenden Repetiergewehrs zählte jede Sekunde. »Du musst jetzt schlafen, Lillemor.«

Sie zog die Stirn kraus und sah dabei ihrer Mutter sehr ähnlich. »Und was ist, wenn sie uns finden?«, wollte sie wissen und sah mit müden Augen zum Eingang der Schneehöhle, hinter dem der Schneesturm den neuen Tag einleitete.

»Ich halte Wache«, sagte er, nahm eine Kerze und steckte sie in einer kleinen Nische, die er in die Wand gegraben hatte, in den Schnee.

»Du musst aber auch schlafen, Papa.«

Er schüttelte den Kopf, während er das Streichholz anzündete und die Flamme an den Docht hielt. »Mir geht es gut, Lillemor. Ich schlafe später.« Das Streichholz steckte er in den Schnee. Er beugte sich zu ihr hinüber, gab ihr einen Kuss auf die Stirn und drückte sie sanft auf die Bodenmatte, die ihr Schutz vor dem kalten Untergrund bot.

Einen Moment lang betrachteten beide die Flamme.

»Wenn sie anfängt zu flackern, dann gibt es hier nicht genügend Sauerstoff«, sagte sie.

Er lächelte. Ich werde sie im Auge behalten.

Sie legte den Kopf zurück und schaute zur glitzernden Decke hinauf.

»Schlaf jetzt.«

»Ich passe auf, dass sich das Luftloch nicht zusetzt«, sagte sie.

Keine fünf Minuten später schlief sie fest.

Mit den Schneeblöcken, die er zuvor zurechtgeschnitten hatte, mauerte er den Eingang zu. Dann legte er sich auf die Seite, das Gewehr neben sich, beobachtete die Kerze und das Mädchen.

Er schlief nicht.

Durch ein Geräusch aufgeschreckt, richtete er sich auf, griff nach dem Gewehr und zielte auf den Höhleneingang. Dann hörte er es wieder und begriff, dass es sich um statische Störgeräusche und die Stimme eines Mannes aus dem Walkie-Talkie in seiner Tasche handelte.

Er holte es heraus, ohne Sofia aus den Augen zu lassen. Sie schlief weiter fest. Das Krächzen setzte wieder ein. Er riss sich die Wollmütze vom Kopf, um damit den Lautsprecher abzudecken, während er sich das Gerät ans Ohr hielt.

»Ich weiß, dass du mich hören kannst.«

Das Herz hämmerte in seiner Brust. Die Stimme des großen Mannes, da war er sich sicher. Der Mann, der in die Nacht in aller Ruhe hinausgeschlendert war und Frau Helgeland in den Rücken geschossen hatte. Der Mann, mit dem er an jenem Tag in der Stadt gesprochen hatte, als Karine und Lars noch am Leben gewesen waren. Er ließ das Walkie-Talkie sinken, hielt es in der Hand und erschrak, als das Krächzen wieder einsetzte.

»Ich weiß, dass du das Funkgerät meines Kameraden hast«, sagte die körperlose Stimme. Dann war es still. Die

Sprechtaste am anderen Ende war immer noch gedrückt. Er konnte den großen Mann am anderen Ende fast spüren. Er wartete, dachte nach.

»Ich weiß, dass du mich hören kannst«, sagte die Stimme wieder. »Und das ist gut, weil ich dir etwas sagen muss.«

Fast hätte er selbst auf die Sprechtaste gedrückt, um den Mann anzuflehen, sie in Ruhe zu lassen. Sofia in Ruhe zu lassen. Aber sein Instinkt sagte ihm, besser nichts zu sagen. Seine Stimme würde ihn für den Mann plötzlich sichtbar machen, als würde Sauron sein Auge auf Frodo richten, sobald Frodo dumm genug war, den Ring anzulegen.

»Hört das Mädchen gerade zu?«

Er deckte den Hörer ab und sah zu Sofia hinüber. Sie schlief. Trotzdem presste er seine Mütze fester gegen das Gerät.

»Nein. Vielleicht habt ihr euch ein kleines Loch in den Schnee gegraben, wie zwei kleine Füchse. Vielleicht schläft das Mädchen gerade und sieht so ... friedlich aus. Vielleicht glaubt sie sogar, du würdest sie beschützen.«

Erik schlug das Herz bis zum Hals. Die Möglichkeit, dass der Kerl sich in ihrer Nähe herumtrieb, beunruhigte ihn. Vielleicht jetzt gerade. Auf der anderen Seite des Eingangs zu ihrem Schneeloch. Er rutschte hinüber und spähte durch einen Spalt, sah aber nichts als Schneemassen, die draußen niedergingen.

»Ich will dir sagen, dass ich dich umbringen werde«, fuhr die Stimme fort. »Dagegen kannst du nichts tun. Aber ich glaube, dass du das schon weißt. Vielleicht aber denkt ein Teil von dir, dass deine Tochter ... Sie ist doch deine Tochter?«

Erik biss sich auf die Zähne. Erneut ein kurzes, lautes Zischeln, gefolgt vom Klicken der Sprechtaste. »Ja, ich denke, das ist sie. Vielleicht glaubst du, sie würde davonkommen. Aber ich muss dir sagen, dass ich auch sie töten werde.«

Finger und Daumen tasteten zum Knopf oben auf dem Funkgerät. Er wollte es ausschalten, schaffte es aber nicht.

»Möglicherweise bringe ich dich zuerst um. In dem Fall sollst du wissen, dass ich dein Mädchen töten werde.«

Er sah in Sofias friedliches Gesicht, drückte auf den Schalter und steckte das Funkgerät in die Jacke, wie ein Mann, der sich des Diebstahls oder eines schlimmeren Vergehens schuldig gemacht hatte.

Er weckte sie nur ungern. Sie sollte weiterschlafen. Aber sie mussten weiter. Er stand auf, legte den Mund an ihr Ohr und flüsterte immer wieder ihren Namen, bis sie endlich die Augen öffnete.

»Ich habe von Emilie geträumt«, brachte sie schlaftrunken hervor. Wie immer versetzte ihm auch dieses Mal allein schon die Erwähnung des Namens seiner verstorbenen Tochter einen Schlag in die Magengrube.

»War es ein schöner Traum?«, wollte er wissen und reichte Sofia einen Becher mit Wasser, den er über die Kerzenflamme gehalten hatte, um ihn ein wenig zu erwärmen.

Sie neigte den Kopf und betrachtete die Kerze, die inzwischen fast heruntergebrannt war.

»Wir sind zusammen Ski gefahren«, sagte sie. »Sie hat immer wieder gesagt, dass ich schneller fahren soll, aber ich konnte nicht.« Sie trank, bis der Becher leer war, legte sich auf die Seite und starrte den Becher an, als lägen die letzten Reste ihres Traums noch darin. Wie Teeblätter.

»Du bist besser gefahren, als ich es mir je hätte vorstellen können.«

»Aber du musstest mich ziehen«, wandte sie ein, ohne ihn anzusehen.

»Nur ein kurzes Stück.«

»Aber jetzt müssen wir weiter.«

»Ja.«

»Die Rentiere und den Bruder von Frau Helgeland suchen.«

»Ja, ich hoffe, wir finden sie«, sagte er. Von der Stimme, die er über das Funkgerät gehört hatte, erzählte er ihr nichts. Vielleicht später. Vielleicht auch nie.

Er fing an, die Sachen zusammenzupacken: die Becher, die Kerze und den Skistock, mit dem er das Luftloch von Schnee freigehalten hatte, und schob sie mit dem Ofen und der Isomatte ans Ende seines Schlafplatzes. Sofia vermeldete, dass sie mal müsste. Er drehte ihr den Rücken zu, während sie in die Hocke ging.

»Wenn dein Pipi sehr dunkel ist, musst du mehr trinken«, sagte er ihr. Aber sie meinte nur, es sei in Ordnung. Er schob die Schneeblöcke vom Eingang weg und kroch steif und unter Schmerzen in den Tag hinaus, wie eine Kreatur, die gerade ihr Winterquartier verlässt.

Langsam und vorsichtig richtete er sich auf, lauschte und blickte umher. Hinter ihm hockte Sofia ängstlich im Eingang.

»Es ist alles in Ordnung. Kein Mensch zu sehen. Du kannst rauskommen.«

Sie sprang heraus. Sofia reckte sich und schlug sich auf Schultern und Brust, um ein wenig Wärme in ihren Körper zu bekommen. Erik streckte sich ebenfalls und ächzte unter seinen steifen Gliedmaßen und dem Muskelkater, der sich überall breitmachte.

»Wie lange habe ich geschlafen?«

»Etwas über drei Stunden.«

»Und du warst die ganze Zeit wach?«

»Ich bin nicht müde«, sagte er. »Steig auf deine Skier.«

Sie nahm sie, ließ einen vor sich in den Schnee fallen, drehte den anderen um und betrachtete dessen Unterseite. »Du hast sie ja gewachst.«

»Ein bisschen. Nicht sehr gründlich«, sagte er. »Ich habe sie kurz über der Kerze gehalten, um sie etwas weicher zu machen. Sie laufen jetzt besser.«

Sie ließ ihn neben den anderen Ski auf den Boden fallen, stützte sich auf die Stöcke, um das Gleichgewicht zu halten, und stieg in die Bindung.

»Glaubst du, Mama weiß, dass etwas nicht stimmt?«

Auf ein Knie gestützt, schnürte er seinen Rucksack. Dann hielt er inne, sah in den weißen Himmel hinauf, spürte, wie ihm der Schnee auf das Gesicht und die Wimpern fiel. Es schneite immer noch kräftig, aber der Wind hatte etwas nachgelassen, sodass er jetzt mehr sehen konnte, als bevor sie hier Zuflucht gesucht hatten.

»Bestimmt«, sagte er und stand auf. Es gab kaum eine Stelle an seinem Körper, die nicht schmerzte.

»Sie wird sich fragen, warum wir uns nicht gemeldet haben.«

»Sie weiß, dass man bei so einem Wetter manchmal keinen Empfang hat«, erklärte er. »Und hier oben gibt es sowieso keinen.« Er packte den Rucksack in den Pulka und deckte ihn sorgfältig zu. Dann warf er sich das Gewehr über, legte das Zuggeschirr an und stieg in die Bindung seiner Skier.

»Ich glaube, sie macht sich mehr Sorgen wegen des Schneesturms. Darüber, dass wir hier draußen sind.« Er sah, wie Sofia den Hüftgurt ihres Rucksacks festzog und überlegte, ob er es riskieren sollte, ihr Hoffnungen zu machen. Hoffnung, beschloss er, ist immer gut, denn es würde sie zum Weitermachen bewegen. »Wahrscheinlich sind schon Leute unterwegs, die nach uns suchen«, bemerkte er.

Von dieser Vorstellung offensichtlich beflügelt, suchte Sofia die Landschaft in alle Himmelsrichtungen ab, als erwartete sie jeden Moment auf einen Suchtrupp der Bergrettung zu stoßen.

»Komm, wir fahren weiter.« Er setzte sich in Bewegung und legte ihr eine Spur. Der frisch gefallene Schnee stob von den Skispitzen davon.

Das Essen und die kurze Pause hatten ihnen beiden gutgetan. Erik war zwar immer noch müde, fühlte sich benommen, so als breitete sich eine Art Jetlag-Gefühl in ihm aus, aber zumindest waren seine Muskeln nach dem Fleisch, dem Reis und dem Schokoladenpudding zumindest wieder etwas mit Energie versorgt. Tausend Kalorien machten schon etwas aus. Auch Sofia schien sich ein wenig erholt zu haben. Sie legten ein gutes Tempo vor, auch wenn es sich in dem Neuschnee schwer fahren ließ.

»Wie sind die Skier?«, erkundigte er sich, nachdem sie eine Stunde unterwegs waren.

»Besser.«

»Greifen sie besser?«

»Ja.«

»Und das Abstoßen und Gleiten geht auch besser?«

»Ich glaube schon.«

Weitere zehn Minuten später fing er erneut an: »Du sagst ja gar nichts.«

Sie antwortete nicht.

»Ist es, weil du jetzt ein Teenager bist?«, fragte er und bereute im selben Moment den Versuch, witzig sein zu wollen. Das war nicht der richtige Zeitpunkt für Vaterwitze. Dennoch beunruhigte ihn ihr Schweigen. Ob sie an Karine Helgeland dachte, die sie tot im Schnee hatte liegen sehen? Oder, schlimmer noch, daran, was er mit diesem Mann gemacht hatte? Was machte es mit einer Tochter, wenn sie zusehen musste, wie ihr Vater jemanden umbrachte? Die mit ansehen musste, wie ihr Vater verzweifelt und von Panik geschüttelt, einem anderen Menschen seinen Skistock in die Eingeweide rammte? Oder einem Mann den Kopf wegschoss?

Auch er selbst mochte nicht daran denken. Er schämte sich dafür.

»Wir schaffen das schon.«

»Woher willst du das wissen?«, fragte Sofia nach einer Weile.

In diesem Moment sah er die Hütte am nördlichen Gletscherrand.

8

Erik entdeckte sie auf der Karte. Es war eine Hütte des DNT, des norwegischen Wandervereins, wie die, in der sie in der zweiten Nacht ihrer Skitour eigentlich hatten übernachten wollen. Die Hütte war jedoch nicht bewirtschaftet, sodass sie mit den üblichen Vorräten wie Konserven, Kaffee, Tee, Knäckebrot und Tütensuppen nicht rechnen konnten.

Nachdem sie den Gletscher überquert hatten, waren sie durch einen Wald mit hohen Tannen aufgestiegen und standen nun oben auf dem Gipfel vor der Blockhütte. Der Schneefall hatte ein wenig nachgelassen, und er hoffte, dass er vielleicht ganz aufhören würde. Aber es war noch kälter als zuvor, die Luft war dünn und schneidend. Wie zerbrochenes Glas stach sie ihm in die Lunge.

»Was ist los, Papa?« Er spürte ihren fragenden Blick auf sich gerichtet.

»Ich schau mich nur um.«

»Glaubst du, dass er da drin ist? Der Mann mit den Skiern?«

Die Kälte nahm immer mehr Besitz von ihm. Er spürte, wie sein Körper vergeblich versuchte, sich gegen sie zu behaupten. Immer stärker wurde er von einem Zittern erfasst, bis in die Knochen und das Knochenmark hinein.

»Ich glaube nicht. Und ich bin mir nicht sicher, ob es

klug wäre, da hineinzugehen. Vielleicht sollten wir lieber weitergehen.«

Sie zog sich den Fleece-Schal bis über die Nase hoch, sodass nur noch die vor Kälte glänzenden, angstbesetzten Augen zu ihm aufsahen. Er sah ihr an, wie sehr sie sich gewünscht hatte, in die Hütte gehen zu können, und wie schwer es ihr fiel, das für sich zu behalten.

»Dir ist zu kalt«, sagte er, und Sofia nickte.

Er klatschte in die Hände; das Geräusch wurde durch die Handschuhe gedämpft. »Weißt du, was? Mir auch«, sagte er, ohne den Blick von der Hütte zu lassen. Die Schneeverwehungen um die Hütte herum waren so tief, dass es aussah, als würde sie schon bald ganz verschluckt werden, wie eine Opfergabe, die von einem Gott der kalten nördlichen Berge eingefordert wird.

Er zog sich einen Handschuh aus und legte die Hand um sein gefühlloses Kinn, um es ein wenig aufzuwärmen. Nicht einmal die eigene Berührung spürte er noch. »Dann sehen wir uns das mal genauer an, einverstanden?«

Mit einem vom Schal gedämpften »Okay« willigte sie ein.

Er zog sich den Handschuh wieder an, und sie stiegen zur Hütte hinauf. Sofia folgte seiner Spur. Als sie sich dem Gipfel näherten, bedeutete er ihr, zwischen den Bäumen auf der Anhöhe stehen zu bleiben. Er stieg aus den Skiern, holte die Schneeschuhe vom Schlitten und schnallte sie an.

Erneut nahm er die Hütte in Augenschein. Die Fenster waren dunkel. Rauch stieg aus dem Schornstein nicht auf. Trotzdem blieb er stehen und starrte auf das Haus, als wartete er auf die Stimme seines sechsten Sinnes, die ihm sagte, ob sich innerhalb dieser Holzwände ein lebendiges Wesen befand oder nicht. Er konnte nicht ausschließen, dass der große Mann dort drinnen wartete, weil er annahm, dass Sofia und er der Verheißung von Wärme und Schutz nicht widerstehen würden.

Er sah sich zu Sofia um und nickte ihr zu. Sie erwiderte sein Signal. Er nahm das Gewehr von der Schulter, entsicherte es und lud durch. In der Hoffnung, dass seine Finger nicht taub werden würden, steckte er die Handschuhe in die Jackentasche. Dann ging er an dem Holzstapel auf der Ostseite der Hütte vorbei und stieg lautlos die fünf Stufen zur überdachten Veranda hinauf. Nur das leise Knirschen des Schnees unter den Schneeschuhen aus Aluminium war zu hören.

Unter dem Dachvorsprung blieb er stehen und nahm den Boden in Augenschein. Es gab noch andere Spuren, die zur Hütte und um sie herum hinter die Verwehungen führten. Keine frischen Spuren wie die, die er machte. Nur leichte Vertiefungen von Stiefeln oder Skiern. Er stapfte zu einem Fenster und spähte, eine Hand über die Augen gelegt, hinein. Drinnen war es dunkel. Er sah einen Tisch und sechs Stühle, alle ordentlich aufgestellt. Er sah eine Küchenzeile, einen Wasserkocher und ein paar Blechdosen auf der Anrichte. Keine Hinweise auf eine Nutzung. Er ging weiter zu einem anderen Fenster. Dahinter befand sich ein unbeleuchteter Schlafraum mit zwei Etagenbetten, die ordentlich und ebenfalls unberührt auf erschöpfte Mitglieder des norwegischen Wandervereins warteten. Um das ganze Gebäude kam er nicht herum. Die Schneeverwehungen, die von weiter oben herabgefegt worden waren, hatten sich auf der Rückseite zu hoch aufgetürmt.

Als er keine unmittelbare Gefahr erkennen konnte, ging er, das Gewehr in einer Hand in Höhe der Schulter, zur Vordertür. Die andere Hand ging zum Türgriff. Selbst heute noch blieben die Hütten des norwegischen Wandervereins manchmal unverschlossen. Dass dies auch hier der Fall sein würde, wagte er nicht zu hoffen. Doch die Tür ließ sich problemlos nach innen öffnen. Kein Knarren der Scharniere. Keine Begrüßung von drinnen. Kein Schuss. Nur eine Art Seufzen beim Übertreten der Schwelle, was die abgestandene Luft in Bewegung versetzte.

Er nahm das Gewehr von der Schulter und schwenkte den Lauf nach links und rechts, den Finger lose am kalten Abzug. Während er den kleinen Eingangsbereich und den Wohnraum, der gleich dahinter lag, mit der vorgehaltenen Remington sicherte, ging er auf ein Knie, öffnete die Bindung der Schneeschuhe jeweils mit einer Hand und schnallte sie ab. Dann inspizierte er den Wohn- und Essbereich und warf einen Blick in die Küche. Der Boden schien überall trocken zu sein. Ein gutes Zeichen. Aber keine Garantie. Er nahm sich einen Moment Zeit, um seine Atmung zu stabilisieren. Es gab noch drei Schlafzimmer, die er überprüfen musste. Die Tür des ersten stieß er mit dem Gewehrlauf auf, bückte sich, um unter einem der beiden Etagenbetten nachzusehen, und fragte sich in dem Moment, ob ihm überhaupt genügend Zeit blieb, da unten jemanden zu suchen. Bevor ihm jemand ins Gesicht schoss. Er konnte sich nicht vorstellen, dass der große Mann nur für den unwahrscheinlichen Fall, dass Erik und Sofia auftauchten, dort unter einem Bett liegen bleiben würde. Aber trotzdem war das natürlich dumm.

Beim zweiten Schlafzimmer drückte er vorsichtig die Klinke herunter, ging zu Boden, legte sich auf die Seite und stieß, die Waffe in beiden Händen, die Tür auf. Die Waffe lang schussbereit an seiner Schulter, während sich der Raum vor ihm öffnete. Niemand würde ihn auf dem Boden erwarten, und er konnte unter die Kojen sehen. Nichts.

Das letzte Schlafzimmer wartete mit angelehnter Tür. Er wendete die gleiche Methode an. Sein Mund war trocken, und das Herz raste fast hörbar in der Brust. Warnend knarrte die Tür. Aber niemand war da, der es hätte hören können.

Er schloss die Augen, stieß die Stirn einmal auf den Holzboden und ging dann Sofia holen. Zehn Minuten später saß er am Küchentisch, Sofia hatte es sich auf dem Sofa bequem gemacht. Sie hatten sich die Stiefel ausgezogen, rieben sich die kalten Füße und seufzten erleichtert.

»Können wir Feuer machen?«, fragte sie. Das Anzündholz lag zusammen mit einer Schachtel Streichhölzer in einem ordentlichen Stapel neben dem Herd. Ein einzelnes Streichholz lag auf der offenen Schachtel, bereit für jeden, der hier mit tauben Fingern Schutz suchte. Auf dem Kiefernholzboden neben dem Ofen stand ein Eimer mit gespaltenen Birkenscheiten und einer zusammengelegten alten Zeitung als Zunder.

»Besser nicht«, sagte er. »Der Rauch würde uns verraten.«

Sie nickte, eher verärgert darüber, dass sie daran nicht selbst gedacht hatte, als darüber, dass sie kein Feuer machen konnten.

»Lange können wir nicht bleiben.«

»Ich weiß.«

Er blickte auf seine Zehen hinunter und wackelte mit ihnen, zufrieden, endlich die Stiefel los zu sein. Seine Nase dankte es ihm weniger. Er wusste, dass er streng riechen würde, wenn er alle seine Kleiderschichten ablegen würde.

»Können wir uns etwas Warmes zu essen machen?«

Er warf einen Blick zum nächstliegenden Fenster.

»Wenn wir uns beeilen«, sagte er, »und die Umgebung im Auge behalten.«

Fließendes Wasser gab es nicht. Auch keinen Strom. Und es war schwer, die Holzscheite neben dem Ofen anzusehen, ohne ein richtiges Feuer zu machen. Dennoch genossen sie es, von vier festen Wänden umgeben und durch ein Dach über dem Kopf vor Wind und Schnee geschützt zu sein. Sie konnten eine Toilette benutzen und Mützen und Handschuhe ablegen.

Er ging mit dem Kessel hinaus. Dort nahm der das Walkie-Talkie aus der Tasche und ging die Kanäle durch. Bei jedem Kanal hielt er einen Moment inne, für den Fall, dass er jemanden reden hörte. Das konnte vorkommen, so viel wusste er, wenn eine andere Person in Reichweite war, denn so viele verfügbare Kanäle gab es nicht. Er hatte gehört, dass man ein laufendes Gespräch unterbricht, wenn die Leitung nicht frei ist. Ein Verstoß gegen die Etikette. Aber zum Teufel, natürlich würde er sich trotzdem in ein Gespräch einschalten, um mitzuteilen, dass Russen versuchten, ihn und seine Tochter umzubringen, und dass sie Lars und Karine Helgeland bereits ermordet hatten.

Aber er traf auf keine freundlichen Stimmen. Zweiundzwanzig Kanäle und nichts als weißes Rauschen, die unbeseelte Stimme des Sturms. Weißes Rauschen in einer weißen Welt.

Nicht, dass es ihn überraschte. Wer sonst sollte sich hier draußen aufhalten?

Er füllte den Kessel mit Schnee, trug ihn ins Haus und stellte den Campingkocher auf dem Wohnzimmerboden auf. Als das Wasser kochte, machte er seiner Tochter eine heiße Schokolade und sich selbst einen Kaffee in einem Nescafé-Becher, den ein früherer Besucher im Küchenschrank zurückgelassen hatte. Sofia kochte zwei ihrer Essensbeutel auf, während er mit dem Kaffee in der Hand am Fenster stand und nach Süden zu den hohen Tannen blickte, hinter denen der Gletscher lag.

»Sieh mal, wie ich uns ein komplettes Frühstück mache«, sagte Sofia mit müden Augen, aber einem zufriedenen Lächeln im Gesicht. Sie deutete auf den Topf über der zischenden blauen Flamme. »Bohnen, Würstchen, Speck und Omelett für zwei, kommt sofort.«

Er erwiderte ihr Lächeln. »Zu Hause sagen wir Mama, dass du von jetzt an alleine kochen kannst, okay?«

Sie nickte. »Wenn es aus einem Folienbeutel kommt ...« Sie legte Zeigefinger und Daumen an die zu einem Kuss geformten Lippen wie eine italienische Küchenchefin.

Lächelnd drehte er sich wieder um und blickte hinaus in den Schnee. Als das Essen fertig war, tauchten sie ihre Löffel in die dampfenden Beutel und stopften die heißen Würstchen und Bohnen in sich hinein. Das Essen war so heiß, dass sie zusammenzuckten und Luft einsogen, um es ein wenig abzukühlen. Er nahm den Becher und trank den letzten Schluck: »Nur noch ein paar Minuten, dann müssen wir uns wieder auf den Weg machen«, raunte er in den Becher. »Vorher sehe ich mir aber noch deine Hand an.«

Auf dem Boden kniend, verstaute Sofia Kocher und Gasbehälter in seinem Rucksack, während sie ihm die Hand hinhielt. »Der Verband ist mit getrocknetem Blut verklebt. Ich möchte ihn lieber nicht abnehmen, damit es nicht wieder anfängt zu bluten.«

Er überlegte kurz. »Wir lassen alles erst einmal so.« Frisches Verbandszeug hatten sie sowieso nicht. Es war besser, einfach dafür zu sorgen, dass er sauber blieb. »Warum lässt uns der Kerl nicht einfach in Ruhe?« Sofia sah zu ihm auf.

»Weil wir wissen, dass er und seine Leute die Helgelands umgebracht haben. Er will absolut nicht, dass wir es jemandem erzählen.« Er schüttete die letzten Tropfen Kaffee in die Spüle. *Und weil ich zwei seiner Männer getötet habe*, dachte er. *Vielleicht auch drei. Und einer davon war sein Bruder.* »Außerdem glaube ich, dass ich ihn geärgert habe.«

Er bedauerte sein grimmiges Lächeln sofort. Sofia war noch zu jung und vermutlich zu traumatisiert, um diese Art von schwarzem Humor zu verstehen. Mit großen Augen sah sie ihn an. Er schämte sich zutiefst dafür, dass sie hatte mit ansehen müssen, was er getan hatte. Es ekelte ihn an. Aber Sofia lebte, und er würde jede Sünde, jede Bösartigkeit auf sich nehmen, um sie zu beschützen.

»Ich habe keine Ahnung, wer diese Leute sind. Außer dass sie etwas mit dieser Kupfermine zu tun haben, gegen die sich die Helgelands gewehrt haben.«

Tränen sammelten sich in Sofias Augen. »Wie konnten sie das tun?« Sie wirkte ernsthaft schockiert. »Wie konnten sie einfach so Menschen umbringen?«

136

Er wusste nicht genau, was, aber er wusste, dass er ihr etwas sagen musste.

»Manche Menschen haben kein Licht in ihrem Herzen, Lillemor.«

Sie dachte darüber nach, und er überlegte, ob *er selbst* denn ein Licht in seinem Herzen trug. *Du bist mein Licht*, dachte er, während er sie ansah, behielt es aber für sich.

Sofia stand auf und zog die Rucksackkordel zu. Er wusste, dass er sie weit mehr liebte, als er auszudrücken vermochte oder zu begreifen in der Lage war. Sie war sein Herz – das außerhalb seines Körpers schlug.

Sie packte seinen Rucksack mit beiden Händen und zerrte ihn zu ihm hinüber. Angestrengt verzog sie das Gesicht, die Kiefernmuskeln zu kleinen harten Knoten angespannt. »Papa, werden wir sterben?«

Er war wie vom Donner gerührt, verkniff sich aber die Antwort, die ihm auf der Zunge lag. Die Frage zu stellen, hatte ihr Mut abverlangt, und für diesen Mut wollte er sie nicht bestrafen. Er nahm ihr den Rucksack ab und stellte ihn neben sich auf dem Boden. Dann fasste er Sofia bei den Schultern, hob ihr Kinn an und sah ihr in die Augen. »Wir werden nicht sterben«, sagte er, »weil wir nicht aufgeben. Egal, was passiert.« Er wischte ihr eine Träne von der Wange. »Was … auch … passiert«, wiederholte er und gab jedem Wort Gewicht.

Sie sah ihn irritiert an und biss sich auf die durch Wind und Kälte spröde und rissig gewordene Unterlippe. »Wenn jetzt Emilie hier wäre und nicht ich, hätten wir dann bessere Chancen? Sie war eine so gute Skifahrerin.«

»Sofia«, fing er kopfschüttelnd an. »Emilie war eine sehr

gute Skifahrerin, aber das bist du auch. Und du bist mutig. Ohne dich wäre ich nicht so weit gekommen. Und ich meine das ernst.«

Die Falte zwischen ihren Augenbrauen zog sich zusammen. »Ich wünschte mir so sehr, sie wäre hier bei uns, Papa.« Er sah einen kleinen Blutstropfen, der sich auf ihrer Lippe bildete. »Ich weiß, wie eigennützig es von mir ist. Wenn sie jetzt hier wäre, hätte sie genauso viel Angst wie ich. Sie lebt nicht mehr, ja. Aber …«

Sie wandte den Blick ab. Die Worte hingen zwischen ihnen, und Erik sah sich plötzlich nicht mehr in einer Berghütte in den Lyngenalpen, sondern in einem Kletterzentrum im Süden Londons an einem grauen Samstagmorgen. Was eigentlich ein Urlaub hatte werden sollen, um seinen Vater zu besuchen, hatte sich in einen schrecklichen Albtraum verwandelt, der alles Vorstellbare übertraf. Das Bild stand ihm vor Augen, wie er neben Emilies gebrochenem Körper kniete, nachdem sie gestürzt war. Sechs Meter tief. Ein Fehler an ihrem Sicherheitsgurt. Ein Sturz, den man eigentlich hätte überleben können. In seinen Gedanken war er jetzt dort, streichelte Emilies Gesicht und sagte ihr, dass sie wieder gesund werden würde, obwohl er wusste, dass es nicht so kommen würde.

»Entschuldigung, Papa«, sagte Sofia, streckte eine Hand aus und wischte ihm eine Träne von der Wange. »Ich hätte nicht davon anfangen sollen.«

Er tupfte ihr mit seinem Fingerknöchel das Blut von der Lippe. »Schon gut. Natürlich durftest du das sagen«, brachte er gequält hervor. »Es ist gut, über Menschen zu reden, die wir lieben, auch wenn sie nicht mehr unter uns sind.«

»Weil sie irgendwie immer noch bei uns sind«, fuhr sie fort, was eher eine Frage als eine Antwort war.

»Richtig.« Sie schwiegen einen Moment und ließen den Worten und Erinnerungen Zeit, sich zu ordnen.

Er packte den Rucksack. »Jetzt müssen wir aber wirklich …«

Mit weit aufgerissenen Augen und offenem Mund trat sie einen Schritt zurück, als wollte sie schreien, brachte aber keinen Ton heraus.

»Was ist los?« Ihm wurde flau im Magen. Er folgte ihrem Blick, der starr auf etwas – oder jemanden – jenseits der Fensterscheibe gerichtet war.

»Papa«, flüsterte sie.

»Duck dich!«, befahl er und zog sie, von Panik ergriffen, zu Boden.

Er griff sich das Gewehr auf dem Tresen und deutete auf Sofias Rucksack auf einem Stuhl neben dem Tisch. »Los«, zischte er. Sofia sah immer noch wie versteinert zum Fenster hin, unfähig, sich zu bewegen. »Los«, wiederholte er und gab ihr einen sanften Schubs. Sie starrte ihn verängstigt an, kroch auf allen Vieren zu ihrem Rucksack und schlang die Arme um ihn.

Mit dem Gewehr im Anschlag war der Kerl aus den Bäumen hervorgetreten und ging zu Fuß den Hang hinauf auf die Hütte zu.

»Wir müssen raus hier.« Erik rauschte das Blut in den Ohren. Er deutete auf die Tür, die der Mann da draußen nicht sehen konnte. Er riss Sofias Mütze und Jacke vom Haken und reichte sie ihr, bevor er sich selbst in seine Sachen warf. Auf sein Zeichen hin öffnete Sofia die Tür. Geduckt schlichen sie sich auf die Terrasse hinaus. Er sah kurz zu den Tannen hinüber, unter deren tief hängenden Ästen er den Pulka und die Skier versteckt hatte. Sofia ahnte, was er vorhatte, und wollte sich schon auf den Weg machen, doch er hielt sie zurück. Keine Zeit. Der Kerl musste die Anhöhe inzwischen erklommen haben, konnte jeden Moment neben der Hütte auftauchen und würde sie dann zu den Bäumen laufen sehen. Er würde sie mit dem Zielfernrohr seines Gewehrs anvisieren, erst ihn, dann das Mädchen. Das Fadenkreuz auf ihren Rücken gerichtet. Zwei Schüsse schnell hintereinander. Dann würde er sie unten auf dem Gletscher im Schnee vergraben, wo sie tiefgefroren liegen würden, bis die unaufhaltsame Erderwärmung sie irgendwann zutage förderte und Leute sie betrachten würden, die nur verrottende Mumien sahen und nicht die Menschen, die sie einst gewesen waren.

»Da runter.« Sie rutschten, die Füße voran, über den Rand unter die Terrasse, zwängten sich mit den Rucksäcken zwischen die Holzkonstruktion und den kalten Fels, drückten sich verzweifelt aneinander. Voller Angst hielt er das Gewehr fest im Griff, wie ein Schiffbrüchiger, der sich hoffnungslos an ein Stück Treibholz klammert.

»Papa«, flüsterte sie. Das Weiße in ihren Augen glänzte im Halbschatten.

»Pst«. Er legte ihr zwei Finger auf die Lippen. Ihr Atem formte Wolken in dem dunklen Versteck. Es roch nach gestapeltem Holz, nach den Flechten auf dem Gestein und der Veranda über ihnen.

Wumm. Schritte in schweren Stiefeln dröhnten auf der Treppe.

In dem Moment drängte Sofia zum Licht. Er wollte sie zurückhalten, sah sie dann aber auch. Die rosafarbene Wollmütze gleich neben dem Eingang zu ihrem Versteck. Blitzschnell bekam Sofia sie zu fassen und zog sie zu sich in den Schutz der Dunkelheit. Sie hielten den Atem an, fürchteten, dass der Mann sie gesehen hatte.

Wumm, wumm. Der Mann stieg die Treppe hinauf, machte drei Schritte. Die Bretter knarrten unter seinem Gewicht. Direkt über ihren Köpfen blieb er stehen. Erik sah Sofia an. Schnee rieselte ihr durch eine kleine Ritze aufs Gesicht.

Wumm … wumm.

Vorsichtig entsicherte er die Remington, richtete den Lauf auf den Spalt zwischen den Brettern und legte den Finger an den Abzug. Drei Schuss hatte er noch. Eine Kugel lag in der Kammer, die beiden anderen im Magazin. Wenn er jetzt abdrückte, könnte die Kugel das Holz durchschlagen, den Kerl in der Leiste treffen und ihn töten, zumindest aber außer Gefecht setzen. Genauso gut könnte der Schuss aber auch abprallen, ihn verfehlen. Und was dann? Der Kerl würde sie umbringen wie Ratten in einem Eimer.

Er erhöhte den Druck auf den Abzug, zog ihn einen Millimeter zurück, bis er nicht mehr nachgab. Noch ein bisschen, und der Schuss würde losgehen.

Wumm, wumm, wumm. Er entfernte sich von ihnen, bewegte sich auf die Tür der Hütte zu, wartete ein paar Sekunden und ging dann hinein.

Noch nicht, sagte er zu sich. *Noch nicht.* Lass ihn erst hineingehen. Vielleicht in eines der Schlafzimmer, sich hinknien, um unter dem Bett nachzusehen.

In Gedanken zählte er bis fünf.

Jetzt! Er schob die Rucksäcke durch den Spalt hinaus und zwängte sich selbst durch die Lücke. Dann griff er hinter sich und zog Sofia heraus. Sie setzten die Rucksäcke auf, er signalisierte ihr ein tonloses *Lauf!* und deutete in Richtung Tannen. Sie preschte los, durch den Tiefschnee. Mit angelegtem Gewehr, den Blick auf die Hütte und das Zielfernrohr abwechselnd auf die Fenster gerichtet, arbeitete er sich, bis zu den Knien im Schnee, mit unbeholfenen Schritten vor.

Er vernahm das Knirschen des Pulka, den Sofia zwischen den Bäumen hervorzog, behielt das Auge aber am Zielfernrohr. Am Küchenfenster nahm er eine Bewegung wahr, hielt den Atem an, schoss aber nicht. Er ging weiter. Abdrücken würde er nur, wenn er das Fadenkreuz sicher auf den Körper des Mannes richten konnte. Irgendwo zwischen Kehle und Bauchnabel. In der Mitte der Körpermasse. Mit etwas Glück würde es ein tödlicher Schuss.

Natürlich war ihm klar, dass ihn der Mann genau in diesem Moment selbst im Visier haben konnte. Verbarg sich der Mann womöglich hinter einem der Fenster und hatte den Finger am Abzug? Er holte tief Luft und ließ sie langsam wieder ausströmen. Sekunden vor dem Schuss.

Der Gedanke jagte ihm ein Kribbeln über den Körper. *Lauf einfach weiter.*

»Schnell, Papa!«, zischte Sofia. Jetzt drehte er sich um und sah die Skier und den Pulka, den sie für ihn bereithielt. Er wandte der Hütte den Rücken zu, legte das Geschirr an, warf sich das Gewehr über die Schulter und stieg auf die Skier. Der erste rastete sofort ein, der andere nicht.

»Verdammt!«, knurrte er. Die Bindung war blockiert, und in der Spitze seines linken Stiefels steckte Schnee.

»Schnell, Papa!«

Den rechten Ski schnallte er ab, nahm den linken und schlug ihn gegen einen Baum. Anschließend befreite er die Bindung mit dem Daumen vom Schnee und trat mit dem Stiefel gegen den Baum, um auch die kleine Metallachse an der Schuhspitze freizubekommen.

»Okay.« Erleichtert stieg er auf den Ski.

»Deine Handschuhe, Papa.« Erst jetzt bemerkte er, dass er die Stöcke mit bloßen Händen hielt.

Er hatte sie im Haus zurückgelassen. Dort hingen sie zum Trocknen am Griff eines Küchenschranks. »Egal. Wir müssen weiter«, brachte er zähneknirschend hervor. Sie machten sich auf den Weg. Schnee fiel von den unteren Zweigen auf sie herab, während sie sich ihren Weg durch die Tannen bahnten.

Zwei Stunden lang ging es bergauf, durch einsame Wälder, in denen die Zeit stehen geblieben zu sein schien. Nichts deutete darauf hin, dass dort jemals eine menschliche Seele gewesen war. Keine Spuren von Tieren, keine Vogelgeräusche, nichts regte sich. Nicht das geringste Lebenszeichen, von ihrem eigenen weißen Atem vor dem Mund einmal abgesehen. Ein stiller, bedrückender, düsterer Ort, der ihn an ein Buch erinnerte, das er den beiden Mädchen vorgelesen hatte, als sie noch klein waren. Dort ging es um einen Ort namens Narnia. Ein Land aus Eis und Schnee, in dem es immer Winter, aber nie Weihnachten war.

Sofia wirkte stark. *Sie will mir zeigen, dass sie genauso gut*

Ski fahren kann wie Emilie, dachte er. Aber er wusste, dass dem nicht so war. Sie wollte nämlich Emilie zeigen, wie gut sie Ski fahren konnte.

Weil sie in gewisser Weise immer noch bei uns ist.

Sie folgten den Gegebenheiten des Geländes, umgingen steile Anstiege und fuhren am Rand kleinerer Senken entlang. Als sie aus dem Wald heraus und weiter unten an einen windumtosten Hügel gelangten, hielten sie an, um Atem zu schöpfen.

»Deine Hände, Papa.«

Er stieß die Skistöcke in den Schnee, machte eine hohle Hand vor dem Mund und blies warmen Atem hinein. Anschließend verschränkte er die Arme vor der Brust und vergrub die Hände in den Achselhöhlen. »Alles gut«, beruhigte er sie. Aber es war nicht in Ordnung. Er kannte seine Hände besser als die meisten Menschen die ihren. Sie waren seine Lebensgrundlage, seine Werkzeuge. Und jeder Handwerker weiß, wie wichtig es ist, sein Werkzeug zu pflegen, wenn man nicht einen hohen Preis zahlen will. Schon kurz nachdem sie die Hütte verlassen hatten, war ihm fast jegliches Gefühl aus den Händen gewichen. Er konnte die Stöcke kaum noch festhalten und hätte sie bestimmt längst verloren, wenn sie keine Schlaufen gehabt hätten.

»Lass mich mal sehen.«

»Alles in Ordnung«, wiederholte er.

»Ich will sie mir nur ansehen, Papa.« Sie reichte ihm ihre Hand.

Er legte seine Hände in ihre. Das Blau ihrer Handschuhe ließ sie totenbleich wirken.

»Spürst du das?«, fragte sie, während sie seine Hände mit ihrem unverletzten Daumen leicht massierte.

Er schüttelte den Kopf. Alles, was er spürte, war ein Pochen im Fleisch und das Kribbeln von tausend Nadelstichen. Er blickte zum Himmel hinauf, der sich verdunkelte und weitere Schneemassen ablud.

»Vielleicht könntest du mir den Ring abnehmen.« Er betrachtete den silbernen Ehering am vierten Finger der rechten Hand. »Nur für den Fall, dass die Finger anschwellen.«

Mit einer Drehung zog sie den Ring vom Finger und steckte ihn in die Brusttasche seiner Jacke.

»Aber sag Mama nichts davon«, beschwor er sie mit einem bemühten Lächeln.

Sie setzte ihren Rucksack ab und kramte darin herum, bis sie ihre Ersatzsocken gefunden hatte. Mit den Zähnen zog sie sich ihre Fäustlinge aus, stülpte sie auf die Griffe ihrer Skistöcke und bat ihn erneut, ihr seine Hände zu geben. Er reichte ihr die rechte. Sie stülpte einen Socken darüber und schob ihn zwischen den Jackenärmel und die Zwischenschicht, aber über die Thermounterschicht bis fast zum Ellbogen hinauf. Dann tastete sie nach seinem Daumengelenk, nahm die Wolle mit Daumen und Zeigefinger und zog den Socken hoch.

Sie holte ihr Schweizer Messer heraus, doch die kleine Schere klemmte. Daraufhin klappte sie das Hauptmesser aus und schnitt das Stück ab, das sie zwischen Finger und Daumen hielt und wiederholte das mit dem anderen Socken an Eriks anderer Hand, bis er, zufrieden lächelnd, beide Hände mit den neuen Handschuhen hochhielt.

»Besser als nichts, oder?«

»Die sind doch wunderbar«, sagte er. »Bald werden alle solche tragen wollen.«

Sie erwiderte sein Lächeln, und sie fuhren weiter. Die Unbeschwertheit des Augenblicks ließ ihnen das, was noch vor ihnen lag, leichter erscheinen. Doch das Wetter verschlechterte sich weiter. Die Wolken hingen tiefer, als wäre der Sturm ihnen nachgeeilt, nachdem er sie, als sie in der Hütte Schutz suchten, aus den Augen verloren hatte. Der Orkan stürzte auf sie ein und tauchte die einst weiße Welt in einförmiges tristes Grau. Und der Schneefall wurde heftiger. Er umfing sie, als würden sie durch eine undurchdringliche Wand aus atmosphärischem Rauschen fahren, ähnlich dem verschwommenen Muster auf der Mattscheibe eines alten Röhrenfernsehers ohne Signal. Mehr als fünf Meter konnte man nicht mehr sehen, was die Fahrt verlangsamte, denn sie mussten den Untergrund im Auge behalten. Ein plötzliches Gefälle konnte jäh in eine Steilwand übergehen. Daher krochen sie die Abhänge geradezu herunter, während sie solche Strecken vorher genutzt hatten, um Tempo zu machen.

Sofia sollte hinter dem Pulka fahren. Er mochte es zwar nicht, wenn er sie nicht im Blick hatte. Bei dem Gedanken, dass der große Mann sie zuerst sehen würde, wenn er sie einholte, war ihm nicht wohl. Trotzdem musste er vorausfahren, damit er ihr im Tiefschnee wenigstens annähernd Orientierung geben konnte. Außerdem konnte er, wenn sie in seinem Windschatten fuhr, dem Wind, der an Kraft immer mehr zunahm, vielleicht ein wenig die Schärfe nehmen. In Wirbeln und Strudeln kam ihm der Schnee entgegen. Die Augen musste er fast geschlossen halten, um nicht geblendet zu werden. Mit fest zusammengepressten Lippen versuchte er zu verhindern, dass ihm der Schnee in die Kehle drang und er keine Luft mehr bekam.

Er hätte abdrücken sollen, oben in der Hütte. Aber er hatte es nicht getan, und jetzt musste er fürchten, dass sie beide hier draußen erfrieren würden. Oder von einer Klippe stürzen und weit unten auf den Felsen aufschlagen. Eine unheilvolle Wendung des Schicksals, die jeden glauben lassen musste, die Familie wäre verflucht.

Ab und zu machten sie halt, um die GPS-Daten auf seiner Uhr zu überprüfen. Die Armbanduhr hatte er abgenommen und in die Tasche gesteckt, um die neuen Fäustlinge nicht jedes Mal ausziehen zu müssen, wenn er sie brauchte. Seine Hände waren inzwischen nicht mehr beweglich genug, um sie aus der Tasche zu ziehen. Deshalb gab er sie Sofia, damit sie überprüfte, ob sie wirklich in nordwestlicher Richtung unterwegs waren. Weder konnten sie die Berge um sich herum noch die Bäume sehen. Und nur anhand dessen, was sich unter ihren Skiern abspielte, gab es nichts, woran er sich hätte orientieren können. Ihre Spuren wurden bei jedem Halt zugeweht, sodass sie nicht einmal mehr erkennen konnten, aus welcher Richtung sie gekommen waren. Der Kompass und der eisige Wind, mehr hatten sie nicht, um die Richtung zu bestimmen. Dem Wind war nicht zu trauen. Selbst wenn er überzeugt war, geradeaus gefahren zu sein, den Wind, der sie mit einer Schicht aus Eis und Schnee überzog, immer auf der linken Seite gehabt zu haben, spürte er den Wind auf einmal von vorne auf sich zukommen. Erik fragte sich, ob der Wind durch Täler kanalisiert wurde, die sie nicht sehen konnten.

»Wir brauchen einen Unterschlupf, bevor es dunkel wird«, rief Sofia ihm zu. Ihre Stimme klang brüchig und fern, wie die eines kleinen Vogels, der in einem Wirbelsturm gefangen ist.

»Wir fahren weiter«, brüllte er. Dabei hatte sie recht. Hier konnten sie nicht bleiben. Und, je höher sie kamen, umso schlimmer würde es werden. Aber was war bei ihrem letzten Stopp passiert? Seine Entscheidung, eine Pause einzulegen, hätte sie fast das Leben gekostet.

»Wir fahren weiter«, schrie er in einem Anflug von Verzweiflung – ihrer beider Verzweiflung – ein weiteres Mal in den Sturm hinaus. Obwohl er wusste, dass er dem Sturm nicht gewachsen war. Aber sein Mädchen musste durchhalten. Nichts andere würde er zulassen.

Er war nicht religiös. Elise würde vermutlich sagen, dass er nicht einmal ein spiritueller Mensch war. Trotzdem hatte er sich der Vorstellung nicht völlig verschlossen, dass es etwas anderes gab. Etwas, das über die menschliche Erfahrung hinausging. Nicht alles ließ sich wissenschaftlich erklären. Zwar glaubte er nicht an eine gütige Macht, die sich hinter irgendeinem Vorhang verbarg, hing aber doch der Idee, zumindest aber der Hoffnung an, dass nicht alles beliebig und vergebens war. Es blieb ihm nichts anderes übrig, als zu hoffen, dass der Schicksalsschlag, der ihnen Emilie genommen hatte, jetzt nicht auch noch Sofia treffen würde. Das würde er nicht zulassen. Nicht, solange er noch atmen konnte. Nicht einmal, wenn sein Herz aufhören würde zu schlagen.

All diese verrückten Gedanken schwirrten in seinem Kopf umher, während er sich den Weg durch diese kaum berechenbare, unsichere Welt bahnte.

Jedes Mal, wenn sie zu einem Anstieg kamen und hinaufschauten, verlor sich sein Blick im Schneegestöber. Sie konnten nicht erkennen, ob es zehn oder hundert Meter bergauf gehen würde. Dennoch nahmen sie den Anstieg auf sich. Steilere Stücke mit schräg angestellten Skiern oder im Seitwärtsgang. Sofia das Gesicht von den Windstößen abgewandt, er im Kampf mit dem Pulka.

Um vier Uhr nachmittags dauerte die Dunkelheit schon fast eine Stunde an. Er konnte die Skistöcke nicht mehr greifen und drückte sich nur noch mithilfe der Handgelenke in den Schlaufen ab. Ein kraftvolles Abdrücken war so zwar nicht mehr möglich, aber es war dennoch besser, als die Stöcke an den Schlaufen hinter sich herzuziehen. Er fürchtete, dass sie zu langsam vorankamen. Sofia musste frieren, denn auch ihm war kalt. Die Muskeln erzeugten nicht mehr genügend Wärme. Doch nun schneller zu fahren, war äußerst gefährlich, da sie kaum noch sahen, wohin sie fuhren.

Einfach weiterfahren. Denn er ist da draußen. Irgendwo da draußen ist er, und er wird nicht zögern so wie du. Er wird abdrücken.

Sie erreichten ein Plateau. Einem Impuls folgend stellten sie sich zusammen und hielten einander eine Zeit lang keuchend in den Armen. Den Mund gegen die Eisschicht auf ihrer Mütze gepresst, versicherte er ihr, dass alles gut werden würde. Doch als er aufblickte und sich umsah, erschien ihm die Welt unwirklich. Aus der Form geraten wie ein sonnenferner Himmelskörper. Ein Gebilde aus Gas und Trümmern. Ein missratener Stern.

Er spürte, wie sie vor Kälte zitterte, und wusste nicht, wie er ihr helfen konnte.

»Ich bin so müde, Papa«, sagte sie und legte den Kopf an seine Brust. Er drückte sie fester an sich, versuchte, sie einzuhüllen, um sie vor dem Wind und den beißenden Eiskristallen zu schützen, während er überlegte, ob sie hier an dieser Stelle mit der Schaufel nicht einfach ein Loch graben sollten. Nicht groß. Gerade tief genug, um sich, vor dem Wind geschützt, hineinzulegen und ein wenig schlafen zu können. Doch ihm war sofort klar, wie unrealistisch das war. Seine Fähigkeit zu rationalem Denken war durch die Müdigkeit und die Kälte getrübt. Noch war es nicht so nutzlos wie seine Hände, aber er konnte ihr nicht mehr uneingeschränkt trauen. Er wusste, dass Menschen, die unter einsetzender Unterkühlung litten, oft ein euphorisches Verlangen nach Schlaf verspürten. Wenn sie sich hinlegten, war jedoch die Wahrscheinlichkeit groß, dass sie nie wieder aufstehen würden.

Mit seinen Armen rieb er an Sofias Körper auf und ab. Er hatte Angst um sie.

»Wie heißt du?«, fragte er sie.

»Was?«

»Sag mir einfach, wie du heißt?«

»Sofia Frida Amdahl«, brachte sie schläfrig hervor.

»Wie alt bist du?«

»Papa? Was soll das?«

»Wie alt?«, schrie er sie an.

»Dreizehn«, sagte sie jetzt laut und bestimmt, nachdem sie begriffen hatte, was er vorhatte.

»Was hast du zum Geburtstag bekommen?«

Sie zog ihren Halswärmer herunter, damit er sie besser hören konnte.

»Einen Fjällräven-Rucksack. Er ist blau. Ein Paar Kopfhörer und das neue Buch von Stephen King.«

»Sonst noch etwas?«

Sie schwieg einen Moment, dann: »Einen grünen Hoodie
und einen Bluetooth-Lautsprecher.«

Der Wind hatte keine Chance, ihre Worte auseinander-
zureißen. Sie waren fest in dem geschützten Raum zwischen ihnen beiden eingeschlossen.

»Noch etwas?«

»Diesen blöden rosa Hut.«

Er lächelte trotzdem. »Du hast doch gesagt, dass er dir
gefällt.«

»Da habe ich gelogen.«

»Wenigstens trägst du keine Socken an den Händen«,
bemerkte er.

»Ich dachte, du magst sie«, entgegnete sie.

»Da habe ich gelogen.«

Sie sprach deutlich und war bei klarem Verstand.

»Los, wir fahren weiter.«

Der Boden unter seinen Skiern gab nach. Er brachte noch
einen Schrei heraus, um Sofia zu warnen. Dann ging es immer schneller abwärts. Er bekam keine Luft im tosenden
Schnee, dem er hilflos ausgeliefert war. Dann Stille.

Stockdunkel und still. Und so friedlich. Er spürte weder
Kälte noch Angst. Im Gegenteil: Er fühlte sich sicher. Be-
schützt. Als riefe etwas Erinnerungen an die Zeit im Mut-
terleib wach. Er dachte, er könnte jetzt endlich schlafen.
Einfach loslassen und schlafen.

Oder … war er etwa schon tot?

Nein, war er nicht, beschloss er. Denn irgendetwas zerrte an ihm am Rande seines Bewusstseins, als würde eine Makrele am Angelhaken zappeln.

Und da war jetzt ein Geräusch, undeutlich, aus der Ferne, irgendwo jenseits dieser sonderbaren Stille. Wie das raue Krächzen eines Raben.

Was aber macht ein Rabe hier?

Er war sich sicher, dass er die Augen offen hatte, trotzdem sah er nichts. Er schmeckte Blut, spürte dessen Wärme und ein Brennen im Auge.

Und wieder dieses ferne Geräusch. Warum konnten sie ihn nicht einfach in Ruhe lassen? Er brauchte eine Pause. Nur kurz. Er schloss die Augen und spürte, wie er wegdriftete, sich von sich selbst loslöste.

Den langsamen, gleichmäßigen Rhythmus seines Atmens nahm er nur vage wahr.

Dann … nichts.

Plötzlich durchfuhr ihn ein hypnotisches Zucken, wie beim Einschlafen, wenn man für den Bruchteil einer Sekunde glaubt zu fallen.

Sofia.

Er keuchte. Bekam keine Luft, versuchte, die Arme zu heben. Vergeblich. Er fühlte sich wie in Beton gegossen. Aber die Müdigkeit und das Gefühl von Ruhe waren dahin. Blinde, rasende Angst hatten ihn gepackt.

»Sofia!«, schrie er. Seine Stimme klang dumpf. »Sofia!« Er erinnerte sich daran, gefallen zu sein, an Skier und Beine, die mitgerissen wurden, als der Boden unter ihm wegbrach. War Sofia auch gestürzt? Sie hatte direkt hinter ihm gestanden. War auch sie hier irgendwo verschüttet? »Sofia!« Er versuchte, um sich zu schlagen, die Hände in die Schneemassen zu stemmen, in die er eingeschlossen war, spürte, wie ihm Blut von der Lippe ins Auge lief, was er sich nicht erklären konnte. Schließlich dämmerte ihm, dass er auf dem Kopf stand. Er wusste nicht, wo oben und wo unten war, aber das Blut sagte es ihm. Ebenso der Druck im Kopf und hinter den Augen.

Er hielt inne und lauschte. Ihm blieb nicht viel Zeit, bis der Sauerstoff verbraucht war. Er atmete kontrolliert und bewegte sich nicht. Dann hörte er sie rufen. Er hörte, wie sie »Papa« rief, und erkannte, dass sie große Angst haben musste. Sie war allein da draußen in der Dunkelheit, also musste er kämpfen. Er stemmte seine nutzlosen Hände in den Schnee und versuchte, sich Platz zu schaffen, damit er sich bewegen konnte. Jetzt Atemluft zu sparen, war nicht mehr wichtig. Er tobte. Dann vernahm er das rhythmische Einstechen einer Schaufel im Schnee und wusste, dass sie grub.

»Hier – ich bin hier!«, schrie er. Der Klang seiner Stimme erschien ihm gedämpft, als wäre die Luft um ihn herum nicht Luft, sondern Wasser.

Das Graben hörte auf. Er rief erneut. Dann stach die Schaufel noch einmal ein, dichter jetzt, offenbar oberhalb seiner linken Schulter. Und noch einmal, noch einmal und noch einmal. Er legte die Arme dichter an den Körper an und begann, sich durch den Schnee zu ihr hinaufzuarbeiten.

»Halt durch, Papa«, sagte Sofia. Ihre Stimme klang gedämpft und weit weg, obwohl sie nicht mehr als einen halben Meter vor ihm war.

Die Skier hatten sich von seinen Füßen gelöst. Also trat er mit den Spitzen seiner Skischuhe nach oben, um den verdichteten Schnee wegzuschlagen.

Schweigend arbeiteten sich beide aufeinander zu, bis er schließlich einen kalten Luftzug spürte.

»Ich sehe dich.« Ihre Stimme klang klarer, und sie grub noch schneller.

»Mir geht es gut«, sagte er. Diesmal zu sich selbst: »Es geht mir gut.«

»Augenblick noch, ich bin gleich bei dir.«

Der Druck der Schneemassen ließ nach. Halb robbend, halb kriechend arbeitete er sich durch den gelockerten Schnee voran. Er keuchte wie ein dem Grab entstiegener Untoter.

Sofia ließ sich auf die Knie fallen und schloss ihn in die Arme. Dann stand sie auf und versuchte, ihm auf die Beine zu helfen.

»Was ist passiert?«, fragte er schwankend und nach Luft ringend.

»Du bist von da oben runtergefallen«, erklärte sie und deutete mit der Schaufel hinauf. »Da ist ein Überhang. So wie wir manchmal einen auf dem Hausdach haben.«

Die Silhouette zeichnete sich im Dunklen nur vage ab. Der Wind jagte eiskalte Schneewolken darüber hinweg.

»Da ist aber mit mir 'ne ganze Menge runtergekommen«, sagte er, während er sich am ganzen Körper abtastete, um sicherzustellen, dass nichts gebrochen war.

Sofia deutete auf sein Gesicht. »Du blutest.«

Er fasste sich an die Lippe und ans Auge. »Nicht so schlimm. Ich glaube, ich bin auf dem Weg nach unten mit dem Skistock zusammengestoßen. Jedenfalls werde ich nie wieder sagen, du wärst ungeschickt.« Mit seinem Gehör stimmte etwas nicht. Er hatte Probleme mit dem Gleichgewicht.

Sie half ihm, seine Jacke und den Kopf vom Schnee zu

befreien. »Bleib stehen. Da ist noch Schnee im Ohr.« Er verzog das Gesicht, als sie ihm den kleinen Finger ins rechte Ohr steckte und den Eispfropfen herausholte. »So ist es besser«, sagte sie und trat einen Schritt zurück.

Erst als er sich aufrichtete, bemerkte er, dass er immer noch am Schlitten hing, der zum Glück an der Oberfläche geblieben war, denn sonst hätte Sofia ihn nicht mit der Schaufel ausgraben können.

Er griff zur Schaufel. »Ich muss meine Skier finden«, krächzte er.

»Deine Hände.«

Er betrachtete seine Hände und den Schnee, der an der Wolle der improvisierten Fäustlinge haftete, die sie ihm aus ihren Socken gemacht hatte. Er versuchte, eine Faust zu machen, aber es gelang ihm nicht. Sie hatte recht. Er konnte die Schaufel nicht greifen. Ihm blieb nichts anderes übrig, als ihr beim Graben zuzusehen. Sie brauchte nicht lange, bis sie die Skier und den Stock gefunden und die Bindung vom Schnee befreit hatte.

»Du frierst, Papa.«

»Das wird schon wieder«, meinte er. Aber er zitterte. Er hatte sich zu lange nicht bewegt, und jetzt, wo er wieder im Freien war, fiel seine Körpertemperatur schnell ab. »Wir müssen weiter aufsteigen«, sagte er, während er sich die Schlaufen der Stöcke umständlich um die Hände schlang. Er hob ein Bein, dann das andere und klopfte mit dem Stock jedes Mal an die Schuhspitze, um sie vom Eis zu befreien. Dann stieg er in die Skier, während Sofia den Pulka fahrtüchtig machte. Auch der andere Stock war jetzt verbogen, aber nicht unbrauchbar.

Er sah zu dem Schneetreiben hinauf, das hoch oben an der Absturzstelle über die Kante wirbelte. Er hätte sich das Knie verdrehen oder ein Bein brechen können, wenn sich die Skier nicht gelöst hätten. Auch das Genick hätte er sich brechen können. Dann wäre Sofia jetzt allein, denn er hatte den Abhang nicht kommen sehen.

Bei dem Gedanken drehte sich ihm der Magen um. Doch dann sagte er sich: *Du bist am Leben. Es geht dir gut.*

»Fertig?«, erkundigte er sich. Wie aber konnte man dafür bereit sein? Wie konnte überhaupt jemand auf so etwas gefasst sein?

»Ja«, sagte sie. »Und du?«

»Ich auch.« Er schluckte schwer und klatschte in die Hände. Es kam ihm vor, als wäre das Fleisch seines Körpers gefroren, denn er spürte zwar die Erschütterung im Handgelenk und im Unterarm, doch in seinen Händen kam das Gefühl nicht an.

»Kann es losgehen Papa?«

Er nickte und schob erst den rechten, dann den linken Ski vor. Sein Körper fühlte sich zentnerschwer an, genau wie sein Verstand, aber zumindest war er in Bewegung. Die Skier zogen ihre Spur durch den Schnee. Bei jedem Schritt drückte er die Stöcke mit den Handgelenken nach unten. Der Wind jaulte in der Nacht wie eine gequälte Seele, gefangen zwischen Leben und Tod in einem dunklen Reich voller Schrecken.

9

Es war früher Abend, als sie an einen Felsen kamen, der aus dem Schnee herausragte. Als sie ihn umfahren wollten, forderte Erik sie auf, stehen zu bleiben. Sie waren erschöpft, sie mussten dringend etwas essen und trinken. Er bat Sofia, die Lawinensonde zu holen und die Umgebung des Felsens damit abzutasten. Als sie um den Felsen herum war, sank die zwei Meter lange Aluminiumstange auf der Ostseite bis zum Handgriff ein, sodass ihnen klar war, dass es dort einen Felsvorsprung gab.

Sie hob den Schnee mit der Schaufel aus und türmte ihn am Rand der Grube auf. Daraufhin zog er den Pulka hinter die Schneewand, und beide krochen in die windgeschützte Höhle hinab.

Der Wind trieb den Schnee in Böen um den Felsen herum, wo er herumwirbelte, als wären die Flocken weiße, von einem Zauberer herbeigerufene Kobolde, als wären sie auf der Suche nach dem Mann und dem Mädchen und würden sich dabei in Rage reden.

Mit vor der Brust verschränkten Armen saß er da. Sofia folgte seinem Beispiel. »Ist das gut?«, fragte er sie. Sie nickte und rückte näher an ihn heran, bis ihre Körper sich berührten und er jeden ihrer Atemzüge spüren konnte.

»Und wenn er uns findet, Papa?«, fragte sie nach einer Weile.

»Wir bleiben nicht lange.« Ihre Atemwolken vermischten sich und hüllten sie in einen silbrigen Schleier. »Aber ich muss erst meine Hände wieder bewegen können.«

Zusammengekauert hockte sie da, ihre Blicke huschten unter der Krempe ihrer Mütze hin und her. Mal zum Felsen über ihren Köpfen, mal in die Nacht jenseits ihrer kleinen Behausung hinaus.

»Schön warm hier.«

Er lächelte. »Ja, es ist gemütlich. Vielleicht sollten wir es kaufen.«

Fast musste sie lachen. Er zog sie zu sich und spürte die Wärme ihres Atems.

So saßen sie eine Weile in ihrer Grube, geschützt vor dem Sturm, der Nacht und dem Mann, der sich irgendwo da draußen herumtrieb.

Schließlich löste sie sich von ihm.

»Können wir den Kocher benutzen?«, fragte sie.

Er sah die Hoffnung in ihrem Blick. Sie zu enttäuschen, brachte er nicht über sich.

»Klar, können wir«, sagte er.

Sie kroch hinaus, um die Ausrüstung zu holen, und zwanzig Minuten später löffelten sie eine warme Mahlzeit und tranken heißes Wasser mit Orangengeschmack, das sie aus löslichen Energietabletten gewonnen hatten.

Ihre Atemwolke vermischte sich mit dem Dunst von Nudeln mit Fleischbällchen in Tomaten-Knoblauch-Soße. Ein seltsamer Geruch, der so gar nicht zu ihrem Quartier passen wollte, ihnen aber dennoch ein wenig Trost spendete.

»Glaubst du, er hat etwas zu essen?«

Darüber hatte er noch gar nicht nachgedacht. »Ich

glaube nicht. Warum sollte er? Er konnte ja nicht ahnen, dass er über die ganze Strecke von den Helgelands hinweg die Verfolgung aufnehmen würde.«

»Er wird Hunger haben.«

»Bestimmt.«

»Und schwach sein. Vielleicht schwächer als wir.«

»Vielleicht«, pflichtete er ihr bei, obwohl er das irgendwie nicht glaubte.

»Ich habe nachgedacht, Papa.« Sie zog die Stirn kraus und pustete auf den Löffel mit den heißen Nudeln. »Vielleicht hat Mama die Bergrettung gar nicht gerufen.« Sie schaufelte weiter Nudeln in sich hinein. »Sie glaubt wahrscheinlich, dass wir in einer dieser Hütten untergekommen sind und darauf warten, dass das Wetter besser wird.« Sie schüttelte den Kopf. »Und weil es, wie du schon gesagt hast, hier oben kein Netz gibt, wird sie keinen Anruf von uns erwarten.« Sie sah ihn stirnrunzelnd an. »Du hast das gesagt, damit ich mich besser fühle. Stimmt's?«

Er überlegte, was er ihr antworten sollte und entschied schließlich, dass sie die Wahrheit verdient hatte.

»Ja«, gab er zu. »Ich wollte nicht, dass du aufgibst.«

Sie wich zurück. »Glaubst du etwa wirklich, ich würde aufgeben?«

Er wusste, was sie ihn eigentlich fragte: *Glaubst du, Emilie würde aufgeben, wenn sie an meiner Stelle wäre?*

»Nein, das glaube ich nicht. Du würdest nicht aufgeben.« Und das meinte er auch so.

Sie beäugte ihn prüfend und ließ sich seine Worte durch den Kopf gehen.

»Gib mir deine Hand«, sagte sie. Er gehorchte, und sie

fragte, ob sie vielleicht den Kocher wieder anmachen könnten, um sich aufzuwärmen. Aber er erklärte ihr, dass sie das wenige Gas, das ihnen noch geblieben war, nicht verschwenden durften. Stattdessen begann sie, seine rechte Hand zu kneten.

»Spürst du das?«

Er wusste, dass sie es ihm schon ansah. »Nicht so richtig.«

»Nicht so richtig oder gar nicht?«

»Gar nicht«, gab er zu.

Sie fluchte leise. Schweigend sah er ihr zu, wie sie seine Hände bewegte.

»Nur fünf Minuten. Ich könnte noch einen Becher Wasser warm machen, um den du deine Hände legen kannst.«

Das war verlockend, dennoch schüttelte er den Kopf. »Ich glaube, es ist schlimmer, wenn du dich erst aufwärmst und danach wieder frierst«, sagte er. »Außerdem können wir hier sowieso nicht lange bleiben.«

Sie zog ihre Handschuhe aus, damit sie seine Handfläche besser massieren konnte.

»Bitte nicht, Sofia«, sagte er aus Sorge, dass auch sie kalte Hände bekommen könnte.

»Nur eine Minute«, sagte sie. »Ist doch gemütlich hier, oder nicht?«

»Na gut, eine Minute.«

Er ließ sie gewähren, so gut es mit der bandagierten Hand ging. Nach einer Weile verkündete er, dass er wieder etwas Gefühl in den Händen habe, und steckte sie in die Jackentaschen.

Sie blieben noch eine ganze Weile so sitzen und genossen die kleine Unterbrechung von Schmerz und Strapazen.

Der Gedanke, die Höhle wieder verlassen zu müssen, war unerträglich. Der stille Augenblick zwischen ihnen hatte einen gewissen Zauber, der sie von der Außenwelt abschirmte. Er wusste, dass sie es ähnlich empfand – und dass der Zauber, würde einer von ihnen sprechen, gebrochen, die Sanduhr wieder laufen und der große Mann seine Jagd auf sie fortsetzen würde. Je länger die Stille währte, umso mehr fürchteten sie sich davor, sie zu brechen, bis sie irgendwann beide einschliefen.

Er träumte von der Gestalt mit dem breitkrempigen Hut. Sofia und er nachts in einem Wald. Sie hatten sich verirrt. Er konnte seine Skier nicht finden und bemerkte, dass er keine Stiefel an den Füßen hatte, sondern nur Socken, in denen er sich durch den Schnee kämpfen wollte. Aber er kam nicht von der Stelle, steckte fest, als wäre der Schnee um seine Füße herum festgefroren, während Sofia ohne ihn weiterlief. Immer tiefer in den Wald hinein. Er rief ihr nach, aber sie hörte ihn nicht. Schon bevor er die Gestalt wirklich sah, hatte er gespürt, dass sie da war, als stemmte sich eine Last gegen seine Brust. Er rief Sofia zu, sie solle stehen bleiben und auf ihn warten, aber sie ging weiter, immer weiter auf die Gestalt zu, die ihr entgegenkam.

Wieder schrie er, sie solle stehen bleiben, und dem großen Mann brüllte er zu, er solle sich fernhalten. Doch nicht ein Laut durchdrang den Raum zwischen ihnen. Während er sich quälte, kam der Mann näher. Er trug schwarze, vielleicht aber auch graue Kleidung, sodass er im Schatten der Bäume in der bedrückenden Finsternis kaum zu erkennen war. Er sah das Glitzern eines Auges im Dunkel, eine unheilvolle Glut unter dem tief heruntergezogenen Hut. Mit einem lauten Brüllen bekam er schließlich einen Fuß frei und versuchte verzweifelt, vor dem Mann zu Sofia zu gelangen. Endlich kam auch der andere Fuß frei. Er stolperte durch den Schnee, die bloßen Füße spürten die Kälte nicht. Keuchend rannte er weiter. Sein Schreien blieb ihm schmerzhaft in der Kehle stecken, doch nicht ein Schritt brachte ihn näher heran.

»Papa.«

Er wachte auf, sah die Angst in Sofias weit aufgerissenen, starren Augen, und für einen Sekundenbruchteil dachte er, dass der große Mann sie gefunden hätte.

»Du bist nicht aufgewacht, Papa«, sagte sie mit bebenden Lippen.

»Ich bin einfach nur müde, Lillemor.« Er rieb sich den Schlaf aus dem Gesicht und erschrak, als er bemerkte, dass er nicht seine Hände, sondern nur irgendetwas Kaltes an seinen Wangen spürte. Er hatte vergessen, dass seine Hände gefühllos waren.

»Ich war tief in einem Traum versunken.«

Sie zog die Brauen zusammen. »Wieder von dem fremden Mann?«

Sein Magen machte einen Satz. Woher wusste sie das?

»Mama hat es mir erzählt«, sagte Sofia, als sie sah, wie überrascht er war. Sie nahm seine rechte Hand und massierte sie.

»Sie hat gesagt, dass du manchmal schlimme Träume von einem Mann hast, dessen Gesicht du nicht sehen kannst. Und dass es nach Emilies Tod angefangen hat.«

»Es ist nichts Ernstes«, sagte er. Er zwang sich, sich seine Enttäuschung – nein, seinen Ärger – darüber zu unterdrücken, dass Elise es weitererzählt hatte.

»Was glaubst du denn, wer es sein könnte?«

»Es ist nur ein Traum, Sofia. Er hat nichts zu bedeuten. In deinen Träumen, während du schläfst, versucht das Gehirn, den ganzen Müll wegzuräumen.« Er tippte sich mit zwei Fingern der linken Hand an den Kopf. »All den Krempel, den man unbewusst aufgeschnappt hat. Das Gehirn versucht, all das zu einem Ganzen zusammenzufügen. Deshalb ergeben diese Träume meistens auch keinen Sinn.«

»Das sagst du immer.« Sie sah trotzig in die Nacht hinaus. »Wenn ich einen Albtraum habe, sagst du immer, es sei nur ein dummer Traum, aber es steckt mehr dahinter. Manchmal zumindest.«

Er sah ihr zu, wie sie seine Hand bearbeitete und stellte mit Bestürzung fest, dass er ihre Berührung kaum spürte.

»Was denkst du denn, was Träume sind?«, sagte er nach einer Weile.

Sie verzog das Gesicht und zuckte mit den Schultern. »Ich weiß es nicht. Ich stelle mir vor, dass sie uns etwas sagen wollen.«

»Na ja, weißt du, an dem Abend, als wir oben auf dem Berg ankamen, da habe ich geträumt, ich würde eine Pizza essen. Und dann musste ich pinkeln, konnte aber nirgendwo eine Toilette finden.« Er lächelte über seine Schmerzen hinweg. »Das ist wirklich tiefsinnig.«

»Papa«, amüsierte sich Sofia und gab ihm einen sanften Klaps auf die Hand, bevor sie ihm diese in den Schoß legte und die andere Hand nahm. »Solche Träume meine ich nicht. Ich meine die anderen. So wie der, den du immer wieder hast. Ich glaube, er will dir etwas sagen.« Sie drehte seine Hand um und drückte mit den Daumen auf die Handfläche. »Vielleicht muss er dir etwas sagen?«

»Wer, der Mann?«, fragte er, obwohl er wusste, von wem sie sprach.

»Ja, der Mann, dessen Gesicht du nicht sehen kannst.« Sie hob seine Hand an ihr Gesicht und blies ihren warmen Atem darauf. »Vielleicht will er dir etwas über Emilie sagen.« Sie sprach mit ruhiger Stimme, senkte den Kopf und sah ihn von unten an.

Er wandte den Blick ab. *Dabei bist du es doch immer, die in dem Traum vorkommt.*

»Vielleicht hat es etwas mit dem Unfall zu tun«, fuhr sie fort. »Vielleicht ist der Mann ohne Gesicht das Abbild deines Gewissens. Eine Art Personifizierung.«

»Schönes Wort«, sagte er.

Sie runzelte die Stirn.

»Entschuldige bitte, aber du klingst wie deine *Mutter*. Ich möchte dich mit diesen blöden Träumen nicht auch noch belasten.«

Sie ließ seine Hand los, verschränkte die Arme trotzig vor der Brust und ließ sich, offensichtlich gekränkt, nach hinten gegen ihren Rucksack fallen. Vielleicht wollte sie über Emilie sprechen. Vielleicht hatte sie deshalb das Gespräch auf diesen immer wiederkehrenden Traum gebracht. Aber jetzt war einfach nicht der richtige Zeitpunkt. Sie hatten schon genug andere Sorgen. Und sich selbst die Schuld zu geben, würde jetzt keinem von ihnen nützen.

»Wir sind schon viel zu lange hier. Ich hätte nicht einschlafen dürfen.«

»Und was ist mit deinen Händen?«

»Ich werde sie möglichst viel bewegen.«

»Wenn wir den Bruder von Frau Helgeland gefunden haben, hilft er uns bestimmt weiter. Wenn sich jemand mit erfrorenen Händen auskennt, dann sicherlich ein Rentierzüchter, der den ganzen Winter hier draußen verbringt.«

Sofia nickte und zog ihren Rucksack zu sich. »Ich helfe dir mit den Stöcken.«

»Ab jetzt geht es meistens bergauf. Meine Beine sind stärker.« Er lächelte ihr zu. »Nicht so stark wie deine natürlich, aber stark genug.«

Sie lächelte zurück, drehte sich um und berührte mit einer behandschuhten Hand den Felsen. »Danke, lieber Felsen«, sagte sie in feierlichem Ton. »Du hast uns geholfen und dafür danken wir dir. Vielleicht kommen wir eines Tages zurück und sehen dich wieder.«

»Der Sturm hat sich etwas gelegt.« Auf Knien sah er hinaus. Er war sich nicht sicher, ob das wirklich stimmte, und ob er sich inzwischen nicht einfach nur an den Wind und den Schnee gewöhnt hatte. In einem aber war er sich sicher: All dem zum Trotz, was der Sturm ihnen abverlangt hatte, wären sie ohne ihn nicht mehr am Leben.

Sie krochen unter dem Felsen hervor, zogen den Pulka und den Rest ihrer Ausrüstung nach und stiegen müde auf ihre Skier. Der Unmut in ihrem Gesicht entging ihm nicht. Er wünschte sich mehr als alles andere, ihr diese Qual ersparen zu können. Gäbe es einen Gott oder eine Art Gebieter, der imstande wäre, das Pendel zugunsten der Menschen ausschlagen zu lassen, die keine Sünde oder andere Missetaten auf sich geladen hatten, oder die Fehler, die sie gemacht hatten, ungeschehen zu machen, dann würde er jetzt zu ihm beten.

Und wenn das alles nicht half, würde er einen Tanz aufführen, mit den Armen fuchteln und diese abscheuliche Macht verfluchen, bis ihm die Kehle blutete. Nachdem er sich zu erkennen gegeben hätte, würde das Urteil gefällt und die Strafe vollstreckt werden. Sein Verderben für ihre Rettung.

Doch eine solche Macht gab es nicht. Es gab nichts als die Berge, den Schnee und die Dunkelheit. Und den Mann da draußen, der sie jagte.

»Können wir jetzt fahren, Papa?« Sie schlug ihre Stöcke zusammen, um den Schnee abzuschlagen. Sie fragte *ihn*.

»Ja, kann losgehen.«

Sie stiegen weiter bergauf. Wie fließendes Wasser fegte der Schnee vor ihnen her. Wie Sprühnebel über der grauen Wasseroberfläche des Fjords. Zwischen mächtigen, dunklen Felsen hindurch, an engen Klüften entlang, deren schroffe Kanten abgerundet und bauchig waren, mit Überhängen, die ihm Angst machten. Eine kräftige Böe konnte genügen, um einen dieser Vorsprünge abbrechen zu lassen, sie mit sich zu reißen und unter sich zu begraben. Und nur sie selbst würden ihr Schicksal kennen, wenn sie ihre letzten erstickten Atemzüge machten und in der Dunkelheit zum letzten Mal die Augen schlossen.

Sie fuhren so schnell sie konnten, jedes Mal erleichtert, wenn sie wieder auf offenes Gelände kamen. Schließlich war er sich sicher, dass sie das Plateau erreicht hatten, auf dem sich laut Frau Helgeland ihr Bruder und seine Herde befanden.

»Wo bist du, Hánas?« Er blinzelte in den umherwirbelnden Schnee, auf der Suche nach einem Zeichen des Samen oder der Herde, vielleicht einem Licht aus dem Zelt des

Mannes. »Ich glaube, wir sind nicht weit von der Stelle entfernt, an der Hánas in der letzten Nacht war«, sagte er zu Sofia.

»Hier oben ist es noch kälter.« Sie verschränkte die Arme und klopfte mit den Händen auf ihre Schultern. Ihr Gesicht wirkte in der Dämmerung sehr blass, und der Mund verzog sich zu einer Grimasse des Unbehagens.

Er kam zu ihr und sagte ihr, sie solle ihre Stöcke in den Schnee stecken. »Mach es mir nach«, sagte er und fing an, die ausgestreckten Arme im Kreis zu drehen. Zuerst langsam, dann immer schneller, in immer größeren Kreisen. »Das wärmt Schultern, Oberkörper und Rücken und pumpt wieder Blut in deine Hände«, erklärte er ihr. Sie fing an, die Arme zu schwingen. Er hoffte, dass das auch seinen eigenen Händen helfen würde. Nach fünfzehn Wiederholungen hielt er inne und kreiste die Arme andersherum. Sofia folgte seinem Beispiel.

»Sieht das bei mir auch so albern aus?« Er kam sich vor wie ein Neandertaler, der versuchte, die Geschöpfe des Himmels zu imitieren. Sie belohnte ihn mit einem schwachen Lächeln. Nachdem sie die Übungen beendet hatten, war die Taubheit seiner Hände einem leichten Kribbeln gewichen.

»Und wohin fahren wir jetzt?« Sie sah sich nach allen Seiten um, zog seine Uhr aus der Tasche und neigte sie vor ihren Augen, sodass sich ein wenig von dem schwachen Licht auf der Oberfläche fing und beide den Kompass ablesen konnten.

Er betrachtete die Uhr, wandte sich Richtung Osten und konnte durch den schräg fallenden Schnee vage die Spitzen der niedrigeren Gipfel jenseits des Strupbreen-Gletschers erkennen. »Irgendwo da unten muss das Haus von Karine und Lars sein.« Wie befremdlich es doch war, dass Sofia und er jetzt hier oben allein in der Dunkelheit standen, während sie vor zwei Nächten noch geborgen und warm in der gemütlichen Hütte gesessen und vor einem lodernden Feuer heiße Milch mit Honig getrunken hatten. Und dass Lars und Karine nicht mehr lebten.

Diese Gedanken ließen ihn die Kälte noch frostiger empfinden.

»Lass uns weitergehen.«

Nach einer weiteren Stunde war er sich sicher, dass der Wind nachließ. Die Wolken waren dichter geworden. Schneebepackt hingen sie bedrohlich tief über ihren Köpfen und über der Welt, durch die sie sich kämpften. Die Wut in dem Sturm war Hass gewichen. Es war so kalt, dass sie sich nicht trauten, lange stehen zu bleiben, um sich etwas auszuruhen, aus Angst, auf der Stelle zu erfrieren. Und es würde noch kälter werden, da die Nacht erst noch bevorstand.

»Vielleicht hätten wir bei dem Felsen bleiben sollen«, rief Sofia. Sie fuhr dicht hinter ihm und dem Pulka. Aus Furcht, den Untergrund nicht genau sehen zu können, kamen sie in der Dunkelheit nur langsam voran.

»Wir finden etwas Besseres als den Felsen«, rief er ihr über die Schulter hinweg zu, ohne davon wirklich überzeugt zu sein. Es wurde sehr dunkel, und ihn beschlich die Angst, dass er die falsche Entscheidung getroffen haben könnte. Dass es ein Fehler gewesen war, auf der Suche nach irgendeinem Fremden noch höher hinaufzusteigen. Hánas hatte möglicherweise gewusst, dass ein Sturm aufzog und seine Herde über eine andere Route in tiefere Lagen gebracht. Hatten die Samen nicht einen sechsten Sinn für solche Dinge? Oder entsprang diese Vorstellung einer rassistischen Gedankenwelt? Im Internet hatte er gelesen, dass die Samen mehr als hundertachtzig Wörter für Schnee und Eis kennen. Oder waren es Spuren im Schnee? Irgendwas in der Art. Jedenfalls wusste Karine Helgelands Bruder mehr über die Witterungsbedingungen und diese Berge als Erik, und das bedeutete, dass sie ihn finden mussten, und zwar sehr, sehr bald.

Zu seiner Rechten rauschte in der Dunkelheit etwas an ihm vorbei, das ihm einen gehörigen Schreck einjagte. Ein Vogel, eine Eule vermutlich, die einen Hasen jagte.

»Der Felsen war gut«, gab er zu, »aber wir konnten dort nicht bleiben.« Er hoffte, dass dort genug Schnee gefallen war, um ihre Spuren zu verdecken, und auch der Wind das Seine getan hatte, um ihre Spuren zu beseitigen.

»Du meinst, weil der Mann uns sonst gefunden hätte?«

»Wenn er den Felsen entdeckt hätte, hätte er ihn sich bestimmt genauer angesehen. Meinst du nicht?« Seine Lippen waren starr vor Kälte, die Sprache klang schwerfällig, als hätte er einen Whisky zu viel getrunken. »Und dann hätte er uns gefunden.«

Je weiter sie gingen, umso mehr begann er, den Pulka zu hassen. Langsam fragte er sich, ob sie nicht einfach das Nötigste in den Rucksack packen und den Schlitten zurücklassen sollten.

»Was machen wir, wenn wir Hánas nicht finden?«

»Wir werden ihn schon finden«, beruhigte er sie.

»Und wenn nicht?«

»Wir finden ihn«, entgegnete er scharf.

Sie schwieg, und ihn überkam ein schlechtes Gewissen,

weil er sie so angefahren hatte. Sie hatte Angst – natürlich hatte sie Angst. Und sie hatte allen Grund, ihm zu misstrauen. Er hatte sie in diese Situation gebracht. Sie war seine Tochter. Er war für sie verantwortlich. Seine Aufgabe war es, sie zu beschützen, bis sie stärker, vernünftiger und kompetenter war als er. Was hatte er ihr angetan?

Sie gerieten in ein Dickicht kleiner Birken. Die winzigen Bäume standen so dicht beieinander, dass sie sich hindurchzwängen mussten und noch langsamer vorankamen. Immer wieder blieb der Schlitten an einem Baumstamm oder in einem Gewirr morscher Äste hängen, die aus dem Schnee herausragten, oder er steckte an einem halb umgestürzten Baum oder an schneebedeckten Ästen fest. Jedes Mal fluchte er und brauchte kostbare Energie, um wieder freizukommen, oder musste warten, bis Sofia den Schlitten befreit hatte.

Und blieb schon wieder hängen. Wutentbrannt packte er einen Baum und zog sich daran vorwärts, wollte den Schlitten befreien. Doch die Birke brach ab, und er fiel rückwärts in den Schnee, blieb eine Weile in dem Gewirr aus Skiern und Stöcken liegen, im Geschirr gefangen, und starrte in den Nachthimmel hinauf. Der Baum war schon lange tot, trotzdem aber stehen geblieben. Vielleicht weil er nicht akzeptieren konnte, dass seine Zeit vorüber war.

»Alles in Ordnung, Papa?« Sofia sah hinunter auf ihn.

Er wusste, dass er auf der Stelle einschlafen würde, wenn er jetzt die Augen schloss. Und es wäre eine Wohltat.

»Hilf mir auf, Lillemor.«

Sie gehorchte und klopfte ihm den Schnee vom Körper. »Dieser verfluchte Baum war …«

Sie klammert sich an seinen Arm und sah sich plötzlich

um. Er legte ihr die Hände auf die Schultern und drückte sie neben sich in die Hocke.

»Pssst«, hauchte er. Beide starrten in den düsteren Wald hinein. Gänsehaut kroch ihm die Arme hinauf. Unter der Mütze zog sich die Kopfhaut zusammen. Sofia musste sein Herzklopfen hören …

Denn dort war jemand. Beide hatten dasselbe gehört, als Sofia sich plötzlich umgedreht hatte. Das Knacken von Zweigen. Ein unauffälliges Geräusch, das sich jedoch in der Stille des urtümlichen Gewirrs aus lebenden und toten Bäumen unheimlich ausnahm.

Langsam, sehr langsam, ließ er den Gewehrriemen von der Schulter gleiten und legte die Waffe an. Als er feststellen musste, dass er nicht in der Lage war, die Hand um den Vorderschaft zu schließen, legte er den Lauf in die offene Hand. Mit der anderen tastete er nach der Sicherung und griff nach dem Sicherungshebel. Doch die Finger gehorchten ihm nicht mehr. Vielleicht, dachte er, kann ich ihn mit der Handkante bedienen.

Er kniff die Augen zusammen, um sich vor dem Wind zu schützen, der ihm ins Gesicht fegte. Aus dem Augenwinkel heraus sah er das Weiße in Sofias Augen und wie sich ihr Mund zu einem *Papa* formte. Er spürte ihre Hand, die sich zur Faust geballt an seinen Mantel klammerte. Damit das Klick-Klack sie nicht verriet, zog er den Verschluss nicht zurück. Hoffentlich war es nicht schon zu spät.

Noch immer in die Dunkelheit spähend, presste er den Mund an ihr Ohr.

»Halt dich dicht hinter mir«, flüsterte er. »Jetzt.«

Langsam setzte sie sich in Bewegung, um sich nicht mit

den Skiern zu verheddern – und weil sie starr vor Angst war. Er zuckte zusammen, als sie mit ihrem linken Ski über seinen fuhr. Aber als er spürte, wie sie sich an seine Schulterblätter drückte, zog er den Verschluss mit einem leisen metallischen Klicken zurück, um die Patrone in die Kammer gleiten zu lassen.

Und wieder das Knacken eines Zweiges zwischen den Bäumen. Er schwenkte den Lauf des Gewehrs von links nach rechts. Seine Muskeln waren angespannt. Mit den Augen suchte er die starren Formen der verkümmerten Birken nach der Gestalt eines Mannes ab, denn er musste abdrücken und ihn töten, bevor *er* sie tötete.

Plötzlich nahm er im Augenwinkel eine Bewegung wahr, schwenkte das Gewehr herum und drückte ab. Für den Bruchteil einer Sekunde sprühte das Mündungsfeuer rotorange, bevor er überhaupt den Schuss hörte, dessen Lautstärke ihn erschrak. Er duckte sich weg und spürte, wie Sofia hinter ihm das Gleiche tat. Beide erwarteten, dass der große Mann zurückschießen würde. Aber es fiel kein Schuss. Es folgten ein dumpfes Rumpeln und das Knacken von Birkenzweigen, und er fragte sich, ob sein Schuss vielleicht eine Lawine ausgelöst hatte, ob es sich bei dem, was sie hörten, um Schnee handelte, der einen Berghang hinabstürzte.

»Rentiere!«, rief Sofia. »Da!« Sie zeigte mit einem Skistock auf sie. Jetzt sah er sie auch, besser gesagt, eine Ansammlung dunkler Formen auf der Flucht, die wie Schattengeister in einem Traum zwischen den Bäumen davonstoben. Das Rumpeln der Hufe im Schnee verebbte. Zurück blieb nichts als das Geräusch ihres bangen Atmens und das Fauchen des Windes im Gestrüpp.

»Die Herde hätten wir also schon mal gefunden«, sagte er, schlang sich das Gewehr über die Schulter, packte die Skistöcke und machte sich zur Weiterfahrt bereit. Seine Erleichterung war groß, gleichzeitig aber von Unbehagen und Bedauern durchsetzt. Er wünschte sich, den Schuss nicht abgegeben zu haben, der bestimmt zwei Kilometer oder noch weiter zu hören gewesen war. Ihm blieb nur die Hoffnung, dass das Dröhnen des Windes es ihrem Verfolger unmöglich gemacht hatte, die Richtung auszumachen, aus der der Schuss gekommen war.

»Was machen wir jetzt?« Sofia sah ihn mit großen Augen an. Sie zitterte vor Kälte. Wie klein und zerbrechlich sie wirkte. Trotzdem wusste er, dass sie, wenn er ihr sagte, sie müssten noch fünf Kilometer laufen, die Stöcke in den Schnee stoßen und loslaufen würde.

»Wir suchen Hánas. Er muss hier irgendwo in der Nähe sein.« Er versuchte, seine Hände zu Fäusten zu ballen, aber sie wollten nicht gehorchen. Es erinnerte ihn daran, wie er als Kind versucht hatte, Gegenstände in der Küche allein kraft seiner Gedanken in Bewegung zu versetzen. Jetzt war es genauso. Er wollte seine Finger dazu bringen, sich zu krümmen. Der Geist war willig, doch das Fleisch zu schwach.

»Und wenn wir einfach hier stehen bleiben? Vielleicht hat er den Schuss gehört und ist auf dem Weg hierher, um nachzusehen, wer auf seine Rentiere schießt.«

Sie hatte recht. Nicht auszuschließen, dass auch Hánas auf sie schoss, wenn er in der Dunkelheit obskure Gestalten entdeckte und sie für diejenigen hielt, die versuchten, seine Rentiere zu wildern. Taten die Leute das hier draußen? War Wilderei hier ein Thema?

»Ich glaube, wir sollten trotzdem weitergehen«, sagte er. »Es ist besser, wenn wir in Bewegung bleiben, um uns warm zu halten.«

Sie schlugen die Richtung ein, in die die Rentiere davongelaufen waren, und überquerten die Stelle im Schnee, wo die Tiere in ihrer panischen Flucht alles aufgewühlt hatten. Er dachte an das Tier, das sich von der Herde getrennt hatte, und hoffte, dass er es nicht getroffen hatte. Und wenn doch, dass es jetzt tot war, anstatt langsam im Schnee zu verbluten. Er glaubte nicht an Karma, aber hier und jetzt, da sich alles gegen sie zu wenden schien, konnte er nicht anders.

Sie gelangten an einen Grat. Sein erster Gedanke war, kehrtzumachen und einen anderen Weg zu suchen, statt das Risiko einzugehen, hier auf gefährlichem Grund in der Dunkelheit abfahren zu müssen. Doch dann kam ihm ein anderer Gedanke. Er sagte Sofia, sie solle warten, während er sich vorsichtig ein paar Schritte weiter vorwagte.

Keuchend fuhr er bis an die Kante heran und sah hinab. Er blinzelte, denn da ihn seine Hände schon im Stich gelassen hatten, war er sich keineswegs mehr sicher, ob er seinen Augen noch trauen konnte. »Gott sei Dank.« Die Worte erzeugten Wolken vor seinem Mund. »Dem Himmel sei Dank.« Keine hundert Meter entfernt, im Windschatten eines sanften Hügels und durch eine Schneewehe vor dem Wind geschützt, stand ein Zelt, das in der Dunkelheit ganz schwach leuchtete.

10

»Wer seid ihr?«

Sie blieben auf der Stelle stehen. Erik mühte sich ab, sein Gewehr in Anschlag zu bringen, wohl wissend, dass er längst tot gewesen wäre, wenn der Mann, der die Frage gestellt hatte, es gewollt hätte.

»Bist du Hánas?« Er hatte sich umgedreht, so weit der Gurt und das Gestänge des Schlittens es zuließen.

»Woher kennst du meinen Namen?«, fragte der Mann mit schwerem Akzent. Erik nahm die Skier auf und richtete den Schlitten so aus, dass er dem Mann gegenüberstand. Sofia stand neben ihm. Keuchend standen sie beide da und fragten sich, ob dem, was sie vor sich sahen, zu trauen war. Die Gestalt, die keine zwei Skilängen entfernt vor ihnen stand, schien aus dem Nichts gekommen zu sein, als hätten sich Wind, Schnee und Dunkelheit zu einem Ganzen zusammengefügt. Ein Wesen aus der Polarnacht.

»Wer bist du?«, fragte der Mann erneut. Der lange Mantel war vermutlich aus Rentierfell. Sein Gesicht war zum größten Teil von einer Kapuze verdeckt. Das Gewehr hielt er in Hüfthöhe auf Erik gerichtet. Neben ihm stand ein schwarzer Hund mit gefletschten Zähnen.

»Mein Name ist Erik Amdahl, und das ist meine Tochter Sofia.« Er deutete auf das blasse, feucht schimmernde Gesicht seiner Tochter. »Wir haben dich gesucht.«

Der Hirte trat zwei Schritte auf sie zu. Mit den Schneeschuhen sah es aus, als würde er über die Schneeverwehungen hinwegschweben. Erik war klar, dass sie an dem Mann
und seinem Hund direkt vorbeigefahren sein mussten, nur
wenige Meter entfernt, ohne sie zu sehen.

»Warum?« Der Hirte riss den Gewehrlauf hoch. Der
Hund knurrte leise. Der Atem, der sich in der Dunkelheit
an den Seiten seines Mauls zu einer Wolke aufblähte, ließ
das Knurren noch bedrohlicher wirken.

»Da draußen ist ein Mann.« Erik machte eine Armbewegung zur Anhöhe hinter sich. Der Skistock baumelte an
seinem Handgelenk. »Er will uns umbringen.«

Der Same neigte den Kopf, als hätte er sich verhört.

»Jemand versucht, euch zu umzubringen?« Sein Hund
kläffte zweimal kurz. Der Mann raunte ihm etwas in einer
Sprache zu, die nur er verstand. Das Tier sah zu ihm auf
und setzte sich gehorsam hin. »Du hast gesagt, jemand versucht, dich zu töten?«, fragte der Hirte erneut. Seine Augen
unter der Kapuze waren voller Argwohn.

»Ja, das stimmt«, sagte Sofia und rutschte auf den Skiern
ein Stück an ihren Vater heran. »Erst waren es mehrere, aber
jetzt ist es nur noch einer.«

Hánas' Blick ging von ihr zu Erik, der die Remington
ein wenig anhob, als wolle er die unausgesprochene Frage
des Hirten beantworten.

Dann ging der Blick des Hirten zum Kamm hinauf.
»War er es, der geschossen hat?«

»Nein, das war ich. Ich dachte, ich hätte etwas gesehen.
Aber es war eins von deinen Rentieren.«

»Du hast eines meiner Tiere erschossen?«

»Ich weiß es nicht. Ich konnte es nicht sehen. Hör zu, wir brauchen Hilfe. Meine Tochter friert. Wir brauchen eine Bleibe.«

Hánas sah Sofia an, dann wieder ihn. »Was ist mit deinen Händen?«, fragte er. Natürlich war ihm nicht entgangen, dass Erik das Gewehr in der offenen Hand hielt.

»Erfrierungen«, erklärte Erik knapp.

»Hast du keine richtigen Handschuhe?«

»Verloren.«

Hánas schaute wieder zum Kamm hinauf. »Warum wollen die Männer dich umbringen?«

»Weil wir gesehen haben, wie sie ein paar Leute umgebracht haben«, sagte Erik. Mehr wollte er nicht sagen. Noch nicht. »Hilfst du uns?«

Mit angelegtem Gewehr suchte Hánas die Anhöhe ab. Im Vergleich zu Eriks Waffe nahm sich die des Hirten nahezu antiquarisch aus. Sein Hund stand aufmerksam neben ihm. Hánas lauschte.

»Bitte hilf uns«, sagte Sofia.

Der Hirte ließ das Gewehr sinken. »Woher kennst du meinen Namen?«

Erik sah Sofia fragend an, bis sie ihm zunickte. »Meine Frau arbeitet mit deiner Schwester zusammen. Karine hat uns von dir erzählt.«

Hánas stand eine Weile unschlüssig da. Der Wind heulte, und um ihn herum wirbelte der Schnee.

Ab und zu nahm Erik den Geruch von verbranntem Holz wahr, der ihm aus der Tipi-ähnlichen Konstruktion entgegenwehte und ein euphorisches Gefühl ihn ihm auslöste. Sofia wollte ihre Bitte gerade wiederholen, als Erik sie mit einer kurzen Handbewegung unterbrach. »Warte, Lillemor«, sagte er, ohne Hánas aus den Augen zu lassen.

»Meine Schwester«, sagte der Hirte. »Ist sie tot?«

Pause. Dann nickte Erik. »Ja. Es tut mir leid.« Mehr als die Wahrheit konnte er dem Mann als Gegenleistung für seine Hilfe nicht geben. »Lars auch. Der Mann, der sie umgebracht hat, ist jetzt hinter uns her.« Er deutete mit dem Gewehr auf das erleuchtete Zelt. »Du willst bestimmt nicht, dass er das entdeckt.«

Hánas blickte sich zum Zelt um, sah dann Sofia an und wandte sich um. Er raunte dem Hund etwas zu und stapfte zurück durch den Schnee in den eigenen, fast verwehten Spuren. Wie ein Schatten lief der Hund neben ihm her.

»Ihr könnt euch bei mir aufwärmen«, rief er über die Schulter hinweg.

Um möglichst wenig von der Wärme zu verlieren, die das Feuer im Zelt erzeugte, hatte Hánas das Innere mit vielen Fellen ausgekleidet. Bevor er es sich bequem machte, trat Erik noch einmal hinaus, entfernte sich ein paar Schritte vom Zelt und sah sich um. Er war überrascht zu sehen, dass das Zelt von außen dunkel war, fast so dunkel wie jeder verkümmerte Baum oder jeder Felsvorsprung in dieser verschneiten Landschaft. Kaum ein Anzeichen eines Feuers drang durch die gewachsten Zeltwände des *Lávvu* hinaus. Wieder zurück im Zelt teilte er den beiden seine Beobachtung mit, aber Hánas schien ihn gar nicht zu hören.

Sofia sah Erik fragend an. Er reagierte mit einem Schulterzucken und sah sich zu dem Hirten um, der sich auf einem Kissen aus zusammengerolltem Fell niedergelassen hatte und schweigend in das Feuer starrte, um das sie sich alle drei versammelt hatten. Vier, den schwarzen Hund eingerechnet, der, den Kopf auf die Vorderpfoten gelegt, neben seinem Herrn lag und Sofia mit intelligenten dunklen Augen anschaute.

Eine Weile verging, bis Hánas seine Kapuze zurückschob und Erik feststellte, dass er jünger war als seine Schwester. So wie Karine ihren Bruder beschrieben hatte, als einen Mann, der die moderne Welt ablehnte und lebte, wie ihre Vorfahren gelebt hatten, so weit das in seiner Macht stand, hatte Erik sich ein älteres, abgekämpftes Gesicht vorgestellt. Einen Mann, der sich für ein mühsames Leben entschieden hatte, eine Art mittelalterlichen Sünder im Büßerhemd oder einen Anhänger der Selbstkasteiung. Einen griesgrämigen Misanthropen, der sich im vergeblichen Protest gegen die Welt suhlte. Was Erik sah, war jedoch genau das Gegenteil. Hánas wirkte stark und vital. Hohe Wangenknochen, vom Wind gegerbte Haut und kluge Augen, die vom fortwährenden Blinzeln gegen Schnee, Wind und gleißendes Licht schmal geworden waren. Sie schlossen die Welt aus, von der er nichts wissen wollte. Als würde er sich nur auf das konzentrieren, was für seine Existenz und das Wohlergehen seiner Rentiere wichtig war. Er wirkte entspannt. Ein Mann, der sich perfekt an seine Umgebung angepasst hatte, was jemand wie Erik niemals wirklich schaffen würde. Eine Studie über Darwinismus. Oder etwas Tiefergehendes. Etwas Spirituelles.

»Wie sind sie gestorben?«, wollte der Hirte wissen. Er strich sich mit der Hand durch den schwarzen Bart und starrte in die Flammen.

»Es sind Männer zu ihnen nach Hause gekommen«, sagte Erik. »Russen.« Er warf einen Blick auf Sofia, die ihre bloßen Hände vor die Flammen hielt. Die eigenen hatte er unter die Achseln geklemmt, denn allzu schnell durften sie nicht warm werden. »Es hatte etwas mit der Kupfermine zu tun«, sagte er. »Sie wollten Lars und Karine dazu bringen, ihren Widerstand aufzugeben.« Er hielt einen Moment inne und mahlte mit dem Unterkiefer. Seine Sprache klang verwaschen. Er hatte das Gefühl, sein ganzes Gesicht wäre tiefgefroren und würde jetzt allmählich auftauen, sodass die Worte einfach herausliefen. »Lars hat das Geld genommen, aber …«

»Meine Schwester wollte sich nicht kaufen lassen«, kam ihm Hánas zuvor, den Blick weiter in die Flammen gerichtet. Es gibt wohl kaum jemanden, dachte Erik, der sich von der Faszination des Feuers nicht angezogen fühlt.

»So in etwa«, sagte er. »Sie wollten Lars nicht umbringen. Einer von ihnen hat ihn geschlagen. Daraufhin ist er gestürzt und mit dem Kopf gegen den Kamin geschlagen. Dann ist Karine weggerannt, aber …«

Ohne den Satz zu beenden, sah er zu, wie die Flammen sich an einem Birkenstamm entlangarbeiteten. Die dünne papierne weiße Haut knisterte. Er war unfassbar müde und hatte Kopfschmerzen, hatte das Gefühl, sein Schädel würde sich zusammenziehen und das Gehirn ganz langsam zusammendrücken. Übelkeit überkam ihn wie eine Art Seekrankheit.

Hánas murmelte etwas in seiner Sprache vor sich hin, übersetzte aber gleich, nachdem er bemerkt hatte, dass sich Erik und Sofia fragend ansahen.

»Ich habe vom Tod geträumt«, sagte Hánas. »Vor zwei Nächten.« So wie er in die Flammen sah, durfte man vermuten, dass er dem leisen Knistern ein Flüstern entnahm. »An dem Tag wurde eines meiner Tiere getötet – ein junges Weibchen. Sie wurde von der Herde getrennt. Wegen des Sturms.« Er zuckte mit den Schultern. »Ein Luchs hat sie getötet. Ein großes Tier. Sie hatte Kratzspuren an der Flanke und am Bauch.« Ein Birkenscheit fiel neben die Flamme. Er beugte sich vor und schob es mit einem Stock wieder zurück. »Ich dachte, das wäre der Grund für den Traum gewesen. Aber der Traum hatte wohl mit dem zu tun, was Karine zugestoßen ist.«

Glut sprühte aus dem Holzscheit auf den mit Fellen übersäten Boden, glühte einen Moment nach und erlosch.

»Ein Luchs kann in einem Jahr hundert Rentiere töten.« Er schüttelte den Kopf. »Aber alle denken nur an den Schutz der Raubtiere.«

Stille breitete sich im Zelt aus. Nur das Knistern der Flammen war zu hören.

»Es tut mir sehr leid«, sagte Erik. »Karine und Lars waren gute Menschen. Deine Schwester war eine mutige Frau.« Es fühlte sich falsch an, über Lars und Karine in der Vergangenheitsform zu sprechen. Die ganze Sache kam ihm unwirklich vor, er konnte nicht mehr klar denken. Vielleicht war er dehydriert. Er bat Sofia, die Wasserflasche aus dem Rucksack zu holen und ans Feuer zu stellen, damit das Wasser etwas wärmer wurde.

»Lass mich mal sehen«, sagte Hánas und deutete mit dem Kinn auf Sofias bandagierte Hand. Sie sah Erik verunsichert an, doch als er nickte, ging sie mit zaghaften Schritten zu dem Hirten. Er wickelte den blutverschmierten Verband vorsichtig ab, und Sofia zuckte zusammen, als er ihn von der offenen Wunde im Handballen löste.

»Die Wunde ist wieder aufgegangen«, stellte Hánas fest, ging hinaus und kam mit einer Handvoll grünem Moos zurück. Es glänzte, als hätte er es gerade unter dem Schnee ausgegraben. Er hielt es ans Feuer, damit es ein wenig trocknen konnte, drückte es auf die Wunde und fixierte es mit einem frischen Verband aus seinem Erste-Hilfe-Kasten.

»Moos enthält Jod. Das hält die Wunde steril.« Mit einem knappen Nicken signalisierte ihr Hánas, dass er fertig war. Sofia bedankte sich und trottete zurück zu ihrem Platz.

Die Blicke der Männer trafen sich, und auch Erik bedankte sich.

»Wir wechseln den Verband später noch einmal, aber ich nehme an, dass die Wunde so gut heilen wird«, sagte Hánas.

Es war lange still, bis Sofia anfing: »Deine Träume, sagen sie dir etwas? Warnen sie dich vor Dingen, die passieren könnten?«

Hánas dachte nach. »Manchmal, ja. Ich träume nicht mehr so oft wie früher.«

Sofia sah Erik von der Seite an. »Mein Vater hat einen Traum, der immer wiederkommt. Von einem Mann mit einem großen altmodischen Hut.« Sie beschrieb einen großen Kreis um ihren Kopf.

»Nicht jetzt, Sofia«, protestierte Erik.

»Papa weiß nicht, wer er ist, aber ich glaube, dass ihm dieser seltsame Mann etwas sagen will.«

»Genug jetzt, Sofia.«

Unwillig gehorchte sie.

»Hánas.« Erik beäugte den Mann.

Doch Hánas gab nicht zu erkennen, ob er ihn gehört hatte. Es war, als hätte sich sein Geist gelöst und den Körper wie ein leeres Gefäß zurückgelassen.

»Hánas«, versuchte Erik es noch einmal, diesmal etwas bestimmter, denn sosehr er dem Mann den Verlust seiner Schwester nachfühlen konnte, musste Erik doch auch an Sofia denken. Sie war das Einzige, was zählte. »Wir müssen bald wieder aufbrechen.« Immer noch keine Reaktion. »Hánas, hör mir bitte zu!« Er hob die Hand, die immer noch in einer von Sofias Wandersocken steckte. »Der Typ ist irgendwo da draußen, und wenn er uns hier findet, sind wir alle tot. Wir würden es nicht einmal merken. Verstehst du? Er könnte jetzt da draußen sein. Wir müssen …«

»Er ist nicht da draußen«, entgegnete Hánas. »Jedenfalls nicht in der Nähe. Čalmmo würde es uns sagen.«

Der Blick des Hundes ging schlagartig zu seinem Herrchen, als er seinen Namen erwähnte.

»Ich habe das tote Kalb dort liegenlassen, wo ich es gefunden habe«, fuhr Hánas fort. »Irgendetwas muss den Luchs verscheucht haben. Letzte Nacht habe ich mich mit dem Gewehr auf die Lauer gelegt, aber er ist nicht zurückgekommen. Heute Abend war ich auf dem Weg dorthin, als Čalmmo euch gehört hat.«

»Oder uns gerochen hat«, mischte Sofia sich ein.

Hánas nickte. »Der Luchs wird eine gute Mahlzeit haben, wenn das Fleisch nicht festgefroren ist.« Er sah Erik an. »Der Mann, der dir im Traum erscheint. Spricht er?«

»Vergiss den blöden Traum«, erwiderte Erik.

Hánas sprach samisch mit Čalmmo. Der Hund spitzte die

Ohren, hob den Kopf und schaute zum Zelteingang. Dann sprang er schwanzwedelnd auf, Hánas richtete sich auf die Knie auf und öffnete ihm die Zeltklappe. »*Johtalit*«, sagte er und zog die Zeltplane gerade so weit zurück, dass mit einem kurzen, kalten Luftzug nur wenige Schneeflocken hineingelangten. »Johtalit!« Čalmmo bellte einmal, zwängte sich durch den Spalt und war im nächsten Augenblick verschwunden.

»Er hält Wache, während ihr euch ausruht«, erklärte Hánas. »Sollte der Mann kommen, bekommen wir es mit.«

»Hast du kein Schneemobil?«, fragte Erik.

Hánas sah auf. »Natürlich habe ich eins.« Er deutete auf das Feuer und den uralten schwarzen Kessel daneben, dann auf das Zelt um sie herum. »Glaubst du, nur weil ich so lebe, fahre ich noch auf einem von Rentieren gezogenen Schlitten herum wie der Weihnachtsmann?«

Erik fühlte sich wie betäubt. Die Hände sandten starke Schmerzen aus, Übelkeit stieg in ihm auf. Er stützte sich mit einer Hand auf dem Boden ab, um sich Halt zu verschaffen.

»Papa?«

»Alles okay, Lillemor«, sagte er. »Ich bin nur müde.«

»Selbst meine Großmutter war bis weit in ihre Achtziger hinein mit dem Schneemobil unterwegs«, sagte Hánas, während er mit seinem Stock im Feuer herumstocherte und Brennmaterial in die Mitte schob.

»Dann können wir doch losfahren, wenn wir alle drei darauf Platz haben«, schlug Erik vor. Sein Herz raste bei der Vorstellung, dass sie auf die Maschine dieses Mannes steigen und zurück in die Stadt fahren würden.

»Es ist nicht hier«, wandte der Hirte ein. Er hatte einen

Lederbeutel aus einem Rucksack genommen, schüttete sich etwas von dem Inhalt in die Handfläche und wiegte es andächtig. Es sah aus wie getrocknete Aprikosenstücke oder Orangenschalen.

»Sie ist gebrochen«, fuhr der Same fort. »Die Spindel, das Teil, das vorn durch den Längslenker läuft und mit der Kufe verbunden ist.« Er zerbrach den Stock, den er in der Hand hielt. »Einfach so gebrochen«, fügte er hinzu und warf die Stücke ins Feuer. »Mein Cousin ist letzte Woche hier heraufgekommen und hat das Schneemobil mit in die Stadt genommen, um es reparieren zu lassen. Ich brauche es nicht.« Er nahm den Deckel von dem rußgeschwärzten Kessel, warf die Trockenmischung ins Wasser und stellte den Kessel ins Feuer. »Jedenfalls nicht, solange ich die Herde nicht vor mir hertreiben muss, um einen neuen Weideplatz zu finden. Im Winter bleiben sie dicht beisammen, und unter dem Schnee gibt es jede Menge Futter. Rentiere orientieren sich mit der Nase, nicht mit den Augen. Sie richten sich nach dem Wind.« Er griff zu einem Holzlöffel. »Aber ich habe sowieso Trockenfutter für sie.«

Die Rentiere interessierten Erik nicht. Nur das, was sie jetzt tun würden.

»Kannst du dir Papas Hände bitte mal ansehen?«, bat Sofia Hánas. Sie kniete sich hin und nahm Eriks Hände, während Hánas den Löffel in den Kessel steckte und in dem Gebräu herumrührte, bis das Zelt von einem erdigen Aroma erfüllt war. Erik fluchte leise, als Sofia ihm die Sockenhandschuhe vorsichtig auszog und erschrak bei dem Anblick, der sich ihm bot. Die Haut auf dem Handrücken war fleckig, das entzündete Fleisch geschwollen.

»Sieht wirklich schlimm aus, Papa.«

»Ich weiß.« Er sah nur verschwommene Konturen, aber genug, um zu erkennen, dass die Finger von den Knöcheln bis zu den Spitzen blaugrau waren und eigentlich tot aussahen.

»Hast du ein Telefon?«, fragte Erik.

Hánas nickte. »Natürlich habe ich eins. Aber hier draußen funktioniert es nicht gut. Trink das hier.« Hánas goss den Tee in eine Schale und reichte sie Sofia, die sie für Erik halten sollte.

»Was ist das?« fragte Erik. Der Wind zerrte an den Zeltwänden, als versuchte er, von allen Seiten den Eingang zu finden.

»Medizin.« Sie sahen sich einen Augenblick lang an. »Das hilft gegen die Schmerzen.« Hánas schenkte auch sich selbst etwas ein, lehnte sich auf seinem Kissen zurück, schloss die Augen und atmete den Dampf ein.

Sofia verzog das Gesicht. »Das riecht scheußlich.«

»Er schmeckt, wie er riecht«, gab Hánas zu.

Erik nickte Sofia zu, die ihm die Schale an die Lippen führte. Er atmete den Dampf ein und zuckte zurück. Sofia zog die Augenbrauen hoch, als wollte sie sagen: »Hab ich doch gesagt.« Erik pustete in die Schale, um den Tee abzukühlen und nippte. Er war nicht einmal so schlecht, wie er erwartet hatte. Ein wenig muffig vielleicht. So wie Waldboden im Herbst nach einem Regenguss. Aber er war heiß. Erik spürte, wie sich die Wärme im Oberkörper und im Magen ausbreitete, und wusste, dass ihm das gegen den Flüssigkeitsverlust helfen würde. Er pustete erneut und nahm noch einen Schluck, fragte sich, warum auch Hánas

Medizin brauchte. Der Mann wirkte genauso fit und gesund wie sein Hund. Noch bevor er fragen konnte, hatte der Rentierhirte seinen Tee ausgetrunken, zog sich die Kapuze über den Kopf und ging zum Zelteingang.

»Was hast du vor?«, wollte Erik wissen.

Bereits in den Zelteingang geduckt, drehte Hánas sich zu ihm um und sah ihn an. »Ich will mit meiner Schwester sprechen.«

Erik und Sofia sahen sich fragend an, während Hánas in die Nacht hinaustrat.

Entnervt machte Sofia sich am Reißverschluss der Brusttasche ihrer Jacke zu schaffen. Die Zähne in die Unterlippe gegraben, war sie ganz darauf konzentriert. Manchmal sah sie ihrer Mutter so ähnlich, dass er unwillkürlich lächeln musste. Der beklagenswerte Zustand seiner Hände ließ nicht zu, dass er ihr half. Schließlich aber löste sich der Reißverschluss. Sie zog ein Stück Papier heraus und faltete es vorsichtig auseinander Auf der einen Seite stand ein gedruckter Text, aber auf der Rückseite erkannte er Elises geschwungene Schrift.

»Mama hat ihn mir zugesteckt, bevor wir losgefahren sind«, erinnerte sie ihn. Sie sah noch einmal auf, bevor sie begann, den Brief zu lesen. Eine Träne löste sich aus dem Augenwinkel und kullerte ihr über die Wange, bevor sie sie wegwischen konnte.

»Alles gut«, sagte Erik.

Hánas war immer noch draußen, sie hatten das Zelt für sich allein.

»Ich weiß.« Erneut wischte sie sich mit der Hand über das Auge und hielt ihm den Zettel hin. »Willst du ihn lesen?«

Erik schüttelte den Kopf. »Es ist dein Brief.«

Sie betrachtete den Brief und las ihn noch einmal. »Sie sagt, wir sollen aufeinander aufpassen.«

Er nickte. »Das werden wir beherzigen, so wie bisher auch.«

Draußen heulte klagend der Wind. Zugleich flackerten die Flammen in der Feuerstelle auf, als wollten sie auf das Wehklagen des Windes antworten. Für den Bruchteil einer Sekunde erschien ein Gesicht in den Flammen. Es war sofort wieder verschwunden, und er fragte sich, wer das gewesen sein mochte.

Die Wärme des Tees kroch ihm allmählich in alle Gliedmaßen. Erik betrachtete seine Hände und sah, wie rote und violette Bänder immer deutlichere Konturen annahmen und ein Netz spannten, das elektrische Energie von den Handgelenken über die Handfläche bis in jeden einzelnen Finger leitete.

»Und«, fuhr Sofia fort, »sie sagt, dass wir reden sollen. Wirklich reden. Über alles und jedes.« Sie sah mit hochgezogenen Augenbrauen zu ihm auf. Der Ausdruck in ihrem Gesicht verriet eine Mischung verschiedenster Gefühle. Schuld. Trauer. Hoffnung?

»Wir werden noch viel Zeit zum Reden haben, wenn wir wieder zu Hause sind«, erklärte er. »Wir alle zusammen.«

Sie nickte kaum erkennbar, faltete den Brief zusammen und steckte ihn wieder in die Jackentasche.

»Alles wird gut.«

»Ich weiß.« Er nahm ihr das nicht ab.

Die Augenlider wurden ihm schwer. Die Schläfrigkeit drohte ihn zu übermannen, doch er wollte sich dem nicht hingeben. Auch wenn Hánas' Hund draußen Wache hielt, wollte er nicht, dass Sofia allein wach blieb. Wo war eigentlich Hánas? Er war jetzt schon eine ganze Weile da draußen.

Sein Blick wanderte zum Zelteingang.

»Was glaubst du, was er da draußen macht?« fragte Sofia.

»Ich weiß es nicht.« Vielleicht soll ihm die kalte, klare Luft dabei helfen, den Kopf freizubekommen. »Warte hier.« Er stand auf, zog sich die Kapuze über die Wollmütze und hinaus in die Dunkelheit. Dort blieb er einen Moment stehen, sog die kalte Luft in sich hinein und wartete, bis sich seine Augen an die Dunkelheit gewöhnt hatten. Er spürte die Schneeflocken auf dem Gesicht und glaubte, ein ganz leises Tuscheln der Flocken zu vernehmen, wenn sie auf der weißen Schneedecke niedergingen. Sonst herrschte absolute Stille. Es war, als wäre er der letzte Mensch auf der ganzen Welt. In der Ferne machte er den Bergrücken aus, zu seiner Rechten die Baumgrenze. Zu seiner Linken und hinter ihm ragten die Berge wie uralte, unvollendete Skulpturen in die Wolken hinein. Als hätte der Künstler, der die Welt erschaffen hatte, sein Werk nie vollenden können.

Schließlich erkannte er eine menschliche Gestalt, am Horizont kniend auf der Grenze zwischen Erde und Himmel. Es war Hánas.

Sein Instinkt sagte ihm, Hánas nicht zu rufen. Er ging zu ihm und fand, dass das einfacher war als gedacht. Als hätte die Landschaft ihn als Geschöpf des Schnees akzeptiert und ihm den Durchgang gewährt. Der Rentierhirte kniete im Tiefschnee, das Gesicht gen Norden gewandt. Die Augen unter der pelzgefütterten Kapuze waren geschlossen.

»Hánas.« Der Mann antwortete nicht. »Hánas, was ist

los?« Er schien zu schlafen. Meditierte er? »Hánas, komm zurück ins Zelt.«

Der Mann rührte sich nicht. Sich bei diesen Temperaturen nicht zu bewegen, war gefährlich. Erik tippte ihm auf die Schulter und rief ihn noch mal beim Namen. »Es ist zu kalt, um lange hier draußen zu sein.« Er drehte sich zum Zelt um und sah den Feuerschein durch den Schlitz im Eingang, den er nicht ganz dicht verschlossen hatte. »Ich kann Sofia nicht allein lassen. Ich gehe wieder zurück.«

Plötzlich sah er etwas im Augenwinkel. Das Herz schlug ihm bis zum Hals. Er schaute zu den Bäumen hinauf. Statt Blut lief ihm Eiswasser durch die Adern, denn er hatte das Gewehr nicht mitgenommen.

Da hinten lief ein Mann durch den Schnee. Er brauchte eine Weile, um zu erkennen, dass der Mann nicht auf ihn zukam, sondern sich in Richtung des Kiefernwaldes entfernte. Und dann sah er auch die andere, etwas kleinere Gestalt.

Nein! Es war Sofia. Ihr Gesicht konnte er nicht sehen, aber er wusste trotzdem, dass sie es war. Zwölf Jahre war es nun her, dass er ihre ersten Schritte begleitet hatte. Er erkannte sie im Dunkeln, ihre Figur, den Gang, ihre typischen Bewegungen, auch wenn er nicht allzu viel sehen konnte.

»Sofia!« Sein Atem blähte sich vor seinem Gesicht zu einer silbrigen Wolke. »Sofia, warte!«

Sie drehte sich halb zu ihm um. Er sah die sichelförmige Hälfte ihres blassen Gesichts und rief ihr zu, sie solle rennen. Dann lief er auf sie zu, als würde ihn der Schnee nicht behindern. Seine Erschöpfung war wie fortgefegt. Er schwebte förmlich über den Schnee wie eine Eule, die sich von einem Ast stürzt, um im Flug einen Hasen zu greifen.

Der große Mann wollte Sofia entführen! Er würde sie in den Wald verschleppen und umbringen. Ihm stockte das Herz. Ein Albtraum, jenseits dessen, was sein Verstand zu akzeptieren bereit. Er rannte los. Er würde sich auf den Mistkerl stürzen, und die Kugeln, die in ihn selbst trafen, würden ihn nicht umbringen, bevor er dem Kerl nicht eigenhändig das Leben mit einer Brutalität aus dem Leib gerissen hatte, die die Welt noch nie gesehen hätte.

»Sofia!«, brüllte er. »Nein!« Sie sah sich noch einmal nach ihm um, dann verschwanden beide zwischen den Bäumen, und er sah sie nicht mehr. *Nein!*

Der Schnee konnte ihn nicht aufhalten. Er flog dem Wald, dem Tod entgegen. Schließlich war er im Wald, wo er sie fand.

»Papa.« Dort stand sie und wartete mit großen Augen auf ihn.

Der Mann drehte sich um. Schwarz wie Rabenflügel wehten seine Kleidungsstücke bei jeder Bewegung um ihn herum. Das Gesicht war von der breiten Hutkrempe verdeckt, das rechte Auge bedeckte eine Augenklappe. Schattierungen von Schwarz in der Dunkelheit. Erik keuchte in der eisigen Luft. Er spürte, wie er den Kopf hin und her bewegte, während sein Gehirn sich weigerte, anzuerkennen, was die Augen sahen.

»Nein, das ist nicht wahr.« Er streckte die Hand nach Sofia aus. »Lillemor.«

Sie schüttelte den Kopf. »Komm mit, Papa.«

Er drehte sich zu dem Einäugigen um und zeigte auf

ihn. »Lass sie in Ruhe. Wer zum Teufel bist du?« Der Mann hielt einen Stab in der linken Hand. Einen knorrigen, verwitterten Stock, den gut Moses hätte tragen können. Oder Gandalf.

»Ich trug schon viele Namen«, sagte der Mann mit tiefer, müder Stimme. »Betrüger, Verführer, Einäugiger.« Beim letzten Namen schien sein gesundes Auge zu funkeln. Er machte eine ausladende Bewegung mit dem Stock. »Wahnsinniger. Allmächtiger.« Er drehte sich zu Sofia um. »Reisender.«

Erik konnte keinen klaren Gedanken fassen. Ihm war, als würde er wie eine chinesische Laterne in die Nacht hinein davonschweben. Doch ein Blick auf seine Füße sagte ihm, dass er mit beiden Beinen fest im Schnee stand.

»Träume ich das jetzt alles?«

Weder der Einäugige noch Sofia antworteten ihm.

»Ob ich träume, habe ich gefragt.«

»Komm, Papa.« Sie reichte ihm die Hand.

Er ergriff sie, und zu dritt gingen sie tiefer in den Wald hinein.

Niemand sprach ein Wort. Sofias Hand in der seinen beruhigte ihn. Sie bahnten sich ihren Weg durch morsches Unterholz, zwischen schneebedeckten Zweigen hindurch, bis sie zu einer Lichtung kamen. Dort brannte ein Feuer, und daneben hockte eine Gestalt auf einem moosbewachsenen Baumstumpf. Seltsamerweise war die Lichtung von Mondlicht beschienen, als hätte es sich wie Wasser in einem Gebirgstümpel unterhalb eines Wasserfalls gesammelt, sodass er im silbrigen Schimmer das Gesicht des Mädchens erkennen konnte, das auf die flackernden Flammen blickte.

Er wollte sprechen, konnte es aber nicht. Tonlos formte er ihren Namen. Er spürte die Form ihres Namens auf seinen Lippen, bekam keine Luft. Ihre Präsenz überwältigte ihn, flutete ihn mit unbändiger, unaussprechlicher Angst. Mit einem Schmerz ohnegleichen. Jede Faser seines Innersten war augenblicklich bis zum Zerreißen gespannt. Bis zur Unerträglichkeit.

Emilie.

Aus Augen, die unergründlichen Seen voller Gram glichen, blickte sie zu ihm auf. Darin lag ein abgrundtiefer Schmerz, der für ihr junges Gesicht viel zu gewaltig war, ein Schmerz, der seinen eigenen widerspiegelte.

»Papa.«

»Emilie«, brachte er schließlich erstickt hervor.

Emilie stand auf und wandte sich zu ihnen um. Sofia ging auf Ihre Schwester zu und schloss sie in die Arme.

»Wir haben dich so sehr vermisst«, sagte Sofia zu ihr. »O Gott, ohne dich bin ich verloren, Em.«

Die Mädchen ließen einander los, traten einen Schritt zurück, und Emilie betrachtete ihre kleine Schwester, als wäre es ein ganzes Leben her, seit sie sie zuletzt gesehen hatte, und nicht nur ein Jahr. Die beiden wieder vereint zu sehen, war zu viel für Erik.

»Es tut mir leid, dass ich euch verlassen habe«, sagte Emilie.

Sofia wischte sich die Tränen aus den Augen. »Ich vermisse dich.«

»Ich vermisse dich auch, kleine Schwester.«

Sofia wandte sich Erik zu und sah ihn mit schimmernden Augen und der stummen Aufforderung an, endlich etwas zu sagen. Er machte einen zögerlichen Schritt nach vorne, denn er fürchtete, dass Emilie bei einer allzu schnellen Bewegung verschwinden könnte, wie ein vom Mondschein erzeugtes Hologramm, das nur aus einer bestimmten Entfernung und einem bestimmten Winkel zu sehen war.

»Es tut mir so schrecklich leid.« Seine Stimme brach. »Mein Mädchen, mein über alles geliebtes Mädchen … Es tut mir so leid.« Jetzt weinte er, schluchzte hemmungslos. Gefühle von Schmerz und Schuld stiegen in ihm auf, aus seinem Innersten an die Oberfläche befördert wie unreines Wasser aus einem Brunnen, immer höher und höher, die Kehle hinauf, sodass er weder atmen noch sprechen, sondern nur noch schreien konnte. Er taumelte, fürchtete, seine Beine würden ihm den Dienst versagen. Aber Emilie war da. Sie hielt ihn, und er legte seine Arme um sie, hielt sie fest, und sie hielt ihn.

»Es war nicht deine Schuld, Papa«, sagte sie. »Weine nicht.«

Diese Worte raubten ihm, was er an Selbstbeherrschung noch aufbieten konnte. Er schluchzte besinnungslos. Wogen von Schmerz ließen seine Brust erbeben. Er bekam keine Luft mehr, ihm wurde schwindlig. »Es tut mir so leid«, sagte er erneut.

»Es ist gut, Papa. Es war nicht deine Schuld. Nun bin ich nicht mehr da. Du musst dich jetzt um Sofia kümmern.«

»Ich weiß.«

»Du musst weglaufen.«

»Ich weiß.«

»Und du musst mich jetzt loslassen, Papa. Dir bleibt keine Zeit.«

»Nein.«

»Du musst.«

Er klammerte sich an sie. »Ich kann nicht.«

»Ich liebe dich.«

»Bitte«, flehte er. Er wollte sie festhalten und nie wieder loslassen.

»Ich liebe dich, Papa.«

»Ich liebe dich über alles.«

Auf unergründliche Weise wich sie zurück, obwohl er noch das Gefühl hatte, sie in den Armen zu halten. Einen langen Augenblick sahen sie sich in die Augen, bis ihr Blick sich im Unbestimmten verlor.

»Lauf«, sagte sie.

Dann wich das Mondlicht der Dunkelheit, und er stand allein im Schnee.

11

Er schlug die Augen auf, atmete schnell und wusste einen Moment lang nicht, wo er war.

»Es ist alles in Ordnung, Papa«, beruhigte ihn Sofia. »Bei Hánas sind wir sicher.«

Jetzt erst begriff er, dass sie im Zelt waren. Er nahm einen Geruch wahr, der seinen Magen knurren ließ. Der kupferfarbene Schein des Feuers warf Schatten auf die Felle und Zeltwände um sie herum. Eine Weile blieb er liegen, denn der Traum, oder was immer es gewesen war, hing ihm nach, schwer, bedrückend, voller Emotionen. Aufsetzen wollte er sich noch nicht, weil sie es ihm ansehen würden.

Hánas rührte in einem dampfenden Topf mit Essen über dem Feuer. »Es gibt Nudeln und Rentierragout«, verkündete er, nahm eine Schüssel und löffelte das Essen hinein. »Das wird euch zu Kräften kommen lassen.« Er reichte Sofia, die sich bedankte, die Schüssel. Er füllte je eine weitere Schüssel für Erik und sich selbst und ging dann hinaus, um die Pfanne mit Schnee zu säubern. Wenn er das nicht sofort machte, würden die Rückstände am Boden haften und sein *Rømmegrøt* würde nach Rentierfleisch schmecken, erklärte er.

»Papa, du hast im Schlaf geweint«, sagte Sofia, als sie allein waren.

Er setzte sich auf. Ganz allmählich kam er zu sich, ohne die Traumwelt ganz verlassen zu haben. Noch nicht.

Er schaute sie an. »Ich habe Emilie gesehen«, sagte er. »Es fühlte sich real an.« Er fühlte sich immer noch wie gelähmt, wie in dem Traum.

Sofia schien nicht überrascht zu sein. »Hat sie … hat sie etwas gesagt?«

»Sie hat gesagt, dass sie dich vermisst.« Er schüttelte den Kopf. »Es war so real.«

Sofia starrt einen Moment schweigend auf ihre Schüssel mit den dampfenden Nudeln.

»Ich habe sie umarmt«, fuhr er fort, hob die Arme und versuchte vergeblich, seine Hände zur Faust zu ballen. »Ich habe sie in meinen Armen gehalten. Ich konnte sie spüren und riechen.« Kopfschüttelnd biss er die Zähne zusammen. Sofia musste sich das nicht anhören. Sie musste nicht an der Psychose teilhaben, die sein Kummer ausgelöst hatte.

»Hast du den Mann wieder gesehen?«

Er wusste, wen sie meinte, und nickte.

Hánas kam mit dem sauberen Topf in der Hand wieder herein und schob sich die Kapuze vom Kopf.

Sofia schaute den Hirten an. »Er hat den Einäugigen gesehen«, sagte sie mit großen Augen, und dann wieder an Erik gewandt. »Hánas hat gesagt, dass du ihn finden wirst.«

Der Same nickte Erik zu. »Ich hoffe, du hast erfahren, was du wissen wolltest.«

Erik nahm den Geschmack in seinem Mund wahr und musste an den Aufguss denken, den Hánas ihm gemacht hatte. »Was war in dem Tee?«

Hánas setzte sich und begann zu essen. »Eine Art Pilz«, erklärte er. »Und etwas zum Schlafen.« Er machte eine ausladende Bewegung mit dem Löffel in der Luft. »Nichts Starkes«, fügte er mit vollem Mund hinzu. Er tauchte den Löffel in die Nudeln mit der Fleischsoße und pustete. »Ich musste mit meiner Schwester sprechen. Und du …« Er schob sich einen Löffel in den Mund und sprach kauend weiter. Mit jedem Wort stieß er Dampf zwischen den Lippen aus. »… Du musstest mit dem Einäugigen sprechen.«

Erik spürte noch immer die Wirkung der Pilze in seinem Blut. Einen seltsamen Rausch. »Ich habe nicht mit ihm gesprochen.«

Schulterzuckend nahm Hánas noch einen Bissen zu sich. »Aber du weißt jetzt, was er dir sagen wollte. Oder … zumindest etwas über ihn.«

Erik schwieg.

»Wer könnte der Mann in den Träumen meines Vaters sein?« fragte Sofia zu Hánas gewandt.

Hánas kratzte sich an der Wange. »Odin wird so dargestellt. Als Einäugiger mit breitkrempigem Hut.«

»Du meinst den Gott? Den alten Wikingergott?«

Erik stellte sich Anthony Hopkins als Odin in einem dieser verrückten Marvel-Filme vor.

»Ich dachte, ihr hättet andere Götter. Glauben die Samen nicht, dass alles eine Seele hat?«, fragte Sofia stirnrunzelnd. »Das haben wir in der Schule gelernt. Und dass diese Seelen für Dinge aus deiner unmittelbaren Umgebung stehen.« Sie schwang ihre bandagierte Hand durch die Luft. »Der Wind, die Vögel und die Bäume. Sogar Steine und Felsen.«

Hánas sah sie mit hochgezogener Braue an. »Unsere sind nicht die einzigen Götter, Sofia.«

»Also … dieser Gott … Odin … ist er das, den mein *Vater* in seinen Träumen sieht?«

Hánas schürzte die Lippen. Doch bevor er antworten konnte, schaltete Erik sich ein. »Das reicht jetzt.« Er sah Hánas an. »Du hast mich unter Drogen gesetzt«, warf er ihm vor. Sein Verstand war vernebelt, und ihm war übel. Er war wütend.

»Ich habe dir geholfen«, sagte der Rentierhirte, hob seine Hand und spreizte die Finger. »Wie geht es ihnen?«

Erik betrachtete seine Hände. Die Fingerspitzen waren immer noch grau, die drei Finger seiner rechten Hand sahen aus, als gehörten sie zu einer Leiche, aber der Schmerz war zumindest für den Moment weg. »Sie tun nicht mehr weh«, gab er zu.

Hánas nickte. »Du kannst Fäustlinge von mir haben.«

Der Traum verblasste allmählich. Erik spürte ihn noch in einer Art physischer Präsenz, die sich aber immer mehr seinem Zugriff entzog, je länger er wieder Teil der realen Welt war. Plötzlich stieg Panik in ihm auf. »Wie lange habe ich geschlafen?«

Sofia zog die Uhr aus ihrer Tasche. »Es ist jetzt kurz nach fünf Uhr morgens«, sagte sie. »Drei Stunden ungefähr.«

»Verdammt«, entfuhr es ihm. »Wir müssen los.«

»Vor allem musst du jetzt erst mal etwas essen.« Hánas deutete auf die Schüssel mit dem Eintopf, den Erik noch nicht angerührt hatte, weil ihm übel war. Natürlich auch wegen des Traums. Emilie wiederzusehen und sie in den Armen zu halten, hätte ihn innerlich fast zerrissen.

»Ist wirklich lecker, Papa«, sagte Sofia mit einem heißen Bissen im Mund.

»Aber wir müssen weiter, wirklich weiter.«

Hánas deutete mit seinem Löffel auf Eriks Schüssel. »Sobald du gegessen hast. Du brauchst Kraft. Und Čalmmo hätte uns gewarnt, wenn da draußen jemand wäre.«

»Ich helfe dir.« Sofia stand auf und ging zu ihm, doch Erik hob abwehrend eine Hand.

»Es geht schon.« Er schob die Hände unter die Schüssel, hob sie an, balancierte sie dann auf der linken Handfläche. Er begann zu essen und merkte erst jetzt, wie hungrig er war. Er genoss das Fleisch, die Nudeln und die scharfe Soße. Frisches Fleisch, kein vorgekochtes Essen in einem Beutel mit einer Haltbarkeit von drei Jahren.

»Wie es aussieht, geht es deinen Händen schon besser«, sagte Sofia hoffnungsvoll.

»Ich glaube schon«, sagte er und bemühte sich, die Nudeln unfallfrei in den Mund zu bekommen. Natürlich wusste er, dass sich seine Hände so schnell nicht erholen würden, aber er wollte nicht, dass sie es erfuhr. Er versuchte, den Traum zu verdrängen. Aber er ließ ihn nicht los. *Sie* wollte ihn nicht verlassen. Oder besser gesagt, *er* war nicht bereit, sie loszulassen. Es hatte sich so real angefühlt, sie im Arm zu halten. Vor allem wenn er die Augen schloss, wurde ihr Bild in seinem Kopf noch lebendiger, als hätte der Mond in der Lichtung die hellen und dunklen Muster des Traums wie ein Foto auf die Rückseite seiner Augenlider gezeichnet.

»Willst du darüber reden?«, erkundigte sich Sofia vorsichtig.

Er schüttelte den Kopf. Auf keinen Fall wollte er darüber reden, dass es sich bei dem Mann, der ihm seit Emilies Tod zahllose Male im Traum erschienen war, um Odin handelte, das Oberhaupt der nordischen Götter. Elise würde ihn in die Psychiatrie einweisen lassen, und das vermutlich sogar mit Recht. »Es war nur ein Traum«, wiegelte er ab und sah Hánas feindselig an. »Oder ein Trip«, setzte er nach, während er spürte, wie Verärgerung in ihm aufstieg. »Was hast du dir dabei gedacht? Was wäre gewesen, wenn ich etwas Dummes gemacht, die Kontrolle verloren hätte? Was, wenn ich high oder bewusstlos gewesen wäre, und der Mann, der uns töten wollte, da draußen aufgetaucht wäre?«

»Papa!« Sofia sah ihn besorgt an.

»Dafür habe ich dir nicht genug gegeben«, sagte Hánas und stellte seine leere Schüssel und den Löffel ab.

»Woher willst du das wissen?«

Hánas zuckte mit den Schultern. »Du bist ein großer Mann.« Er beugte sich vor und nahm Sofias Schüssel in die Hand. »Und der Tee war schwach.«

Kopfschüttelnd aß Erik weiter. All das brachte ihn gegen den Rentierzüchter auf. Was er getan hatte, war nicht in Ordnung. Andererseits hielt sich seine Reue in Grenzen, denn ein Teil von ihm, so dachte er, war wieder mit Emilie vereint, egal ob es den Zauberpilzen, seiner Erschöpfung, dem Trauma, das er erlitten hatte, oder einfach nur einem Zufall zuzuschreiben war. Ein Traum. Sein Unterbewusstsein suchte nach den Bildern, Vorstellungen und Emotionen, die sein Verstand wegzusperren versuchte. Er hatte seine Tochter wiedergesehen und im Arm gehalten, und sie hatte ihm Dinge gesagt, die er hatte hören müssen. An ein Leben nach dem Tod glaubte er nicht. War man tot, dann war man tot. Aber das hier hatte sich so real angefühlt, dass er sich trotz aller Qualen noch eine Weile daran fest-halten musste.

Er sah Sofia an und fragte sich, ob er ihr sagen sollte, was gesagt werden musste.

Sie spürte seinen auf sie gerichteten Blick und hob das Kinn. »Was ist?«

Er zögerte. Aber wenn er jetzt nichts sagte, dann würde sie sich Sorgen darüber machen, was er ihr nicht sagte. »Emilie hat mir gesagt, dass wir wegrennen sollen«, brachte er hervor.

Sie sah ihn an, und es schien, als würde sie erzittern. »Kommt er?«

Er holte tief Luft. »Ich glaube, wir sollten aufbrechen.«

Er schaute Hánas an, der ihn aufmerksam beobachtete. »Dann gehen wir zusammen«, sagte der Rentierhirte.

Erik nickte. »Dein Gewehr.« Er deutete auf die Waffe, die neben Hánas auf den Fellen lag. »Sieht ziemlich alt aus. Was ist das?«

Hánas nahm die Waffe und betätigte den Verschluss. Erik sah den Kammerstängel, der gebogen war, damit das Ziel-fernrohr genügend Platz hatte, das auf der antiken Waffe raffiniert und neu wirkte, weil es so gar nicht zu ihr passte.

»Eine Mosin Nagant. Baujahr 1939. Mein Großvater hat sie 1941 am Onegasee einem toten Russen abgenommen. Er hat dort auf der Seite der Finnen gekämpft, als sie ver-suchten, die im Winterkrieg verlorenen Gebiete zurück-zuerobern.«

»Womit schießt sie?«

Hánas hob eine dunkle Augenbraue und zupfte ein Bü-schel Rentierhaar aus dem Riemenschlitz des Schaftes.

»Russische 7.62 Randpatrone. Man kann sie immer noch kaufen. Wenn du die Kisten öffnest, strömt dir der Geruch von Wodka und Kascha entgegen.« Er tätschelte das Magazin. »Gleiches Kaliber, nur die Länge der Patrone ist anders.«

»Für dieses hier taugen sie dann nicht«, sagte Erik und legte eine Hand auf den Schaft der Remington. Er hatte nur noch zwei Patronen und gehofft, von Hánas welche zu bekommen, auch wenn er beim Anblick von Hánas' Waffe schon das Schlimmste befürchtete hatte.

»Nein«, bestätigte Hánas.

»Wohin gehen wir jetzt?«

Sofia hatte ihren Rucksack gepackt und war dabei, die Riemen festzuzurren. Ihr Mut machte ihn traurig und stolz zugleich.

»Zwei Kilometer in Richtung Osten, dann eine Steigung hinauf und anschließend dreieinhalb Kilometer nach Süden«, erklärte Hánas. »Da gibt es eine Schlucht. Das ist eine Abkürzung zum Gletscher hinunter. Wenn du nicht genau weißt, wo die ist, findest du sie nicht.«

»Ist die Route sicher?«, wollte Erik wissen.

»Im Frühling nehme ich diese Route nicht«, sagte Hánas. »Die Lawinengefahr ist mir dann zu groß. Aber zu dieser Jahreszeit? In der Nacht und bei den Temperaturen?« Der Hirte nickte. »Sie ist sicher, wenn man Ski fahren kann.«

Erik sah Sofia an, sah wie sie die Zähne zusammenbiss, ihren ernsten Blick.

»Das können wir«, verkündete sie.

Wenn das mal keine Untertreibung war, dachte er.

Hánas nickte. »Okay, dann los.«

Die Skier des Hirten sahen mindestens so alt aus wie das russische Gewehr, aber er fuhr damit wie kein anderer. Er trug nur einen kleinen Rucksack, auf den er ein Paar rote Evo-Schneeschuhe geschnallt hatte. Obenauf lag der Mosin-Nagant-Karabiner. Hánas fuhr zügig los, aber sie konnten mithalten.

Erik dachte, dass es doch eigentlich bald aufhören müsste zu schneien, wobei ihm das Dach der Hütte einfiel, dass er freischaufeln musste, wenn sie zurückkamen. Was für ein seltsamer Gedanke in dieser Situation, aber er ging ihm nicht aus dem Kopf. Er konnte sich nicht entscheiden, ob die Vorstellung, mit der Schneeschaufel auf dem Dach zu stehen, nicht auch ihre positiven Seiten hatte und ihm vielleicht sogar half, im Leben zu bestehen, oder ob er so das Schicksal herausforderte. Schließlich beschloss er, dass sie ihr Schicksal selbst in der Hand hatten. Wenn es ihm irgendwie gelang, den Schmerz zu ignorieren, der sich in seinen Händen wieder breitmachte, wenn sie weitergehen, ihre Erschöpfung überwinden konnten und Hánas sie durch die Berge führen konnte, auf Wegen, die der große Mann nicht kannte, dann würden sie es schaffen.

Aber Sofia war erschöpft. Ihrem jungen Körper hatte sie schon so viel abgefordert, dass sie nun an ihre Grenzen geriet. Er wusste nicht, wie lange sie psychisch noch durchhalten konnte. Das Trauma, die Ermordung der Helgelands mit ansehen zu müssen. Die Angst, als sie mitten in der Nacht fliehen und erleben mussten, wie die Kugeln zwischen den Bäumen umherflogen. Dann die durch Mark und Bein gehende Kälte, der eisige Wind, der durch die Nähte ihrer Kleidung drang, die Haut in ihrem Gesicht zerbiss und sich in die Knochen bohrte. Und selbst jetzt noch die Gewissheit, dass *er* ihnen auf den Fersen war. Der große Mann. Der Mann mit dem Blick, als würde er durch einen hindurchsehen. Der Mann, von dem sie beide wussten, dass er nicht aufgeben würde, dass er ihnen unbeirrbar, geleitet von Spuren im Schnee, purem Glück und Ausdauer, nachstellen würde. Vermutlich aber war es der archaische Instinkt eines Raubtiers, das ihn antrieb – angeborene Sinne, die anderen Menschen im Laufe der Jahrtausende abhandengekommen waren, ihm jedoch nicht.

»Seid ihr so weit?« Hánas' Stimme zerstob im Wind. Er ging voran, dann folgte Sofia, zum Schluss dann Erik mit dem Pulka, in dem er Sofias Rucksack verstaut hatte.

»Ja«, antwortete Sofia. Den Kopf gegen den Wind gesenkt, schritt sie voran.

Čalmmo tänzelte, offensichtlich verunsichert darüber, was hier vorging und warum sie die Herde unbewacht zurückließen, neben seinem Herrchen her.

»Erik, du auch?«

»Ja, alles okay.« Was nicht stimmte. Seine Muskeln ächzten, Bauch, Schultern, Trizeps, der untere Rücken und die Oberschenkel taten ihm weh. Die Füße schmerzten in den Stiefeln, die er seit ihrem Stopp in der Hütte nicht mehr ausgezogen hatte. Abgesehen von den Händen war es am schlimmsten um seine Knie bestellt. Die Muskeln, die beim Beugen und Strecken für die Stabilisierung der Kniegelenke zuständig waren, waren müde und schienen ihre letzten Energiereserven zu mobilisieren. Sehnen und Bänder waren auf sich allein gestellt, ohne von den Muskeln unterstützt zu werden. Möglicherweise würden sie am Ende noch reißen, sodass er gar nicht mehr laufen konnte.

Eine Stunde, nachdem sie Hánas' Zelt verlassen hatten, erreichten sie ein Plateau, auf dem die Sicht so schlecht war, dass er den Hirten vor sich und Sofia kaum noch erkennen konnte, obwohl die beiden so dicht hintereinanderfuhren, dass ihre Skier sich hin und wieder sogar berührten. Von oben und von unten flog ihnen der Schnee ins Gesicht wie die umhersprühenden Funken eines Feuers. Die Augen fast ganz zugekniffen, verließen sie sich auf Hánas als ihren Lotsen.

»Wollt ihr eine Pause machen?«, fragte der Same. Mit erhobenem Stock deutete er auf einen Hügel zur Rechten, den man nur sah, weil um ihn herum der Schnee wirbelte. »Dort finden wir für eine Zeit lang Schutz.«

»Was meinst du, Lillemor?«

»Jetzt noch nicht, Papa.«

Also sagte er Hánas, dass sie weitergehen wollten.

»Wir kommen aber jetzt an einen Anstieg«, entgegnete Hánas. »Zwei Kilometer. Vielleicht sogar etwas länger.«

»Das schaffe ich schon, Papa.«

Er hätte ihr gern eine Pause gegönnt, wusste aber, dass sie weitergehen mussten, weil sie schon viel zu viel Zeit im Zelt zugebracht hatten. Und weil sein anderes Mädchen, sein über alles geliebtes Mädchen, das nicht mehr lebte, ihm gesagt hatte, dass sie weglaufen sollten.

Und so machten sie sich an den Anstieg. Den Rücken gekrümmt, stapften sie bergan wie drei Bergtrolle, die letzten ihrer Art, auf dem Weg zurück in ihre geheime Höhle, wo sie sich zum Schlafen hinlegen und nie wieder aufwachen würden. Fertig mit der Welt, weil die Welt mit ihnen fertig war. Seine Skier fühlten sich schon lange nicht mehr an wie eine Hightech-Ausrüstung, mit der man über Schnee gleiten konnte, sondern eher wie Hindernisse. Wie zwei grobe Bretter an tauben Füßen. Er überlegte, ob er aussteigen, sie schultern oder auf den Pulka schnallen und sich besser auf seine Schneeschuhe verlassen sollte. Aber natürlich war das keine gute Idee. Also konzentrierte er sich auf seine Tochter, auf den unermüdlichen Wechselschritt ihrer Beine, das rhythmische Aufsetzen der Stöcke, und beschwor sie stumm, einfach immer weiterzugehen. Schritt für Schritt. Denn solange sie fuhr, fuhr auch er, weil er sie nie im Stich lassen würde, selbst wenn die raue Natur ihn eigentlich dazu zwang.

Sie stiegen bergan. Unermüdlich sprang Hánas' Hund um sie herum. Er lebte seinen Hütetrieb aus, lief auf und ab, stets darauf bedacht, seine drei Menschen dicht beieinander zu halten. Nach einer weiteren Stunde wurde das Gelände flacher, und er schlug Sofia vor, sich in den Pulka zu setzen.

»Nein, ich will nicht, *Vater*«, erwiderte sie.

»Was ist mit Papa passiert?«, fragte er und rang sich ein Lächeln ab.

Sie schüttelte den Kopf. »Ich kann weiterfahren.« Sie sagte es so laut, dass Hánas es hören konnte, der vor ihr angehalten hatte.

»Nein. Du bist müde«, sagte Erik. An ihrer Wollmütze hingen kleine Eisklumpen, auf die sich Schnee gelegt hatte. Bis auf die dunklen Schatten unter den Augen war ihr Gesicht kreidebleich. »Ich ziehe dich ein Stück.«

»Lass mich das machen«, bot Hánas an, der zu ihnen zurückgefahren war.

Du musst dich jetzt um Sofia kümmern. Emilies Worte gingen ihm nicht aus dem Kopf, hatten sich wie Eissplitter in seinem Schädel festgesetzt. »Ich hab's verstanden«, sagte er zu dem Hirten, während er das Geschirr löste, damit er Sofia in den Schlitten helfen konnte. »Aber du kannst mir helfen, ihre Skier und Stöcke zu verstauen.« Seine Hände waren zu steif, um die Bungee-Haken zu bedienen.

»Sie ist eine starke junge Frau«, sagte Hánas, als Sofia im Schlitten saß und sie wieder losfahren konnten.

»Das kannst du aber laut sagen«, bekräftigte Erik.

»Papa! Sieh dir Čalmmo an.«

Keuchend vornübergebeugt blieb er stehen und sah sich über die Schulter um. Sofia blickte in das Schneegestöber.

»Er hat etwas gesehen.«

Hánas erschien neben ihm, steckte seine Stöcke in den Schnee und schnallte das alte russische Gewehr ab. »Ein Luchs oder ein Hase vielleicht.«

Aber das war es nicht, und Erik wusste das.

Čalmmo bellte in die Dunkelheit hinein. Hánas zischte dem Hund etwas zu. Auf der Stelle war er still. Aber er war aufgeregt und wachsam. Sie hatten den Wind jetzt im Rücken, sodass der Hund vielleicht Witterung aufgenommen hatte. Nicht von etwas, sondern von jemandem.

»Vielleicht der Mann, der hinter euch her ist«, argwöhnte Hánas.

»Ja, das vermute ich auch«, sagte Erik.

Der Rentierhirte deutete auf den Schwanz des Hundes.

»Siehst du das? Er wedelt mehr nach links. Das tut er, wenn ihm etwas nicht gefällt … oder wenn er sich seiner Sache nicht ganz sicher ist.« Der Hund stand steif da, das Gewicht nach vorne verlagert, der Schwanz hocherhoben.

»Bleib unten, Sofia«, zischte Erik. Sie lehnte sich in den Pulka zurück.

»Sollte er es sein, muss das nicht heißen, dass er uns schon gesehen hat.« Hánas spähte durch sein Zielfernrohr. »Bei dem Wind und dem Schnee, der alles verdeckt, hat Čalmmo die Witterung vermutlich schon von Weitem aufgenommen. Drei, vier Kilometer können es gut und gerne sein.«

»Dann sollten wir weiterfahren.« Erik schnallte sich seine Remington wieder auf den Rücken.

»Schrei, sobald du siehst, dass sich da draußen etwas bewegt«, rief Erik Sofia zu. »Aber bleib unten.«

Sie nickte stumm. Sie fuhren weiter in ein eisbedecktes Tal, das sie einzukesseln schien, vorbei an den Umrissen karger Hügel. Es schien, als wären sie an einem toten Ende der Welt angekommen. An einem Ort, an dem Menschen nichts zu suchen hatten. Wo die Sorgen der Menschen ohne Belang waren, eine Erkenntnis, die ihn erschreckte, denn seine Schutzbefohlene *war* wichtig. Sie war das Einzige, was er hatte. Der Grund, warum er überhaupt noch atmete. Und es machte ihn wütend, dass ihr Leben dem uralten Eis unter ihren Füßen, dem mit Flechten bewachsenen Fels, der unter dem Schnee ruhte, und den verkümmerten, knorrigen Birken an den Hängen rein gar nichts bedeutete. Es machte ihn wütend, wohl wissend, wie absurd das war.

Schon bald aber dachte er an gar nicht mehr viel. Er bewegte sich nur noch, sein motorischer Cortex sandte elektrische Signale durch sein Rückenmark und die peripheren Nerven zu seinen Muskeln und brachte sie dazu, sich zusammenzuziehen. Wieder und wieder. Unaufhörlich, wie der Schnee, der vom Himmel herabfiel.

Vielleicht, so kam es ihm in den Sinn, fror ja allmählich auch sein Gehirn ein, sodass sein Denken langsamer wurde, so als würden winzige Kristalle im Meerwasser allmählich wachsen und sich in der Kälte zu einem salzigen Matsch verbinden. Genau das war es. Sein Gehirn verwandelte sich in Matsch, nur sein Körper funktionierte noch.

Klagend zog der Wind zog durch das Tal. Wenigstens hatten sie ihn im Rücken, sodass er ihnen nicht ins Gesicht blies. Trotzdem war ihm kalt. Zu kalt. Nachdem er sich im Zelt aufgewärmt und viel Flüssigkeit zu sich genommen hatte, um den Wasserhaushalt wieder aufzufrischen, hatte er geschwitzt. Seine Unterwäsche war feucht, und der Schweiß gefror ihm auf der Haut, weil sein Körper nicht imstande war, genug Wärme zu erzeugen.

Wach auf! sagte er zu sich, obwohl er wusste, dass er eigentlich gar nicht schlafen konnte. *Du musst wach bleiben. Wach auf, du blöder Kerl!* Sein Verstand war dabei, sich auszuschalten. Vielleicht, weil er sich beim unablässigen Ziehen des Schlittens verausgabt hatte und sein Körper all die Energie, die ihm noch zur Verfügung stand, in die Muskeln lenkte. Doch was, wenn der Grund eine Unterkühlung war?

Aufwachen! Wach auf!

Er versuchte nachzudenken. Über irgendetwas. Nichts aber wollte ihm in den Sinn kommen. Nichts als Fragmente, wie das Bild in einem zerbrochenen Spiegel. Dann fiel ihm doch etwas ein. Er dachte daran, wie ein Fisch manchmal noch eine Stunde lang zappelte, nachdem man ihn aus dem Fjord gezogen hatte, selbst nachdem er ausgenommen und ihm der Kopf abgetrennt worden war. Die Nerven zuckten auch nach dem Tod noch. *Ich wäre dann wie dieser Fisch*, sinnierte er. *Würde mein Herz jetzt aufhören zu schlagen und ich im Stehen sterben, dann würde ich trotzdem weiterlaufen, den Schlitten einfach weiterziehen.*

Čalmmo schlug erneut an.

Dieses Mal blieben sie nicht stehen.

»Čalmmo!«, rief Hánas in der Erwartung, dass der Hund zu ihm kommen würde. Er rief erneut, aber der Hund tauchte nicht auf. Erik blickte über die Schulter zurück. Er glaubte, Čalmmo zu sehen, wie er den Weg zurücklief, den sie gekommen waren. Eine schwarze Gestalt, die mit der Dunkelheit verschmolz. Einen Moment später war von dem Hund nichts mehr zu sehen, und selbst seine Spuren waren vom Schnee verweht.

Hánas schaute in die Richtung, in die Čalmmo gelaufen war. Erik stand neben ihm. Sie schwiegen, aber Erik meinte, in der Ferne, zerrissen vom Wind, ein Bellen zu vernehmen.

»Wir müssen uns beeilen«, sagte Hánas. »Wie machen deine Hände?«

»Es geht. Ich schaffe es schon.«

Hánas sah ihn einen Moment lang skeptisch an. »Dann los.«

Der Hirte drehte sich um und fuhr los. Erik folgte ihm und verzog das Gesicht, als er den schweren Schlitten wieder in Bewegung setzte.

»Ist dir warm genug?«, fragte er Sofia. Sie beruhigte ihn mit einem Nicken.

Trotz der pelzgefütterten Handschuhe, die Hánas ihm gegeben hatte, fühlten sich seine Hände an wie schmerzende Klauen, die an seinen Armen hingen. Aber er hatte seine Technik perfektioniert. Er schwang die Skistöcke an den Handgelenksschlaufen, drückte mit den Handballen auf die Enden der Griffe und hielt sich in der Spur, die Hánas vor ihm gezogen hatte.

Irgendwann sah er im Osten den Morgen anbrechen. Die Nacht hatte sich unendlich lang hingezogen, sodass er schon glaubte, der Tag würde nie mehr kommen. Und doch war er da, schlich sich langsam in den dunklen Nachthimmel hinein, als hoffte er, von der Nacht nicht bemerkt zu werden. Erik wusste nicht, ob er es wollte oder nicht. Den Temperaturanstieg um zwei oder drei Grad nahm er gerne hin, wie auch die Aufbruchsstimmung, die aufkeimt, wenn ein neuer Tag die Dunkelheit vertreibt. Andererseits bot ihnen die Dunkelheit Schutz. Am Tag waren sie leichter zu verfolgen.

Die Sonne warf ihren fahlen Schein über die Gipfel, als Hánas sie durch ein weiteres Tal führte. Zu beiden Seiten erhoben sich die Hänge steil in geschwungenen Schneeterrassen, die in der Morgendämmerung rosa schimmerten.

»Jedes Jahr im Frühling wird das ganze Tal von Lawinen überrollt«, erklärte Hánas.

Erik war in Gedanken bei den langen Minuten, in denen er lebendig begraben worden war, nachdem er von der Klippe gestürzt war und eine Schneewechte mit sich gerissen hatte. Hätte Sofia ihn nicht ausgegraben, würde er immer noch in der kalten Dunkelheit liegen. Sie war vollkommen ruhig geblieben. Zumindest äußerlich.

Diese Welt hatte Sofia nicht verdient.

Die dicken, trägen Schneewolken verzogen sich allmählich, nachdem der schlimmste Sturm vorüber war. Mit einem leichten Westwind im Rücken trieben sie dahin und warfen ihre Last an den Gipfeln ab. Nicht gut, dachte Erik. Sie brauchten den Schnee, damit er sich in ihre Spuren legte. Und sie brauchten den Wind, damit er den Schnee verwehte.

»In sechs Stunden wird es wieder dunkel«, sagte Erik. Aber sechs Stunden waren zu lang, und das wussten sie alle. An einem Felsen blieben sie stehen, um sich kurz auszuruhen und den Weg zurückzuschauen, den sie gekommen waren. Sofia verteilte unterdessen einige der gesalzenen Lakritzbonbons, die sie in ihren Rucksack getan hatte.

»Es ist nicht so gut, wenn sich der Sturm legt, Papa, oder?« Sie griff nach ihrer Wasserflasche und hockte sich neben ihn, um sie mit Schnee zu füllen.

»Nein, ist es nicht.«

Hánas Blick suchte das Tal in südöstlicher Richtung ab.

»Hat der Hund das schon mal gemacht?«, erkundigte sich Erik. »Einfach so weglaufen?«

Hánas schüttelte den Kopf. »Würde Čalmmo noch leben, wäre er hier.«

Erik warf Sofia einen Blick zu. Hánas musste ihnen nicht erklären, was dem Hund seiner Meinung nach zugestoßen war.

»Können wir weiter?«, fragte Erik und deutete auf den Pulka.

Aber Sofia hörte ihm nicht zu. Sie schob ihre Mütze über das linke Ohr und neigte den Kopf.

»Was …?« Dann hörte er es auch. Das unverwechselbare, typische *Schrapp Schrapp Schrapp* eines Hubschraubers.

Alle sahen auf und suchten das blendende Grau ab, jeder einen anderen Teil des Himmels, denn das Geräusch mäanderte durch das Tal. Die Quelle zu lokalisieren, war nicht möglich.

»Da«, rief Sofia und deutete nach Nordosten, in Richtung des Kamms auf der Talseite, der sich unter einem Loch in den Wolken vergleichsweise hell abzeichnete. Er sah ihn – einen roten Blitz und den dunklen Schatten von Rotorblättern. Dann verschwand der Hubschrauber hinter dem Grat.

»Er geht runter«, sagte Erik. »Er landet.« Er drehte sich zu Hánas um. »Was ist da drüben?«

Die Augen des Hirten verengten sich zu schmalen Schlitzen, während er überlegte und das Lakritz in seinem Mund hin und her schob, als argwöhnte er, dass das, was er bekommen hatte, vergiftet wäre.

»Da drüben ist nichts«, sagte Hánas. Er drehte sich um und nahm die Umgebung erneut in Augenschein, als wollte er seinen inneren Kompass überprüfen. »Jedenfalls nicht, dass ich wüsste.« Er zeigte mit seinem Skistock in eine Richtung. »Dort, weiter im Norden, gibt es ein Klimaforschungszentrum. Zwei Stunden von hier mit dem Schneemobil. Manchmal fliegen auch Hubschrauber dorthin.« Sein Blick ging zur Bergkette, hinter der der Hubschrauber verschwunden war. »Sonst ist da nichts. Jedenfalls nicht in unmittelbarer Nähe. Bauen darf hier niemand.«

Erik drehte sich zu Sofia um. »Hörst du es noch?«

Sie horchte. »Nein.«

Daraufhin sagte er zu Hánas: »Ein Hubschrauber würde doch nicht einfach hier mitten in der Pampa landen. Es sei denn, es handelt sich um einen Such- und Rettungseinsatz.«

»Zum Fliegen ist das Wetter eigentlich zu schlecht«, meinte der Same.

»Könnte es sein, dass sie nach uns suchen?«, erkundigte sich Sofia.

Hánas überlegte. »Möglich wäre das. Aber warum landen sie dann dort?«

»Dann muss es dort etwas geben«, sagte sie. »Und wenn es dort Menschen gibt, können sie uns helfen.« Sie zog die Augenbrauen hoch, sagte aber nichts weiter. Erik tat es weh, mit anzusehen, wie jede Hoffnung, die sie gehegt haben mochte, in diesem Moment zu etwas Winzigem und Zerbrechlichem verkam. Wie sie sich bemühte, sich davon nicht unterkriegen zu lassen.

»Schaffen wir es bis da oben hin?«, wollte Erik von Hánas wissen. Er sah zu den Gipfeln hinauf und konnte sich nicht vorstellen, dass er und Sofia so hoch hinaufkämen. Nicht in ihrer jetzigen Verfassung. Und auch Hánas war kein junger Mann mehr.

»Zwischen den Bergen gibt es einen Pass«, sagte der Hirte. »Aber ein Aufstieg ist es trotzdem noch. Wenn auch nicht schlimmer als das, was wir schon hinter uns haben.«

»Wir schaffen das, Papa. Du musst mich nicht ziehen. Ich habe mich ausgeruht. Ich bin wieder stark.«

Sie sah ganz und gar nicht stark aus.

»Bleib noch ein wenig im Schlitten.«

»Aber, Papa ...«

»Nur bis wir zum Pass kommen. Dann kannst du wieder fahren.« Stirnrunzelnd gab sie klein bei.

Nachdem sie wieder in den Schlitten geklettert war, sah er Hánas an.

»Wir sind so weit.«

Der Blick, den ihm Hánas aus seinen schmalen Augen zuwarf, sagte ihm, dass der Hirte über irgendetwas nachdachte. Doch dann stieß er sich ab, glitt wie ein Geist über den Schnee. Erik folgte ihm und zog Sofia hinter sich her.

12

Sie erreichten einen weiteren Gletscher. Vor ihnen erstreckte sich eine fast gesichtslose Landschaft, von ein paar wenigen Rissen abgesehen. Auf der Ostseite des Plateaus ragten am Schnittpunkt zweier Gletscherspalten emporragende Eissäulen empor.

»Hier ist nichts«, keuchte Erik, außer Atem von der schweren Kletterei, so wie sie alle.

»Aber hier muss doch etwas sein«, beharrte Sofia und suchte mit ihren Blicken die weiße Fläche ab. Sie wollte nicht wahrhaben, dass sie den kräftezehrenden Umweg umsonst gemacht hatten.

In eisigen Böen wurde der Schnee vor ihnen über das Plateau getrieben. Die Gegend glich einem gefrorenen, noch im Entstehen begriffenen Planeten. Und hätte Hánas ihnen gesagt, dass bisher noch nie ein Mensch einen Fuß in diese Gegend gesetzt hatte, würde Erik ihm das sofort abnehmen. Ein trostloser Anblick bot sich ihnen, ohne den kleinsten Hinweis auf die menschliche Existenz. Und er spürte am eigenen Leib, wie die gestaltgebende Kraft des Windes an ihm zerrte und versuchte, *auch ihn* mit seiner düsteren Schöpfung eins werden zu lassen.

Vom Pass aus hatten sie den Hubschrauber erneut gesehen. Er hatte sich in das Grau über den Bergen erhoben, hatte nach rechts abgedreht und war in Richtung Westen davongeflogen. Sie hatten mit angesehen, wie er immer kleiner wurde und schließlich verschwand, hatten auch keine Anstalten gemacht, mit den Armen zu winken, um auf sich aufmerksam zu machen, da sie wussten, dass er zu weit weg war.

Er hatte nicht gewusst, was sie hinter dem Pass erwartete. Sicherlich aber nicht das hier. Nicht dieses Nichts. Und diese Erkenntnis versetzte ihm einen Schlag in die Magengrube.

»Und jetzt?«, sagte er eher zu sich selbst als zu Hánas. Sofia anzusehen, traute er sich nicht, aus Angst vor der Enttäuschung, die ihr ins Gesicht geschrieben sein würde.

Der Rentierhirte stand da. Sein Blick tastete die Landschaft ab, als würde er ein Buch lesen und sich jedes Wort einprägen.

»Dort entlang«, beschloss er, das Kinn in Richtung Osten gereckt.

»Warum dahin?« Eriks linke Gesichtshälfte war taub. Dennoch spürte er die Eiskristalle, die ihm der Wind von der Seite an die Wange schleuderte und die seinen halben Körper mit einer weißen Kruste überzogen. Sofia schirmte ihr Gesicht mit einer Hand ab und suchte mit zusammengekniffenen Augen nach einem Gebäude, einer Hütte oder einem Zelt – irgendetwas, das erklären konnte, warum der Hubschrauber dort gelandet war.

»Da! Da ist etwas«, rief Hánas.

Weder Erik noch Sofia konnten etwas erkennen.

»Was denn?«, fragte er den Hirten.

Hánas zog eine Schneebrille aus dem Kragen seines Pelzmantels und setzte sie auf.

»Ich weiß es noch nicht.«

Umzukehren kam für Erik nicht infrage. Dort stehen zu

bleiben und abzuwarten, bis alle drei zu Gletschereis erstarrt waren, allerdings auch nicht. Er fischte seine Kompassuhr heraus, die jedoch nichts anzeigte. Die Batterie war leer.

»Dann los«, sagte Hánas.

Nachdem sie ein Stück gefahren waren, sahen auch sie, was Hánas mit seinem an die Schneelandschaft gewöhnten Blick entdeckt hatte. Bizarr geformte Türme aus Eis. Fünf unregelmäßig gestaltete Gebilde, die sich am östlichen Rand des Gletschers zu haushohen Zinnen auftürmten. Sogenannte Sérocs, von deren Gefährlichkeit er wusste. Vor ein paar Jahren hatte er in der Zeitung gelesen, dass einige Bergsteiger auf dem Everest von einem herabstürzenden Séroc erschlagen worden waren. Je näher sie den Eissäulen kamen, desto höher ragten die Sérocs auf. Ihre Umrisse waren vor dem weißen Hintergrund kaum auszumachen. Die Gletscherspalten selbst sah er nicht, wusste aber, dass sie nicht weit sein konnten. Daher riet er Sofia, sehr vorsichtig zu sein und stets den Boden vor sich im Auge zu behalten.

Dann sah sie es.

»Da, was ist das?«

Außer dem Schnee auf dem Boden, am Hang und in der Luft sowie den Eissäulen, die wie Monolithen einer längst ausgestorbenen außerirdischen Spezies aufragten, sah er nichts.

Im Gegensatz zu Hánas. Mit einer energischen Handbewegung forderte er sie auf, stehen zu bleiben, und sie gehorchten auf der Stelle.

»Siehst du es, Papa?«

»Nein.« Wurde er etwa schneeblind? Keine Sonne weit und breit. Nur dieser diffuse kalte Lichtschein irgendwo am aschfahlen Himmel. Ultraviolettes Licht dürfte ihm wohl kaum die Hornhaut verbrannt haben. Aber vielleicht war es trotzdem möglich.

»Ein Gebäude, da hinten im Eis.« Sie deutete mit ihrem Stock darauf.

»Stimmt, jetzt sehe ich es auch.«

»Und hier.« Hánas zeigte auf den Schnee vor ihnen. »Das ist die Stelle, wo der Hubschrauber gelandet ist.«

Erik sah die Abdrücke der Kufen im Schnee und sogar die Vertiefung, die der Unterboden des Hubschraubers beim Einsinken des Fahrwerks hinterlassen hatte. Die Spuren verschwanden vor ihren Augen, aber das Haus etwa fünfzig oder sechzig Meter vor ihnen war jetzt, da er wusste, dass es existierte, deutlich zu erkennen. Es sah aus, als wäre es in den Hang hinein, ins Eis und in den Fels, gebaut worden. Nur die Tür war ansatzweise zu sehen, eine etwa dreißig Zentimeter hohe rostige Metallfläche, was Rückschlüsse auf Größe oder Struktur des Gebäudes unmöglich machte. Aber es war da.

»Was könnte das sein?«, fragte er Hánas.

Am liebsten wäre er direkt darauf zugefahren und hätte an die Metalltür gehämmert. Hauptsache, raus aus der Kälte und eine dicke Stahlwand zwischen sich und den Russen bringen. Die Vernunft riet jedoch zur Vorsicht, denn was auch immer sich in der Konstruktion verbarg, es war so unauffällig gebaut worden, wie ein Gebäude nur sein konnte.

»So etwas habe ich schon einmal gesehen«, sagte Hánas. »Auf Andøya.«

»Und was war das?«

Der Wind nahm an Stärke zu und fegte ihnen den Schnee

über die Skier und ins Gesicht. »Eine alte Abhörstation, ein Überbleibsel aus dem Kalten Krieg.« Der Hirte zog sich die Handschuhe aus Rentierfell mit den Zähnen von den Händen, nahm das alte Gewehr von der Schulter, zog den Verschluss zurück und legte den Finger an den Abzug, um zu prüfen, ob es geladen war. Dann hielt er das Gewehr nach unten gerichtet vor sich, so wie er es getan hatte, als sie ihm draußen im Sturm zum ersten Mal begegnet waren. »Eine Kette von Frühwarnstationen von den Aleuten bis nach Grönland, entlang des neunundsechzigsten Breitengrades.«

»Was haben sie denn abgehört?«, wollte Erik wissen.

Hánas zuckte mit den Schultern. »Auf der Station in Andøya standen eine Menge Radarschirme. Die Männer und Frauen, die dort stationiert waren, hielten nach grünen Lichtstreifen Ausschau. Sowjetische Bomber, die vom Pol aus nach Süden flogen.«

»Bomber mit Atomwaffen«, ergänzte Erik für Sofia und wäre bei dem Gedanken vermutlich erschaudert, wenn er nicht vor Kälte schon gezittert hätte.

»Die meisten dieser Stationen wurden natürlich überflüssig, als die Sowjets anfingen, Langstreckenraketen zu entwickeln«, bemerkte Hánas. »Aber hier oben in der Arktis kommen immer mehr zum Vorschein, weil sich das Eis zurückzieht.«

»Sind da jetzt Menschen drin?«, wollte Sofia wissen. »Hier müssen doch Menschen sein, oder? Wenn schon ein Hubschrauber kommt.«

Der Wind heulte über das Plateau. »Wartet hier«, sagte Hánas. Er warf sich das Gewehr wieder auf den Rücken und fuhr zur Tür. Fünf Meter davor blieb er stehen, legte

Rucksack und Skier ab, schnallte die Schneeschuhe unter und ging noch ein paar Schritte weiter. Er zeigte auf die Überwachungskamera in ihrem weißen Stahlgehäuse links neben der Tür, die Erik nicht gesehen hatte.

Hánas hob das Gewehr und schlug mit dem Kolben gegen die Tür. Das metallische Scheppern in einem Land aus Schnee und Eis klang geradezu ungehörig. Nichts geschah. Er schlug erneut gegen die Tür, dreimal. Immer noch nichts.

»Da muss jemand drin sein, Papa. Warum gibt es sonst eine Kamera?«

Hánas sah in die Kamera hinauf, winkte mit der Hand und schlug erneut gegen die Tür.

Jetzt, wo sie nicht mehr in Bewegung waren, kroch die Kälte Eriks Beine hinauf. Sie ergriff die großen Muskeln in den Oberschenkeln und schlich bis zur Leiste hinauf. Seine Füße wurden taub. Er versuchte, die Zehen zu bewegen, spürte aber nicht mehr, ob sie sich zusammenzogen oder nicht. Er sah Sofia an und bemerkte ihr Zittern. Der Schnee auf ihrer Mütze und ihren Schultern schmolz nicht.

»Komm mit«, sagte er und fuhr ein Stück weiter. Sie folgte ihm. Seite an Seite fuhren sie auf das versteckte Gebäude zu, zu Hánas, der sich umdrehte und ihnen zunickte.

»Stellt euch unter die Kamera«, sagte der Hirte. Er trat ein Stück zurück, um Erik näher heranzulassen. »Vielleicht mögen sie die Samen nicht.«

Erik näherte sich in Seitwärtsschritten der Tür und blickte in das schwarze Objektiv der Kamera hinauf. Irgendjemand musste in einem Raum am anderen Ende der Videoüberwachung sitzen. Er hatte keine Kraft mehr. Ihm war eiskalt, und er glaubte nicht, dass Sofia und er eine weitere Nacht hier draußen überleben würden.

Die Tür öffnete sich nicht.

»Lillemor«, sagte er.

Sofia schloss zu ihm auf.

»Zeig du dich vor der Kamera.« Er sah die Spiegelung ihres Gesichts in der Linse. So klein und scheinbar weit weg. Er sah die Qualen in ihrem Gesicht. Aber auch die Hoffnung, die immer noch da war und wie eine Flamme in der Dunkelheit flackerte.

»Nimm die Mütze ab. Aber nur kurz«, sagte er. Sie tat es. Wer immer sich in diesem Relikt aus einem von Spionage, Embargos, Propaganda und technischem Fortschritt dominierten Krieg verbarg, der bereits lange, bevor Sofia überhaupt geboren wurde, sein Ende gefunden hatte, gehörte vielleicht nicht zu den Mistkerlen, die eine Dreizehnjährige im Schneesturm erfrieren ließen.

Aber die Tür blieb geschlossen.

Eine Faust konnte er nicht machen. Mit Unterarm und Handgelenk schlug er gegen die Tür. Nicht dass von dem dumpfen *plopp, plopp, plopp* viel zu hören gewesen wäre. »Aufmachen!«, schrie er. »Macht die verdammte Tür auf!«

Sofia hatte ihre Mütze wieder aufgesetzt. Mit verschränkten Armen stand sie da, in dem verzweifelten Versuch, ihren Körper warm zu halten.

»Möglicherweise ist tatsächlich niemand da«, sagte Hánas. »Vielleicht ist derjenige, der hier war, mit dem Hubschrauber weggeflogen.« Er drehte sich um und ging zu seinen Skiern zurück.

»Irgendjemand muss hier sein.« Sofia weigerte sich, aufzugeben. Sie schnallte ihre Skier ab und rammte einen Stock in den Schnee. Den anderen nahm sie mit zur Tür und hämmerte mit dem Griff dagegen.

»Wir sollten gehen«, schlug Hánas vor. »Wir sollten besser unten am Pass sein, bevor es ganz dunkel wird.«

»Aufmachen!«, schrie Sofia. Immer wieder schlug sie gegen die Tür. »Wer immer da drin ist, mach auf. Bitte – wir erfrieren hier draußen! Ein Mann ist hinter uns her, der uns umbringen will! Bitte!«

Erik blickte umher und suchte die wirbelnde weiße Welt nach einer Form, einer Farbe, nach irgendetwas ab, das nicht passte. Der große Mann war immer noch da draußen. Womöglich hatte auch er den Hubschrauber gesehen und konnte sich denken, dass sie hierhergekommen waren, um Hilfe zu suchen.

Hier draußen auf dem Gletscher wird er uns sehen. Er wird uns sehen, und selbst wenn wir schnell sind, werden wir ihn nicht noch einmal abhängen.

»Sofia, es reicht. Wir *müssen* weiter.«

Doch sie schlug weiter gegen die Tür. »Bitte! Wir brauchen Hilfe.«

»Sofia.« Er fuhr neben sie und legte ihr eine Hand auf die Schulter. »Es hilft nichts, wir *müssen* weiter.«

Sie wandte sich zu ihm um, und er sah die blanke Panik in ihren Augen. Und wenn er eines wusste, dann, dass das Feuer, das er jetzt in ihr sah, der letzte Funke war, den sie noch hatte. Und das machte ihm mehr Angst als alles andere.

Doch dann ein Geräusch. Dumpf und metallisch. Ein

Bolzen wurde zur Seite geschoben. Beide sahen sich verblüfft an.

Die Tür öffnete sich.

Sie blickten in das fahle Gesicht eines Mannes mit grauen Haaren. Er trug einen weißen Laborkittel, in dessen Brusttasche Stifte aufgereiht waren. Der Inbegriff eines Wissenschaftlers, so wie die Welt ihn sich vorstellt. Die Augen jenseits der Gläser seiner schwarzen Hornbrille waren blassblau und wässrig. Er musterte die drei Fremden vor der Tür eine Weile, bevor er sie hereinbat.

»Nehmt eure Skier mit rein. Bringt alles mit rein«, sagte der Mann mit einem Akzent, den Erik dem Finnischen zuordnete. »Hier ist genug Platz.«

Erik bedankte sich und schickte zunächst Sofia hinein, während Hánas ihm mit dem Pulka half, bevor er selbst seine Skier holte. Drinnen folgten sie dem Mann in einen spärlich beleuchteten Raum, der viel größer war, als man sich von außen vorstellen konnte. Sie verstauten die Ausrüstung in einem Raum aus Beton und Metall, der ihn an die Gepäckaufbewahrung eines einfachen Hotels in einem billigen Skigebiet erinnerte. Der Mann stellte sich als Dr. Kotilla vor und führte sie durch einen schmalen Gang, der von einer einzigen LED-Leiste entlang der Wand beleuchtet wurde. Ihre Stiefel dröhnten auf dem gezackten Gitterrost.

Sofia nahm Eriks Hand. »Wir haben es geschafft, Papa.«

Von irgendwoher drang das leise Brummen eines Generators zu ihnen.

»Ja, wir haben es geschafft.« Sie bogen in einen anderen Gang ab und gelangten in das Herzstück des Gebäudes. Der

Raum wurde nur vom Schein der Computermonitore an einem halben Dutzend Arbeitsplätzen entlang den Wänden beleuchtet. Zwei Schreibtische waren besetzt. Die beiden Techniker drehten sich auf ihren Stühlen zu den Besuchern um, die den kalten Atem des Schneesturms in ihre geheime Welt trugen, während das Schmelzwasser aus ihrer Kleidung und den Stiefel auf den Boden tropfte. In einer Ecke des Raumes stand eine Bank aus Holz und Metall, die an den Umkleideraum einer Schulturnhalle erinnerte. An den Haken über der Lattenbank hingen vier gelbe Schutzanzüge. Dr. Kotilla führte die Neuankömmlinge durch einen weiteren Gang aus dem zentralen Bereich wieder hinaus, an zwei unbeleuchteten Gängen vorbei, die ins Dunkel führten, bis zu einer Tür, die alt aussah, obwohl die Türverriegelung es bestimmt nicht war.

»Was ist das hier?«, fragte Hánas. Eriks erst allmählich auftauender Unterkiefer war noch nicht in der Lage, Worte zu formen.

»Wir führen Überwachungs- und Forschungsarbeiten für das Ministerium für Klima und Umwelt durch«, sagte Dr. Kotilla, zog eine Schlüsselkarte aus der Tasche und steckte sie ins Schloss. Er stieß die Tür auf und forderte sie mit einer Armbewegung auf, einzutreten. »Kommt rein. Jetzt sorgen wir erst mal dafür, dass euch wieder warm wird.«

Sofia ging voran, Hánas folgte ihr, während Erik noch einen Blick in den Hauptraum warf, auf die Reagenzgläser, Zangen und Gestelle, Schutzmasken, Siedekolben und Schutzanzüge. Auf die Monitore, Glastrennwände und die schwache Beleuchtung. Hánas' Vermutung, dass es sich hier um ein Relikt aus dem Kalten Krieg handelte, hatte ihre Berechtigung. Jetzt aber sah es aus wie ein hochmodernes Forschungslabor.

»Nach dir«, sagte der Wissenschaftler.

Erik nickte und trat ein. Dr. Kotilla schloss die Tür hinter sich.

»Wir müssen dringend telefonieren«, sagte Erik, während Kotilla einen weiteren Stuhl zu Sofia und Hánas heranzog.

»Das ist leider nicht möglich.« Kotilla ging um den Schreibtisch herum und setzte sich auf seinen eigenen Stuhl. »Die Verbindung ist wegen des Sturms zusammengebrochen.« Sein Blick wanderte von Erik zu Hánas und wieder zurück. »Das Risiko laufen wir hier draußen immer, wie ihr euch vorstellen könnt.«

»Mist«, entfuhr es Erik. Hánas raunte etwas in seiner eigenen Sprache vor sich hin.

Kotilla nahm das Telefon von der Basis und sprach etwas auf Finnisch hinein, legte eine Hand über das Mundstück und wandte sich an Erik. »Die interne Kommunikation funktioniert aber gut«, sagte er. Erik verstand genug Finnisch, um zu wissen, dass er jemanden beauftragt hatte, zwei Kaffee und eine heiße Schokolade zu bringen.

»Also«, sagte Kotilla und stellte das Telefon stirnrunzelnd wieder auf die Basis. Er nahm die Brille ab und putzte sie am Ärmel seines Laborkittels. »Was ist passiert? Was zum Teufel habt ihr bei diesem Wetter da draußen gemacht?«

Erik holte tief Luft. »Südlich des Koppangsbreen-Gletschers wurde ein Ehepaar ermordet. Lars und Karine Helgeland«, fing er an. »Sie bekamen Besuch von Männern, die ihnen Geld dafür anboten, dass sie ihren Protest gegen die

Wiederinbetriebnahme der alten Kupfermine einstellten. Dann liefen die Dinge aus dem Ruder.« Vor seinen Augen blitzte auf, was er mit angesehen hatte, und er zuckte zusammen. Die Angst steckte immer noch tief in ihm. »Aber dann haben sie die Helgelands umgebracht.«

»Gott im Himmel«, murmelte Kotilla. Seine blassen, wässrigen Augen wurden riesengroß, als er sich die Brille wieder aufsetzte.

Wieder holte Erik tief Luft. Seine Hände ächzten vor Schmerz, der ihn kaum Worte finden ließ. Er fühlte sich wie ein Mann auf dem Eis eines Sees, der an einer Leine zieht, die in das eisige, dunkle Wasser hinabreicht. »Meine Tochter und ich waren gerade dort, bei ihnen im Haus, aber das ist eine andere Geschichte. Wir konnten fliehen. Zum Glück.« Sein Blick ging zu Sofia. »Die Männer, die Lars und Karine umgebracht haben, sind seitdem hinter uns her.«

»Papa hat drei von ihnen erwischt«, fügte Sofia mit großen Augen hinzu. Sie saß da, als hockte sie immer noch in einem Schneeloch, in dem sie sich klein machte, um vor dem Wind geschützt zu sein. »Einen Mann gibt es noch«, sagte sie zu Dr. Kotilla und erschauderte. »Der gibt einfach nicht auf.« Sie verschränkte ihre rot angelaufenen Hände, und er wusste nicht, ob sie das tat, weil sie kribbelten, weil sie warm wurden, oder ob es ein Ausdruck der psychischen Strapazen war, die sie durchgemacht hatte.

Kotilla sah Erik an und rieb sich über die grauen Stoppeln auf einer Wange. »Sind Sie beim Militär, Herr …?«

»Amdahl«, sagte Erik. »Nein, ich bin Tischler.«

Der Wissenschaftler sah ihn ungläubig an.

»Zum Glück haben wir Hánas gefunden. Er hat uns geholfen.« Er nickte Hánas zu und war sich bewusst, dass es das Mindeste war, was er tun konnte, um dem Mann zu danken. Wäre Hánas nicht gewesen wäre, würden sie wahrscheinlich immer noch da draußen durch den Schneesturm irren. Wenn sie überhaupt noch am Leben wären.

Kotilla schaute zu dem Rentierzüchter hinüber und forderte ihn mit diesem Blick auf, seinen Teil der Geschichte beizutragen.

»Karine Helgeland war meine Schwester«, war alles, was Hánas hervorbrachte. Er wirkte wie verwandelt an diesem Ort mit den stählernen Klimaanlagen, Metallböden, Betonwänden und Computern. Älter. Als hätte ihm die kalte LED-Beleuchtung das Wesen entzogen, das ihm der Schein des Feuers in seinem Zelt eingehaucht hatte.

Dr. Kotilla schüttelte den Kopf. »Es tut mir leid, das zu hören. Mein Beileid.« Er lehnte sich in seinem Stuhl zurück, als brauchte er eine Weile, um zu verarbeiten, was er gerade gehört hatte.

»Warum hast du uns nicht eher aufgemacht?«, fragte Erik. »Jemand muss uns doch über die Kamera gesehen und unser Klopfen gehört haben.«

Kotilla schüttelte den Kopf. »Die Kamera ist nicht besetzt. Und durch die Wände und die dicke Eisschicht hören wir natürlich auch nichts. Wir … bekommen hier oben nicht viele Besucher. Jedenfalls keine, die nicht angemeldet sind.«

»Und es gibt keine Möglichkeit, die Polizei anzurufen oder eine Nachricht zu übermitteln?«

»Nicht bevor sich der Sturm gelegt hat. Solange kann ich

nur ein Notsignal absetzen. Wir haben eine EPIRB.« Wie zur Entschuldigung hob er die Hand. »Eine Notfunkbake mit Positionsangabe.«

»So wie die auf den Schiffen«, sagte Erik.

Kotilla nickte. »Die Art des Notfalls können wir damit natürlich nicht spezifizieren, aber sobald wir die Bake aktivieren, kommt jemand. Wenn es geht, schicken sie einen Hubschrauber. Wenn nicht, Schneemobile.« Er sah Sofia mit einem dünnen Lächeln an. »Die Hauptsache ist doch, dass ihr jetzt alle in Sicherheit seid. Wer auch immer der Kerl ist«, er deutete mit einem Kopfnicken Richtung Wand, »er wird uns nicht finden. Und selbst wenn, käme er nicht herein.«

Sofia sah Erik an, als suchte sie eine Bestätigung für das, was Kotilla gesagt hatte.

Er nickte ihr voller Überzeugung zu.

»Gut«, sagte der Wissenschaftler und nickte Hánas und ihm zu. »Ich werde den Notruf aktivieren und einen Raum für euch herrichten lassen.« Er deutete auf Eriks Hände. »Um deine Hände kümmern wir uns auch noch. Mal sehen, ob wir etwas tun können.« Er schaute Sofia an. »Bist du hungrig?«

»Ein bisschen.«

»Ich könnte was essen«, sagte Erik, und Hánas nickte.

»Nichts macht einen Menschen so hungrig wie Skifahren«, sagte Kotilla, obwohl er in Eriks Augen nicht wie ein Mann aussah, der jemals auf Brettern gestanden hatte. »Das Essen hier ist leider nicht besonders, zumindest aber macht es warm.« Er sah Sofia an und zog verschwörerisch eine Augenbraue hoch. »Ich habe auch Schokolade.«

Sie erwiderte sein Lächeln und zog erst jetzt die rosa-farbene Mütze vom Kopf, als wollte sie allen signalisieren, dass sie beschlossen hatte, zu bleiben.

»Dass mir keiner von euch wegläuft«, sagte Kotilla. Alle sahen sich an und taten den Satz als ziemlich schlechten Witz ab. Der Wissenschaftler verließ den Raum und machte die Tür hinter sich zu.

Erik streckte Sofia seine Hand entgegen. Sie ergriff sie und hielt sie zwischen ihren eigenen Händen auf dem Schoß. Ihre vom Wind aufgesprungenen Lippen waren aufeinan-dergepresst, sie sagte nichts.

»Wir haben es geschafft, Lillemor«, flüsterte er.

Keine fünf Minuten später trat eine Frau ein, ebenfalls im Laborkittel, und brachte ihnen heiße Getränke. Als sie das Tablett auf Dr. Kotillas Schreibtisch abstellte, wollte Erik von ihr wissen, woran sie da draußen im Labor arbeite-ten. Sie runzelte kurz die Stirn und entschuldigte sich auf Englisch mit Akzent, dass sie aus Litauen stamme und kein Norwegisch spreche. Sie lächelte Sofia kurz zu, als sie ihr die heiße Schokolade überreichte, huschte hinaus und ließ die drei mit dem aromatischen Duft ihrer Getränke und mit der Gewissheit zurück, dass die Menschen in der Außen-welt bald erfahren würden, was passiert war.

»Der Kaffee ist gut«, raunte Hánas in seine Tasse. Wie recht er hatte. Erik war fest davon überzeugt, noch nie so guten Kaffee getrunken zu haben und dass allein das schon die Erfrierungen an seinen Händen, mit denen er den Be-cher umklammerte, wert war, obwohl er nichts spürte. Während Sofia darauf wartete, dass ihre heiße Schokolade abkühlte, schob sie sich auf die vordere Stuhlkante und hob etwas vom Schreibtisch vor sich hoch. Einen grünen Felsbrocken, der als Briefbeschwerer diente.

»Weißt du, was das ist, Sofia?«, wollte Hánas von ihr wissen.

Kopfschüttelnd drehte sie den Stein hin und her. »Grünes Metall, Kupfererz.« Er formulierte die Wörter, als wäre es bereits mit einem scheußlichen Geschmack verbunden, wenn man sie aussprach.

Sofia wog den Stein in ihrer Hand. »Aus der Koppangen-Mine?«

»Möglich, ja«, sagte Erik.

»Die Mine befindet sich in einem Gebiet, durch das jedes Jahr Tausende von Rentieren auf ihrem Weg zu den Sommerweiden ziehen«, erklärte Hánas. »Mitten in dem Gebiet, in dem im Frühjahr die Kälber geboren werden. Wenn sie die Mine wieder öffnen, werden die Tiere beim Kalben gestört. Wie sollen die Renkühe dann ihre Jungen aufziehen und beschützen?«

»Das ist nicht fair.« Argwöhnisch beäugte Sofia den Felsbrocken in ihrer Hand.

»Nein, Sofia, wirklich nicht. Aber man sagt mir, das wäre der Fortschritt ...« In Hánas Worten lag eine gewisse Müdigkeit, eine Resignation, als hätte er den Kampf schon längst aufgegeben. Erik war jedoch davon überzeugt, dass er nicht aufgegeben hatte. Er hütete seine Rentiere, so wie es seine Vorfahren getan hatten. Er lebte in den Bergen, frei wie der Wind, während andere Männer und Frauen jeden Morgen in ihre Büros eilten, sich vor die Bildschirme setzten und die Befehle anderer ausführten, bis sie verbraucht waren und aufs Altenteil geschoben wurden.

»Die Mine wird nicht wieder in Betrieb genommen, Hánas«, sagte Erik. »Nicht wenn sich herumspricht, was deiner Schwester und Lars zugestoßen ist und was diese Männer mit uns machen wollten.«

»Sieh mal hier, Papa.« Sofia legte das Kupfererz auf den Schreibtisch zurück und nahm ein Blatt Papier in die Hand. Sie drehte das Dokument so, dass er es besser sehen konnte.

»Was ist das?«

Sie legte das Papier weg, öffnete die Brusttasche ihrer Jacke und holte das gefaltete Blatt heraus, das ihre Mutter ihr am Tag ihrer Abreise gegeben hatte. Dieses Mal zeigte sie ihrem Vater die andere Seite, die mit dem getippten Schreiben – das Karine Elise an dem Abend gegeben hatte, an dem sie zum Abendessen ins Haus der Helgelands gefahren waren.

»Sieh mal hier.« Sie nahm das andere Blatt und hielt beide nebeneinander. »Ich wusste doch, dass ich das schon mal gesehen habe.«

Sie meinte das Logo. Es bestand aus zwei großen, miteinander verbundenen Ns, die an Berggipfel und Täler erinnerten. Im selben Blau darüber stand Novotroizk Nickel. Das Schreiben darunter war in kyrillischen Lettern verfasst, die keiner von ihnen entziffern konnte.

Erik beugte sich vor und schaute sich den Stapel Briefe auf dem Schreibtisch genauer an. Mit der Handfläche breitete er ihn auf dem Tisch aus und warf instinktiv einen Blick auf die Bürotür. »Ja, seht euch das an.« Mindestens fünf Papiere hatten denselben Briefkopf: die Berggipfel und Novotroizk Nickel in Blau. »Alle von der Bergbaugesellschaft.«

»Sie wissen also über diesen Ort hier Bescheid«, sagte Hánas.

Auf der anderen Seite der Tür ertönte das Geräusch von Schritten auf dem Metallboden. Erik legte die Papiere eilig wieder zusammen.

»Leg Mamas Brief weg.«

Sofia zog die Stirn kraus und wollte etwas entgegnen, als sich die Tür öffnete. Dr. Kotilla kam mit einem Stapel Decken auf den Armen herein.

Er reichte zunächst Sofia eine und gab die anderen Hánas und Erik. »Die nassen Sachen hänge ich gerne zum Trocknen auf.« Er ging um den Schreibtisch herum und setzte sich wieder hin. »Wir trocknen unsere Mäntel und Stiefel im Serverraum.« Er neigte den Kopf und schaute Erik über den Rand seiner Brille hinweg an. »Sag das bloß nicht den Leuten aus der IT-Abteilung.«

»Was genau machen Sie hier, Doktor?«, wollte Erik wissen. Sofia hatte ihre Jacke ausgezogen und schlürfte ihre heiße Schokolade. Hánas war aufgestanden und zog sich seinen Rentierfellmantel aus.

»Wir arbeiten für das norwegische Institut für Polarforschung«, erläuterte Kotilla, die Hände auf dem Schreibtisch zu einem Dach aufgestellt. »Wir sind nur ein kleines Team und untersuchen das Klima und die Umweltverschmutzung, forschen auch zu Biodiversität.«

»Wenn du etwas über das Klima wissen willst, dann frag mich«, sagte Hánas und sah Kotilla herausfordernd mit vorgerecktem Kinn an. »Früher haben meine Rentiere genügend Futter unter dem Schnee gefunden. Jetzt sind die Winter wärmer. Die oberste Schneeschicht schmilzt zwischendurch. Dann ziehen die Temperaturen wieder an und alles gefriert.« Er beugte sich vor und klopfte mit den Fingerknöcheln auf den Tisch. »Dadurch bildet sich eine harte Eisdecke, die Rentiere finden kein Futter und verhungern.«

Kotilla nickte ernst. »Die Temperaturen im hohen Norden sind seit der industriellen Revolution um mehr als zwei Grad Celsius angestiegen. Ich kann mir gut vorstellen, wie schwer es für dein Volk sein muss, an der traditionellen Lebensweise festzuhalten.«

Hánas fuchtelte mit einer knorrigen Hand in der Luft herum. »Bergbau, Überlandleitungen, Windkraft. Und immer heißt es, das alles müsse im Namen des Fortschritts sein. Um die Zukunft zu sichern. Aber sag mir, wie kann etwas nachhaltig sein, was die Natur zerstört?«

Dr. Kotilla hob die Hände zu einer hilflosen Geste. Erik war überrascht, denn jemand, der sich mit dem Klimawandel befasste, sollte sich doch eigentlich für Elektrifizierung einsetzen. Für Windräder, Elektrofahrzeuge und ein Ende der Nutzung fossiler Brennstoffe. Aber umweltfreundliche Technologie braucht Kupfer, das aus dem Boden geholt werden muss. Seltsam, dass ein Wissenschaftler sich auf die Seite der Altvorderen und gegen die Bestrebungen der Weltwirtschaft stellte, vom Kohlenstoff wegzukommen.

»Wozu braucht ihr die Schutzanzüge?«, wollte Erik wissen. »Ganz schön schwer, die Schutzausrüstung, die ich da draußen gesehen habe.« Die gelben Anzüge waren das Beste, was der Markt zu bieten hatte: Chemikalienschutzanzüge in Vollschutzausführung mit eigenständiger Luftversorgung. Fast wie diejenigen, die Elise auf einem Foto getragen hatte, das ihre Kollegen in Sibirien gemacht hatten, als sie sich vor dem Kontakt mit radioaktiv verseuchten Kernbrennstoffen schützen mussten.

»Ach, eine reine Vorsichtsmaßnahme«, erklärte Kotilla. »Du weißt doch, wie Versicherungen sind.« Er fuhr sich mit dem Daumen über die Stirn, als wollte er sich den Schweiß abwischen. »2012 stieß eine Polarexpedition in Sibirien bei der Entnahme von Eiskernen auf den Kadaver eines Wollhaarmammuts, das fünfundvierzigtausend Jahre lang im Eis eingeschlossen war. Der Kadaver war weitestgehend unversehrt. Fleisch, Haut, Haare. Im Eis unter dem Kadaver haben sie sogar Blut gefunden.« Er nahm die Brille ab und schwenkte sie in der Luft. »Aber man hatte die Befürchtung, dass es auch lebende Organismen geben könnte – Viren oder Parasiten.«

»Ich glaube, darüber habe ich etwas im Fernsehen gesehen«, sagte Sofia. »Die Leute haben sich infiziert und angefangen, sich gegenseitig umzubringen.«

Erik sah sie verwundert an. Aber sie tat es mit einem Achselzucken ab. »Ich habe nicht alles gesehen. Nur einen Teil, als ich bei Anette war.«

Er sah sie ungläubig an. »Aber klar doch, natürlich hast du den ganzen Bericht gesehen.«

Kotilla schüttelte den Kopf. »Na ja, so ist das Fernsehen heute.« Er legte Zeigefinger und Daumen zusammen. »Die nehmen ein winziges Körnchen Wissenschaft und begraben es unter einem Haufen Schwachsinn.«

Hánas machte eine sarkastische Bemerkung darüber, dass es das Fernsehen sei, das er hier oben am meisten vermisste, aber Erik hörte nicht hin. Die Schutzanzüge, die er einsatzbereit am Haken gesehen hatte, gingen ihm nicht aus dem Kopf.

»Doktor«, unterbrach er Hánas, »Sie waren letztes Jahr doch sicher auf der Klimakonferenz in Oslo?« Allein das Wort zu erwähnen, versetzte ihm einen Stich, denn während Elise an der Konferenz teilgenommen hatte, war er mit den Mädchen für ein paar Tage nach London zu seinem Vater gefahren. Dort waren sie zur Kletterwand in Greenwich gegangen. Wenn sie doch nur irgendwo anders hingegangen wären. Irgendetwas anderes *gemacht* hätten. »Vielleicht kennen Sie ein paar von den Leuten, mit denen meine Frau gearbeitet hat«, sagte er. »Sie arbeitet bei der norwegischen Sektion von *Friends of the Earth*.«

Kotilla lehnte sich in seinem Stuhl zurück und trommelte mit den Fingern auf die Armlehne. »Bedauerlicherweise konnte ich an der Konferenz nicht teilnehmen.« Er sah Erik direkt ins Gesicht. »Ich ziehe es vor, hier oben zu arbeiten, statt da unten zu reden, wenn du verstehst, was ich meine.«

Erik nickte. »Trotzdem schade, dass du die Grundsatzrede von Professor Edwards verpasst hast. Meine Frau sagte, sie wäre wirklich inspirierend gewesen. Sie wollte gar nicht mehr aufhören, darüber zu reden!«

Kotilla rutschte auf seinem Stuhl hin und her. »Ja, wirklich ein brillanter Mann.«

Erik nickte erneut. Die Wahrheit war, dass Elise nach dem Unfall mit seinen furchtbaren Folgen kaum ein Wort über die Konferenz verloren hatte. Aber irgendwann im letzten Jahr hatte er auf ihrem Handy ein Foto gesehen, das ihre Kollegin gemacht hatte und auf dem Elise Professor Edwards im Foyer des Oslofjord Convention Center die Hand schüttelt. Und Edwards war eine Frau.

Warum lügt er? Und was hat es mit diesen Schutzanzügen auf sich? Erik war klar, dass es zwischen diesem Labor und der Koppangen-Kupfermine eine Verbindung geben musste.

Das Telefon auf dem Schreibtisch klingelte. Mit einer entschuldigenden Geste hob Kotilla die Hand, nahm den Hörer ab und lauschte. Den Kopf zur Seite geneigt klemmte er sich den Hörer in die Halsbeuge, nickte. Sein Blick ging zu Hánas, dann wieder zu Erik. Schließlich sagte er: »*Toropit'sja*«, legte auf, schob seine Brille wieder auf die Nase und presste seine schmalen Lippen zu einem Lächeln zusammen.

»Also«, sagte er im Aufstehen. »Ich bringe euch …«

Den Rest des Satzes brachte er nicht mehr über die Lippen, denn Erik war abrupt aufgestanden, hatte den Stein auf dem Schreibtisch gepackt und ihn Kotilla gegen die Schläfe gehauen. Die Schaltkreise im Gehirn des Mannes waren auf der Stelle unterbrochen, ihm knickten die Beine weg, und er sackte in sich zusammen. Die Brille schlitterte über die Fliesen.

»Was zum Teufel soll das denn?!« Hánas sprang entsetzt von seinem Stuhl auf. Sofia rührte sich nicht von der Stelle. Sie starrte ihren Vater mit offenem Mund und weit aufgerissenen Augen an.

»Er lügt«, erklärte Erik. »Wir müssen von hier verschwinden.«

»Was war denn gelogen?«, wollte Hánas wissen. Er trat zu Kotilla und betrachtete den bewusstlos daliegenden Mann. Das graue Haar war blutverschmiert.

»Alles«, sagte Erik. »Das Wort, das er am Telefon gesagt hat, war Russisch.«

Hánas nickte. »Er sagte: *Beeil dich*.«

»Ja, und was glaubst du wohl, mit wem er gesprochen hat.«

»Scheiße.«

Erik nahm Sofias Mantel vom Stuhl und warf ihn ihr zu. »Los. Anziehen. Schnell.«

»Was ist denn los, Papa?«, fragte sie, während sie den Mantel anzog.

Erik beugte sich zu Kotilla hinunter, zog die Schlüsselkarte von dem ausziehbaren Band an der Gürtelschlaufe herunter und legte Sofia die Hände auf die Schultern. »Wir hauen hier jetzt ab. Hier sind wir nicht sicher.«

»Aber wir kommen doch hier nicht raus«, brachte sie verzweifelt heraus.

»Hier können wir nicht bleiben. Ich nehme an, dass der große Mann auf dem Weg hierher ist. Ich nehme an, dass er es war, dem Dr. Kotilla sagte, er solle sich beeilen. Das Labor hat irgendetwas mit der Kupfermine und den Leuten zu tun, die Lars und Karine ermordet haben.«

Er sah eine Träne ihre Wange herunterlaufen. Erwartungsvoll sah sie Hánas an.

»Dein Vater hat recht. Wir müssen hier verschwinden.«

Sie nickte und blickte zu Dr. Kotilla hinunter, der stöhnend langsam wieder zu sich kam.

»Wir müssen zusammenbleiben, seid leise.« Erik holte tief Luft, öffnete die Bürotür, und gemeinsam traten sie in den dunklen Korridor hinaus.

13

Er lotste sie den Gang entlang, den sie gekommen waren. Plötzlich blieb er stehen und hielt mit eine Arm Sofia zurück. Leute näherten sich. Er hörte sie reden. Das Klappern ihrer Schuhe auf dem Metallgitterboden wurde immer lauter, je näher sie kamen.

Hánas deutete mit dem Kinn auf einen unbeleuchteten Korridor zu ihrer Linken. Erik nickte und folgte Hánas mit Sofia in die Dunkelheit. In dem Moment erwachte die LED-Beleuchtung im Gang flackernd zum Leben. Wie angewurzelt blieb Hánas stehen.

»Die Beleuchtung wird über Bewegungsmelder gesteuert«, sagte Erik und bedeutete Hánas, weiterzugehen.

Er vergewisserte sich, dass niemand ihnen folgte. Doch als er sich wieder umdrehte, stand Hánas immer noch reglos da.

»Papa«, flüsterte Sofia. Sie standen vor einer Tür, durch dessen rechteckige Glasscheibe man in einen Raum hineinsehen konnte.

Die eine Hand vor den Mund geschlagen, streckte Sofia die andere nach ihrem Vater aus. Hánas trat einen Schritt zur Seite, damit auch Erik einen Blick hineinwerfen konnte.

Er blickte in einen kleinen Raum hinter einer Art aufblasbarer Vorkammer, der so gut wie leer war. Abgesehen von einem Lichtstrahl, der vom Korridor durchs Fenster hineinfiel, war es dunkel. Mitten im Raum stand ein Stahltisch, auf dem eine Leiche lag. Genauer gesagt, handelte es sich um ein Skelett mit dunkler Haut, die aussah wie gegerbtes Leder, das sich straff über die Sehnen und die scharfen Kanten der Knochen darunter spannte. Ein Arm war über den Brustkorb abgelegt. Die Augen waren nur noch schwarze Schlitze, die Lippen eingetrocknet, und das Zahnfleisch hatte sich mit einem Ausdruck immerwährenden Grinsens von den Zähnen zurückgezogen. Eine mumifizierte Leiche in einem Dunst aus flüssigem Stickstoff, wie Erik vermutete, der zur Konservierung des Körpers von irgendwoher in den Raum gepumpt wurde. Er spürte die Kälte, die durch die Glasscheibe in der Tür nach außen ausstrahlte.

»Was zum Teufel hat das mit Klimaforschung oder Biodiversität zu tun?«, murmelte Erik.

Sie gingen zur nächsten Tür und warfen auch dort einen Blick hinein. Auch dort ein Stahltisch mit einer Leiche. Genauso knorrig und verdreht wie die erste, jedoch mit einem braunen Haarschopf und einem Bart. Die Lippen schienen gänzlich verschwunden. Die frei liegenden Zähne verliehen dem Gesicht einen irritierenden Ausdruck. Als steckte noch genug menschlicher Geist in dem Körper, um sich über die Kälte zu beschweren, der er ausgesetzt war. Die Augen, weit aufgerissen, lagen geschwollen und gräulich-weiß in ihren Höhlen.

»Was ist das, Papa?« Sofia sah immer noch durch die Scheibe.

Er schüttelte nur den Kopf, denn eine Antwort konnte er ihr nicht geben.

Hánas brummte sich etwas in den Bart. Er spähte durch

die Scheibe einer weiteren Tür in dem Gang, drehte sich dann zu ihnen um und kniff die Augen zusammen.

Erik beschlich ein ungutes Gefühl. Er nahm Sofia bei der Hand und ging mit ihr zur nächsten Tür.

Gemeinsam blickten die drei durch das Beobachtungsfenster. Die Leiche, die hinter dem mit PVC abgetrennten Vorraum im Dunklen lag, war anders. Nur das Gesicht war zu sehen, Oberkörper und Beine waren mit Laken abgedeckt. Aber dieses Gesicht war nicht mumifiziert wie die anderen. Blass und hager war es, ja. Aber trotz der geschlossenen Augen bot es nicht diesen leeren Blick von Toten.

Hánas hob die Hand und klopfte mit dem Knöchel eines Fingers gegen die Scheibe.

»Was soll das …? O Gott!« Erik stockte das Blut in den Adern. Der Mann, der dort im Dunkeln lag, hatte die Augen aufgeschlagen.

Hánas fasste an den Türgriff, der sich jedoch nicht drehen ließ.

»Wir müssen hier schleunigst weg«, zischte Erik.

Der Mann in dem Raum vor ihnen setzte sich auf. Versuchte es zumindest. Erik erkannte, dass er an den Tisch gefesselt war.

»Hánas, los, wir müssen hier weg.«

Der Mann riss an den Fesseln. Zerrte an ihnen und zappelte wie ein Fisch am Haken. Den Kopf aber hielt er still. Mit riesigen Augen starrte er Hánas an. Dabei fielen Erik der venöse Zugang am Arm des Gefangenen auf und der Beutel mit einer Flüssigkeit an einem Ständer. Der Mann schrie etwas, doch sein Schreien wurde von der dicken Metalltür geschluckt.

»Ich kenne ihn«, sagte Hánas. »Er heißt Ivvár.«

»Du kennst diesen Mann?« Eriks Gedanken rasten.

»Soweit ich weiß, ist das einer der Führer, die für die Bergbaugesellschaft arbeiten.«

»Für Novotroizk Nickel?«

Hánas nickte, und Erik schaute wieder durch das Fenster. Der Mann war von Todesangst gezeichnet, seine Kräfte schwanden. Kaum dass er den Kopf halten konnte.

»Du kannst dir vorstellen, wie das bei meinen Leuten ankam«, murmelte Hánas.

»Los, Beeilung«, drängte Erik. Er stellte sich Dr. Kotilla in seinem Büro vor, wie er allmählich wieder zu sich kam und zur Tür stolperte, um Alarm zu schlagen.

»Was haben sie mit ihm gemacht?« Hánas presste die Handflächen gegen die Scheibe.

»Hánas!« Sofia zog ihn am Ärmel.

Die drei gingen vorsichtig weiter den Flur hinunter, um eine Ecke herum und gelangten schließlich in den hinteren Teil des spärlich beleuchteten Labors. Ein paar Meter vor ihnen saß ein Mann mit dem Rücken zu ihnen an einem Schreibtisch und war auf ein Dokument auf seinem Computerbildschirm konzentriert.

Um leise Schritte auf dem Metallboden bemüht, traten sie ein, ohne den Mann aus den Augen zu lassen, und schlichen auf Zehenspitzen an unzähligen kleinen blauen und grünen Lampen vorbei.

Der Mann hustete, und sie blieben stehen, wo sie waren. Er drehte sich um und zog eine Schublade auf, suchte darin nach einem Taschentuch, schnäuzte sich und warf es in einen Papierkorb, bevor er sich wieder dem Bildschirm zuwandte. Einen kurzen Moment warteten sie noch, dann hatten sie unbemerkt das Labor passiert. Durch einen weiteren Gang gelangten sie in die Umkleide.

Eine Tür öffnete sich vor ihnen. Eine Frau mit einer Tasse dampfenden Kaffees trat ein. Überrascht blieb sie stehen.

Erik schenkte ihr ein breites Lächeln. »Dr. Kotilla sagte, wir könnten uns noch etwas Warmes zu trinken machen.« Er deutete mit dem Kopf auf den kleinen Küchenbereich hinter ihr.

»Dann empfehle ich euch den Filterkaffee«, sagte sie ohne erkennbaren Akzent und lächelte Erik und Sofia zu. Hánas schien sie zu ignorieren. »Die Maschine macht auch Cappuccino, aber der besteht meistens nur aus Schaum.«

Erik bedankte sich für den Tipp. Sie ging an ihnen vorbei den Korridor entlang. Als sie außer Sichtweite war, schlichen sie sich in den Umkleideraum und holten sich ihre Skier, die Stöcke, den Schlitten und die Gewehre.

Nachdem Erik sich vergewissert hatte, dass Sofia ihre Jacke richtig geschlossen, die Handschuhe übergestreift und die Mütze aufgesetzt hatte, trug er mit Hánas den Pulka zum Ausgang. Einen Augenblick standen sie schweigend da, und er hätte am liebsten den Gott, an den er nicht glaubte, dafür verflucht, dass er seine Tochter wieder der Eiseskälte in der Nacht aussetzte.

Das unheilvolle Bild des Einäugigen blitzte vor ihm auf. Er ignorierte es. Dann machte er sich mit der weniger in Mitleidenschaft gezogenen Hand an der Klinke zu schaffen und öffnete die Tür. Eiskalte Luft schlug ihm ins Gesicht.

»Startklar?«

Sofia nickte.

Sie traten hinaus in den Schnee. Erik spürte, wie ihm zuerst die Haare in der Nase gefroren und dann die Luft in seiner Lunge zu vereisen schien. Er schnallte sich den Pulka an. Hánas und Sofia stiegen auf ihre Skier. In die aufkommende Angst, nun wieder schneegepeitschter Dunkelheit ausgesetzt zu sein, mischte sich ein seltsam wohliges Gefühl, als er das Zuggeschirr des Schlittens anlegte und dann selbst in die Bindung seiner Skier stieg. Vielleicht war dies sein Fegefeuer, dachte er. Vielleicht war er dazu verdammt, es für immer ertragen zu müssen. Sofia gegenüber war das jedoch nicht fair. Er schaute zu ihr hinüber. Sie stand da, die Skistöcke abfahrtbereit in den Schnee gestemmt.

»Er ist da«, sagte Hánas.

Eriks Innerstes zog sich zusammen. Er blickte zur Anhöhe hinauf, über der ein fahles Licht lag, als weigerte es sich, der Nacht Platz zu machen. »Wo?«

Mit dem Gewehr im Anschlag suchte Hánas den Bergzug ab. »Auf zwei Uhr. Er weiß, was er tut. Er hat sich auf die abgelegene Seite der Kuppe zurückgezogen, damit man ihn nicht sieht.«

Erik hob sein eigenes Gewehr an und schwenkte es von links nach rechts. Dann sah er ihn. Eine dunkle Gestalt, ein Viertel des Weges den düsteren Abhang hinunter.

»Los, Sofia! Los!«

Sie vollzog eine perfekte Wende und stieß sich entschlossen mit beiden Stöcken ab. An der Stelle, an der sie gerade noch gestanden hatte, sah er den Schnee aufwirbeln.

»Fahr, Sofia!«, schrie er noch einmal und folgte ihr, während der Schuss aus dem Gewehr des großen Mannes schwach nachhallte. Hánas feuerte einen Schuss aus seiner

Mosin-Nagant ab. Wie die Zunge des Teufels schnellte das Mündungsfeuer aus dem Lauf. Der Lärm erfüllte die Luft und hallte vom Laborgebäude und dem Eis wider wie ein Donnerschlag.

»Schneller!«, trieb Erik seine Tochter an. Auch er selbst legte sich ins Zeug. Hinter sich hörte er, wie Hánas das russische Gewehr nachlud. Und wieder ein Schuss. Instinktiv duckte er sich weg, geriet kurz aus dem Gleichgewicht, fing sich aber und lief weiter. Abdrücken, gleiten, abdrücken, gleiten. Der Bastard hatte auf Sofia gezielt, ein Gedanke, der ihm wie mit einer Spritze das Adrenalin direkt in das rasende Herz pumpte.

Erneut spritzten Eissplitter neben ihm auf, ausgelöst von einem Geschoss, das einen Meter rechts von Sofia in den Schnee eingeschlagen war. Er hatte sie eingeholt und blieb so dicht bei ihr, dass er ihre Skier fast berührte, vermied es aber ganz aufzufahren, damit sie beide nicht in voller Fahrt in den Schnee stürzten.

»Ich bin hier!«, rief er ihr zu. Aufrecht fuhr er neben ihr, aufrechter, als ihm angemessen schien. Aber er musste sie beschützen. »Ich bin bei dir.«

Er sah nach links. Hánas hatte zu ihnen aufgeschlossen, fuhr seinen flüssigen, ökonomischen Stil. Der sperrige Rentierfellmantel schien ihn nicht weiter zu behindern.

»Ich habe ihn nicht erwischt«, bedauerte Hánas.

»Wohin fahren wir?«, wollte Erik von ihm wissen.

»Zu der Schlucht, von der ich dir erzählt habe. Das schaffen wir.«

»Hánas«, fing er an. Er fuhr weiter, ohne seine Tochter aus den Augen zu lassen. Auf nicht mehr als einen Meter ließ er den Abstand zwischen dem Ende ihrer Skier und dem Anfang seiner eigenen anwachsen. »Wenn mir etwas zustößt … kümmere dich bitte um sie.«

»Papa!«

»Dir stößt nichts zu,« versicherte ihm Hánas.

»Und wenn doch …?«

»Du schaffst das.«

Er biss sich auf die Lippen und hasste sich dafür, dass er das Mädchen seine Angst sehen ließ. Seine Schwäche. Doch er musste es sagen. Er atmete schwer. Das Adrenalin ebbte ab, bald wären seine Reserven aufgebraucht. Arme und Beine fühlten sich kraftlos und leer an. Sämtliche Muskeln in seinem Oberkörper waren kurz vor dem Zerreißen, aber das war in Ordnung. Schmerz war gut. Seine Sorge war, dass sein Körper ihn im Stich lassen, ihn aufgeben könnte, so wie seine Hände es bereits getan hatten. Mental konnte er ewig durchhalten, sie ewig lieben. Selbst wenn er nicht mehr in dieser Welt war. Wie das funktionierte, wusste er nicht. Auch nicht, ob es bei jemand anderem jemals funktioniert hatte. Aber das war ihm egal. Er würde sie auch dann noch lieben, wenn er nichts mehr war. Liebe hing nicht von seinem Körper, seinen Muskeln oder Sehnen ab, davon, ob sein Herz schlug oder ob sich die Lunge wie ein Blasebalg aufblähte und wieder zusammenzog. Früher oder später wäre sein Körper erschöpft, das Feuer erloschen. Und was dann?

»Mach weiter, Sofia, wir schaffen das«, sagte er, während er sich weiter durch den Tiefschnee kämpfte. »Wir sind stark. Wir gehören nicht zu den Leuten, die aufgeben.« Er verzog das Gesicht, fühlte die Kälte bis in die Zähne. Er rang um Worte. Sie lagen ihm auf der Zunge, und fünf oder sechs Schritte lang behielt er sie sogar.

»Emilie ist bei uns«, sagte er. »Ich weiß, dass du es auch spürst.«

Der Satz platzte aus ihm heraus, als hätte ihm jemand die Seele aus dem Körper gerissen. Da war sie, in dem kleinen Raum zwischen ihnen, fast konnte er sie sehen. Tränen traten ihm in die Augen. »Deine Schwester ist jetzt bei uns, Lillemor, und wir sind stark.«

Sofia antwortete nicht. Aber ihre Schritte wurden länger. Vielleicht war es nur Einbildung, aber er hatte den Eindruck, als würde sie mehr Kraft auf die Skistöcke bringen.

Sie fuhr voraus in den Schneesturm, dem Wind entgegen.

Ihm fehlte die Kraft, sich vorzustellen, wie sie dem großen Mann entkommen sollten. Er hatte sich mit Sicherheit schon an ihre Fersen geheftet und folgte ihrer Spur, ohne sich selbst einen Weg durch den Schnee bahnen zu müssen. Wenn sie ihm bis zum Einbruch der Dunkelheit vorausblieben, könnten sie es schaffen. Der Russe wusste, dass sie bewaffnet waren. Zwei Gewehre gegen seines. Wenn sie bis zum Dunkelwerden durchhielten, könnten sie ihm eine Falle stellen, eine Fährte legen, ihm auflauern und ihn wie ein Tier zur Strecke bringen.

Der Gedanke machte ihm Mut. Der Hass, der darin loderte.

Sie umfuhren einen schroffen Felsen, der sich hoch über ihnen steil in den dunkler werdenden Himmel erhob, dann führte Hánas sie nach Süden.

Nachdem sie eine Reihe sanfter Senken passiert hatten, zeigte der Rentierhirte auf die versteckte Schlucht.

»Sie führt zum Gletscher hinab«, erinnerte er sie, als sie oben angekommen waren und ins Leere hinabblickten.

Erik sah Sofia an. Sie war schneller wieder zu Atem gekommen als er. Lange konnten sie nicht stehen bleiben.

»Das ist aber sehr steil.« Sie wurde ängstlich.

Er nickte. »Richtig. Meinst du, dass du es schaffst?«

Er sah, wie sich ihre Hände um die Griffe der Stöcke öffneten und schlossen.

»Ich denke, ja.«

»Weißt du noch, wie es geht? Seitlich bergab gleiten?«

»Ich weiß, aber was ist mit dem Pulka?«

»Ich fahre ganz langsam.«

»Lass den Pulka besser stehen, sonst brichst du dir noch den Knöchel«, sagte Hánas.

»Ich fahre langsam.«

Hánas nickte und rutschte über den Rand in die Schlucht hinab.

»Jetzt du«, sagte Erik zu Sofia. »Vorsichtig.«

Sie fuhr mit ihren Skiern über die Kante und rutschte dann langsam den Hang hinunter. Der lose Pulverschnee glitt in Kaskaden den Berg herunter. Ab und zu stoppte sie, indem sie Knie und Knöchel zur Hangseite hin neigte.

»Das machst du genau richtig«, sagte er. »Perfekt.«

Als sie im Dunkeln verschwand, blickte er sich noch einmal um und schob sich dann ebenfalls über den Rand. Mit geraden Beinen, die Fersen nach außen, die Zehen nach innen gerichtet, stieß er sich ab, sodass die Skier einen Keil bildeten, dessen Spitzen etwa dreißig Zentimeter auseinander standen. Den Oberkörper nach vorne gebeugt, fuhr er los. Der Schlitten schob ihn voran, sodass er Mühe hatte, die Geschwindigkeit zu kontrollieren. Die Oberschenkelmuskeln bebten vor Anstrengung.

Sie fuhren immer tiefer hinab. Abgesehen vom Geräusch ihres Atems, dem verhaltenen Rauschen des Schnees, der von ihren Skiern aufgewirbelt wurde, und dem Kratzen ihrer Skier auf vereisten Stellen war es still. Es dauerte eine Weile, bis sie den Gletscher erreichten und die Schlucht etwas abflachte, sodass sie sich wieder aufrichten und die Skier ein paar Minuten lang normal laufen lassen konnten, was eine Erleichterung war.

Erschöpft wie er war, übten das Surren der Skier und das Gleiten durch den Schnee eine Faszination auf ihn aus, die ihn in eine Art hypnotische Trance versetzte, sodass er das Gefühl hatte, ein außerkörperliches Erlebnis gehabt zu haben, als er schließlich stehen blieb. Er stand benommen im Schneesturm, das Gesicht taub, ohne sich erinnern zu können, wie er den Berg hinuntergekommen war.

»Alles in Ordnung, Papa?«

Erik sah auf. Sofia wartete auf ihn. Hánas stand noch ein Stück weiter hinten und sah sich nach ihnen um.

»Mir geht es gut.« Er sah die Hänge der Schlucht hinauf, wo sich die Dunkelheit zwischen den steilen Talflanken staute wie schwarzes Wasser in einem Gezeitenbecken. Den großen Mann sah er nicht, was aber nichts hieß.

Schließlich ließ er den Blick über den konturlosen Gletscher schweifen. Selbst im schwindenden Licht konnte er Hánas oder zumindest seine Umrisse noch erkennen. Sie alle drei auf dem Gletscher wären unmöglich zu übersehen.

»Wir dürfen hier draußen auf keinen Fall gesehen werden«, sagte Erik.

»Meine Beine zittern«, beklagte sich Sofia. »Ich muss mich hinlegen.«

»Das geht jetzt nicht.«

»Ich weiß. Aber ich kann nicht mehr.«

Er wusste, dass auch er kaum noch weitermachen konnte, doch das sagte er nicht. »Wir suchen uns auf der anderen Seite ein Versteck. Hánas und ich halten Wache, und du kannst dich etwas ausruhen. Okay?«

Sie biss sich mit den Zähnen auf die Unterlippe. »Okay«, antwortete sie kleinlaut.

»Los geht's.«

»Papa.«

»Was?«

»Was, glaubst du, ist mit Čalmmo passiert?« Sie rieb sich die Augen, aber er konnte nicht sehen, ob sie weinte.

Er zuckte mit den Schultern. »Wahrscheinlich hat der große Mann ihn erwischt.«

Sie nickte. »Das glaube ich auch.«

»Aber uns wird er nicht erwischen.«

Sie schaute die Schlucht hinauf.

»Sofia, wir müssen weiter.« Er hob einen Arm. »Bleib in Hánas' Spur, so gut du kannst. Ich bin direkt hinter dir.«

»Alles klar?«, fragte Erik.

Sie fuhren los.

Wachträume. Erinnerungen und ungeordnete Gedanken wirbelten ihm in Sekundenschnelle durch den Kopf. Elise in der Badewanne, ihre Brüste halb von Schaum bedeckt, ihre Augen auf einer Höhe mit seinen. Er musste also mit ihr in der Badewanne sein. Das warme Wasser. Der Duft von Sandelholz und Mandelöl, das sie so gern mochte. Sie waren zu viert in der Pizzeria, die Sofia und Emilie sich immer aussuchten, wenn er vorschlug, auswärts essen zu gehen. Der Tag, an dem sie zu der Hütte gefahren waren. Wie er das Feuer im Ofen anzündete und seine Hände wie ein Bittsteller vor einem Götzen vor die Scheibe hielt.

Bilder kamen und gingen wie in einer Collage, die er weder festhalten noch ordnen konnte. Geist und Körper waren anscheinend voneinander getrennt, jeder ging seinen eigenen Weg. Ein Teil von ihm wusste, dass er immer noch Ski fuhr, dass er fast eine Art Verlängerung seiner Tochter geworden war und seine eigenen Skier dort anfingen, wo ihre aufhörten. Aber sein Geist hatte sich von ihm gelöst. Auch das nahm er unterschwellig wahr, wie auch den Schnee, der um ihn herum fegte und ihm ins Gesicht peitschte, wie den Wind im rechten Ohr, der durch die Wolle seiner Mütze drang, das Surren der Skier unter den Füßen und das Rauschen des Blutes im Kopf. Bei alledem war er mehr als nur Zuschauer und doch weniger als eine handelnde Person.

Ein Urlaub auf Fuerteventura. Die Füße versinken im heißen Sand. Das rhythmische Rauschen des Meeres. Das Lachen seiner Mädchen. Das Schönste, was er je gehört hatte. Am Strand zu stehen und Emilie dabei zuzusehen, wie sie mit dem Surfbrett hinausfährt, immer wieder herunterfällt, aber nie aufgibt, bis sie endlich einen Lauf erwischt und hundert Meter weit kommt, bevor sie wieder ins Wasser fällt. Sofia sprang vor Aufregung auf und ab, weil ihre große Schwester es *gemeistert* hatte.

Er musste bei seinem Mädchen bleiben. Durfte nicht fallen.

Plötzlich hielt sein Körper mitten in der Bewegung inne. Etwas Instinktives hatte sich seiner Gedanken bemächtigt und schüttelte sie nun, wie ein Hund, der ein Stofftier im Maul hat und es hin und her schleudert, ganz so wie seine Vorfahren, die Wölfe, ihre Beute töten.

Die weiße Welt um ihn herum nahm wieder Gestalt an, Geräusche und Bilder verschmolzen zu einem Ganzen.

»Papa, sieh dir Hánas an«, klang es leise im röhrenden Wind. Fünfzig Meter vor ihnen stand Hánas im Schneegestöber. Mit Gewehr im Anschlag, den Kolben an die Schulter gepresst, zielte er in ihre Richtung.

»Sofia, runter mit dir!«, schrie Erik. Sie duckte sich weg, aber Hánas stand einfach nur da. *Was machst du da?,* dachte er, dann nahm Hánas seine Hand vom Schaft der Waffe und winkte ihn und Sofia weiter. Erik erkannte, dass der Lauf der Mosin-Nagant an ihnen vorbeigezielt hatte, auf etwas hinter ihnen. »Fahr! Fahr, Sofia!« Während sie fuhren, sah er das Mündungsfeuer aufblitzen, spürte, wie das Geschoss an ihnen vorbeisauste und vernahm ein Zischen.

Erik fuhr zu Hánas, der gerade nachlud und dann erneut schoss. »Nicht stehen bleiben«, schrie er gegen den Wind an. Sie hatten Hánas noch nicht ganz erreicht, da spürte er schon die Hitze des Mündungsfeuers, noch bevor er begriff, dass Hánas erneut geschossen hatte. Sofia war schon an ihm vorbeigefahren, und Erik folgte ihr.

»Weiter!«, brüllte Hánas. Ihre Blicke trafen sich für den Bruchteil einer Sekunde, was jedoch ausreichte, um die Glut des Hasses in den Augen des Samen zu erkennen. Hánas lud eine weitere antike sowjetische Patrone nach und feuerte erneut. Der Knall war ohrenbetäubend. Lawinenartig hallte das Echo vom Gletscher zurück. Jetzt erst fiel ihm auf, dass der große Mann das Feuer gar nicht erwidert hatte. Jedenfalls hatte er keine anderen Schüsse gehört.

Er beugte sich vor und stieß sich mit aller ihm zur Verfügung stehenden Kraft ab. Erst als er wieder hinter Sofia fuhr, sah er sich um. Von ihrem Verfolger war nichts zu sehen, aber als er sich aufrichtete, um Schwung zu holen, hörte er von weither den nächsten Schuss. Erneut sah er sich um. Hánas warf sich das Gewehr auf den Rücken und jagte ihnen hinterher.

Sie fuhren um ihr Leben. Wie Opfertiere, die den Göttern des Eises huldigen sollten, damit der Frühling eines Tages zurückkehrte. Sie wollten sich in den weißen Flocken auflösen, wollten, dass der Schnee wie eine Mauer hinter ihnen niederging.

Bitte lass mich mein Leben für sie geben, dachte Erik, ohne zu wissen, an wen er diesen Wunsch richtete.

Nach einer Weile rief er Sofia zu, sie solle stehen bleiben. Er wollte sie nicht aus den Augen verlieren, während er auf Hánas wartete.

»Geht es dir gut?«, fragte er den Hirten, denn noch bevor Hánas auftauchte, wusste er, dass etwas nicht stimmte.

»Fahrt weiter«, sagte Hánas. Sein Gesicht war grau, die Lippen bläulich verfärbt, was Erik überhaupt nicht gefiel. Er schaute an Hánas vorbei und sah das Blut in seiner Spur. Hánas bemerkte das Entsetzen in Eriks Gesicht, drehte sich um und erblickte ebenfalls das Blut. Sein eigenes Blut im Schnee, im schwindenden Licht klar und deutlich zu erkennen. »Los, weiter«, sagte Hánas und reckte das Kinn trotzig in den Wind.

»Du bist verletzt«, sagte Erik.

»Nur ein Kratzer.« Hánas schaute an sich herunter. Auf halber Höhe entdeckte er ein Loch im Mantel. Nicht groß. Er zog seinen Handschuh mit den Zähnen ab, nestelte an den Hornknöpfen herum und machte den Mantel auf.

»Scheiße«, entfuhr es ihm, und er sah zu Erik auf. »Zumindest tut es nicht weh.«

»Wir müssen die Blutung stoppen«, sagte Erik. Der Wollpullover des Mannes zeigte einen Blutfleck auf der rechten Bauchseite mit einem Loch in der Mitte, wie das dunkle Herz einer Rose, die sich noch nicht ganz entfaltet hat. Das Blut lief ihm an der Innenseite des rechten Beins runter, die Wade entlang und in den Stiefel hinein. Bedrohlich schimmerte es im dämmrigen Licht.

»Wir haben keine Zeit dafür«, entgegnete Hánas.

»Lass mich mal sehen«, beharrte Erik. Hánas hob den Pullover an, und Erik drehte sich zu Sofia um. »Du hältst Wache.« Er deutete Richtung Norden. Sie aber starrte nur fassungslos die Wunde an, dieses kleine, fiese, dampfende Loch, aus dem Blut quoll und Hánas über den Bauch in den Hosenbund lief. »Sofia, ich habe doch gesagt, du sollst Wache halten!« Sie riss sich von dem Anblick los, drehte sich um, spähte in die Dunkelheit und schirmte mit einer behandschuhten Hand das Gesicht gegen Schnee und Wind ab.

»Hast du keine Schmerzen?«, erkundigte sich Erik.

Mit zusammengebissenen Zähnen blickte Hánas an sich herunter. »Es brennt ein bisschen.« Wieder drängte er zur Eile. »Wir haben keine Zeit.«

Aber Erik hatte sich schon vom Gurtzeug des Schlittens losgemacht, war aus den Skiern gestiegen und holte den Erste-Hilfe-Kasten aus dem Pulka. Einen Moment lang war es wie in der ersten Nacht im Zelt, als Sofia sich die Hand verletzt hatte und er sie verband. Bevor all das hier losging.

»Erik, du hörst nicht zu. Wir müssen weiter. Auf der Stelle.«

Erik reichte Sofia das Päckchen mit dem Desinfektionstuch, denn mit seinen Fingern bekam er es nicht auf, und bedeutete Hánas mit einer Geste, seinen Pullover höher hinaufzuziehen. »Halt still«, sagte er, nahm das Desinfektionstuch und drückte es ihm auf die Wunde. Im Nu hatte sich das Tuch rot verfärbt. Erik drückte fünf Mullbinden auf die Wunde und wies Hánas an, das Bündel festzuhalten, während er Sofia das Pflaster reichte, damit sie das Ende suchte und abzog.

»Wir müssen die Blutung stoppen, sonst führst du den Bastard direkt zu uns«, sagte Erik. Er sah Hánas in die Augen. Unausgesprochen verständigten sich die beiden. Hánas nickte. Erik führte das Klebeband einmal, zweimal um Hánas' Taille herum, rollte das Band anschließend aus und drückte es nach unten. Hánas zuckte vor Schmerz zusammen. Eine Austrittswunde gab es nicht. Die Kugel musste also noch in ihm stecken. Erik wusste aber nicht genug über menschliche Anatomie, um sagen zu können, wo sie sein und welchen Schaden sie angerichtet haben mochte. Steckte sie in seinen Eingeweiden? Höher, wenn er raten müsste. In der Niere? Oder vielleicht in der Leber? Vielleicht hatte das Geschoss den Magen durchbohrt, was nicht gut wäre. Nichts davon war gut. Er hatte genug Filme gesehen, um zu wissen, dass Menschen mit Bauchschuss nur selten überlebten.

Er ging zum Pulka zurück und holte den lederüberzogenen Flachmann mit dem Bourbon, von dem er sich vorgestellt hatte, ihn einmal in einer gemütlichen Berghütte am lodernden Feuer genießen zu können, während Sofia in einen Becher mit heißer Schokolade blies und sie beide Pläne für den nächsten Tag ihrer Tour schmiedeten. Hánas nahm das Angebot an und setzte die Flasche an die Lippen. Binnen Sekunden ließ er den Whisky in den Mund rinnen. Vielleicht würde es gegen die Schmerzen helfen. Vielleicht aber auch nicht.

Erik blinzelte Richtung Norden in den Blizzard hinein. »Kennst du einen Ort, an dem wir in Sicherheit sind?«, fragte er Hánas. Er machte sich Sorgen um den Hirten. Aber er musste sich auch um sein Mädchen kümmern. Für sie vor allem war er verantwortlich. Für sie.

Hánas gab ihm den Flachmann zurück, und Erik steckte ihn ein.

»Es ist nicht mehr weit«, sagte Hánas und ließ den Blick über den unberührten Schnee schweifen. Weiße Wolken waberten wie Meeresnebel. »Wir steigen von diesem Gletscher ab und sehen zu, dass wir den Sturm hinter uns lassen.«

Erik stieg wieder auf seine Skier, und Sofia half ihm in das Schlittengeschirr.

»Schafft er das?« Sie sah Hánas nach, der schon wieder unterwegs war. Nach vorne und nach rechts verzogen, als würde sein ganzer Körper in die Schusswunde hineingesogen, wie von einem schwarzen Loch, um in eine andere Dimension zu verschwinden.

»Er ist stark wie kein anderer«, sagte Erik, »und die Wunde ist gut verbunden. Er wird schon wieder, wenn wir ihn in ein Krankenhaus bringen können.« Ihm war klar, wie unwahrscheinlich das war, und auch Sofia behielt ihre Zweifel offensichtlich für sich. Sie folgten der Spur des Rentierzüchters und sahen sich immer wieder um, als fürchteten sie ihre eigenen Schatten.

14

Hánas lag am Boden. Erik erkannte den felsähnlichen Umriss im Schnee, aber Sofia war zuerst bei ihm und versuchte, ihm auf die Beine zu helfen.

»Ich glaube nicht, dass ich es schaffe«, brachte Hánas undeutlich hervor. Seine Lider waren schwer. Ab und zu machte er die Augen weit auf, als wollte er sich zwanghaft wachhalten.

»Du schaffst das«, redete Erik ihm gut zu und bedeutete Sofia mit einer Kopfbewegung, dass sie ihm helfen sollte, Hánas auf den Skiern zu halten.

»Wir könnten ihn in den Schlitten setzen«, schlug sie vor.

»Nein, Sofia.« Hánas hatte sich gräulich verfärbt. Schweiß stand ihm auf der Stirn.

»Warum nicht?« Erik spürte, wie sie ihn mit ihrem Blick durchbohrte, ihn infrage stellte.

»Dein Vater muss seine Kräfte schonen«, erklärte Hánas.

Erik war beschämt, widersprach Hánas jedoch nicht.

Der Hirte hatte recht. Er war erschöpft. Alle Kraft, die er noch aufzubringen vermochte, kam nicht mehr aus seinem Körper, sondern entsprang seiner Psyche, dem Herzen und der Seele. Ihm war nichts mehr geblieben, womit er hätte haushalten können. Nicht einmal für sich selbst. Nur noch für seine Tochter.

»Lass mich mal sehen.« Sie öffneten Hánas' dicken Mantel

und stellten erleichtert fest, dass kein Blut durch den Verband gesickert war. Vielleicht hatte die Kälte geholfen, dachte er. Kälte von außen konnte innere Blutungen allerdings nicht stoppen, und er war sicher, dass Hánas' Herz nicht mit genügend Blut versorgt wurde. Der Flüssigkeitspegel in seinem Körper würde nicht ausreichen, die Nieren würden versagen. Und wer konnte sagen, was noch alles unbemerkt vor sich ging? Vielleicht trat auch noch Magensäure aus und gelangte an Stellen, wo sie nicht hingehörte. Vielleicht entleerte sich seine Blase und vergiftete ihn von innen.

»Ich weiß nicht, was ich tun soll«, gab Erik zu und stellte mit Entsetzen fest, dass er mehr über Holz und dessen unterschiedliche Eigenschaften wusste als über den menschlichen Körper.

»Ich laufe weiter, solange es geht«, sagte Hánas tapfer, »aber wenn ich nicht mehr kann, lasst mich einfach zurück.«

»Nein!«, brach es aus Sofia hervor. Sie sah ihren Vater an, in der Hoffnung, bei ihm Unterstützung zu finden. Doch die blieb aus. Im Seitwärtsgang ging sie zu Hánas und drückte sich an ihn. »Du kannst dich auf mich verlassen«, sagte sie, nahm seinen Arm und legte ihn sich um die Schulter. »Wir fahren parallel. Erst mein linker Ski, dann dein rechter, dann mein rechter und dein linker, aber gleichzeitig.«

Erik war so stolz auf sie, gleichzeitig aber beschämt über sich selbst.

»Ich mach das«, sagte er und machte sich bereit, als Sofia beiseitetrat. Nur noch für sie hatte er Kraft, aber das hier war für sie. »Für mich ist es leichter, weil wir ungefähr gleich groß sind.«

»Dann ziehe ich den Pulka.«

Er schüttelte den Kopf. »Fahr einfach voraus. Wir brauchen deine Augen.«

Sie setzten sich in Bewegung, und eine Weile ging es gut. Ihre Beine bewegten sich im Gleichschritt. Die Skier liefen parallel und bahnten sich ihren Weg durch den Tiefschnee. Dann aber fing Hánas an zu husten, blieb stehen und begann zu würgen. Er machte sich von Erik los und erbrach Blut. Es kam in einem purpurnen Schwall aus ihm heraus und spritzte leuchtend karmesinrot in den Schnee und auf seine Skier.

»O mein Gott«, entfuhr es Erik. Die unfassbare Menge Blut, die einen Moment noch dampfend im Schnee lag, bevor die Wärme wich, schreckte ihn.

»Tu doch was, Papa«, flehte Sofia ihn an.

»Okay, du passt auf.« Er deutete den Weg zurück, den sie gekommen waren, ging zu Hánas und legte ihm eine Hand auf die Schulter. Der Hirte, immer noch nach vorn gebeugt, sah zu ihm auf.

»Ich bekomme … keine Luft«, sagte er und spuckte noch mehr Blut. Dann machte er ein schwaches Zeichen mit dem Arm in die Richtung, in die sie unterwegs waren. »G…« Er hustete und spuckte erneut. »Geht.«

Erik schüttelte den Kopf. »Schon gut. Du wirst dich besser fühlen, wenn das Blut raus ist. Wir müssen weiterfahren.«

Hánas richtete sich auf und schüttelte den Kopf. Er legte einen Arm vor den Mund. »Geht«, sagte er noch einmal.

Erik betrachtete das Blut im Schnee. So viel Blut. Wie weit würde Hánas in diesem Zustand kommen? Die Wahrheit war, dass er ihn am liebsten zurückgelassen hätte und mit Sofia weitergegangen wäre. Zu zweit würden sie es vielleicht bis in die Stadt schaffen und könnten Hilfe holen. Vielleicht würden sie auch auf eine Polizeistreife auf Schneemobilen treffen, oder auf die Bergwacht oder auf eine Berghütte, in der andere Schutz vor dem Sturm gesucht hatten, Menschen mit funktionierenden Telefonen. Aber selbst wenn er es vor sich noch rechtfertigen konnte, wusste er, dass er es vor Sofia nicht rechtfertigen konnte. Sie würde es wissen, und damit würde er nicht leben können. Noch nicht.

»Los, wir gehen weiter«, sagte er zu Hánas, der das Gesicht vor Schmerzen verzog, dann aber nickte, die kalte Luft tief einsog und dann Eriks Arm ergriff.

Was würdest du für sie tun?
Alles.
Alles?
Es gibt nichts, was ich nicht tun würde.
Würdest du töten?
Ja.
Würdest du jemanden umbringen?
Ja.
Würdest du jemanden zum Sterben im Schnee zurücklassen?

Er überlegte, wusste jedoch, dass es nichts zu überlegen gab. Doch etwas an dem Einäugigen verlangte nach einer Art Selbstbetrachtung. Zumindest aber, so zu tun, als würde er über die Antwort nachdenken, anstatt sie wie einen Oliven-kern auszuspucken.

Ja, ich würde einen Mann zum Sterben im Schnee zurücklassen.
   Auch wenn er dir geholfen hat?
   Auch dann. Wie gesagt, es gibt nichts, was ich nicht tun würde.
   Und was ist, wenn sie dich deswegen hasst? Was dann?

Darüber dachte er tatsächlich nach.
   Ich würde es trotzdem tun.
   Dann tu es.

»Wo geht es hin?« Sofia war stehen geblieben und sah sich im Schneegestöber nach ihnen um.

   »Einfach immer weiter«, rief er. Sie nickte und fuhr weiter.

   Weder wusste er, wo sie waren, noch konnte er sich an die letzten Kilometer erinnern. Hánas, immer noch auf ihn gestützt, schob kraftlos ein Bein vor das andere. Der Kopf hing herab, das bärtige Kinn ruhte auf der Brust. Unter der großen Kapuze war nicht zu erkennen, ob er vielleicht sogar die Augen geschlossen hatte. Immerhin hatten sie ein gutes Stück Weg zurückgelegt, seit Hánas all das Blut von sich gegeben hatte. Auf die Stöcke gestützt, die Beine im Gleichschritt, arbeiteten sie sich in perfekter Harmonie durch den Schnee. Vor seinem geistigen Auge hatte er das Bild eines seltsamen Automaten oder einer auf eine ganz bestimmte Abfolge von Vorgängen programmierte Maschine, die den Menschen verhöhnte.

   Erik fragte sich, ob Hánas nicht in Wirklichkeit ihm half

statt andersherum. Aber wie konnte der Mann überhaupt noch Ski fahren, nachdem er so viel Blut verloren hatte? Mit einer Kugel im Leib? Für einen Mann wie ihn, der in seinem Leben schon Tausende von Kilometern auf Skiern zurückgelegt hatte, war das vielleicht genauso lebenserhaltend wie das Atmen. Das Einzige, was ihn davon abhalten konnte, war der Tod selbst. Der würde nicht mehr lange auf sich warten lassen. So viel war sicher.

Würde Hánas es überhaupt mitbekommen, wenn sie hier anhielten, *wo auch immer das war,* und Erik ihn sanft in den Schnee legte? Wollte der Einäugige nicht darauf hinaus? Deshalb war er doch gekommen. Nicht einmal schlafen musste Erik jetzt. Er würde auftauchen. Und wenn ein Gott das nicht konnte, wozu brauchte es ihn dann überhaupt?

Ich bin immer noch hier, sagte dieser Gott jetzt. Das war der Beweis.

»Was willst du von mir?«

Erik bekam keine Antwort. Der Wind heulte über den Gletscher. Doch da war noch ein anderes Geräusch, und er merkte, dass Sofia etwas gerufen hatte.

»Was ist los?«

Erneut das Heulen des Windes, das Klagelied für die Verlorenen.

»Da ist etwas«, rief sie.

Sein Blick folgte der Richtung, in die ihr Stock zeigte. Es war schon sehr dunkel, und bei so viel Schnee in der Luft konnte er nicht erkennen, was sie gesehen hatte. Aber als er weiterfuhr, nahm etwas Gestalt an. Hoffnung stieg in ihm auf.

»Wo sind wir?«, fragte Hánas, den Kopf immer noch gesenkt, sodass die Worte – die ersten, die er seit Langem von sich gegeben hatte – aus den Tiefen seiner Rentierfellkapuze kamen.

»Da sind Häuser«, sagte er. Auf halber Höhe einen Hang hinauf. »Aber sie sind alt.« Und nicht nur alt, wie er jetzt feststellte, sondern auch baufällig. »Sie stehen auf Stelzen.« Die Hoffnung, die kurz in ihm aufgekeimt war, erlosch jäh. Ihm war klar, dass der Ort verlassen war.

»Das ist die alte Mine«, erklärte Hánas, ohne die Kraft aufzubringen, den Kopf zu heben.

»Die Kupfermine?«, fragte Sofia. »Die Mine, die sie wieder in Betrieb nehmen wollen?«

»Richtig«, bestätigte Hánas.

»Hier können wir nicht mit Hilfe rechnen.« Erik schaute den Hang hinauf. Der Schnee reflektierte ausreichend Helligkeit, um drei Hauptgebäude kenntlich zu machen. Eine Ansammlung langer Holzhütten mit Wellblechdächern in drei Reihen, die übereinander zu stehen schienen und parallel zur zerklüfteten Bergwand verliefen. Wo der Hang abfiel, standen die Gebäude auf Stelzen, uralte, zerbrechlich wirkende Gebilde, was ihn an eine Holzachterbahn aus den Zwanzigerjahren des vergangenen Jahrhunderts erinnerte.

»Und jetzt?« Sofia zog am Bündchen ihres Handschuhs und blies warmen Atem hinein. Wie klein sie wirkte. Von den dunklen Ringen um die Augen einmal abgesehen, war ihr Gesicht kreidebleich. Eigentlich sah sie krank aus. So wie in den Wochen, nachdem Emilie gestorben war. Immer wieder hatte sie sich vorgeworfen, schuld zu sein, weil es ihre Idee gewesen war, klettern zu gehen.

»Bis hierher haben wir es geschafft«, sagte Erik. Hánas' Beine wurden schwächer oder seine Kräfte ließen vollends nach. Jedenfalls spürte er das Gewicht des Mannes, der sich auf ihn stützte, stärker als zuvor. Er wusste, dass Hánas zusammenbrechen würde, wenn er ihn losließ, und dass sie ihn nicht wieder auf die Skier bekämen. »Weit kann es bis zur Stadt doch nicht mehr sein. Fünf Kilometer oder sechs vielleicht.« Es brach ihm das Herz, denn er wusste, dass auch das schon zu weit war.

»Ich kann nicht mehr«, sagte Hánas.

Erik schluckte, spannte die Schultern an und richtete sich und damit auch Hánas, dessen Arm auf ihm ruhte, ein Stück weit auf. »Wir schaffen das.«

Hánas schüttelte den Kopf. »Lass mich hier liegen.« Sein Kopf sackte wieder nach unten. Erik sah Sofia an, die den Kopf schüttelte.

»Wir könnten ihn dort hinlegen.« Er deutete mit dem Kinn zu den alten Minengebäuden am Hang. »Dort ist er geschützt. Wir fahren runter in die Stadt und schicken die Polizei und Sanitäter hier hoch, um ihn zu holen.«

»Ich bring das nicht über mich.«

»Er schafft das.«

Sie schüttelte erneut den Kopf, und er sah, dass ihr die Tränen kamen. Er wusste, dass sie jetzt nicht mehr von Hánas sprach. »*Ich* kann nicht«, sagte sie. »Ich kann auch nicht weiterfahren, Papa. Ich kann einfach nicht mehr.«

»Ich weiß, Lillemor.« Er wollte zu ihr gehen und sie in die Arme schließen, aber Hánas war zu schwer. »Schon gut. Komm her.«

Sie machte zwei Schritte auf ihn zu, nah genug, um ihren Atem im Gesicht zu spüren. Er nahm den leichten Schweißgeruch an ihrem Kopf wahr.

»Wir machen eine Pause.« Er sah zu den verlassenen Gebäuden hinauf. Im Osten erstreckte sich eine Reihe von Seilbahnstützen in die Dunkelheit wie skelettierte Überreste riesiger Roboter oder längst vergessener Technologie. »Wir können uns ausruhen, vielleicht etwas essen und Kräfte für das letzte Stück sammeln.« Allein die Worte wirkten wie Nahrung in seinem Mund.

»Und was ist mit dem Mann, der uns verfolgt?«

Er sah sich um. Ihre Spuren waren fast verschwunden, was nicht hieß, dass sie nicht da waren. »Wir werden uns bereithalten. Wir suchen uns einen Platz, von dem aus wir alles beobachten können. Vergiss nicht, dass wir Gewehre haben. Und wenn er kommt, schießen wir.«

Erschöpft, zitternd vor Kälte und mit Sicherheit auch vor Angst nickte sie. »Gut, Papa.«

»Dann komm. Hilf mir, ihn da hinaufzuschaffen.«

Gut, dass sie wieder in Bewegung kommt, dachte er, als sie auf Hánas' andere Seite ging und sich seinen Arm über die Schulter legte.

»Bist du so weit?«

»Ja.«

Gemeinsam trugen sie Hánas den Hang zu den verlassenen Minengebäuden hinauf. In einen Unterschlupf.

Sie verstauten die Skier und den Pulka im ersten Bau, den sie erreichten, und fanden dann ein gutes Versteck im obersten Gebäude.

Mit allerletzter Kraft, so schien es, schafften sie es noch dorthin und schleppten Hánas, der zu nicht viel mehr in der Lage war, mit hinauf. Erik wollte freie Sicht auf den

Zugang zur Mine und erklärte Sofia, dass sie von oben zusätzlich den großen Mann besser im Griff hätten. Möglicherweise würden sie ihn nicht sehen, aber hören würden sie ihn, wenn er die beiden heruntergekommenen Schuppen weiter unten durchsuchte.

Von ihrem Beobachtungsposten aus hatte er auch noch weitere Gebäude hinter der Hauptanlage auf der anderen Seite des Berghangs gut im Blick. Er vermutete, dass es sich dabei um ehemalige Verwaltungsbüros oder Schlafsäle für die Männer handelte, die hier gearbeitet haben. Es wirkte alles wie eine dieser Städte im Wilden Westen in alten Filmen, in denen abenteuerlustige Goldsucher campierten, bis ein reicher Eisenbahnbaron das Land aufkaufte und sie in eine Ortschaft mit eigenen Gesetzen jenseits von Zivilisation und Religion verwandelte. Zurückgeblieben war eine Geisterstadt. Aber es war die einzige Möglichkeit, sich vor dem Sturm und vor dem Mann in Sicherheit zu bringen, der es auf sie abgesehen hatte.

Sie suchten sich einen Raum mit möglichst wenig Löchern in den Wänden, damit sie vor den eisigen Böen geschützt waren. Aber er hatte ein Fenster mit Blick auf die Stelle, an der sie vor wenigen Minuten noch gestanden hatten. Bis auf ein paar kaputte und vor sich hin rostende Maschinenteile, deren Verwendung sich ihm nicht erschießen wollte, war der Raum leer. In den letzten Jahren hatten sich offensichtlich Jugendliche von den Räumlichkeiten angezogen gefühlt, um ihrer ohnmächtigen Rebellion in Form von Graffiti an Stützbalken und Wandverkleidungen Ausdruck zu verleihen. Sinnfreie Wörter in blauer Blockschrift und gelben Bubbles oder in kaum zu deutenden

Kombinationen aus Pfeilen, Kurven und Stacheln. Kunstvolle Tags von jungen Menschen, die vermutlich längst ihren Platz in Job, Familie und sozialer Konformität gefunden hatten.

Sie hüllten Hánas in eine Rettungsdecke, die sie aus dem Pulka mitgenommen hatten, und lehnten ihn mit dem Rücken an die zum Berg gelegene Holzwand, wo es am wärmsten war. Sofia sollte darauf achten, dass er nicht einschlief.

»Aber er muss sich doch ausruhen.« Sie blickte auf Hánas hinab, der mit schmerzverzerrtem Mund dasaß und in seiner Sprache Gebete, Flüche oder was auch immer murmelte, um die Geister aus seinem Körper zu vertreiben.

»Ich weiß. Aber wenn er einschläft, wacht er nicht wieder auf«, erklärte ihr Erik.

Sie nickte ernst. Der einsichtsvolle Ausdruck, den er in ihrem Gesicht sah, versetzte ihm einen Stich, denn er stand einer Dreizehnjährigen eigentlich noch gar nicht zu.

Sie teilten sich ein wenig von dem getrockneten Rentierfleisch, das Hánas mitgebracht hatte, der aber auf seinen Anteil verzichtete.

»Er kann nichts essen«, erklärte Erik ihr leise als er Sofias fragenden Blick sah.

Sie nickte wieder, und sie machten sich über ihre Mahlzeit her, rissen mit den Zähnen wie Verhungernde Stückchen aus den ledernen Trockenfleischfetzen heraus. Jeder zog sich in seine eigene stille Gedankenwelt zurück, während draußen der Wind heulte, an alten Brettern rüttelte und durch die Löcher in den Wänden pfiff.

»Gut?«, raunte er nach einer Weile, während sich die

Fleischfasern allmählich auflösten und sein Mund sich mit nach Salz schmeckendem Speichel füllte.

Sie nickte.

Er setzte sich auf einen Schemel am Fenster. Die Scheiben hatte er zuvor mit Schnee eingerieben und mit einem alten Lappen abgewischt, damit er hinaussehen konnte. Er zitterte. Bedeutete das, dass sein Körper immer noch kämpfte? Dass er sogar jetzt noch eine verborgene Energie oder den Willen besaß, sich zu wärmen? Denn er war müde. Er hätte nicht mehr weiterlaufen können und überlegte, ob er es Sofia sagen sollte, damit sie nicht dachte, nur sie wäre schwach und sie müssten sich nur ihretwegen hier verkriechen, um das Unvermeidliche abzuwarten. Doch er behielt es lieber für sich. Er wollte nicht, dass sie wusste, dass auch er nicht mehr konnte. Er konnte nicht zulassen, dass ihr bewusst wurde, dass seine Beine zu schwach waren, seine Lunge kurz davor war, zu kollabieren, Fleisch und Knochen wie nach dem unaufhaltsamen Voranschreiten eines bösartigen Krebses von Kälte durchdrungen waren. Und dass sein Geist und sein Körper schon länger begonnen hatten, getrennte Wege zu gehen.

Du hast gesagt, du würdest alles tun.

Er erschrak und sah sich um. Der Einäugige stand zwischen einer rostzerfressenen Industriemaschine und einem Haufen aufgerollter Stahlseile. Er war in einen schwarzen Mantel gehüllt und trug einen pechschwarzen, breitkrempigen Hut, dessen Umrisse im Dunkeln nur schwer auszumachen waren.

Das tue ich ja auch, sagte Erik zu sich, verärgert über die Einmischung. Er musste Wache halten. Konnte nicht einfach dasitzen und sich von einer Gottheit befragen lassen, deren Zeit längst abgelaufen war. Eine Spukgestalt aus den Träumen der Menschen, die längst gestürzt und durch unverbrauchte Götter ersetzt worden war.

Dann mach weiter, sagte der Gott. *Was hält dich auf?*

Erik hob die Hände. *Die hier.* Der Schmerz in den Händen war verschwunden, zumindest im Vergleich zu vorher. Dennoch waren sie nicht zu gebrauchen. Die ersten drei Finger der Rechten fingen an, sich schwarz zu färben. *Und das hier.* Er deutete mit den Händen, die ihn so schmählich im Stich gelassen hatten, auf den Rest seines Körpers. *Ich bin leer. Ich bin an meine Grenzen gelangt.*

Die Gottheit hob das bärtige Kinn, und Erik sah die Augenklappe unter der breiten Krempe des Huts. Das andere Auge funkelte wie Glut und fixierte ihn.

Was ist mit dem Mädchen? Hast du dir nicht immer geschworen, du würdest für sie bis ans Ende der Welt gehen? Hast du dir nicht immer eingeredet, dass du stets alles für sie tun würdest?

Er biss die Zähne zusammen. *Was weißt du schon davon?*

Der Gott zuckte mit den Schultern. *Ich weiß, was du dir einredest. Weil du Angst hast, alt zu werden. Weil du deine eigene Sterblichkeit fürchtest.*

Er ließ die Offenbarung eine Weile wirken, bis sich seine Worte wie Schnee Schicht für Schicht übereinandergelegt hatten. Wie die Schichten von Kälte, von der seine Großmutter immer gesagt hatte, dass sie in den Mauern sitzt.

»Papa … Papa!« Sofia rüttelte ihn an der Schulter. In der Decke, in die er sie gehüllt hatte, stand sie da. Die Mütze mit den Iglus, Schneeflocken und Eisbären von kleinen Eisklumpen überzogen. Ihr Atem stand in einer weißen Wolke zwischen ihnen.

»Was ist?«

Sie schwieg einen Moment, aber er sah den besorgten Ausdruck in ihrem Gesicht. Hatte er etwa laut geredet?

»Ich glaube, wir sollten Hánas noch etwas von deinem Whisky geben. Gegen die Schmerzen. Ich habe mit ihm geredet, aber er sagt kaum noch etwas. Als ob er …« Sie schluckte schwer. »Ich glaube, er gibt auf.«

Erik kramte in seiner Tasche und zog den Flachmann ein Stück heraus, sodass sie ihn nehmen konnte.

»Lass ihn nicht alles trinken. Nur ein Schlückchen.«

Sie nickte.

»Willst du auch etwas?«

Sie zog die Stirn kraus.

»Er macht von innen warm«, sagte Erik. »Zumindest fühlt es sich so an.«

Jetzt sah sie ihn *wirklich* besorgt an, als hätte er endgültig den Verstand verloren.

Trotzdem lächelte er und dachte bei sich, wie verrückt das alles war. Dass irgendwo da draußen ein Mann versuchte, sie umzubringen, sein kleines Mädchen Zeuge eines Mordes geworden war, sie zugesehen hatte, wie ihr eigener Vater Menschen umbrachte, sich auf Skiern fast das Herz aus dem Leib gefahren und Entbehrungen erduldet hatte, die sie sich nie hätte vorstellen können.

»Was wird Mama bloß dazu sagen?« Mit traurigem, entrücktem Blick sah sie ihn an, als wüsste sie, dass sie es nie erfahren würden. Sie hob die Flasche an, schraubte den Deckel ab und schnupperte daran. Als hätte man ihr den Geruch aus einer Kloake oder Schlimmerem unter die Nase gehalten, verzog sie das Gesicht.

»Für Mädchen ist das sowieso nichts«, meinte Erik, worauf sie die Augen zusammenkniff, die Flasche ansetzte und etwas von dem Nass zwischen die geschürzten Lippen laufen ließ. Ruckartig schnellte ihr Kopf zurück. Naserümpfend und angewidert zog sie die Oberlippe hoch.

»Igitt!«, entfuhr es ihr. Er musste lachen. Es hörte sich an wie das Lachen aus einer anderen Zeit und einer anderen Welt.

Er zuckte mit den Schultern. »Ich hab's dir ja gesagt.«

Wieder verzog sie das Gesicht und reichte ihm den Flachmann zurück. »Wie kannst du nur so was trinken?«

»Heb es für ihn auf.« Sie blickten zu Hánas hinüber, der mit geschlossenen Augen und herabhängendem Kopf dasaß.

Sofia schraubte die Flasche zu. »Er stirbt, oder?« Sie sprach sehr leise. Er spürte ihren Blick so intensiv auf sich gerichtet wie den des Gottes. Würde er jetzt lügen, glaubte sie ihm nichts mehr.

»Ja, so ist es wohl.«

Sie nickte.

»Versuch, ein wenig zu schlafen.«

Ihr Blick ging zum Fenster hinaus. »Ich kann noch eine Weile Wache halten.« Draußen herrschte dichtes Schneetreiben. Flocken so groß wie Eiderdaunen, als würden sie aus einem Kissen fallen. Viel war durch die trübe Fensterscheibe nicht zu sehen. Der große Mann hätte vermutlich dort unten stehen und zu ihnen hinaufschauen können, ohne dass sie ihn gesehen hätten. Er sie aber vermutlich auch nicht.

»Ich bin wach. Ruh du dich doch ein wenig aus.«

»Ich dachte, ich sollte Hánas wachhalten.«

»Ich bin wach«, schaltete Hánas sich ein. Überrascht sahen sie ihn an. Er hob den Kopf und verzog das Gesicht. Selbst im Dunkeln sah Erik Blut an den Zähnen kleben.

»Dein Vater und ich werden uns ein wenig unterhalten, um uns die Zeit zu vertreiben«, sagte er zu Sofia. »Ich sorge dafür, dass er während der Wache nicht einschläft.«

Sie drehte sich unsicher zu Erik um, der nickte. »Du legst dich jetzt hin.«

»Papa …«

»Ja?«

»Der Mann da draußen.« Sie sah zum Fenster hinaus. »Der gibt wohl nicht auf, oder?«

Ein Windstoß rüttelte an der Scheibe.

»Nein, das tut er nicht. Wir aber auch nicht.«

Sie überlegte einen Moment, beugte sich dann vor und gab ihm einen Kuss auf die Wange. Er spürte ihre trockenen, rauen Lippen auf seiner Haut, und in diesem Moment liebte er sie so sehr, dass es ihn zu zerreißen drohte.

»Ruh dich aus.«

Fröstelnd schlang sie die Decke um sich und suchte sich einen Platz unter einem anderen Fenster. Das schwache Licht des verhangenen Mondes fiel hindurch auf sie wie eine kalte Liebkosung, als wäre sie für etwas Bestimmtes auserwählt worden.

Erik wandte das Gesicht ab und sah in die Nacht hinaus. Sein Atem beschlug das Glas.

Er kam wieder zu sich, als wäre er aus einem Koma erwacht. Als wäre er lebendig begraben worden und müsste sich durch nasses Erdreich oder tiefen Schnee nach oben graben. Ganz allmählich erst wurde er wach und war von dem Gefühl beherrscht, irgendwo weit jenseits der Sphären seines physischen Körpers gewesen zu sein, ohne sich erinnern zu können, wo dieser Bereich lag oder was dort geschehen war. Er spürte eine unfassbare Schwere in sich. Seine Gliedmaßen fühlten sich an, als bestünden sie aus Eisen. In den Adern schien geschmolzenes Blei zu fließen, und alles war erfüllt von Schmerzen. Doch selbst der Schmerz wich, als ihn die kalte Panik packte. *Wie konnte ich nur einschlafen? Wie konnte ich sie dieser Gefahr aussetzen?* Er betrachtete sie, wie sie still und entspannt dalag, und erinnerte sich an die Zeit, in der Emilie und sie klein waren und er sich nachts in ihr Schlafzimmer geschlichen hatte, eine Weile einfach nur dastand, lauschte und wartete, bis sich seine Augen an die Dunkelheit gewöhnt hatten, bis er sicher sein konnte, dass sie noch atmeten. Denn es passierte oft, dass sie nicht den kleinsten Laut von sich gaben.

Genau dasselbe machte er auch jetzt. Er beobachtete sie, bis er sicher war, dass sich ihre Decke vier, fünf Mal auf und ab bewegt hatte. Dann ging sein Blick zu Hánas hinüber, der wach war. Der Hirte reagierte mit einem fast unmerklichen Nicken. Vielleicht hatte er doch nicht so fest geschlafen, wie er befürchtet hatte. Als wollte Hánas sagen, *du warst kurz weg, Kumpel, schön, dass du wieder da bist.*

Vorher hatten sie über alles Mögliche geredet, um Hánas bei Bewusstsein zu halten. Über Fußball etwa. Er war überrascht, dass Hánas über den aktuellen Kader von Tromsø Idrettslag mehr wusste als er, auch wenn er einräumte, schon lange ein Fan des FC Liverpool zu sein.

Dann hatte er Hánas gefragt, wie viele Rentiere er hatte,

obwohl er sich durchaus an den Rat erinnerte, den Lars Helgeland Sofia mit auf den Weg gegeben hatte, nämlich niemals einen Rentierzüchter nach der Anzahl seiner Tiere zu fragen, wenn man ihn nicht beleidigen wollte. Hánas hustete, bis wieder Blut kam, und verzog die Lippen.

»Wie viel Geld hast du denn so auf dem Konto?«, hatte er Erik gefragt und damit bestätigt, wie recht Lars gehabt hatte. Dennoch schien die Strategie zu funktionieren. Solange der Mann redete, war er am Leben. Anschließend, wie beim Skilanglauf in einer von der Pistenraupe gelegten Spur, kamen sie unweigerlich auf die jüngsten Ereignisse zu sprechen. Sie redeten über das Forschungslabor und darüber, welche Verbindung es zu Novotroizk Nickel geben könnte. Über die Ruine, die nun, weit weg von den Unbilden des Sturms und diesem Mann, zu ihrem Allerheiligsten geworden war. Dass es eine Verbindung gab, wussten beide, aber keiner von ihnen konnte sich erklären, warum Dr. Kotilla gelogen hatte. Warum er nicht offen gesagt hatte, was er und seine Kollegen dort oben taten und was es mit den mumifizierten Leichen im Labor auf sich hatte. Und überhaupt, was zum Teufel war mit Ivvár passiert, dem Führer, der bei Novotroizk Nickel arbeitete?

Selbst Hánas, schwer verwundet, mit inneren Blutungen und höchstwahrscheinlich dem Tode geweiht, sah immer noch gesünder aus als Ivvár, wie er dort schweißgebadet ans Bett gefesselt war und ihm die Augen aus dem totenkopfähnlichen Schädel quollen.

»Ivvár war problematisch«, hatte Hánas gesagt. Jedes Wort kostete ihn große Mühe, aber er nahm sie auf sich. Er kannte das Spiel. »Er und sein Bruder hatten mal eine eigene Herde.

Aber sie gerieten in Streit. Es ging um Geld. Ich kenne die Details nicht, aber Ivvár trinkt zu viel. Das ist kein Geheimnis. Schließlich fing er an, Geld damit zu verdienen, dass er Touren für Touristen anbot. Im Winter auf Skiern oder mit dem Schneemobil. Gegen Ende des Sommers ging er mit ihnen zum Lachsfischen. Was auch immer. Dann hörte ich, dass er einen Job bei der Bergbaugesellschaft bekommen hatte. Direktoren, Vorstandsmitglieder, Ingenieure und solche Leute vom Flughafen abholen und herbringen. Möglich, dass er ihnen geholfen hat, neue Grabungsstellen auszukundschaften.« Hánas schüttelte den Kopf. »Du kannst dir vorstellen, wie das bei unseren Leuten ankam.«

»Ja, und ich kann mir auch gut vorstellen, wie deine Schwester darüber dachte«, sagte Erik und erinnerte sich an die Kälte in Karine Helgelands Stimme, als sie sich weigerte, das Bestechungsgeld von der Firma anzunehmen. Ihr Mut hatte sie und ihren Mann das Leben gekostet. Ihren Bruder jetzt vermutlich auch. Vielleicht wurden sie sogar alle umgebracht.

Hánas zuckte vor Schmerz zusammen und verlagerte sein Gewicht ein wenig. »Sie sagte, Ivvár hätte uns alle verraten. Aber ich glaube, sie hatte eher Mitleid mit ihm, als dass sie ihn hasste.«

Kurz danach war Hánas verstummt, und Erik war weggedriftet. Aber die Angst, dass er wieder einschlafen könnte, schärfte seinen Verstand. Er sah in die Nacht hinaus, hielt sich aber mit Bedacht die Hand vor den Mund, damit sein Atem das Glas nicht beschlug.

»Vielleicht hast du ihn ja getroffen«, sagte er und sah sich zu Hánas um.

»Ich glaube nicht«, sagte Hánas. »Er war zu weit weg.« Er zog den Flachmann unter der Folie hervor und führte ihn mit blutverschmierter, zittriger Hand an die Lippen. »Ich für ihn aber nicht«, fügte er fast schon respektvoll hinzu.

»Wir sollten den Verband wechseln.«

»Hast du denn noch Verband?«

»Nein.« Er hatte das ganze Kompressen-Paket auf die Wunde gelegt, aber das Blut musste sie inzwischen vollständig durchgeweicht haben. »Ich kann aber auch etwas anderes verwenden. Ich glaube, wir haben noch saubere Klamotten im Pulka.«

Hánas zog die Brauen zusammen. »Hältst du jetzt Wache oder nicht? Wir machen das, wenn sie aufwacht.«

Erik nickte. Beide sahen zu dem Mädchen herüber. Ihr Gesicht war größtenteils unter ihrer Kapuze verborgen. Nur ein Teil ihrer Wange und des Mundes lugten hervor. Lippen, die noch nie einen Jungen geküsst hatten.

Schlaf, beschwor er sie. *Nimm dir jede Minute, die du kriegen kannst. Träum von zu Hause. Von deiner Mutter. Von deiner Schwester. Träume von den glücklichen Zeiten, als wir alle zusammen waren, unbeschwert und ohne Angst.*

15

Er stand draußen hinter der langen Hütte und erleichterte sich, als er es hörte. Sein benommener Geist brauchte eine Weile, um es zu begreifen, doch dann traf es ihn mit voller Wucht. Schneemobile. Nicht nur eins. Gleich mehrere jaulten draußen im Schneesturm auf. Die Tonhöhe der Motoren stieg und fiel entsprechend der Kraft, mit der der Fahrer aufs Gaspedal trat. In Windeseile huschte er um das Gebäude herum vorne auf die Terrasse und hielt den Kopf so, dass er sich auf sein linkes Ohr konzentrieren konnte.

Vielleicht war es ein Suchtrupp, den Elise alarmiert hatte, weil sie ahnte, dass etwas nicht stimmte. Oder jemand hatte die Helgelands gefunden und, weil draußen ein Mörder frei herumlief, die Polizei alarmiert, die nun alle Häuser und Hütten in den Bergen absuchte, um sicherzugehen, dass niemand fehlte. Elise hatte ihnen bestimmt gesagt, dass Sofia und er eine Tour unternahmen. Vielleicht hatten sie auch die Leichen der Männer gefunden, die Erik getötet hatte, sodass sie ihre Suche nun intensiviert hatten. Durchaus möglich, oder?

Er sah die Lichter, bevor er die Richtung ausmachen konnte, aus der der Motorenlärm kam. Sieben Schlitten kamen aus südöstlicher Richtung auf sie zu. Lichter, die zwischen Schluchten und Hügeln mäanderten und den herabfallenden Schnee anstrahlten. Er nahm das Gewehr von der

Schulter und sah durch das Zielfernrohr. Es gelang ihm jedoch nicht, das Zielfernrohr scharf genug einzustellen, um zu sehen, ob es sich um die Polizei oder die Bergwacht handelte. Sein eigener Atem hüllte den Kopf in eine Wolke und beschlug das Glas des Zielfernrohrs.

Er ging hinein, informierte Hánas und weckte Sofia sanft, um sie nicht zu erschrecken.

»Was ist los?« Sie richtete sich gleich auf und saß verwirrt da, wie eine Kreatur, die zu früh aus dem Winterschlaf geweckt wurde.

»Da kommen Leute.«

»Wer?«

»Ich weiß es nicht.«

Er half ihr auf. Vor Schmerz zuckte sie zusammen. Gemeinsam gingen sie mit unsicheren Schritten zur Tür.

»Pass auf, dass sie dich nicht sehen«, sagte Hánas, ohne den Kopf zu heben.

»Aber er kann es doch nicht sein, oder?« Sofia sah ihren Vater fragend an.

»Er hat recht. Wir lassen uns besser nicht blicken, solange wir nicht wissen, wer das ist.«

Sie stapften durch den Tiefschnee auf dem freien Teil der Terrasse und stiegen die Eisentreppe hinab, über die sie zu allen drei langen Gebäuden am Hang gelangten. Dabei achteten sie darauf, möglichst in ihre früheren Fußspuren zu treten. Sie gingen nicht den ganzen Weg hinab, sondern zunächst in das erste Gebäude und tasteten sich dort im Dunkel, vorbei an alten Maschinen und Relikten einer vergangenen Zeit, zu den Fenstern auf der rechten Seite vor, die vom Scheinwerferlicht der Motorschlitten hell angestrahlt wurden. Erik wartete, bis die Fenster wieder dunkel wurden, bevor er durch einen leeren Rahmen hinaussah, während Sofia neben ihm durch eine stumpfe Scheibe spähte.

»Wer ist das?«, flüsterte sie.

Die kalte Luft stach ihm ins Gesicht. »Ich kann es nicht erkennen.«

Die Schlitten waren vor die alten Minengebäude gefahren und blieben neben den anderen Hütten und den drei Bürogebäuden stehen. Erst jetzt entdeckte er das Zelt, das dort stand. Eines dieser großen Stoffzelte, die Polarforscher auf ihren Expeditionen benutzten. Jetzt war es nicht mehr zu übersehen. Sie hatten die Schneemobile in einem Bogen aufgestellt, die Scheinwerfer aber angelassen, als sie die Motoren ausschalteten, sodass der Bereich, um den es ihnen offensichtlich ging, zu dem auch die Hütten und das große Zelt gehörten, gut ausgeleuchtet war.

»Das ist nicht die Polizei«, sagte Sofia.

»Nein, das ist sie nicht.« Womit sich seine Hoffnung in Luft aufgelöst hatte.

»Die Bergrettung vielleicht?«

»Nein«, sagte er und schob den Lauf des Gewehrs vorsichtig durch den leeren Fensterrahmen, sodass er durch das Zielfernrohr schauen konnte. »Die haben etwas mit der Mine oder dem Labor zu tun, oder beides.«

»Also dürfen sie auf keinen Fall mitkriegen, dass wir hier sind.«

Er antwortete nicht, hatte sie im Visier. Einige von ihnen mussten zu zweit auf einem Schlitten gesessen haben, denn es waren insgesamt zwölf Männer und Frauen. Sie schienen es eilig zu haben. Einige gingen auf direktem Weg in die Hütten, andere ins Zelt. Ihre Bewegungen zeugten von hoher Dringlichkeit, als gälte es, schnell eine Aufgabe zu erledigen, um wieder ins Warme zu kommen. Er richtete das Zielfernrohr auf einen Mann mit einem schwarzen, daunengefüllten Parka, der Befehle brüllte, die im Jaulen des Windes allerdings untergingen. Er hatte ein Gewehr über der rechten Schulter.

»Da kommen noch mehr«, verkündete Sofia.

Er hörte die Motoren, behielt die Hütten und das Zelt aber im Visier und drehte den Kopf nur so weit zur Seite, dass er drei weitere Schneemobile mit Anhängern ankommen sah.

»Was ist los, Papa?«

»Warte.« Dann: »Sieht aus, als würden sie Sachen zusammenpacken.«

»Was denn?«

Er richtete das Fernrohr auf eine Frau, die aus einer Hütte kam. Sie trug etwas.

»Computermonitore. Akten.« Er bewegte den Gewehrlauf ein paar Zentimeter nach rechts. »Schutzanzüge.«

»Wie die im Labor?«

»Ja.« Ein Mann schleppte einen Presslufthammer durch den Tiefschnee. Ein anderer hatte die Arme voller Spitzhacken. Zwei trugen einen Generator, während wieder zwei andere Benzinkanister aus der weiter links gelegenen Hütte holten. Alles wurde in die Anhänger der Schneemobile geladen, die zuletzt angekommen waren.

»Was haben die hier gemacht?«, murmelte Erik vor sich hin.

»Packen sie wegen uns zusammen?«

Er sah sie an. »Warum sollte das etwas mit uns zu tun haben?« Er wusste, warum, wollte es aber von ihr hören. Er wollte hören, was sie sich selbst zusammengereimt hatte.

Sofia zog die Stirn kraus. Ihr war klar, dass er sie testen wollte. »Weil diese alte Mine etwas mit dem versteckten Labor, den Leichen und mit diesem Ivvár zu tun hat. Und weil wir aus dem Labor geflohen sind, haben sie jetzt Angst, dass wir es der Polizei melden könnten und das, was sie tun, in die Öffentlichkeit gelangt.«

Erik blickte wieder durch das Zielfernrohr. »Ich glaube, du hast recht.« Er richtete das Fadenkreuz auf den Boss der Gruppe, der jetzt am Eingang des großen Zeltes stand und die Tür offen hielt, sodass das Scheinwerferlicht der Schlitten ins Innere drang. Ein Mann und eine Frau standen zu beiden Seiten eines Lochs im Boden, einer quadratischen Grube, die sie mit den routinierten Handgriffen von Leuten, die das, was sie versteckten, bei ihrer Rückkehr in unverändertem Zustand wieder vorfinden wollten, mit einer Plane auslegten.

»Papa?«

»Ja.«

Er nahm das Auge vom Zielfernrohr und drehte sich zu ihr um. Trotz der Mütze konnte er im Halbdunkel die senkrechte Falte zwischen ihren Augenbrauen erkennen, die sie von ihrer Mutter hatte. »Vielleicht sind es ja keine schlechten Menschen. Vielleicht würden sie uns helfen. Hánas helfen.« Klein und verletzlich stand sie da, die Arme um sich geschlungen. Sie zitterte, als wäre ihr dieser körperliche Zustand zur Gewohnheit geworden. »Wenn sie wüssten, dass er sonst stirbt, helfen sie ihm vielleicht. Sie könnten ihn mit einem Schneemobil runterfahren.« Sie zuckte mit den Schultern. »Vielleicht sind sie nicht wie die anderen.«

»Und wenn doch? Was immer sie zu verstecken versuchen, es muss sehr wichtig sein, dass sie dafür in diesem Sturm hier hochkommen.«

Sie überlegte. »Aber sollte Hánas nicht selbst entscheiden, ob er das Risiko eingehen will?« Ihre Besonnenheit und ihr Einfühlungsvermögen verblüfften ihn. Und sie hatte recht. Hánas lag im Sterben. Warum sollte er das Risiko nicht eingehen? Selbst bei einer Wahrscheinlichkeit von zehn Prozent, dass diese Leute ihm halfen, war das immer noch mehr als die Wahrscheinlichkeit, die Nacht zu überleben.

»Gut. Hánas soll das entscheiden«, sagte Erik. »Wenn er beschließt, zu ihnen zu gehen, halten wir uns versteckt. Wir beobachten, was passiert, lassen uns aber nicht blicken. Einverstanden?«

»Einverstanden.«

»Dann los.« Sie zogen sich in den hinteren Teil des Gebäudes zurück und stiegen leise die Treppe hinauf. Jeder Schritt bedeutete eine große Herausforderung für Körper und Geist. Die Beine waren müde und unglaublich schwer. Er fühlte sich vom Dreifachen der normalen Schwerkraft nach unten gezogen.

Hánas versuchte, sich aufzurichten, als sie wieder bei ihm waren. Sein Gesicht war schmerzverzerrt und bleich.

»Ich dachte schon, ihr hättet mich hier zurückgelassen«, sagte er und zwinkerte Sofia zu, während Erik ihm aufhalf.

Sofia ging zum Seitenfenster und passte auf, während er Hánas berichtete, was draußen vor sich ging, und ihm die Möglichkeiten aufzeigte, die er nun hatte.

»Wir können ihnen nicht trauen«, schlussfolgerte Hánas.

»Richtig. Aber du musst in ein Krankenhaus.«

Hánas schüttelte den Kopf. »Sie wissen über uns Bescheid, auch, dass wir zu dritt sind.« Er wehrte Eriks stützende Hand ab und richtete sich auf. »Wenn sie mich sehen, suchen sie auch euch.«

Erik wusste, dass er recht hatte, und war froh, dass Sofia ein Stück weg am Fenster stand. Leise fügte er hinzu: »Das darf nicht passieren. Ich kann sie dieser Gefahr auf keinen Fall aussetzen.«

Hánas sah ihn mit dem Ausdruck entschlossener Zustimmung an.

Dann kam Erik eine andere Idee. »Und wenn ich mir einen dieser Motorschlitten schnappe? Die Scheinwerfer sind an, die Schlüssel müssten noch stecken. Wenn ich unbemerkt rankomme? Selbst auf die Gefahr, dass ich einem eine Waffe an den Kopf halten muss.«

Hánas murmelte vor sich hin. Vornübergebeugt, die Hände auf die Wunde gepresst, sah er Erik mit hochgezogenen Augenbrauen an.

»Und das soll nicht riskant sein? Die anderen würden doch sofort auf ihre Schlitten springen und dich jagen. Und überhaupt, kannst du mit diesen Händen überhaupt fahren? Ich bezweifle, dass du überhaupt einen Zündschlüssel umdrehen kannst.«

Erik atmete frustriert aus. »Verdammt.«

Sofia zischte ihnen von der anderen Seite des Schuppens

etwas zu und signalisierte mit dem Arm ein unmissverständliches *Komm schnell*.

»Da«, flüsterte sie und drückte ihre behandschuhte Hand gegen die verschmierte Scheibe.

»Ich sehe ihn«, sagte er. Ein Mann hatte sich von der Gruppe entfernt und war aus dem Lichtkegel der Scheinwerfer herausgetreten.

»Ich glaube, er musste pinkeln«, sagte sie.

»Iss niemals gelben Schnee«, murmelte er vor sich hin.

Sie schaute weiter zum Fenster hinaus. »Was macht er denn jetzt?«

Erik wurde es mulmig. »Los!«, sagte er. »Schnapp dir die Ausrüstung!« Offenbar hatte der Mann ihre Spuren oder das, was von ihnen geblieben war, entdeckt. Er blickte zum Berghang und zu den Minengebäuden hinauf. »Wir müssen bei den Skiern sein, bevor er die entdeckt.«

Sie setzten ihre Rucksäcke auf, und er legte sich Hánas' Arm über die Schulter. »Bereit?«, fragte er ihn. Hánas war alles andere als bereit, nickte aber trotzdem. Gemeinsam traten sie in den Sturm hinaus. Die Stiefel knirschten im Schnee auf der Metalltreppe, Hánas' Atem roch nach Eriks Lieblingswhisky.

Elf Stufen führten sie auf die mittlere Ebene hinab, wo sie stehen blieben, um sicherzugehen, dass man sie nicht schon entdeckt hatte. Aber sie hörten nichts außer dem Wind. Dann eine ferne Stimme, die der Wind von den Hütten her, in denen die Aufräumarbeiten in vollem Gange waren, zu ihnen trug.

»Weiter«, sagte er zu Sofia. Hánas und er folgten ihr die nächste Treppe hinab. Unten krochen sie in die unterste

Hütte. Er zog die morsche Tür hinter sich zu, erleichtert, dass sie nicht knarrte, worauf er sich schon eingestellt hatte. Sofia ging sofort zum Fenster. Kaum dort, drehte sie sich um und ging auf die Knie. Die Augen in dem hageren Gesicht waren riesengroß, schreckerfüllt.

»Er kommt!«

Einen quälenden Moment lang wusste Erik nicht, was er tun sollte. Wie angewurzelt stand er da, während Hánas kraftlos an ihm hing. Er schaute in die dunkle Ecke, in der sie die Skier und den Pulka unter einer dünnen, rostigen Metallplatte verstaut hatten. Ihnen blieb keine Zeit. Er setzte Hánas behutsam auf dem Boden ab, lehnte ihn an die Wand und nahm ihm das Gewehr von der Schulter. »Nicht aufstehen«, zischte er Sofia zu, öffnete die Tür und trat hinaus. Den Körper dicht an die Holzplanken gedrückt, spähte er vorsichtig um die Ecke herum.

Keine drei Meter war der Mann von ihm entfernt. Er trug eine dicke schwarze North-Face-Daunenjacke, hatte sich die schwarze Mütze tief in die Stirn und den Fleece-Nackenwärmer bis zu den Augen hochgezogen. *Sein Blickfeld dürfte seitlich erheblich eingeschränkt sein*, dachte Erik.

Der Mann betrachtete die Fußabdrücke, die sie auf der Treppe hinterlassen hatten, sah zum oberen Ende der Treppe und dem langen Gebäude hinauf, während er sich vermutlich fragte, ob diejenigen, die diese Spuren hinterlassen hatten, jetzt dort oben waren. Bei genauerem Hinsehen müsste er eigentlich erkennen, dass die frischeren Abdrücke von oben herunterkamen und in den unteren Schuppen führten. Doch wie es aussah, war er nur gekommen, um nachzusehen, ob alles in Ordnung war, ohne die Absicht zu haben, sich allein dort oben umzusehen. Nein. Er würde vermutlich wieder runtergehen und den anderen Bescheid sagen. Und die würden kommen. Und würden sie finden.

Das konnte Erik nicht zulassen.

Sein Herz raste, der Puls hämmerte in den Ohren und schien immer lauter zu werden, während er sich wappnete.

Werde ich das wirklich tun?

Das Gewehr diagonal vor dem Körper, die rechte Hand am Gurt hinter dem Abzugsbügel, die linke am Vorderschaft, kaum atmend und bis aufs Äußerste entschlossen, trat er vor. Entweder hatte der Mann tatsächlich etwas gehört, oder er ließ sich von dem archaischen Gefühl leiten, beobachtet zu werden. Langsam drehte er sich um.

Mit drei schnellen Schritten erreichte Erik den Mann, schlug ihm mit dem Gewehr auf den Kopf und schlang ihm den Gurt um den Hals. Der Mann jaulte auf. Erik zog den Gurt der Waffe mit aller Kraft zurück und zerrte den Mann zu sich heran.

»Ich bring dich um«, knurrte Erik ihm durch die schneebedeckte Wollmütze ins Ohr. »Mit Begeisterung. Du tust jetzt nichts. Ja, du versuchst es nicht einmal.« Wie ein Tier, das seine Beute zu sich in den Bau zieht, zerrte er den Mann mit sich. »Ich blas dir das Gesicht weg, du Bastard«, schnarrte er ihn vor Anstrengung keuchend an. Er spannte die Arme an, um den Druck aufrechtzuerhalten, um den Mann gar nicht erst daran zweifeln zu lassen, dass er hilflos und seinem Entführer ausgeliefert war.

Als er mit dem Rücken an der Tür stand, rief er Sofia zu, sie solle die Tür öffnen. Er zerrte den Mann in den Schuppen und ließ ihn auf den Boden fallen, während Sofia die Tür wieder schloss.

»Du sagst kein Wort, du Bastard, oder ich bring dich um«, schnauzte er. Der Mann lag mit dem Gesicht nach unten da, die Arme in einer Geste von Ergebenheit ausgestreckt. Keuchend hielt Erik das Gewehr an der Schulter im Anschlag. Zu seiner Überraschung sah er Hánas wieder auf den Beinen stehen, die Mosin-Nagant auf ihren Gefangenen gerichtet. Sein gräuliches Gesicht war schweißgebadet, die Augen zeugten von unerträglichen Schmerzen.

»Wenn du verstehst, was ich sage, dann nicke«, sagte Erik und bedeutete Sofia mit dem Kinn, dass sie wieder ans Fenster gehen und aufpassen solle.

Der Gefangene nickte.

»Gut«, sagte Erik. Viel Zeit hatten sie nicht. Irgendwann würde jemand das Fehlen des Mannes bemerken und nach ihm suchen. »Was ist hier los?«

Der Mann antwortete nicht. Erik trat einen Schritt vor und drückte ihm die Gewehrmündung durch die dicke Jacke zwischen die Schulterblätter.

»Jetzt kannst du reden. Dreh dich um, Hände hinter den Kopf.«

Der Mann gehorchte, rollte sich auf den Rücken, richtete sich mühsam an der Wand zum Sitzen auf. Er schien sich eng an die Wand zu pressen, als würde er sich am liebsten noch weiter zurückziehen, wenn er es denn gekonnt hätte. Als könnte er allein durch reine Willenskraft jedes Molekül seines Körpers dazu bringen, sich aufzulösen, um in einer Art menschlicher Osmose durch das Gebälk hindurchzudiffundieren. Er gab ein klägliches Bild ab, wie er dort mit hinter dem Kopf verschränkten Fingern im Halbdunkel saß.

Erik stellte sich vor ihn hin und schob mit dem Lauf der Remington den Halswärmer vom Mund, trat zurück und hob das Gewehr an, woraufhin der Mann sich wie ein geprügelter Hund krümmte und winselte. »Was machen deine Leute hier?«, fragte Erik erneut.

Erst jetzt konnte er das Gesicht des Mannes genauer sehen. Er war jung, Ende zwanzig, Anfang dreißig vielleicht, und offensichtlich zu Tode verängstigt. Aber Erik empfand keinerlei Mitleid mit ihm. Seine Tochter war das Einzige, was zählte. »Für Spielchen haben wir keine Zeit. Wenn du mir sagst, was ich wissen will, bleibst du am Leben. Verarschst du mich, bist du tot.« Er merkte, wie leicht ihm diese Worte über die Lippen kamen, und wie verrückt das war.

Der junge Mann nickte und setzte sich etwas gerader hin. »Wir sind Wissenschaftler«, sagte er. Sein Blick ging kurz zu Hánas, dann wieder zu Erik. »Na ja, ich bin noch in der Ausbildung. Nächstes Jahr bekomme ich ein Stipendium.« Er verzog das Gesicht, sah an sich herab, und Erik roch es jetzt auch. Er hatte sich in die Hose gemacht. Erik konnte ihm das nicht einmal verübeln – wem würde das nicht passieren, wenn ein wildgewordener, bewaffneter Fremder wie aus dem Nichts über einen herfällt?

»Was für Wissenschaftler?«, hakte Erik nach.

»Immunologen, Pathologen, Molekularbiologen. Forscher auf dem Gebiet der Umweltvirologie. Zwei Mediziner und Archäologen. Ein Professor für Genomik und Bioinformatik ist dabei.« Erik sagten diese Begriffe nichts, aber darauf kam es jetzt nicht an.

»Was tut ihr hier? Du gehörst doch zu denen, die in dem Labor im Eis arbeiten, oder?«

»Ihr wart dort«, sagte der Mann. Das war keine Frage, sondern eine Feststellung.

»Kurz«, beschied ihn Erik.

»Was ist mit Ivvár passiert?«, wollte Hánas wissen.

Erik bedeutete Hánas mit einem Blick, dass das jetzt nicht die vordringlichste Frage war, aber Hánas ignorierte ihn und entsicherte das alte russische Gewehr, um dem Mann zu zeigen, dass er auf einer Antwort bestand.

»Und, ich höre?«

Der Mann schaute von Erik zu Hánas. »Er ist infiziert.«

»Womit?«

Der Gefangene verzog das Gesicht, als tobte ein Kampf zwischen dem einen Ich, das alles preisgeben wollte, und dem anderen, das genau das für eine sehr, sehr schlechte Idee hielt.

»Wenn ihr mich gehen lasst, schwöre ich, dass ich nichts verrate. Ihr könnt hierbleiben oder gehen, wenn ihr mir nicht traut. Wie auch immer, ich schwöre, dass ich niemandem erzähle, dass ich euch gesehen habe.«

Erik deutete mit dem Kinn auf Hánas. »Siehst du meinen Freund hier? Sieht der so aus, als wollte er gleich in den Schneesturm hinaus?«

Hánas drehte das Gesicht zur Seite und spuckte Blut.

»Wer ist hinter uns her? Ein großer Mann. Ein gefährlich aussehender Mistkerl.«

Erik legte eine Hand an die Lippen. »Mit einer Narbe«, fügte er hinzu.

Der Mann schüttelte den Kopf. »Jemand, den du nicht

zum Feind haben willst.« Er schluckte. »Bitte!«, flehte er. »Ich habe einen kleinen Sohn. Du musst das nicht tun.«

Erik versetzte ihm mit dem Gewehr einen Stoß. »Wenn du uns nicht auf der Stelle sagst, was wir wissen wollen, dann schiebe ich dir das Teil hier tief in deinen schönen dicken Mantel und drücke ab, und deine Freunde bekommen davon bei diesem Sturm nicht einmal etwas mit.«

Er spürte Sofias Blick auf sich gerichtet, aber er sah sie nicht an.

Der Gefangene nickte. »Schon gut.« Er sah aus, als müsste er sich gleich übergeben. »2016 ist in einer abgelegenen Gegend in Sibirien ein zwölfjähriger Junge gestorben, und viele andere kamen mit Milzbrand ins Krankenhaus. Die Milzbrandbakterien stammten von einem Rentier, das vor über siebzig Jahren verendet war.«

Hánas nickte. »Das Rentier war mit dem Permafrostboden aufgetaut«, sagte er. »Wir haben alle davon gehört.«

»Richtig«, fuhr der junge Mann fort. »Wir wissen bereits, dass das Gletschereis Bakterien und Viren, die … Hunderttausende von Jahren alt sein könnten, kryogenisch konserviert.« Er blickte auf die Holzdielen. »Hier befinden wir uns über Permafrostboden.«

»Gefrorener Boden«, warf Erik ein.

»Im Prinzip ja«, sagte der Mann. »Unter fast einem Viertel der nördlichen Hemisphäre befindet sich Permafrostboden, der aufgrund der globalen Erwärmung in immer tieferen Schichten aufzutauen beginnt. Es ist nur eine Frage der Zeit, wann Tausende von Gräbern freigelegt werden. Tote, die an Pocken, Diphtherie und Beulenpest gestorben sind. Und mit ihnen gelangen auch die Erreger wieder ans

Tageslicht. Krankheiten, von denen wir dachten, wir hätten sie überwunden. Aber vielleicht eben auch nicht.«

Hánas riss die Mosin-Nagant hoch. »Was hat das alles mit Ivvár zu tun? Was ist mit ihm passiert?«

Der junge Mann senkte unterwürfig den Kopf. »Hier werden Bestattungen durchgeführt.« Er sah zum Fenster, wo Sofia stand. Sie sah ihn an, aber ein Blick von Erik reichte und sie drehte sich sofort wieder zum Fenster um. »Schon mal was von der Grippe-Epidemie von 1918 gehört?«, fragte der Gefangene.

Erik nickte. »Die Spanische Grippe.«

»Ein H1N1-Virus, das ursprünglich von Vögeln auf den Menschen übertragen wurde. Weltweit sind damals über fünfzig Millionen Menschen gestorben. Vielleicht waren es sogar hundert Millionen. Fast ein Drittel der Weltbevölkerung war infiziert.«

»Geht das auch schneller?«, befahl Erik.

Der Mann schluckte. »Auch Samen hier haben sich 1918 mit dem Virus angesteckt und sind gestorben. Normalerweise bestatteten die Samen ihre Toten in Geröllgräbern an geweihten Stätten.« Er sah Hánas an, als bäte er um Erlaubnis, über dessen Volk sprechen zu dürfen. Der aber sah ihn nur mit zusammengekniffenen Augen an, als könnte er mit geschlossenen Augen verhindern, dass der Schmerz aus ihm herausbrach und ihn ertränkte. »Aber die Familien der verstorbenen samischen Männer und Frauen hatten Angst vor der Krankheit.«

»Verständlich«, sagte Hánas.

Der Gefangene sah wieder Erik an. »Sie dachten, sie müssten die Leichen tief in der Erde begraben. Aber das ist schwierig, wenn der Boden hart gefroren ist. Deshalb brachten sie sie hierher, in die Mine, und haben ein paar Männer dafür bezahlt. Zumindest dafür, dass sie die Gräber ausheben.« Der Blick wechselte zu Hánas. »Ivvár wusste darüber Bescheid. Sein Ururgroßvater war einer von denen, die für die Beisetzung bezahlt haben. Einer der Bergleute hat Tagebücher hinterlassen, in denen alles ganz genau festgehalten wurde: die Geschenke, die die Samen mitgebracht haben, was sie bezahlt haben und wofür sie es ausgegeben haben.«

»Komm zur Sache«, drängte Erik.

»Sie brauchten Ivvár, um die Gräber zu finden. Um die Leichen als Samen zu identifizieren …«

»Wer brauchte ihn?«, setzte Hánas nach.

»Novotroizk Nickel«, antwortete Erik, bevor der junge Mann es tun konnte.

»Ich kenne die Details nicht«, sagte der Mann, »aber die Mine ist eine Fassade. Es geht nicht um Kupfer. Ich glaube nicht einmal, dass sie sie wieder in Betrieb nehmen wollen.«

»Für wen arbeitest du?«

Der Gefangene zuckte mit den Schultern. »Für eine Biotech-Firma«, erwiderte er, als ob das klar wäre.

»Russisch?«

»Ich weiß es nicht. Ich glaube schon.«

Erik und Hánas sahen sich an. Ein deutliches *Was zum Teufel ist hier los?* stand ihm ins Gesicht geschrieben. Erik wandte sich wieder dem Wissenschaftler zu. »Und der Mistkerl, der hinter uns her ist?«

»Er heißt Maksim. Er ist von der Spetsnaz. Jedenfalls war er das.«

»Spezialeinheit?«

»Ja, Einheit für besondere Aufgaben«, erklärte der Mann. »Luftlandetruppe. WDW. Ihr Abzeichen ist ein gefährlich aussehender einsamer Wolf.«

Erik dachte an den ersten Tag in der Stadt zurück und an die Tätowierung auf dem Handrücken des großen Mannes.

»Ich kenne den Mann nicht, aber ich habe gehört, dass er beim Militär rausgeflogen ist«, fuhr der junge Wissenschaftler fort. »Es gab ein Geiseldrama in Beslan. Die falschen Leute sind gestorben, und Maksim hat die Verantwortung übernommen.« Er schüttelte energisch den Kopf. »Soweit ich weiß, ist er ein Profi, aber man sagt, sein Bruder sei ein Fanatiker.«

Nicht mehr, dachte Erik.

Die Hände immer noch hinter dem Kopf verschränkt, streckte der Gefangene die Ellbogen weit nach hinten. »Das ist alles, was ich weiß. Mehr kann ich nicht sagen.«

»Papa, da tut sich was.« Sofia pustete an die Scheibe und rieb sie mit ihrem Fäustling sauber. »Ich glaube, die anderen suchen ihn.«

Erik nickte. »Gib uns weiter Bescheid.«

Er zog den Verschluss der Remington zurück, um der nun folgenden Frage Nachdruck zu verleihen. »Was hat dein Arbeitgeber mit den Leichen vor, die vor über hundert Jahren unter die Erde gebracht wurden?« Vor seinem geistigen Auge tauchten die Leichen auf, die er im Labor aufgebahrt gesehen hatte und deren Gesichtszüge durch den Permafrost über all die Jahre erhalten geblieben waren, sodass sie immer noch wie Menschen aussahen, die er in der Gegenwart, aus seinem eigenen Leben, hätte kennen können.

»Wir sind nicht die Ersten, die versucht haben, dem Lungengewebe von Opfern der Spanischen Grippe die Probe eines lebenden Virus zu entnehmen«, sagte der junge Mann. »In Longyearbyen haben sie es auch versucht, aber das Virus war nicht brauchbar. In Alaska haben sie die Leiche einer Inuit-Frau exhumiert und genügend virale RNA gefunden, um den Stamm von 1918 vollständig zu sequenzieren.«

»Wenn das schon passiert ist, was macht ihr dann hier?«

Der Mann schien sich unbehaglich zu fühlen. Er wand sich in seinem wattierten Mantel, der ihn wie ein Michelin-Männchen aussehen ließ. »Wenn wir das Virus erforschen, können wir uns auf zukünftige Pandemien vorbereiten und sie vielleicht sogar verhindern.«

»Aber du hast doch gerade gesagt, dass die Sequenzierung bereits erfolgt ist.«

Der Mann schüttelte den Kopf. »Das ist kompliziert.«

»Verarsch mich nicht.«

»Sie konnten das Virus nicht wieder zum Leben erwecken. Nicht so zum Leben, wie du es vielleicht verstehst, aber dir ist schon klar, was ich meine. Sie konnten es untersuchen, aber nicht vermehren.«

»Warum sollte jemand das Risiko eingehen, ein Virus zurückzubringen, das Millionen Menschen getötet hat?«

Zum ersten Mal löste der junge Mann die Hände aus ihrer Position hinter dem Kopf und spreizte die Finger. »Ich bin nur ein kleines Licht. Wie gesagt, ich helfe nur aus. Mir sagen sie nichts. Ich konnte nicht einmal Fragen stellen. Sie haben mich alles Mögliche unterschreiben lassen. Geheimhaltungsvereinbarungen.«

»Du weißt also nicht, warum du die Toten ausgräbst?«,

hakte Hánas nach. »Warum du versuchen sollst, eines der tödlichsten Viren, die die Welt je gesehen hat, wieder lebendig zu machen?«

»Nein, ich schwöre es«, beteuerte der Gefangene. »Ich weiß es wirklich nicht.«

Aber Erik wusste es. Ihm wurde plötzlich alles klar. »Ivvár ist also infiziert?«

Der Mann nickte.

»Aus Versehen?«, wollte Hánas wissen.

»Ich … ich weiß es nicht«, erklärte der junge Mann mit Tränen in den Augen.

»Papa!« Dieses Mal lag ein anderer Ton in Sofias Stimme. Ihr Blick verriet pure Angst. Sie brachte kaum einen Ton heraus und stand steif und starr da, gerade wie ein Skistock, die Hände geballt. »Da ist er«, sagte sie. »Er ist hier.«

16

»Geht jetzt«, sagte Hánas. Sie sahen sich in die Augen und Erik schwieg. »Geht! Die Leute müssen erfahren, was hier vor sich geht.«

Erik wollte etwas sagen, besann sich aber. Er ging zum Pulka, nahm die Stahlplatte ab und legte sie so leise wie möglich zur Seite. Dann nahm er das Geschirr und zog den Pulka zur Tür.

»Aber wir können ihn nicht hierlassen, Papa«, sagte Sofia.

Ihr Gefangener saß in sich zusammengesunken da, als versuchte er, sich so klein und unsichtbar wie möglich zu machen, in der Hoffnung, sie würden vergessen, dass er überhaupt da war.

»Nimm deine Skier«, sagte Erik zu ihr.

»Aber Papa …«

»Nimm deine Skier!«

Sie sah Hánas an.

»Ist schon gut, Sofia.«

»Jetzt!«, insistierte Erik.

Sie holte ihre Skier und Stöcke und ging damit zu Hánas, der seine alte russische Waffe immer noch auf den verängstigten jungen Wissenschaftler gerichtet hielt.

»Komm mit uns«, sagte sie. »Bitte.«

Hánas schaute ihr fest in die Augen und schüttelte den Kopf. »Ich kann nicht.«

»Du kannst es doch wenigstens versuchen.«

»Es geht einfach nicht.«

»Warum nicht?«

»Weil ich bereit bin.« Er brachte ein Lächeln zustande. »Und ihr habt noch einen weiten Weg vor euch.«

Sie schüttelte den Kopf.

»Sofia, hör mir zu.« Frisches Blut lag auf seinen Lippen. »Dein Vater braucht dich. Du musst ihm jetzt helfen. Du musst gehen.«

Sie drehte sich zu Erik um. Ihre Augen füllten sich mit Tränen. »Papa, bitte.«

»Er hat recht, Lillemor. Wir müssen jetzt gehen.«

Hánas schleppte sich zum Fenster und sah hinaus. »Er kommt, und er ist nicht allein«, sagte er und drehte sich wieder zu ihnen um. »Geht!« Er nickte Erik noch einmal aufmunternd zu. Und Erik wusste, dass er ihn nie wiedersehen würde.

Dann öffnete er die Tür und trat hinaus. Sofia blieb auf der Schwelle stehen und drehte sich um. »Ich werde dich nie vergessen.«

Wenn Hánas noch etwas gesagt hatte, hatte Erik es zumindest nicht mehr gehört. Sie waren wieder draußen in der bitterkalten Nacht, der eisige Wind biss ihm in die Wangen, trieb ihm Tränen in die Augen und erinnerte ihn daran, dass sie noch einem weiteren Feind gegenüberstanden, der nicht minder unerbittlich und grausam war. Zügig streifte er den Gurt über und hängte den Pulka ein. Dann stellten sie sich auf die Skier und fuhren den Hang hinunter in das tosende Schneetreiben hinein. Sofia war so leicht, dass ihre Skier kaum einsanken und auf der Oberfläche blieben, die der Wind trotz des Neuschnees in Firnis verwandelt hatte. Er beobachtete, wie sie sich nach vorne beugte und, die Stöcke unter die Arme geklemmt, in die Hocke ging.

»Fahr!«, rief er ihr nach. Eiskristalle stachen ihm wie Nadeln ins Gesicht. »Ich bin dicht hinter dir.« Dann blieb er stehen, wandte sich um und sah zu der alten Mine hinauf. In dem Moment krachte ein Schuss, dessen Hall noch durch den Berg dahinter verstärkt wurde. Ein weiterer Schuss folgte, bevor das Echo des ersten verklungen war.

»Bring ihn um, den Bastard«, schrie er, denn er wusste, dass die Schüsse aus der Mosin-Nagant abgefeuert worden waren. Dass Hánas für sie kämpfte. Für seine Schwester. Für Ivvár.

Erik machte kehrt und fuhr Sofia hinterher.

»Wir nehmen die Route da drüben«, sagte er, als er sie eingeholt hatte, und deutete auf zwei schroffe schwarze Gipfel, die sich in die Nacht erhoben. Schweigend bog sie ab. Noch ein Schuss hallte in den Bergen wider. Zumindest verschaffte Hánas ihnen Zeit. Sie mussten seinen Mut belohnen, indem sie möglichst viel Abstand zwischen sich und den großen Mann brachten.

Du hast es einfach nicht in dir, sagte der Einäugige. *Vielleicht irgendwann einmal. Vielleicht sogar vor ein paar Jahren noch. Aber jetzt nicht mehr.*

Sie erreichten eine Ebene und fuhren in südöstlicher Richtung weiter. Der Schnee fegte ihnen entgegen, die rechte Gesichtshälfte wurde taub.

So ist das nun mal. Die Kraft schwindet. Nichts währt ewig.

»Aber sie braucht mich«, murmelte er in den Wind.

Du kannst nicht gegen die Zeit ankämpfen.

»Ich muss.«

Vielleicht wäre es besser gewesen, sie hätten sich nicht in der alten Mine versteckt, sondern selbst mit Hánas im Pulka versucht, mit allem was ihnen an körperlicher und mentaler Kraft noch geblieben war, den Berg hinunterzukommen. Denn der kurze Aufschub hatte einen schrecklichen Tribut von ihm gefordert, wie er jetzt mit dem geschärften Bewusstsein des Flüchtenden feststellte. Die kurze Pause hatte seinem Körper vorgegaukelt, es wäre vorbei, es wäre an der Zeit, sich der Erschöpfung hinzugeben, sich auszuruhen und zu erholen. Ein schmerzlicher Trugschluss. Wie eine palmengesäumte Oase, die dem durstigen Wanderer in der Wüste als Fata Morgana erscheint. Er brauchte seinen Körper, um wieder zu funktionieren, aber er war nicht bereit. Arme und Beine waren nicht mehr Teil von ihm. Sie bewegten sich zwar, wurden aber nur von seinem Muskelgedächtnis angetrieben statt von seinen eigenen Befehlen. Die Stöcke hingen an ihren Riemen von den Handgelenken herab und trafen unentschlossen auf den Schnee, das rhythmische Wechselspiel zwischen Armen und Beinen war nur noch eine Parodie einstiger Perfektion. Ihm war, als würde er von außen auf eine groteske Kreatur blicken, die als missratene Imitation eines Menschen durch die Dunkelheit lahmte.

Willst du dich nicht der Wahrheit stellen? Es kommt der Punkt, an dem du den Lauf der Dinge anerkennen musst. Du wirst schwächer, aber sie geht weiter. Sieh sie an. Würdest du sie zurückhalten?

Er sah hin. Er war zurückgefallen. Zuvor hatte er seine Aufgabe nur darin gesehen, mit Sofia Schritt zu halten und sie vor seinen eigenen Skiern, an die er sich jetzt wie an einen Schatten klammern musste, wahrzunehmen. Er sah, dass sie zwanzig Meter vor ihm war und gut vorankam. Vielleicht hatten ihr die Ruhe und das Essen gutgetan. Vielleicht waren ihr junger Körper und ihr junger Geist besser in der Lage, sie zu nutzen.

»Gut«, murmelte er dem unerbittlichen Wind entgegen. Er beobachtete, wie ihre Arme und Beine all die Dinge taten, die sie gelernt hatte. All die Dinge, die *er* ihr beigebracht hatte. *Mein Mädchen. Ich bin so stolz auf dich.*

Es gab eine Zeit, da hätte er sich gegen den Wind gestemmt und dessen Kraft in seinem Gesicht genossen. Früher hätte er die unausgesprochene Herausforderung angenommen und sich mit der ganzen Arroganz seiner männlichen Kraft dagegen aufgelehnt. Jetzt fuhr er, vom Gewicht seines Rucksacks gebeugt, wie ein gebrochenes, buckliges Ding, das Gesicht abgewandt, als wäre der Sturm ein unbezwingbares Raubtier, dessen Dominanz er anerkennen musste.

Die Wolkendecke hing dicht über ihnen. Das kalte Mondlicht drang hindurch, sodass er eine Unzahl von bergähnlichen Formen und Gipfeln ausmachen konnte, die sich in ihrer zeitlosen Gleichgültigkeit um sie herum erhoben. Er kam sich vor wie ein Narr, weil er sich der Illusion hingegeben hatte, dass sein Leben, ja, ihrer beider Leben von Bedeutung wären. Von Bedeutung waren. Die Wahrheit war schockierend und grausam, und am liebsten hätte er sich im Namen der gesamten Menschheit für diese Eitelkeit und diese Anmaßung entschuldigt. Doch wo oder bei wem sollte er sich entschuldigen? Wenn die Berge gleichgültig waren, und wenn die Religion ein Konstrukt menschlicher Ängste und Vorstellungen war – wer würde ihm zuhören?

Und was ist mit mir? Ich bin noch da, sagte der Graubart. *Man nennt mich den Vater der Menschheit. Den Rächer. Herr der Toten. Wanderer von weither.*

Er wusste nicht, ob die Stimme aus dem Wind kam oder in seinem Kopf war. Aber sosehr er sie vorher als übergriffig und penetrant abgelehnt hatte, so willkommen war sie ihm jetzt.

Dann tut es mir leid, antwortete er in Gedanken. *Ich bin ein Nichts. Wir sind ein Nichts.* Er sah Sofia vor sich. Ihren schneebedeckten Geburtstagsrucksack, ihr Schritt synchron mit dem Pulsieren des Blutes in seinen Ohren. *Aber wenn wir ein Nichts sind, dann lass uns am Leben. Warum sollen wir denn nicht leben? Verdammt noch mal, lass wenigstens sie leben!*

Der Herr der Toten antwortete nicht. Doch seine eigenen Muskeln, sein eigenes Fleisch und seine eigenen Knochen entfachten in seinem Inneren eine Wut, die dort heiß und hungrig züngelte. Er war noch nicht am Ende. Das Mädchen würde weiterleben, und so sollte es auch sein. Aber verdammt sollte er sein, dieser Gott, wenn er glaubte, ihr Vater wäre bereit, seine Tochter allein gehen zu lassen.

Komm schon – beweg dich! Fahr, du Schweinepriester!, beschwor er sich. Trieb sich an, während er versuchte, die rebellierenden Gliedmaßen und den widerspenstigen Verstand in den Griff zu bekommen. Ein Rhythmus unterlag einer Ordnung, das wusste er. Deshalb kämpfte er um den Takt seiner Bewegungen, was er bisher ohne nachzudenken beherrscht hatte. Meter für Meter schloss er zu Sofia auf, bis er in ihrem Windschatten fuhr, nah genug, um die Wärme ihres entweichenden Atems auf seinen Wangen zu spüren. Und hinter ihm zog der Pulka über ihre Spur und verwischte sie. Der Wind radierte aus, was davon geblieben war, und der beständig fallende Schnee schlug ein neues Kapitel auf.

»Ich bin da«, rief er. »Gleich hinter dir, Sofia. Wir sind stark, du und ich. Wir schaffen das. Ich sage dir, wir schaffen das.« Er sagte das für sich selbst wie auch für sie.

»Okay, Papa«, rief sie zurück, ihre Stimme war dünn und leise. Mehr sprachen sie eine ganze Zeit lang nicht. Im Seitwärtsgang stiegen sie ein enges Tal hinauf. Alle paar Meter hielten sie an, denn viel Kraft hatten sie nicht mehr.

Dieser mordende Bastard muss es doch auch spüren, dachte er und sah sich wiederholt um. Der große Mann hatte sich bestimmt nicht in Hánas' Zelt oder im Labor ausgeruht, wie sie es getan hatten. Auch in der alten Mine hatte er ihren Unterschlupf nicht gefunden. Irgendwie hatten sie es geschafft, ihm immer einen Schritt voraus zu sein, und Erik hoffte, dass dieser Kerl, wo immer er jetzt war, genauso litt wie sie. Vielleicht war er ja auch tot. Eine angenehme Vorstellung. Von den drei Schüssen, die Hánas aus dem Fenster der Minenhütte abgefeuert hatte, hatte der große Mann vielleicht nur zwei gehört, weil die dritte Kugel sein Leben ausgelöscht hatte. Das war doch möglich, oder? Aber selbst wenn er tot *war*, mussten sie sich in Sicherheit bringen, denn sonst würde der Sturm sie umbringen. Ihre Herzen würden in der Kälte erstarren. Der Schnee würde sie unter sich begraben. Sie würden einfach liegen bleiben, wie Ruinen, die vom wandernden Sand der Sahara verschluckt wurden. Überbleibsel des Versagens eines Vaters.

Nach einer weiteren Abfahrt erreichten sie offenes Gelände, über das so heftig der Wind fegte, dass es sie fast zum Stehen brachte. Sofia konnte ihre Stöcke nicht benutzen, weil sie sich zum Schutz die Arme vors Gesicht halten musste. Er fuhr voraus. Der Wind schlug ihm so stark entgegen, dass es ihn auf den Skiern zurückdrückte.

Als er das Gesicht abwandte, fauchte ihm der Wind ins linke Ohr. »Wir müssen irgendwo Schutz suchen«, rief er.

Sie antwortete nicht. Er nahm sie schützend in die Arme und spürte, wie sie bibberte. »Dir wird nichts passieren, Lillemor. Alles wird gut.«

Er hielt sie fest an sich gedrückt und sah sich um, versuchte, durch den schwindelerregenden Schneesturm, die Dunkelheit und die eigene Atemwolke hindurch etwas zu erkennen.

Mit einiger Mühe erkannte er eine dunkle Masse unten am Horizont Richtung Südwesten. Tannen. »Lass uns zu den Bäumen gehen da vorne gehen und uns einen Unterschlupf bauen«, schlug er vor. »Eine Pause noch vor dem letzten Stück, okay?«

Sie antwortete nicht, und das machte ihm Sorgen. Er legte sein Gesicht an ihres, sodass sich ihr Atem vermischte und ihre Nasen sich fast berührten. »Wir bauen einen Unterschlupf, und dann wird uns wieder warm. Wir müssen nur zu den Bäumen da drüben hinüberfahren. Das schaffst du. Ich weiß, dass du das schaffst.«

Ihr vertrauensvoller Blick beschämte ihn zutiefst.

»In Ordnung«, sagte sie.

Er drückte seine Stirn an ihre. »Braves Mädchen«, sagte er wieder, glitt auf seinen Skiern rückwärts und fuhr Richtung Wald.

»Wir sind gleich da.«

Als sie die Bäume erreichten, zitterten beide am ganzen Körper. Er löste die Schneeschuhe vom Pulka. Sofia zog sich zunächst ihre eigenen an, dann half sie ihm mit seinen, weil seine Finger zum Hantieren mit den Riemen und Schnallen nicht zu gebrauchen waren. Er nahm die Schneeschaufel und begann zu graben.

Beeil dich, sagte der Graue. *Sie friert.*

Klein und verzagt stand sie inmitten der Birken und Fichten. Die Arme hingen ihr an den Seiten herab. Ein zitterndes Etwas in der Dunkelheit.

»Hilf mir beim Schaufeln, Sofia«, sagte er, denn er musste dafür sorgen, dass sie in Bewegung blieb.

Doch sie stand einfach nur da. Vielleicht sah sie ihm beim Graben zu, vielleicht auch nicht.

»Sofia, du musst mir helfen. Hast du das Messer, das Lars dir gegeben hat?«

Plötzlich zuckte sie mit dem Kopf, als hätte sie ihn jetzt erst gehört.

»Schneid mit dem Messer bitte ein paar Kiefernzweige ab!«

Sie nickte.

»Am besten an der Stelle, an der der Ast auf den Stamm trifft.«

Sie setzte ihren Rucksack ab, holte das Messer heraus und ging zur nächsten Fichte.

»Nur ein oder zwei Äste vom selben Baum. Sodass man es nicht sieht.«

Zwei, drei Mal ging das Finnenmesser nieder, und ein weiterer schlanker Ast mit dicken grünen Nadeln war abgetrennt.

»Sehr gut machst du das«, flüsterte er. Ihr Körper würde jetzt Wärme produzieren, und schon bald wären sie in ihrem provisorischen Unterschlupf, um diese kostbare Ressource für sich zu nutzen.

»Achte auf Baumbrunnen.«

»Ich weiß schon.«

Es war an einem perfekten Skitag, die Frühlingssonne schien, und zum Mittagessen gab es Hotdogs und Pommes frites. Ein Tag aus einem anderen Leben. An einem solchen Tag hatte er seinen beiden Mädchen von einem Jungen erzählt, den er als Kind gekannt hatte und der in einem solchen Baumbrunnen ums Leben gekommen war, wo Blätter und Äste den Schnee daran hinderten, sich auch unten um den Stamm herum zu sammeln. Möglich, dass der Junge müde geworden oder sich beim Gehen im Tiefschnee einen Krampf zugezogen hatte. Jedenfalls hat er sich an den Fuß eines Baumes gesetzt und war kopfüber in einen solchen Trichter gefallen. Der umliegende Schnee war nachgesackt, sodass er erstickte. Emilie war entsetzt gewesen, als sie sich vorstellte, wie der Junge kopfüber in der eisigen Kälte um sein Leben kämpfte und ihm langsam die Luft ausging. Sofia aber hatte nur still dagesessen und nachgedacht. Nach einer Weile hatte sie gesagt, dass sie, sollte ihr das Gleiche passieren, vor ihrem Gesicht eine Lücke zum Atmen schaffen und sich dann langsam und vorsichtig nach oben graben würde.

Nun ja, im Moment stürzte ohnehin so ziemlich alles auf sie ein. Die Last war einfach zu groß.

Und wieder ließ er die Schaufel niedergehen, aber er hatte nicht mehr viel Kraft. Drei oder vier Stiche mit der Schaufel schaffte er noch, bevor er wieder eine Pause brauchte, um Luft zu holen. Er hob einen Graben aus, der, das war ihm keineswegs entgangen, einem Grab nicht unähnlich war.

Nachdem sie eine Tiefe von etwa vierzig Zentimetern und eine Breite erreicht hatten, die für beide genügte, schichteten sie als Isolation Fichtenzweige hinein. Anschließend nahm er die Skier und Stöcke und legte sie quer über die Grube, um einen Rahmen zu bilden. Er holte den Eispickel aus dem Pulka und schnitt weitere Äste ab, bis sie ausreichend hatten, um sie über den Rahmen zu legen. Das Ganze bedeckte er mit Schnee, vergrub auch den Pulka und deckte ihn zu, bis am Ende nichts mehr zu sehen war. Sie waren nicht weit in den Wald hineingegangen. Ihre eigenen Spuren von den Schneeschuhen würden der Neuschnee schon sehr bald verdecken werden, erklärte er ihr, als sie sich auf den Bauch legte und in die Höhle kroch.

Einen Moment stand er da, lauschte und sah sich um. Seine körperlichen Kräfte hatten zwar nachgelassen, dessen war er sich bewusst, aber seine Nachtsicht war noch gut ausgeprägt. *Wie ein Tier*, dachte er, *nicht wie ein Mensch*. Auch er legte sich auf den Bauch und kroch in den Unterschlupf. Mit einer Verrenkung, die ihm in seinem Alter eigentlich nicht mehr zuzutrauen war, zog er die Rucksäcke hinterher und blockierte mit ihnen den Eingang.

»Gemütlich hier drinnen, nicht wahr?« In dem dunklen Raum war es nahezu still. Das Heulen des Windes jenseits der Bäume war weit weg, als suchte er draußen nach ihnen. »Alles in Ordnung bei dir?«

»Ja«. Sie lagen so dicht beieinander, dass er ihr Frösteln durch alle Kleidungsschichten hindurch spüren konnte.

»Dir wird bald warm werden, das verspreche ich.«

»Ich weiß.«

»Wir bleiben ein bisschen hier. Bis uns wieder warm geworden ist. Vielleicht finden wir auch ein wenig Schlaf.«

»Glaubst du, dass wir hier sicher sind?«

»Ja.«

»Weil er es nicht sehen kann?«

»*Ich konnte* es *nicht sehen*, obwohl ich direkt davorstand«, sagte Erik.

Schweigend lagen sie in der Dunkelheit nebeneinander, doch er hatte das Gefühl, er sollte sie besser zum Reden bringen, zumindest bis er sicher sein konnte, dass ihr wärmer wurde.

»Ist der Geruch nach Weihnachtsbaum nicht unschlagbar«, sagte er, denn die Luft war erfüllt vom Duft der Fichten.

»Wir riechen bestimmt ganz übel.«

»Gut möglich«, stimmte er ihr zu. »Solange wir aber die Reißverschlüsse zulassen, ist alles in Ordnung. Abgemacht?«

»Abgemacht.«

»Ich hätte am besten auch die Seiten mit den Zweigen ausgekleidet.«

»Das machen wir beim nächsten Mal«, sagte sie, und er wusste, dass sie einen Scherz machen wollte, und liebte sie dafür.

»Worüber sollen wir reden?«

»Ich weiß nicht.«

Er überlegte einen Moment. »Was würdest du dir aussuchen, wenn du alles, was es auf der Welt gibt, essen könntest?«

»Du meinst als Henkersmahlzeit? Wie die Leute, die in

Amerika in der Todeszelle sitzen?«, fragte sie. »Ich habe mal eine Sendung darüber gesehen. Sie können sich wünschen, was sie wollen.«

»Nein, das meine ich nicht. Ich meine, wenn wir nach Hause kommen. Dann kannst du dir etwas wünschen. Was immer du willst.«

Sie schwieg, und einen Moment dachte er, dass sie vielleicht nachtragend war. Aber dann sagte sie: »Eine Grandiosa. Eine große für mich allein. Mit Peperoni, Fleischbällchen und Paprika.«

»Eine Pizza? Alles auf der Welt könntest du haben, und du wünschst dir eine Pizza?«

Er spürte ihre Verunsicherung.

»Ja, die wünsche ich mir. Außerdem hast du doch selbst von Pizza geträumt. In der Nacht, bevor wir losgegangen sind.«

»Stimmt«, gab er zu. »Okay, dann soll es so sein. Drei große Grandiosas!«

Wieder wurde es still. Und er kannte den Grund. Von drei Pizzas war die Rede, nicht von vier. Er spürte, wie seine Worte in dem dunklen Raum zwischen ihnen hängen blieben.

Du bist ein Idiot, dachte er bei sich.

»Mama denkt wahrscheinlich, dass wir es uns in einer Berghütte gemütlich machen, bis der Schneesturm sich gelegt hat.«

»Und dass du beim Kartenspielen wieder schummelst.« Er spürte ihr Lächeln.

»Und du sitzt neben der Feuerstelle und liest mit geschlossenen Augen«, setzte sie hinzu. Und dann: »Ich vermisse Mama.«

Er suchte nach ihrer Hand. »Ich auch.«

»Warum … will diese Pharmafirma ein Virus wiederbeleben, wenn es Millionen von Menschen hat sterben lassen?«

Er überlegte, was er ihr antworten sollte. Er war immer darauf bedacht gewesen, die Schrecken der Welt von ihr fernzuhalten. Wenn über einen Mord oder einen Terroranschlag berichtet wurde, schaltete er die Nachrichten immer aus, weil er nicht der Ansicht war, dass junge Menschen unbedingt sehen mussten, wie schmutzig die Welt in Wirklichkeit war, was Menschen einander im Namen ihres Gottes, aus Gier, aus Wut oder einfach nur so antaten. Aber jetzt? Sofia hatte es mit eigenen Augen gesehen. Diesen Geist bekam man nicht mehr in die Flasche zurück.

»Man kann ihn als Waffe einsetzen«, sagte er. »Wenn sie das Virus gefunden haben, können sie es untersuchen, es vielleicht anpassen, es mutieren lassen, oder was Viren sonst noch so tun. Man kann es noch tödlicher machen, während sie gleichzeitig einen Impfstoff entwickeln. Die ganze Welt könnte man damit erpressen.«

»Wie das denn?«

»Indem du die eigenen Leute impfst, das Virus freisetzt oder mit Freisetzung drohst und den Impfstoff gleichzeitig zum Kauf anbietest.«

»Das ist gemein. Wer würde so etwas tun?«

Eine ganze Menge Leute, dachte er, behielt es aber für sich.

»Was ist mit diesem Mann? Ivvár?«, wollte sie wissen.

»Möglich, dass er sich angesteckt hat, als sie die Leichen ausgegraben haben. Es könnte aber auch sein, dass sie das Virus an ihm getestet haben. Ich weiß es nicht.« Er ruckte ein wenig zurück, um es sich bequemer zu machen. Ein

Tannenzweig stach ihm ins Schulterblatt, und Schnee rieselte ihm ins Gesicht. »Wir müssen zurück und der Polizei sagen, was hier oben passiert. Die Welt muss es erfahren.«

Eine schwere Stille senkte sich in ihre kleine Höhle, hinter der der Sturm zwischen den Bergen wütete wie ein eingesperrtes Tier.

»Das machen wir aber erst nach der Pizza«, scherzte sie.

Trotz der Schmerzen, die seinen Körper beherrschten, und trotz der verschwommenen Gedanken und der Kälte in seinen Adern musste er lächeln.

»Ja, nach der Pizza«, stimmte er zu.

Er schlief lange und traumlos. Sofia lag still neben ihm. Wie ein Mädchen in einem antiken Grab mit Beigaben. Mit all den Dingen, die es im nächsten Leben brauchen würde. Ein Beleg für eine traurige Geschichte, die ein Wissenschaftler später einmal aufdecken und neu erzählen würde.

Kurz vor dem Erwachen wurde er von Panik, Verwirrung und Angst geschüttelt. Wie in dem Moment, als ihn der Schnee unter sich begrub. Er bekam keine Luft, begann zu graben, krallte sich in das kalte Grab um ihn herum. Doch seine Hände fanden keinen Halt, die Finger wollten nicht mitmachen, den Schnee nicht greifen.

Schließlich öffnete er die Augen, sah nichts, aber erinnerte sich wieder, wo er war.

»Pst, Papa«, zischte Sofia im Dunkeln neben ihm. »Er ist hier!«

Er lauschte, spürte ihre Angst und auch seine eigene. Wie ein Gift durchströmte sie die Schneehöhle. Beiden stockte der Atem. Durch den Schnee vernahm er über ihnen eine gedämpfte Stimme. Da draußen war jemand. Er konnte Schritte hören, das Knirschen jedes einzelnen, spürte die schwachen Vibrationen.

Was habe ich getan? Ich habe uns umgebracht. Ich habe sie umgebracht!

Der große Mann hatte sie gefunden, und jetzt würden sie sterben.

»Nicht … bewegen«, flüsterte er.

Bitte! O Gott, bitte!

Vielleicht hatten sie Glück, und der Mann sah ihr Versteck nicht. Musste nicht inzwischen ziemlich viel Schnee darüber liegen?

Ich habe uns umgebracht und begraben, dachte er. Schuldgefühle und das pure Grauen ließen Übelkeit in ihm aufsteigen. Langsam, ganz langsam schob er die linke Hand zum Gewehr, das neben ihm lag, auch wenn er nicht glaubte, dass seine Hände imstande waren, es zu benutzen.

Dann ein Scharren. Ganz nah. Über ihren Gesichtern.

Mistkerl! Warum erschießt er uns nicht einfach hier im Schnee? Warum lässt er sie leiden?

»Papa, ich hab Angst«, hauchte sie. Ihre behandschuhte Hand klammerte sich an seinen rechten Oberschenkel. Er spürte, wie sich ihm jeder ihrer Finger ins Fleisch drückte. Ihr Atem kam in kurzen, abgehackten Stößen.

»Alles gut, Lillemor«, flüsterte er. »Papa ist ja da.«

Er zog sich den rechten Fäustling ab und nahm das Gewehr mit beiden Händen. Der Kolben ruhte auf seiner Leiste, der Lauf kalt an der Wange.

Schnee rieselte durch die dichten Fichtenzweige auf sie herab. Er blinzelte.

»Hier! Das ist die Stelle«, verkündete eine gedämpfte Stimme über ihnen. Fichtenzweige wurde weggezogen, und er sah in das Gesicht eines Mannes, der auf sie hinabblickte.

»Ach du Scheiße!«, entfuhr es dem Polizisten. »Lene, hier drüben! Komm her! Wahnsinn!« Der Mann ging auf die Knie und schob mit den Unterarmen den Schnee und die Zweige beiseite. »Alles in Ordnung, wir haben euch gefunden«, sagte er.

»Warte mal, halt. Wir kommen raus«, erklärte Erik. Der Mann wich zurück. »Komm, Sofia. Alles in Ordnung. Sie haben uns entdeckt.« Auf dem Bauch liegend sah er sie im Dunkeln an. Sie rührte sich nicht vom Fleck, lag da und schien den Atem anzuhalten. »Es ist alles in Ordnung. Sie sind von der Polizei.« Er lächelte sie an. »Komm, wir gehen nach Hause.« Er ergriff ihren Arm, dann bewegte er sich mit betont langsamen Bewegungen rückwärts, zog sich einen Fäustling an und drückte mit den Füßen die Rucksäcke nach außen, um den Eingang freizumachen.

Er kroch heraus, schlang sich das Gewehr über die Schulter, und half, immer noch auf Knien, Sofia heraus. Schließlich standen sie beide auf und drehten sich zu den Polizisten um, in deren Gesichtern sie durch den Schneesturm hindurch so etwas wie ein Grinsen zu erkennen glaubten.

Der Mann zog sich die Skimaske vom Mund. »Erik Amdahl?«

»Ja«, antwortete Erik und nickte Sofia zu, die immer noch seine Hand hielt. »Und das ist meine Tochter Sofia.« Er hörte, wie seine Stimme brüchig wurde. Er konnte seine Emotionen kaum beherrschen. Sie stiegen in ihm auf, eine Welle der Erleichterung durchflutete ihn, wie er es in seinem

Leben bisher erst zweimal erlebt hatte, nämlich als Emilie und dann Sofia geboren wurden und Elise die Tortur der Geburt überstanden hatte.

Die Polizistin kam auf Schneeschuhen zu ihnen, warf ihren Rucksack in den Schnee und holte eine Rettungsdecke heraus. »Für dich, Sofia«, sagte sie, während sie ihr die Folie um die Schultern legte. »Du armes Ding, dir ist bestimmt eiskalt.«

»Danke«, sagte Sofia und ließ zu, dass die Frau ihr die Schultern warm zu reiben versuchte.

»Ich bin Wachtmeister Johansen, und das ist Wachtmeister Haugen. Herr Amdahl, wir suchen seit zwei Tagen nach Ihnen.«

»Hat meine Frau Sie verständigt? Geht es ihr gut?«

Der Beamte legte ihm eine Hand auf die Schulter. »Ihrer Frau geht es gut. Natürlich macht sie sich Sorgen um Sie beide, aber es geht ihr gut.« Er deutete auf die Reste ihres Unterschlupfs. »Kommt, wir nehmen eure Sachen und bringen euch ins Warme.«

»Seine Hände sind verletzt«, sagte Sofia.

Erik hob die behandschuhten Hände.

»Erfrierungen?«, wollte Johansen wissen.

»Ein bisschen.«

Der Polizist nickte. »Darum wird sich gleich ein Arzt kümmern. In einer Stunde seid ihr drinnen im Warmen und bekommt erst mal was zu essen.« Die Polizisten nahmen die Rucksäcke, während Erik und Sofia sich um ihre Skier kümmerten, sie mit den Enden der Skistöcke vom Schnee befreiten.

»Ich nehme den Pulka«, erklärte Johansen.

»Mach ich schon«, sagte Erik und legte den Gurt an, in der Hoffnung, dass es das letzte Mal sein würde. »Ich muss Ihnen sagen, was passiert ist«, sagte er zu dem Polizisten, während er und Sofia sich die Skier anschnallten. »Die Helgelands ...«

Der Polizist hob die Hand. »Wir wissen von Herrn und Frau Helgeland«, sagte Johansen. »Ihre Tochter hat sie gefunden.« Er schüttelte den Kopf. »Die arme Frau.«

Wachtmeisterin Haugen sah Sofia an. »Es muss so furchtbar für dich gewesen sein.«

Sofias Blick wanderte mit einem Ausdruck von *Die haben keine Ahnung* zwischen Haugen und ihrem Vater hin und her, während sie sich zum Losfahren bereitmachte. Vor Eriks geistigem Auge blitzten die Bilder dieser blutigen Nacht auf. Karine, wie sie mit wehendem Nachthemd in den Schnee hinausläuft. Der leblose Körper, der mit dem Gesicht nach unten im Schnee liegt.

»Sehr anständige Leute, die beiden«, sagte er zu den Polizisten, als sie aufbrachen. Sofia und er schlichen nur mehr durch den Tiefschnee und hatten Mühe, den Polizisten zu folgen. Er fühlte sich steif und unbeweglich, sodass er sich fragte, ob das Blut in ihren Adern vielleicht schon gefroren war.

»Die Ermittler haben eure Handys im Gästezimmer der Helgelands gefunden«, erklärte Johansen. »Sie kamen zu dem Schluss, dass ihr aus dem Fenster geklettert und geflohen seid.« Er deutete durch die Bäume hindurch Richtung Süden. »Dort stehen unsere Schneemobile, gleich den Hügel hinauf. Keine Sorge, ihr müsst nicht mehr Ski fahren, ihr werdet mit Stil zu Hause vorfahren.«

»Das klingt doch verlockend, oder, Lillemor?«

Sie nickte. Dieser Ausdruck in ihrem Gesicht – er hätte ihn am liebsten in Flaschen abgefüllt und für die Ewigkeit aufbewahrt.

»Wie zum Teufel habt ihr uns hier draußen gefunden?« wollte Erik wissen.

Johansen deutete auf seine Partnerin. »Das habt ihr meiner Kollegin zu verdanken.«

Die Polizistin lächelte, und selbst ihre Skimaske konnte den Stolz in ihrem freundlichen Gesicht nicht verbergen. »Wir haben eine Drohne aufsteigen lassen«, verkündete sie. »Ich zeige sie dir später noch, Sofia.« Sie lächelte ihr zu. »Du wirst sehen, das ist richtig aufregend, die Drohne hat eine Wärmebildkamera.«

»Eine Kamera, die Wärme sehen kann?«

»Richtig. Wir haben dich und deinen Vater als Emissionsspektrum gesehen. Eine Art Wärmekarte, die aus verschiedenen Farben besteht.«

»Richtig klar war das Bild nicht«, fügte Johansen hinzu, der gegen das Brausen des Windes anschreien musste. »Hätten noch drei Zentimeter Schnee mehr auf eurer Höhle gelegen, hätte die Drohne nichts mehr wahrgenommen.«

»Ich muss mich wundern, dass so ein Ding bei dem Wetter überhaupt fliegt«, staunte Erik.

Johansen warf seiner Partnerin einen vielsagenden Blick zu. »Wir sollen sie unter solchen Bedingungen eigentlich auch nicht fliegen lassen. Wenn wir eine Drohne kaputtmachen, die hundertachtzigtausend Kronen gekostet hat, wird unsere Chefin darüber nicht glücklich sein.«

Haugen sah Erik an. »Ich glaube nicht, dass sie ein Problem damit hat, dass wir das Risiko heute eingegangen sind.«

Sie kamen aus den Bäumen heraus und fuhren einen sanften Hang hinauf. Dort erkannte er im ersten schwachen Licht des Tages die gelben Hauben der beiden Polizeischlitten. Wie viele Polizisten gerade in den Bergen nach ihnen suchten, wusste Erik nicht. Doch ihm war nur zu klar, dass die Chance, sie in der Dunkelheit und in diesem Schneesturm zu finden, bei annähernd null stand. Es kam einem Wunder gleich. Trotz des Einsatzes modernster Technik.

»Die Kollegen haben deine Frau von deinem Handy aus angerufen«, sagte Johansen und sah Erik unsicher an. »Sie meinten, die Situation würde es rechtfertigen, das Telefon ohne Zustimmung zu entsperren. Ich hoffe, Sie haben dafür Verständnis.«

Erik nickte. Er hatte gar nicht gewusst, dass sie die Technologie dazu hatten, doch die ethischen Aspekte waren so ziemlich das Letzte, was ihn im Moment interessierte.

»Nur noch ein kleines Stück, Lillemor«, rief er Sofia zu, die sich nur mühsam den Hang hinaufschleppte und kurz stehen geblieben war, um zu verschnaufen.

»Deine Frau hat uns gesagt, dass ihr in dieser Gegend unterwegs seid«, rief Johansen ihm zu, während er den Hang hinaufstapfte. »Aber sie war überrascht, als sie erfuhr, dass ihr bei den Helgelands wart. Sie haben einen blutigen Verband gefunden, und dann dauerte es nicht lange, bis sie herausfanden, dass das Blut weder von Lars noch von Karine stammte. Weitere Tests konnten noch nicht gemacht werden, doch es lag nahe, dass sich einer von euch verletzt haben musste und ihr zu den Helgelands gefahren wart, um Hilfe zu holen.«

»Gute Arbeit«, bestätigte Erik.

»Wir waren das nicht«, meinte Johansen und grinste ihn

an. »Wir waren lediglich hier draußen und haben uns bei der Suche nach euch den Arsch abgefroren.«

»Dann habt ihr ihn bestimmt auch gefunden«, sagte Erik. »Ich meine, den Russen?«

Johansen runzelte die Stirn und atmete tief aus, sodass eine Wolke vor seinem Gesicht stand. »Den Russen?«

Erik spürte, wie sich sein Magen zusammenkrampfte. »Den Mann, der Lars und Karine umgebracht hat und der auch uns umbringen wollte. Er ist hinter uns her, seit wir bei den Helgelands aus dem Fenster gesprungen sind.«

Johansen und Haugen sahen sich an. Die Hand der Frau ging reflexhaft zum Holster mit der Heckler & Koch P30.

»Der ist noch hier draußen?« Johansen sah sich um.

Erik wurde übel. »Wir müssen von hier verschwinden.«

»Wir melden es der Zentrale«, sagte Haugen. Das Grinsen war aus ihrem Gesicht gewichen. »Komm, Sofia, wir sind gleich da. Du fährst dann mit mir, ja?«

»Okay.«

Oben angekommen, half Johansen Erik, den Pulka an den Schlitten anzuhängen, während Haugen Skier und Stöcke darauflud.

»Und nachher zeige ich dir die Drohne, Sofia. Einverstanden?« sagte Haugen mit der Hand auf dem schwarzen Hartschalenkoffer hinter dem Sitz ihres Schlittens, während Johansen sein Funkgerät herausnahm und es per Knopfdruck zischend zum Leben erweckte. Er betätigte die Sprechtaste.

»An alle Einheiten, hier ist Vikter Sechs. Hört mich jemand? Over.« Er ließ den Knopf los, aber nichts als statisches Rauschen war zu hören. Er versuchte es erneut. »Vikter Sechs. Wir haben Erik und Sofia Amdahl gefunden. Hört das jemand? Over.« Nichts. »Ekkoh Sieben, hier ist Vikter Sechs. Berg? Gundersen? Hört ihr mich? Over.«

»Es sind der Sturm«, erklärte Haugen, »und die Berge.« Wie zum Beweis drehte der Wind. Eine kräftige Böe hüllte sie von der Seite in Schnee. Alle wandten das Gesicht ab.

Erik trat näher an Johansen heran. »Wisst ihr über das Labor Bescheid?«

Johansen hob die Hand, um ihm zu bedeuten, dass er bitte einen Moment warten möge. »Ist irgendwo eine Streife unterwegs?«, sprach er in das Gerät. »Dies ist ein Notfall. Ich wiederhole, Notfall, over.« Er ließ die Sprechtaste wieder los und sah Erik an, während das Funkgerät weiter vor sich hin rauschte. »Welches Labor?«

Das Rauschen verwandelte sich in ein Krächzen, und bevor Erik irgendetwas erklären konnte, piepste das Funkgerät und eine Stimme ertönte, die klang, als käme sie vom Mond.

»Vikter Sechs, hier ist Ekkoh Sieben. Sprechen Sie, Ende.«

Johansen starrte das Funkgerät in der Hand an, als hätte er nicht mehr mit einer Antwort gerechnet, und hielt es sich ans Ohr.

In dem Moment detonierte sein Kopf und zerbarst in einem Schwall aus Blut, Knochen und rosafarbener Gehirnmasse. Unmittelbar darauf folgte der schallgedämpfte Knall eines Schusses. Johansen stand da und hielt noch immer das Funkgerät in der Hand. Sein Gesicht hatte sich in einen Haufen rohes Fleisch verwandelt, von dem ein roter Nebel ausging, der vom Wind davongetragen wurde.

»Runter!«, schrie Haugen und zerrte Sofia neben sich in den Schnee.

Erik drehte sich in die Richtung um, aus der der Schuss

gekommen war, sah aber nichts als horizontal dahinfegenden Schnee und die schimmernden Umrisse der Berge in der Ferne, hinter denen die Dämmerung allmählich den Himmel ergrauen ließ.

»Papa!«, schrie Sofia.

»Ich mach den Motor an, und du springst hinten auf!«, brüllte Haugen. Sie huschte, die Pistole mit beiden Händen haltend, geduckt zum Schlitten, ging dahinter in Deckung und suchte die Gegend ab.

»Papa, duck dich!«, brüllte Sofia.

Haugen saß auf dem Schlitten, riss an der Startschnur, drehte den Schlüssel, gab einmal, zweimal, dreimal Gas und ließ den Motor aufheulen. »Los!«, rief sie über ihre Schulter hinweg. »Steig …«

Sie sackte nach vorne auf den Lenker und stieß mit dem Kopf gegen die Windschutzscheibe, während das Pfeifen des Schusses, der sie getötet hatte, in Eriks Ohren ertönte. Sie war tot, einfach so. Ein Leben, ausgelöscht in Sekundenbruchteilen.

17

Er stand in der trüben Morgendämmerung. Nicht weit entfernt von der Leiche des Polizisten Johansen im blutverschmierten Schnee. Noch ein Stück weiter die Leiche von Haugen, Johansens Partnerin. Tot an die Windschutzscheibe ihres Schneemobils gesunken.

Wie Sand, der einem durch die Faust rieselte, rann die Zeit dahin. Und dieser Sand war sein eigenes Leben, waren seine Atemzüge, seine Herzschläge. Die letzten Körnchen würden sich bald durchlaufen – und auch er wäre tot.

Trotzdem dachte er an Elise, stellte sie sich vor. Älter und allein. Ihr blasser, abwesender Blick heimgesucht von den Geistern der Vergangenheit. Er dachte an Emilie und fragte sich, ob er sie in der Nacht zuvor wirklich gesehen hatte. Ob sie wirklich miteinander gesprochen hatten, oder ob es nur sein schlechtes Gewissen war, das versuchte, sich reinzuwaschen.

Hatte jemand geschrien?

Er betrachtete das Blut im Schnee. Auch in seinem Mund nahm er den metallischen Geschmack von Blut wahr. Wie viel Zeit war seit dem ersten Schuss vergangen, der Johansen den Kopf weggeblasen hatte? Zwei Minuten? Zwei Sekunden?

Er wird sie töten, sagte der *Graubart*. *Wenn du dich nicht auf der Stelle zusammenreißt, bringt er dein kleines Mädchen auch noch um.*

»Papa!«

Sein Verstand setzte wieder ein.

»Aufsteigen!«, brüllte er. Er stellte sich vor seine Tochter, hob sie auf den Sitz des Schneemobils und drückte ihren Kopf hinunter auf den Lenker. »Bleib unten.« Dann sprang er durch den Schnee zu Haugens Maschine und stellte den Motor ab. Eine Kugel schlug in die Motorhaube ein. Er warf sich in den Schnee. Mit dem Rücken zum Schlitten griff er hinauf, zog den Schlüssel ab und schleuderte ihn davon.

»Mach den Motor an!«, schrie er, stand auf und rannte zurück zu Sofia. Sie drehte den Schlüssel um. Nichts passierte.

»Was soll ich tun!«

Er stieg hinter ihr auf die Maschine und reichte ihr Johansens Helm, der auf dem Sitz gelegen hatte. Dann beugte er sich vor und schlug mit der Faust auf den roten Not-Schalter. »Drossel den Motor, dort.« Er zeigte auf den Hebel, und sie zog daran. »Jetzt dreh den Schlüssel wieder um«, sagte er. Sie folgte seinen Anweisungen.

Während sie sich den Helm aufsetzte und die Sicherheitsleine an ihrer Jacke befestigte, beugte er sich nach vorne, an ihr vorbei. Vergeblich versuchte er, das Startseil zu erreichen.

»Lass mich mal.« Sofia zog den Fäustling von ihrer linken Hand und griff nach dem Seil.

»Warte!« Er packte ihr Handgelenk und hielt es fest. »Eins, zwei, drei, jetzt!«

Sie zogen gemeinsam, und die Maschine schnurrte los. Er sah sich über die Schulter um und glaubte, eine Gestalt auszumachen, die sich durch den aufstiebenden Schnee näherte. »Das ist die Bremse …«, sagte er, den Mund dicht an ihrem Helm. Er deutete auf den Hebel links vom Lenker. »Und damit gibst du Gas.«

Dann zeigte er auf die andere Seite. »Du musst mir gleich helfen!«

Sie nickte, ergriff den Lenker und beugte sich vor, damit er seine Hände über ihre legen konnte.

Er schaltete die Scheinwerfer ein. Gemeinsam drückten sie den Gashebel durch, bis das Getriebe einrastete, die Maschine anfing zu brummen und den Schnee vor den Kufen aufwarf, als wären es Bugwellen. Der 1000-Kubikzentimeter-Motor trieb die langen Ketten durch den Tiefschnee.

Ein Geschoss flog peitschend rechts an ihm vorbei.

»Runter!«, rief er Sofia zu. Sie duckte sich noch tiefer, während er im Wechsel nach rechts und wieder nach links ausscherte, um Schnee aufzuwirbeln, um die Sicht zu erschweren. Als er den Gashebel nach vorn drückte, jaulte der Motor auf, der Schlitten hüpfte über das wellige Terrain. Er konnte kaum sehen, wohin sie fuhren. Plötzlich war ein Loch in der Windschutzscheibe zu sehen. Er fuhr weiter, wich nach links und rechts aus, täuschte links vor, fuhr aber wieder nach rechts.

Er warf einen Blick auf das Loch auf der rechten Hälfte der Windschutzscheibe. Fast blieb ihm das Herz stehen, denn es schien, als wäre das Loch am Rand blutgetränkt und der Wind würde eine rote Linie über das Polycarbonat ziehen.

»Bist du okay?«, schrie er.

Der Helm vor ihm nickte.

Der Schlitten kreischte auf. Das gelbliche Licht der Scheinwerfer war schwach. Der Tag war noch nicht ganz angebrochen, aber da es auch nicht mehr richtig Nacht war, reichte es. Er bog links ab und steuerte die Maschine auf einen Birkenbestand zu, der sich in der Ferne abzeichnete.

»Bist du sicher?«

Diesmal hörte er ihr Ja.

Gott sei Dank, dachte er. *Wir müssen sehen, dass wir außer Reichweite kommen. Verdammter Scheißkerl.* Er hielt auf die Bäume zu. Jetzt konnte er beide Seiten des Birkenhains sehen. Er beschloss, rechts daran vorbeizufahren, sich durch ein mit Büschen bestandenes Gelände zwischen den Bäumen und dem Berg voranzuarbeiten. Es schien der direkteste Weg hinunter ins Tal zu sein.

Erneut warf er einen Blick auf das Loch in der Windschutzscheibe. Der Wind hatte es sauber gefegt. Er schaute an sich hinab, konnte aber nichts Ungewöhnliches entdecken, doch mit Schnee in den Augen und im fahlen Licht war sowieso kaum etwas zu erkennen. »Wir fahren lieber ein bisschen langsamer«, rief er. »Du hältst die Geschwindigkeit!« Er nahm das Gas zurück, und das Motorengeräusch ging um eine Oktave herunter, obwohl er den Eindruck hatte, dass sie immer noch mit über sechzig Stundenkilometern Richtung Norden unterwegs waren. »Alles klar?«

»Ja, verstanden«, bestätigte Sofia.

»Halt auf die Lücke rechts von den Bäumen zu.«

Sie nickte.

Er nahm seine rechte Hand von ihrer und überließ ihr die Kontrolle über den Gashebel. Mit der Linken hielt er den Lenker fest, die andere führte er an die Brust. Nichts. Er klopfte sich ab, bewegte sich auf die rechte Seite und versuchte, das Loch in der Windschutzscheibe irgendwie mit seinem Körper in Verbindung zu bringen.

Nichts.

»Du machst das sehr gut«, brachte er unartikuliert hervor, denn sein Gesicht war taub, und sie flogen geradezu durch den Schneesturm. Das Schneegestöber im Scheinwerferlicht erweckte den Anschein, als säßen sie in einem intergalaktischen Raumkreuzer, der Lichtgeschwindigkeit erreichte.

Er legte seine Rechte wieder auf ihre. Mit der Linken tastete er seinen rechten Oberarm ab und entdeckte das Blut auf dem Rentierfell-Fäustling. Es war getrocknet, zum Teil kristallisiert durch den eisigen Wind, und sah aus wie blutiges Eis am Stiel. Er beugte sich über seine Tochter und legte seine Hand wieder auf ihre. Innerlich war er in Aufruhr vor Panik und Angst. Ein Schuss hatte ihn getroffen. Die Gewissheit war erschütternd und unwirklich zugleich. *Ich bin angeschossen worden.*

Wenigstens hat das Mädchen nichts abbekommen, das ist gut, sagte der Graubart. Und Erik stimmte ihm zu. Von der Verletzung gingen keine Schmerzen aus.

Also weiter.

Sie erreichten das Gebüsch, das neben den Birken aus dem Schnee ragte. Er hielt den Gashebel gedrückt, denn die Sträucher standen nicht so dicht genug, dass er das Tempo hätte drosseln müssen. Ab und zu sah er sich um und vergewisserte sich, dass der Pulka noch da war. Er stellte sich die Strecke, die sie zurückgelegt hatten, als die Länge vieler aneinandergereihter Fußballfelder vor. Jedes einzelne Feld, das sie zwischen sich und diesen Schweinehund brachten, der ihn angeschossen hatte, erhöhte ihre Überlebenschance.

»Ich erinnere mich an diese Stelle«, rief Sofia.

Er hatte sie nicht wiedererkannt. Oder vielleicht doch.

Aber sein Unterbewusstsein hatte es nicht zu glauben gewagt. Sofia hatte recht. Bei genauerem Hinsehen erkannte er das skelettartige Gestrüpp wieder, das zwischen dem Birkenwald und dem Berghang aus dem Schnee ragte. Dahinter lag ein schmaler Streifen, der links zu einem Bach abfiel, in dem die Leute Lachse angelten. Der erste Tag ihrer Tour hatte sie dort vorbeigeführt. Selbst im diffusen Zwielicht der arktischen Dämmerung war er sich nun ganz sicher.

Sie fuhren weiter Richtung Süden, und Sofia deutete auf einen Fichtenwald. Die Bäume trugen schwer unter der Last einer dicken Schneeschicht. »Das ist die Stelle, an der du uns die Schneebank gebaut hast, und wo wir den Adler beobachtet haben, wie er den Hasen fing.«

Er verstand, was sie sagte, sah sich aber außerstande, zu antworten. Er biss die Zähne zusammen, um nicht laut aufzuschreien. Unvermittelt und mit unerträglicher Wucht hatte ihn der Schmerz ereilt. Es fühlte sich an, als hätte ihm jemand ein glühendes Stück Metall wie ein Brandeisen durch den Oberarm gestoßen, was dem ziemlich nahekam, was tatsächlich passiert war, nur dass es kein Brandeisen, sondern ein kleiner Klumpen aus Blei und Kupfer gewesen war.

Sofia zuckte plötzlich zusammen. »Papa!«, schrie sie. Der Helm dämpfte ihre Stimme. Als er die Hand von ihrer hob, floss Blut aus seinem Handschuh und wurde vom Wind durch die Luft getragen. Auch sein rechtes Bein war es hinabgelaufen und hatte sich im Fußraum verteilt. Sofias plötzliche Bewegung hatte ihn aufgerüttelt. Aber der Schreck über diesen Anblick hatte ihn abgelenkt. Den Birkenstumpf, der neben dem gelben Scheinwerferlicht aus dem Schnee ragte, hatte er erst gesehen, als es bereits zu spät war.

Die linke Kufe des Schlittens prallte gegen den Baumstamm, die Maschine hob ab. Das Schneemobil vollführte eine halbe Drehung in der Luft und warf die beiden ab.

Mit großer Wucht landete er im Schnee, und inmitten des weißen Chaos hörte er sogar das Knacken.

Er lag im Schnee. Keuchend hob er den Kopf und sah sich um. Einen schrecklichen Moment lang glaubte er, blind zu sein, aber es war nur der Schnee, der sich in die Augenhöhlen und in den Mund gesetzt und ihm die Nasenlöcher verstopft hatte. Er wollte nach Sofia rufen, brauchte aber nur Unverständliches hervor. Sein Innerstes schrie ihn an, gefälligst aufzustehen, zu ihr zu gehen und sich zu vergewissern, dass sie noch lebte. Er versuchte es und stürzte beim ersten Versuch. Ihm entfuhr ein Schrei, denn einen solchen Schmerz hatte er noch nie erlebt. Er fühlte sich von ihm überrollt. Am Rand seines Blickfeldes breitete sich Schwärze aus, die die Welt schrumpfen ließ.

Nein! schrie sein Verstand. Er versuchte, den Schmerz zu verdrängen, bevor er ihn gänzlich übermannte, wusste aber, dass er diesen Kampf nicht gewinnen konnte. Er setzte sich auf und suchte nach seiner Tochter, die ein paar Meter entfernt im Schnee saß. Sofia sah um sich, als wäre sie gerade aufgewacht und versuchte herauszufinden, wie sie dorthin gekommen war.

»Alles in Ordnung bei dir?«

Sie schaute zu ihm herüber und nickte, blinzelte und betrachtete den Motorschlitten, der etwas abseits still auf der Seite lag. Die Sicherheitsleine hatte funktioniert und den Motor abgeschaltet.

»Ich brauche Hilfe, Lillemor.« Er hatte das linke Hosenbein hochgezogen und wünschte sich jetzt, es nicht getan zu haben.

Sofia rappelte sich auf. Benommen und unsicher stapfte sie zu ihm. Sie nahm ihren Helm ab, und er nutzte die Gelegenheit, schnell sein Bein zu untersuchen.

»Verdammt, das sieht nicht gut aus. Vielleicht solltest du es dir lieber nicht ansehen.«

Aber sie hatte es schon gesehen. Die Wahrheit war, dass er sich selbst kaum traute, hinzusehen. Er ließ sich in den Schnee zurücksinken und starrte eine Weile in den Himmel hinauf, als würde alles von alleine verschwinden, wenn er es nur lange genug ignorierte.

»Ich hab doch gesagt, dass es übel ist.« Er hob den Kopf.

Sie beugte sich vor und übergab sich. »Tut mir leid, Papa.« Sie nahm eine Handvoll Schnee auf und leckte daran, um den schlechten Geschmack wegzubekommen.

»Schon gut. Mir geht es nicht anders.«

Er wusste, wie kalt es war. Die eisige Luft biss ihm in die Haut, wo diese nicht geschützt war. Trotzdem spürte er den Schweiß, der ihm auf dem Rücken, zwischen den Schulterblättern und auf der Stirn ausbrach. Als wollte sich der Schmerz einen Weg nach außen bahnen.

Wenn er die Schusswunde mit dem Bein vergleichen sollte, war das Bein schlimmer.

»Da ist aber viel Blut.«

»Ich weiß.« Etwas Blut war an der Stelle in den Schnee gesickert, wo es ihm den rechten Arm hinunter- und dann zum Ärmel hinausgelaufen war. Eine größere Menge verteilte sich unter seinem Unterschenkel, wo der gebrochene

Knochen zu sehen war. Ein daumenlanges Stück blutigen Knochens ragte aus der Wunde heraus. Dünne Dampfwölkchen fädelten sich in die kalte Luft.

»Das tut bestimmt sehr weh«, sagte Sofia. Das Mitleid in ihrem Blick schmerzte ihn fast mehr als sein gebrochenes Wadenbein.

»Hey, es sind ja nur Schmerzen. Man sollte sie genießen, solange man sie hat«, kalauerte er und biss die Zähne zusammen. Das hatte er zu seinen Töchtern immer gesagt, wenn sie sich verletzt hatten. Wenn sie sich einen Zeh angestoßen oder das Knie aufgeschlagen hatten. Er atmete stoßweise ein, nahm eine Handvoll Schnee und packte ihn um die Wunde herum auf den Knochen, in der Hoffnung, die Schmerzen damit dämpfen zu können.

Er wusste nicht, ob er mit dem Bein an den Motorschlitten geschlagen war, als sie durch die Luft flogen, oder ob er es sich beim Aufprall auf den Schnee gebrochen hatte. Wie auch immer, er hatte ein Problem.

»Was ist mit deinem Arm?«, erkundigte sich Sofia und ließ sich neben ihm auf die Knie fallen.

Darauf bedacht, das Bein nicht zu bewegen, drehte er sich in der Taille, um seinen rechten Arm zu begutachten. Im Ärmel seiner Jacke befanden sich zwei Löcher, direkt unterhalb seiner Schulter.

»Die Kugel ist hier rein und da wieder rausgegangen«, stellte er fest. »Das ist gut so. Wir müssen nur die Blutung stoppen.« Er zeigte auf den Pulka, der mit verbogenem Gestänge neben dem Motorschlitten kopfüber im Schnee lag. »Vielleicht findest du etwas, womit du den Arm abbinden kannst. Am besten auch etwas für mein Bein.«

Sie nickte. »Den Riemen vom Rucksack vielleicht!«

»Gute Idee.«

Sie stand sofort auf, um alles zu holen. Er legte sich wieder auf den Rücken und konzentrierte sich darauf, den Schmerz niederzukämpfen. Die Wunde in seinem Arm brannte wie Feuer, aber der gebrochene Knochen, der ihm aus dem Fleisch ragte, erzeugte noch eine andere Art von Schmerz, die ihn in Wellen überfiel. Die Übelkeit trieb ihm Tränen in die Augen, die er Sofia nicht sehen lassen wollte, obwohl er genau wusste, dass sie sie bereits gesehen hatte.

Du weißt, was du zu tun hast, sagte der Graubärtige.

»Wir bekommen das wieder hin«, murmelte er mit verzerrtem Gesicht.

Es gibt keine Lösung. Er kommt. Du weißt das. Verschwende keine Zeit. Denk an das Mädchen.

»Wir kriegen das hin«, knurrte er.

Die Gestalt mit dem breitkrempigen Hut starrte ihn einen Augenblick einäugig an, zog sich zurück und löste sich wie sein Atem in der Luft auf.

Sofia kam mit einer Handvoll verschieden langer Riemen und Bänder zurück, die sie mit dem Finnenmesser von den Rucksäcken abgeschnitten hatte.

»Nimm das Breite«, sagte er. »Schön festziehen. Direkt über der Wunde.«

Sie schlang den Riemen um den Oberarm und zog.

»Das ist nicht fest genug«, stellte sie kopfschüttelnd fest.

»Wir brauchen etwas, um es fester zu ziehen. Ungefähr so groß.« Er spreizte Finger und Daumen der linken Hand. »Einen Stock, wenn wir einen hätten.«

»Mein Taschenmesser vielleicht.« Sofia holte ihr Schweizer Taschenmesser hervor.

Er nickte. »Gut. Leg es oben auf den Knoten und binde ihn fest.«

Ihre Hände zitterten, aber der Knoten war fest.

»Jetzt dreh so lange, bis ich stopp sage.«

Sie drehte dreimal, hielt inne und behielt ihren Vater prüfend im Blick. »Noch ein bisschen«, sagte er. Sie drehte das Taschenmesser noch weitere drei Mal um. Er ächzte und fluchte vor sich hin. »So ist es gut. Das halte ich aus. Jetzt brauchen wir noch einen Karabiner, damit es sich nicht wieder lockert.«

Sofia nahm einen Karabiner vom Gurtzeug und hakte ihn in den Ring am Ende des Taschenmessers ein. Dann führte sie einen dünneren Gurt durch den Karabiner und band ihn um seinen Arm, damit sich das Messer nicht wieder abwickeln konnte.

»Das machst du sehr gut«, lobte er sie mit zusammengebissenen Zähnen. »Und jetzt das Bein.« Bei all dem Blut hätte er sich um das Bein am liebsten zuerst gekümmert, wäre aber das Risiko eingegangen, vor Schmerz ohnmächtig zu werden. Daher hatte er zunächst dem Arm den Vorzug gegeben. »Und das Gleiche machen wir jetzt mit dem Bein«, erklärte er. Stirnrunzelnd und auf der Unterlippe kauend, sah sie erst das Bein und dann ihn an. »Du schaffst das. Wir haben keine Wahl. Versuch, nicht darüber nachzudenken.«

Sie ballte die Hände zu Fäusten und pumpte, als wollte sie sich für die nächste Aufgabe wappnen.

»Nicht nachdenken, tu es einfach.«

»Genauso wie mit dem Arm?«

»Exakt.« Er schob noch mehr Schnee auf das gesplitterte Stück Wadenbein. In die Einschusslöcher im Jackenärmel tat er ebenfalls Schnee und drückte ihn so tief wie möglich hinein. »Als Erstes improvisieren wir mit einem Skistock eine Schiene. Schaffst du es, ihn zurechtzuschneiden?«

»Ja.« Sie nahm einen Skistock, legte ihn auf ihren Rucksack und zog das Finnenmesser aus der Lederscheide.

»Vorsicht«, sagte er. Die Absurdität dieser Bemerkung lag auf der Hand, sodass sie ihn mit hochgezogenen Augenbrauen ansah. Dann hob sie das Messer und ließ es auf den Stock niedersausen. Das Aluminium bekam eine Delle. Der zweite Hieb durchtrennte es zur Hälfte, und mit einem lauten Ächzen und einem dritten Hieb war es schließlich geschafft.

Erik schluckte seinen Schmerz hinunter, auch wenn der Schnee ihm ein wenig geholfen hatte. »Du machst mir Angst mit dem Ding da.«

Sofia lächelte.

»Jetzt leg den Gurt über das Knochenstück. Die Wunde ist nicht sonderlich groß. Über die Blutung mache ich mir weniger Sorgen. Aber wir müssen den Knochen geradeziehen, sonst kann ich nicht laufen.«

Sofia holte eine Gabel als Winde und wollte einen weiteren Karabiner vom Pulka lösen. Er aber sagte, dass er noch etwas anderes hätte, das sie verwenden könnte. »In meiner Tasche«, sagte er und klopfte sich an die Brusttasche.

Sie zog den Reißverschluss auf und holte seinen Ehering heraus. Er sah ihr an, dass sie an ihre Mutter dachte. »Auch 'ne gute Idee, oder?«

»Wir sind nun mal ein gutes Team«, erwiderte sie.

Aber als sie den Gurt um das Bein wickelte, hörte sie erneut damit auf, bevor er fest genug angezogen war.

Er sah sie fragend an.

»Ich will dir nicht wehtun.«

»Uns bleibt keine Wahl. Mach es genauso wie vorhin.« Sie zögerte.

»Es wird wehtun, aber ich halte es aus. Du weißt, dass dein Papa zäh ist, oder?«

»Das weiß ich.«

»Es könnte sein, dass ich ohnmächtig werde«, sagte er und rang sich ein Lächeln ab. »Obwohl ich stark bin. Wenn das passiert, weck mich wieder auf. Schlag mich. Wirf mir Schnee ins Gesicht, tu einfach, was nötig ist. Mach mich auf jeden Fall wach.«

Sie schüttelte den Kopf. »Ich kann das nicht, Papa.«

»Doch, das geht schon. Ich weiß, dass du das kannst. Sieh mal, was du bisher schon geschafft hast, was du durchgemacht hast und immer noch durchmachst.« Er deutete mit dem Kinn auf seinem Unterschenkel. »Dagegen ist das gar nichts.«

Widerwillig nahm sie die Gabel mit beiden Händen. Atmete aus und schloss kurz die Augen. »Sag mir, wann.«

Er holte tief Luft und atmete langsam wieder aus.

»Jetzt.«

Sie drehte einmal, zweimal, spürte, wie der Knochen wieder ins Bein zurückgedrückt wurde. Dann schob sie den Ring über das Ende der Gabel und fixierte ihn. Erik schrie.

18

Ohnmächtig wurde er nicht, aber es hatte nicht viel gefehlt. Er lag eine Weile da und wartete darauf, dass die Schwärze aus seinem Blickfeld verschwinden, der aufflammende Schmerz nachlassen würde und er wieder einen klaren Gedanken fassen konnte. Er wusste, dass er jetzt nicht mehr in der Lage sein würde, Ski zu fahren. Vielleicht würde er nicht einmal stehen können. Aber das würden sie noch früh genug herausfinden.

»Hier«, sagte Sofia und brach drei Stücke von der halben Tafel Schokolade ab, die sie in ihrem Rucksack gefunden hatte. »Der Zucker und die Kalorien werden dir helfen.«

Sie schob ihm die Schokolade in den Mund. Mit geschlossenen Augen ließ er sie sich auf der Zunge zergehen. Für sich selbst brach sie zwei weitere Stücke ab.

»Was glaubst du, wie weit wir ihm voraus sind?« Sie blickte zurück auf die Spur des Motorschlittens, die zwar immer undeutlicher wurde, aber nicht schnell genug verschwand.

»Ich weiß es nicht. Vier, fünf Kilometer, mehr nicht. Nicht genug. Ich hab hier schon zu lange gelegen. Bitte hilf mir mit den Schneeschuhen.«

»Aber du kannst so nicht laufen.«

»Ski fahren kann ich nicht«, korrigierte er sie.

Sie schaute zum Pulka hinüber. »Ich zieh dich.«

Er schüttelte den Kopf. »Nein. Ich bin zu schwer, und du bist zu müde. Du musst deine Kräfte sparen.«

»Ich bin auch stark, das weißt du.«

Trotz der Schmerzen rang er sich ein Lächeln ab. »Ich weiß, meine Kleine. Du bist stärker als ich. Aber die Stöcke sind verbogen. Bringst du mir die Schneeschuhe?«

Sie holte seine Schneeschuhe aus dem Pulka und schnallte sie ihm an.

»Den lassen wir zurück«, sagte er und deutete auf den Pulka.

»Ich kann doch versuchen, ihn zu ziehen.«

»Nein, er ist zu schwer. Selbst wenn wir das Gestänge geradebiegen könnten. Er hat seinen Zweck erfüllt. Wir brauchen ihn nicht mehr.«

Sie runzelte die Stirn, und er wusste, warum. Sofia hatte Emilies Teddybär in den Pulka gelegt, auf Schritt und Tritt war er dabei gewesen.

»Er wird ihn finden, wenn er kommt. Und ich will nicht, dass er unsere Sachen durchwühlt.«

»Das will ich auch nicht. Hilf mir auf.«

Auf den zweiten Skistock gestützt, richtete er sich auf. Keuchend und fluchend vor Schmerz, versuchte er, sein Gewicht auf das gesunde Bein zu verlagern. »Bringst du mir den Pulka?«

Sie schnallte sich die Skier unter und brachte ihm den Pulka. Er zeigte die Richtung an, die sie einschlagen würden, und legte ihr den linken Arm um die Schulter.

»Startklar?«

»Startklar«. Bei jedem Schritt stöhnte er vor Schmerzen auf.

»Sie sind unseretwegen gestorben.« Er wusste, dass sie von den Polizisten sprach. »Wenn sie nicht hier draußen nach uns gesucht hätten, wären sie noch am Leben.«

»Und wir wären nicht hier draußen, wenn dieser Russe nicht gewesen wäre. Es ist seine Schuld.«

Sie dachte darüber nach. »Scheißkerl.«

Er zuckte zusammen und stöhnte leise. »Genau, Scheiß-kerl.« Wenn es je die richtige Gelegenheit dafür gegeben hatte, ein solches Wort zu benutzen, dann war es diese.

»Aber er ist nicht allein schuld«, fuhr er fort. »Auch die Wissenschaftler, die mit dem Virus herumgespielt haben. Und die Bergbaufirma.« Er blieb stehen, um Luft zu holen und sich für die letzten Meter zu wappnen. »Der eine Mensch aber, der ganz sicher nicht schuld ist, bist du. Verstehst du? Nichts davon war jemals deine Schuld.«

Sofia blickte hinunter auf den Schnee. Sie wusste, dass er nicht nur von den Polizisten, den Helgelands, von Hánas und dem ganzen Schlamassel sprach. Sie wusste, dass er auch Emilie meinte. Den Tag an der Kletterwand.

»Los, weiter.« Sie erreichten den Berggrat und sahen in das enge Flusstal hinab. Nur ein paar Tannen an den steilen Hängen durchbrachen das Weiß zu ihren Füßen.

»Sollen wir den Pulka jetzt sich selbst überlassen?«

»Ja«, erwiderte er. »Wenn das für dich okay ist?«

Sie wussten beide, worum es eigentlich ging. Ein abge-wetzter Stoffbär in einem roten Pullover. Aber keiner von beiden erwähnte ihn.

»Ich will nicht, dass er ihn in die Finger bekommt.«

»Das wird er nicht.«

Sofia nickte entschlossen. »Ich tu's.« Sie ließ ihn auf einen

Skistock gestützt stehen, zog den Pulka an den Rand und schob ihn mit der Nase voran an den Rand des Abhangs. Dann stand sie einfach da.

»Bist du dir sicher?«

»Mitnehmen können wir ihn nicht«, sagte sie. »Und die Rucksäcke nützen uns ohne Gurte auch nichts.«

»Ich weiß, aber bist du dir wirklich sicher?«

Sie holte tief Luft. »Ja, das bin ich.«

»Dann tu es.«

Sofia zog den Pulka nach vorne. Sie zögerte einen Moment und gab dem Gefährt einen Schub. Es glitt hinab und wurde immer schneller.

Seine letzte Reise.

Sie machten sich wieder auf den Weg. Er auf Schneeschuhen, Sofia auf Skiern, aber ohne Rucksäcke und den Pulka. Sie hatten nicht mehr dabei als das Gewehr auf dem Rücken, den Eispickel am Gürtel der Überhose und das große Finnenmesser, das Sofia in ihrer Jacke aufbewahrte. Und einige wenige Dinge, die sie schnell noch eingesteckt hatten: einen Rest Schokolade, ein paar Streifen getrocknetes Rentierfleisch, Streichhölzer, drei Teelichte sowie ein paar Pflaster aus dem Erste-Hilfe-Kasten, die allerdings bei einer Schusswunde oder einem offenen Wadenbeinbruch nur wenig ausrichten konnten.

Trotzdem kamen sie nicht weiter. Er konnte sein linkes Bein kaum noch belasten. Bei jedem Schritt stützte er sich auf Sofia. Aber sie beklagte sich nicht.

Er wird euch jetzt kriegen. Du weißt es.

Er sah nach rechts und erblickte den Graubart, der mit

einem Stock neben ihm herging. Die Hutkrempe klappte nach oben, als er zum Himmel hinaufsah. Jenseits des Schnee-treibens hatte er die Farbe eines Wolfsfells.

Du hast nicht mehr lange zu leben.

Erik ignorierte ihn. Wenn sie doch nur das Schneemobil hätten wieder aufrichten können. Sofia hatte es versucht, aber sie war nicht stark genug, und er konnte ihr nicht helfen.

»Und was ist, wenn er es ohne Schlüssel in Gang bringen kann? Wie bei den Autos in den Filmen.«

Diese Möglichkeit hatte er ausgeschlossen. »Wenn er das könnte, säße er schon auf Haugens Schlitten.«

»Ja, das glaube ich auch«, räumte sie ein. Um sicherzuge-hen, schlugen sie die vordere rechte Kufe des Schlittens mit dem Eispickel ab, sodass die Maschine unbrauchbar wurde.

»Werden wir dafür Ärger bekommen?«, fragte Sofia, als er die Kufe sicherheitshalber weit wegschleuderte.

»Nein, wohl kaum«, beruhigte er sie.

Er sah sich um, um zu sehen, wie weit sie gekommen waren. Der Schlitten war im dichten Schneegestöber im-mer noch zu erkennen. So wie sein Blut auf der Schnee-oberfläche.

Genauso gut könntest du auch eine Schnur auslegen, der er nur folgen muss, sagte der Graubart.

Einige Zeit später blieb er stehen, das Körpergewicht auf dem rechten Bein und blickte die Tannen vor ihm hinauf.

»Geh einfach weiter«, sagte Sofia. »Einfach einen Fuß vor den anderen setzen.«

»Ein Schritt nach dem anderen«, hörte er sich selbst sagen.

Er war schrecklich müde. Die Schmerzen waren uner-träglich, halfen ihm aber hin und wieder, seinen Verstand zu fokussieren, die Sinne zu schärfen, sodass er ihre Situation erschreckend klar vor Augen hatte und sich an alles erinnerte, was seit der Nacht im Zelt passiert war, als Sofia sich geschnitten hatte. Dann wieder nahm der Schmerz überhand. Seine Psyche versuchte, ihn zu schützen, indem sie ihn in eine Art geistige Umnachtung versetzte, welche die Schmerzen im Arm, im Bein und die Ereignisse der letzten Tage verschwimmen ließ, so wie sich ihre Spuren im Schnee auflösten.

Er hatte das Gefühl, neben sich zu stehen. Wie in einem Zeichentrickfilm, in dem die Seele aus dem Körper schwebt.

Er schaute nach rechts, aber der Graubart war nicht mehr da.

Das war's, ich verliere den Verstand, dachte er.

Dass du mich nicht siehst, bedeutet nicht, dass ich nicht da bin. Wie ein Windstoß huschte die Stimme des Gottes an ihm vorbei. *Was tust du da, Erik?*

Wonach sieht es denn aus?

»Papa?« Sofia dachte, er hätte mit ihr gesprochen. Er antwortete nicht, und sie gingen weiter, mühsam einen Schritt nach dem anderen.

Du hast gesagt, du würdest alles für das Mädchen tun. Dass sie das Einzige ist, was zählt. Aber schau dich doch an. Du humpelst wie ein Krüppel, lässt Schneeschuhabdrücke und eine Blutspur hinter dir, als wolltest du den Bastard geradezu auffordern, euch zu folgen und dein kleines Mädchen umzubringen. Ihr ist kalt. Siehst du nicht, wie sie zittert? Du Mistkerl. Sie trägt dich praktisch schon. Mit der letzten Kraft, die ihr geblieben ist, muss sie dich auch noch mitschleppen. Du selbstsüchtiger …

»Stopp!«, sagte er. Jetzt sprach er *tatsächlich* mit Sofia. »Wir können nicht stehen bleiben.«

Er drehte sich um und stellte sich vor sie, die Hände auf ihre Schultern gelegt.

»Hör zu, Sofia. So geht es nicht. Wir sind zu langsam. Er wird uns bald einholen. Und du weißt, was das bedeutet.«

»Und deshalb gehen wir weiter«, entgegnete sie mit Trotz in der Stimme.

»Du hörst mir nicht zu. Ich kann nicht mehr laufen. Und ich kann nicht zulassen, dass du mich weiterhin trägst.«

»Ich schaffe das schon, Papa«, sagte sie mit zusammengezogenen Augenbrauen.

»Nein, das schaffst du eben nicht. Weil ich es nicht mehr zulasse.«

Sie sah zu ihm auf. Tränen kullerten ihr über die Wangen. »Was sagst du da, Papa?«

Er holte tief Luft, unsicher, ober er es wirklich aussprechen sollte, denn einmal Gesagtes lässt sich nicht widerrufen.

»Papa?«

Er nickte. »Du musst gehen. Du musst mich hier zurücklassen.«

Ihre Lippen begannen zu zittern. Ihr Gesicht, ihr ganzer Körper waren außerstande, ihre Angst noch zu verbergen. Ein weiterer Stich in sein bereits sterbendes Herz, denn selbst im Angesicht des Todes hatte sie die Angst nicht gezeigt, die sie jetzt bei dem Gedanken empfand, nicht bei ihm zu sein. Ihn nicht mehr um sich zu haben.

»Ich kann das nicht.«

»Doch, kannst du, weil du musst. Schau.« Er zeigte in die Richtung, in der sie unterwegs waren. »Siehst du da den

Berg mit dem herausgebissenen Stück? Am Fuß des Berges waren wir, als du zum Pinkeln anhalten musstest und Angst hattest, jemand könnte dich sehen, obwohl im Umkreis von drei Kilometern keine Menschenseele unterwegs war.«

Ihr Atmen beschleunigte sich.

»Wir sind fast da«, sagte er. »*Du bist* fast da. Zwei Stunden noch, dann bist du zu Hause.«

»Dann können wir auch zusammen gehen.«

»Er wird uns einholen«, wandte er ein. »Denk an Mama. Sie macht sich Sorgen. Du musst nach Hause gehen.«

Sie weinte. Ihre Atmung wurde noch schneller, und er fürchtete, sie könnte in Panik geraten und hyperventilieren. Er fasste ihren Kopf mit beiden Händen und legte seine Stirn an ihre.

»Ich will nicht, dass dir etwas passiert, Lillemor. Du musst überleben. Das ist mir wichtiger, als du dir vorstellen kannst.«

»Ich lasse dich nicht zurück, Papa.«

»Jemand muss der Welt sagen, was in diesem Labor vor sich geht. Du bist die Einzige, die das kann. Nur du.«

»Wir verlieren nur Zeit«, brachte sie mit mäßigem Nachdruck hervor.

»Ich liebe dich, Sofia. Du hast mich sehr stolz gemacht.« Tränen traten ihm in die Augen. Er gab ihr einen Kuss auf die Wange. Seine Lippen verweilten dort, während seine Kehle sich zuschnürte, als wollte sie ihn ersticken. Eins aber lag ihm noch auf der Seele. »Ich bin der glücklichste Papa der Welt.«

Sie schloss die Augen. »Bitte«, flehte sie mit leiser Stimme.

»Geh weiter«, sagte er. »Mehr musst du nicht tun. Geh einfach, und ich werde bei dir sein. Ich werde immer bei dir sein. Dein ganzes Leben.« Jetzt weinte er. »Selbst wenn du alt bist, werde ich bei dir sein.«

Er zog sie an sich und hielt sie lange in den Armen. Als könnte er ihr Herz in seines ziehen. Obwohl sie schon in seinem Herzen *war*. Dann nahm er das Gewehr von seiner Schulter und legte es ihr um.

»Du musst jetzt gehen.« Sein Blick wanderte zum Himmel hinauf. Der Wind hatte nachgelassen, hatte sich erschöpft. »Folge einfach dem Tal, dann schaffst du es. Wenn du nach Hause kommst, setzt ihr euch ins Auto und fahrt in die Stadt zur Polizei.« Sein Atem stockte. »Und sag Mama, dass ich sie liebe, dass ich sie über alles liebe und dass es mir unendlich leidtut. Machst du das?«

»Ja, das verspreche ich dir.«

»Du bist ein so tolles Mädchen.« Wieder umarmte er sie und gab ihr noch einen Kuss. »Und jetzt geh.«

Sie steckte die Hände in die Schlaufen ihrer Skistöcke, drehte sich noch einmal zu ihm um und sah ihn an. Er lächelte gequält.

»Ich lieb dich, Papa.«

Er spürte, wie seine Seele zerstob wie Pulverschnee. »Ich lieb dich, Lillemor«, sagte er, und ihm stockte der Atem. »Und ich werd dich immer lieben.«

Sie wandte sich ab, stieß sich mit den Stöcken ab und glitt über den Schnee davon. Abdrücken, gleiten, abdrücken, gleiten.

Er sah ihr nach, bis sie verschwunden war.

Er schaffte es noch hundert Meter weiter, dann sank er in den Schnee und blieb zitternd dort sitzen. Der Tannenwald war noch ein Stück entfernt, doch eine kleine Hoffnung war ihm geblieben. Wenn er es bis zu den Bäumen schaffte, konnte er sich vielleicht verstecken. Es war eine verzweifelte Hoffnung, und sie war unwürdig. Sich an sie zu klammern, machte ihn schwächer. Selbst wenn er es in den Wald schaffte, würde es nicht reichen, denn das Schneegestöber ließ nach. Der Wind flaute ab oder zog weiter, sodass seine Spuren nicht zu übersehen waren. Der große Mann würde kommen. Selbst im Halbdunkel würde er den Fußspuren leicht folgen können.

Trotzdem. Warum sollte er es diesem Bastard noch leichter machen? Sieh zu, dass du zu den Bäumen kommst. Das ist das Mindeste, was du tun kannst. Lass ihn wenigstens arbeiten für sein Geld.

Er rappelte sich auf, dachte an Sofia und stellte sie sich auf Skiern vor. Diese alberne rosa Mütze mit den angelnden Eisbären. Es tat ihm gut, an sie zu denken, auch wenn sie ihm so sehr fehlte. Ihm war, als hätte man ihm das Herz aus dem Leib gerissen, sodass es nun in die kalte Dunkelheit hinausflog. Was es in gewisser Weise auch tat.

Der Graubärtige war nirgends zu sehen. Vielleicht hatte er getan, was zu tun war, gesagt, was zu sagen war. Aber Erik wünschte fast, er würde wiederkommen, denn er fühlte sich allein.

Er war todmüde. Jetzt, ohne Sofia, war er leer. Und doch auch zum Bersten voll.

»Sie wird leben«, sagte er zu sich selbst.

Sie hat noch einen weiten Weg vor sich.

Wieder sank er zu Boden, aber der Wald war jetzt ganz nah. Der schwache Geruch der Bäume drang zu ihm.

Nur noch ein kleines Stück.

Er legte sich auf die linke Seite und schleppte sich weiter.

Das Gesicht seiner Frau und seiner Mädchen vor Augen, als würde er ihnen entgegenkriechen.

Er schloss die Augen.

Er ist hier, sagte der Graubärtige.

Erik ließ die Augen geschlossen. Er wusste nicht, ob er schlief oder wach war, ob er lebte oder schon tot war. Er wusste nur, dass ihm nicht mehr kalt war. Und das fühlte sich gut an.

Er ist hier. Du hast geschafft, was du schaffen konntest. Jetzt ist es vorbei.

»Okay.« Eher spürte er das Wort, als dass er es hörte. Ein flüchtiger Hauch auf seinen Lippen.

Er machte die Augen auf.

Der große Mann stand am Rande des Waldes. Eine schwarze Gestalt im Zwielicht.

Hat es aufgehört zu schneien?

Die Gestalt kam näher. Wie eine Geistererscheinung. Er sah hungrig aus, als würde er frieren. In seinem Blick aber brannte ein Feuer. Er atmete schwer, aber kontrolliert, wie ein Athlet nach einem Rennen.

»Das war eine großartige Jagd«, sagte der Mann. »Wir sind weit gekommen.«

Erik lehnte den Kopf an den Fichtenstamm. Er dachte an Sofia und musste lächeln. Sie würde jetzt bestimmt bald zu Hause sein.

»Du hast verloren.«

Der Mann neigte den Kopf. »Meinst du?«

345

»Sie ist weg. Du kannst sie nicht mehr einholen.«

Der große Mann sah in die Richtung, in der Sofia davon-gefahren war, und einen Moment lang fuhr Erik die Angst in die Glieder, weil er dachte, der Russe würde jetzt ihre Verfolgung aufnehmen. Seine Hand ging zu dem Eispickel an seiner Hose. Aber was sollte er damit tun? Er war sich nicht einmal sicher, ob er ihn mit seinen lädierten Händen überhaupt halten konnte.

Der große Mann folgte Sofia nicht, sondern stand ein-fach nur da.

»Nun sind es also nur noch wir beide.« Er stieg von den Skiern ab und kam durch den Schnee auf ihn zu, das Ge-wehr diagonal vor dem Oberkörper, der Schaft in etwa auf Höhe der rechten Schulter. »Schade. Deine Tochter …« Er neigte den Kopf. »Sie ist doch deine Tochter?«

Erik sagte nichts.

Der große Mann lächelte nachsichtig. »Sie ist ein gutes Mädchen. Stark. Tapfer. Ich habe dir ja schon gesagt, dass ich sie umbringen werde, aber ich werde es schnell tun, weil ich sie respektiere.«

Der Hass auf diesen Mann entfachte das Feuer in ihm neu. Was würde er dafür geben, ihn leiden zu sehen. Aber jetzt war es zu spät. Er atmete ein und spürte die kalte Luft in der Lunge, als wäre es das erste Mal. Dann ließ er den Atem in einer silbrigen Wolke entweichen. »Ich habe dich geschlagen. *Wir* haben dich geschlagen.«

Schnee rieselte von einem Ast auf den großen Mann herab, während er den Handschuh von seiner rechten Hand zog und ihn in die Tasche steckte. Er sah Erik an, als wollte er er-forschen, was er dachte. »Wie willst du mich denn geschlagen haben?« Seinem Blick nach zu urteilen, war die Frage ernst gemeint. »In einer Minute wirst du tot sein.«

Sie schwiegen sich einen langen Moment an, dann zog der Mann den Verschluss seiner Waffe zurück und lud durch. Inmitten der Bäume war das Geräusch unnatürlich laut.

Weil sie weiterleben wird, sagte der Graubart. *Deshalb hast du gewonnen.*

Erik lächelte, als der große Mann das Gewehr anlegte.

Er musste nicht durch das Zielfernrohr sehen. Nicht auf diese Entfernung. Er nickte, wie als Bestätigung, dass etwas sein Ende gefunden hatte. Diese Sache jedenfalls. »Es war eine großartige Jagd«, sagte er erneut und legte den Zeigefinger seiner rechten Hand an den Abzug.

Erik holte noch einmal Luft und kostete den Geschmack aus.

Manche nennen mich Vernichter, sagte Graubart.

Der große Mann erspürte irgendetwas. Er nahm den Kopf hoch und sah über seine rechte Schulter hinweg Schnee von den Zweigen einer Tanne rieseln. Da stand das Mädchen zwischen den Bäumen. Sieben, vielleicht acht Meter von ihm entfernt. Ihr Atem formte silbrige Wolken. Der Mann schwang die Waffe herum, aber das Mädchen hatte sein Gewehr bereits im Anschlag, den Kolben an die Schulter gedrückt, so wie sie es bei ihrem Vater gesehen hatte, den Lauf auf ihn gerichtet. Sie zog ab, und der Rückstoß ließ sie rückwärtstaumeln. Das Geräusch des Schusses erfüllte den Wald, und ihr glitt das Gewehr aus der Hand.

Der große Mann blickte auf das Loch in seiner Brust hinunter, ließ seine Waffe fallen und sah wieder zu dem Mädchen hinüber. Er stürzte auf sie zu, ging in die Knie und spuckte Blut. Würgte. Eine Hand auf die Brust gelegt, streckte er die andere nach ihr aus.

»Papa!«, schrie sie und rappelte sich auf. Sie wusste nicht, was sie tun sollte, während der Mann durch sein eigenes Blut weiter auf sie zukroch.

»Lauf!«, schrie Erik. Er richtete sich auf, wankte zwei Schritte vorwärts und fiel wieder hin. Wieder versuchte er aufzustehen, sank zu Boden und schleppte sich dennoch zu dem Russen, als dieser gerade Sofias Stiefel packte.

»Nein!«, brüllte Erik. Auch Sofia schrie auf, trat mit dem anderen Fuß nach ihm, aber der Mann ließ nicht los. Sie fasste in ihre Jacke und hatte schließlich das Finnenmesser in der Hand. Das Messer sauste hinab. Drei Finger fielen, träge und irgendwie nicht menschlich wirkend, in den Schnee.

»Sieh nicht hin!« Erik warf sich auf den Mann und versuchte mit aller verbliebenen Kraft, den Russen in den eisigen Schnee zu drücken. »Elendes Schwein!«, entfuhr es ihm in einer animalischen Lautstärke, während er dem Mann den Eispickel auf den Kopf schlug. Das Bersten des Schädels war zwischen den Bäumen deutlich zu vernehmen.

Einen Moment lang blieb er auf dem Mann liegen. Er keuchte schwer, musste sichergehen, dass der Russe tot war. Ihm fehlte die Kraft, sich zu bewegen. Schließlich drückte er sich von dem Mann hoch und ging auf die Knie, wie ein Mann vor Gott. Das Mädchen warf sich ihm in die Arme.

»Du solltest doch gehen«, sagte er zwischen abgehackten Atemzügen. »Du hättest doch gehen sollen.«

»Aber wir sind doch ein Team, Papa.« Sie schluchzte. Beide knieten im Schnee, ihr zarter Körper an ihn gepresst.

Er zog sie fest an sich, und es hatte den Anschein, als wollte er sie nie wieder loslassen.

»Ja, das sind wir«, bekräftigte er, und beide hielten sie in der dunklen Nacht einander fest.

Sie aßen das letzte Rentierfleisch und die Schokolade. Mit dem Finnenmesser schnitt sie einen Birkenzweig ab, auf den er sich stützen konnte. Ihnen war kalt, aber dennoch wollte keiner von ihnen etwas an sich nehmen, was dem großen Mann gehört hatte, den sie mit dem Gesicht nach unten im rot verfärbten Schnee liegen ließen.

Der Schneesturm hatte sich gelegt. Als sie das Tal auf dem Weg nach Hause in südlicher Richtung zur Hälfte durchquert hatten, war es früher Abend. Die Wolken lichteten sich, sodass sie die Sterne sehen konnten und die Welt wieder größer erschien.

Sie sprachen nicht darüber, was passiert war. Vielleicht waren sie auch einfach zu erschöpft, um zu reden. Oder fanden nicht die passenden Worte.

Immer wieder blieben sie stehen und ruhten sich aus. Beide zitterten und hielten sich aneinander fest, bis einer von ihnen den anderen aufforderte, sich wieder auf den Weg zu machen. Dann standen sie auf und stapften weiter in die hereinbrechende Nacht hinein, wie die letzten Menschen, die sich am Ende der Welt aus ihrer Höhle herauswagten.

Die Schmerzen in seinem Arm, am Bein, überall am Körper betrachtete er als harte Prüfung, die ihm willkommen war. Denn wirklich wehtun konnte ihm nichts mehr. Er würde es überstehen oder auch nicht. Aber das Mädchen hatte noch einen weiten Weg vor sich, und als er eine weitere

Fußspur im Schnee neben ihrer eigenen bemerkte, nahm er an, dass dies auch ihr aufgefallen war. Keiner von ihnen verlor jedoch ein Wort darüber, und das war in Ordnung so.

Schließlich erreichten sie eine Anhöhe und blickten den Hang hinauf, der im Mondlicht funkelte.

»Wir haben es jetzt gleich geschafft, Papa.«

»Ich weiß.«

»Schau mal, Papa.« Sie zeigte auf den nördlichen Himmel, den das Polarlicht in Grün, Gelb und Blau umspielte. Lichtkaskaden fielen in breiten Schleiern herab, leuchtend intensiv an einer Stelle, an einer anderen in kühlen, dann wieder in warmen Farben. Wie der Atem Gottes.

»Wunderschön.«

»Hánas hat gesagt, das sind die Seelen der Toten«, sagte Sofia, das Gesicht in verzücktem Staunen gen Himmel gerichtet. »Unsere Vorfahren.«

»Vielleicht hat er recht.«

Der kosmische Tanz zog sie noch eine ganze Zeit lang in den Bann, bevor sie schließlich den Hang hinaufstiegen. Jeder schöpfte aus der Kraft des anderen. Oben angekommen, standen sie da unter dem eiskalten Himmel.

Der Mann und das Mädchen.

Nicht allzu weit entfernt stand ein Haus allein für sich in der schneebedeckten Welt. Silbriger Rauch stieg aus dem steinernen Schornstein auf. Goldenes Licht in den Fenstern. Schnee auf dem Dach.

Zu Hause.

PERSÖNLICHE BEMERKUNGEN DES AUTORS

SPUREN EINES SCHRIFTSTELLERS IM SCHNEE

Mütterlicherseits bin ich halb Norweger. Oft verbrachte ich die Ferien in unserem Ferienhaus am Ufer des Fjords in der Nähe von Bergen an der norwegischen Westküste oder in den Bergen beim Skifahren.

Die idyllische, atemberaubende Landschaft ist tief mit glücklichen Kindheitserinnerungen verbunden, und doch war mir schon damals stets bewusst, dass sich hinter der atemberaubenden Landschaft eine dunklere Vergangenheit verbarg. Die meisten Norwegerinnen und Norweger kennen diese dunkle Vergangenheit unter dem Begriff »Kriegsjahre«. Gemeint ist die Zeit während der Besatzung Norwegens durch Nazi-Deutschland von April 1940 bis Mai 1945. Bei einem dieser Besuche in meiner Kindheit erfuhr ich von der berühmten Operation Telemark im Zweiten Weltkrieg.

Auf meine eigene Geschichte und ihren Verlauf komme ich später noch zu sprechen. Zunächst möchte ich mich zwei außergewöhnlichen Ereignissen zuwenden, welche die Grenzen menschlicher Heldenhaftigkeit und Widerstandskraft im Angesicht extrem gefährlicher Situationen – sowohl menschengemachter als auch umweltbedingter – aufzeigen.

1965, in dem Film *The Heroes of Telemark* (dt. Kennwort »Schweres Wasser«), kam die Operation Telemark unter der Regie von Anthony Mann, mit Kirk Douglas und Richard Harris in den Hauptrollen, in die Kinos. Ziel der historischen Operation war es, das NS-Regime am Bau einer Atombombe zu hindern, indem die Schwerwasseranlage des Vemork-Kraftwerks in der Gemeinde Rjukan in der Provinz Telemark im Süden Norwegens zerstört wurde. Im Februar 1943 sprang eine Einheit der norwegischen Spezialeinheit SOE mit dem Fallschirm über einem Gletscher ab und schloss sich einem Vorauskommando auf der Hardanger-Hochebene an, das monatelang in der kargen Umgebung aus Fels, Schnee und Wind ausgeharrt hatte. Ausgestattet nur mit dem Notwendigsten, überwand eine neunköpfige Truppe mitten in der Nacht eine Felswand und vollzog einen der heldenhaftesten Sabotageakte des Zweiten Weltkriegs.

Diese Geschichte von Wagemut, Können und Entschlossenheit hat mich nie mehr losgelassen. Als ich älter war, erfuhr ich von einer weiteren Operation einer Gruppe norwegischer Soldaten, die im März 1943 mit dem Schiff von den Shetland-Inseln in das von den Nazis besetzte Norwegen zurückkehrten. Ihr Ziel war die Zerstörung eines deutschen Kontrollturms auf dem Flughafen in Bardufoss im Norden Norwegens, auch um für die norwegische Widerstandsbewegung Flagge zu zeigen. Doch anders als die erfolgreiche Operation Telemark endete die Operation Martin in einer Katastrophe. Die Männer wurden verraten, gerieten in einen Hinterhalt, und ihr Schiff wurde von den Deutschen versenkt. Drei von ihnen wurden getötet.

Einer entkam. Dieser Mann war Jan Baalsrud. Durchnässt bis auf die Haut und ohne Stiefel entkam er über eine verschneite Schlucht, wo er einen deutschen Gestapo-Offizier erschoss, bevor er in die Lyngenalpen floh, in denen dieses Buch spielt.

Was dann geschah, ist wohl eine der bemerkenswertesten Überlebensgeschichten aller Zeiten. In dem brillanten Buch von David Howard, *We Die Alone*, ist sie festgehalten. Neun Wochen lang musste Jan Baalsrud unvorstellbare Strapazen auf sich nehmen. Seine Füße erfroren, und er wurde bis zum Hals von einer Lawine begraben. Schneeblind und mit Erfrierungen irrte er drei Tage lang in einem Schneesturm umher, war vier Tage lang unter Schnee begraben und zwei Wochen lang auf sich allein gestellt. Um die Ausbreitung von Wundbrand zu verhindern, schnitt er sich mehrere erfrorene Zehen ab. Dem Tod nahe und auf eine Bahre gebunden, wurde er von norwegischen Dorfbewohnern schließlich die schneebedeckten Berge hinauf- und hinuntergeschleppt.

Trotz alledem hat Jan Baalsrud überlebt. Hat überlebt, was jeden anderen vermutlich umgebracht hätte. Der Mann weigerte sich einfach, zu sterben.

Der nicht allzu lange Ski:
Was mich dazu inspirierte, Schneefieber *zu schreiben*

Die Männer aus Jans Generation waren hart im Nehmen, beinahe so etwas wie ein anderer Menschenschlag. Was ihnen an Ausrüstung oder Wissen fehlte, machten sie mit

Mut, Entschlossenheit und dem festen Willen wett, ihre Aufgabe zu erfüllen, koste es, was es wolle. Ich hege große Hochachtung für sie. Schon immer hat mich der Teil in uns fasziniert – von dem wir *hoffen*, dass er in uns steckt –, der sich weigert, aufzugeben, wenn alles verloren scheint. Ich glaube, man kann davon ausgehen, dass wir alle eine Art animalischen Überlebensinstinkt haben. Doch Instinkt ist meiner Meinung nach nicht dasselbe wie die pure Entschlossenheit – ein fast übermenschlicher Wunsch –, der manche Menschen antreibt, weiterzumachen, obwohl sie eigentlich längst hätten aufgeben sollen.

Diese Geschichten über norwegische Kriegshelden gingen mir durch den Kopf, als ich 2003 mit meinem Bruder James und einigen norwegischen Freunden eine Skilanglauf-Tour unternahm. Wir wollten drei Tage lang jeweils etwa fünfzehn Kilometer fahren, dann eine Pause einlegen, für fünf Personen einen Iglu bauen, um darin zu übernachten, um dann wieder drei Tage zu fahren. Vor der Tour hatte ich hart an meiner Fitness gearbeitet und fühlte mich dazu in der Lage. Gespannt und aufgeregt stiegen wir am Bahnhof Finse in einem kleinen Bergdorf der Gemeinde Ulvik in der Provinz Vestland (mit 1200 Metern über dem Meeresspiegel der höchste Punkt des norwegischen Eisenbahnnetzes) aus dem Zug, schnallten unsere schweren Rucksäcke um und stellten uns auf die Skier. Ich folgte den anderen und war gerade mal zwanzig Meter den ersten Hang hinuntergefahren, als ich schon das Gleichgewicht verlor und mit der eisernen Schneeschaufel auf dem Rücken in einem Gewirr aus meinen Gliedmaßen und den Skiern landete. Wenn es mir nicht schon vorher klar war, dann spätestens jetzt, dass ich es 1943 niemals in Joachim Rønnebergs Telemark-Sabotageteam geschafft hätte! Um ehrlich zu sein, war ich auch den norwegischen Jungs nicht gewachsen, die auf der anderen Seite des Hangs auf mich warteten, aber höflich genug waren, mir das nicht zu sagen. Ich bin mir sicher, dass James einfach nur froh war, dass nicht er mit dem Gesicht im Schnee dalag. Aber zumindest verbarg der Schnee, dass ich rot wurde.

Das Schöne an einer langen Skitour ist, dass man viel Zeit zum Nachdenken hat. Sie bietet viel Raum für die eigene Fantasie. Vielleicht ist die verschneite Landschaft ein Sinnbild für eine leere Seite. Jedenfalls ging mir durch den Kopf (wenn ich nicht gerade damit beschäftigt war, meine Füße in die gefrorenen Skischuhe zu zwängen, die ich in der ersten Nacht versehentlich nicht mit in den Schlafsack genommen hatte): Was wäre, wenn hier draußen jemand hinter uns her wäre und uns umbringen wollte? Mehr braucht es nicht, wenn man wie ich unter einer überbordenden Fantasie leidet. Erste Ansätze einer Geschichte zeichneten sich in meinem Kopf ab.

Nach ein paar Tagen allerdings brachen James und ich die Tour ab. Unsere Kondition war zwar gut, aber wir verfügten nicht über ausreichend Erfahrung hinsichtlich der Anforderungen, die das Langlaufen im Gelände an uns stellte. Wir hatten den Eindruck, dass wir die anderen nur aufhielten. Von zwei Polizisten, die auf Schneemobilen vorbeikamen, hatten wir erfahren, dass es einige Kilometer entfernt einen Bahnhof gab. Als es also hart auf hart kam, fuhren wir weiter – nur eben in die andere Richtung. Am nächsten Tag waren wir wieder in unserer gemütlichen

Hütte am Fjord, angelten, tranken Bier und taten, was wir am besten konnten.

Damals schrieb ich an einem Roman mit dem Titel *Blood and the Saints*, der während des ersten Kreuzzugs im Jahr 1096 n. Chr. spielte. Der Roman wurde nie veröffentlicht, aber ein Junggesellenabschied in Oslo inspirierte mich dazu, ein weiteres Buch zu schreiben, in dem es um einen jungen Mann geht, der nach einem Schlag auf den Kopf sein Gedächtnis verliert, bei einem Wikingerüberfall verschleppt wird und als Mitglied der Gruppe heranwächst. Ich habe damals nur nebenbei geschrieben, sodass es eine Weile dauerte. 2006 zogen Sally und ich nach Manhattan. Ich wollte unbedingt Schriftsteller werden (machen wir uns nichts vor, ich war wirklich verzweifelt) und suchte mir einen Literaturagenten, der das Potenzial von *Raven – Blutauge* erkannte. Es stellte sich heraus, dass es gar nicht so leicht war, einen US-amerikanischen Verlag für historische Romane zu gewinnen, geschweige denn für eine Geschichte über Wikinger im neunten Jahrhundert.

Doch während ich mit den Wikingern New York auf der Suche nach einem Deal durchkämmte, hatte ich wohl noch eine Rechnung mit meinem gescheiterten Ski-Abenteuer offen, denn nachdem ich *Blutauge* abgegeben hatte, begann ich eine neue Geschichte, einen Survival-Thriller. Er war in den Lyngenalpen angesiedelt und handelte von einem Mann und seinem Sohn, die eine Skitour unternehmen und in den Versuch amerikanischer Spezialeinheiten verwickelt werden, ein unterirdisches Ölvorkommen nördlich des Polarkreises zu erschließen. Ich hatte die Geschichte in der Zukunft angesiedelt, im Jahr 2020 (rein zufällig das Jahr, in dem ich mit *Schneefieber* – damals noch unter dem Titel *Far Wanderer* – begann). Die USA sind in meinem Szenario eine sterbende Supermacht, die sich gezwungen sieht, ihre Öllieferungen aus dem Nahen Osten aufzugeben. In ihrer Verzweiflung erheben die USA Anspruch auf das größte unterirdische Ölvorkommen, das jemals in Europa entdeckt wurde und das im arktischen Permafrost im äußersten Norden Norwegens liegt. Ich hatte gerade die ersten gut hundert Seiten geschrieben, als zu meiner großen Freude mein britischer Agent anrief und mir mitteilte, dass Random House *Raven – Blutauge* veröffentlichen würde. Mein zukünftiger Lektor war ganz versessen darauf, ein Exposé für das zweite und dritte Buch zu sehen (ich hatte *Blood Eye* als den ersten Teil einer Trilogie angekündigt). Ich legte den futuristischen Thriller erst einmal auf Eis.

Elf Romane später, 2020, hatte ich *Camelot*, den zweiten Teil meiner Artus-Reihe, fertiggestellt. Das Buch umfasst zusammen mit *Lancelot* fast eintausendsiebenhundert Seiten und spielt in der von mir geschaffenen nachrömischen Artuswelt. Es sind umfangreiche Bücher, die mich emotional, körperlich (denn Körper und Geist sind eins) und kreativ sehr gefordert haben. Ich hatte das Gefühl, meinen kreativen Geist reinigen zu müssen, wollte etwas anderes schreiben. Und tatsächlich musste ich das auch.

Diejenigen, die mich nur als Autor historischer Romane kennen, dürfte das mehr überraschen als diejenigen, die mich als Mensch kennen. Ich führe ein facettenreiches Leben. Von meiner Zeit im Musikgeschäft über das Schreiben von Werbetexten bis hin zur Gestaltung von Videospielen –

kreatives Experimentieren hat mich schon immer begeistert. Deshalb ist es für mich ganz natürlich, in anderen Genres zu schreiben, sei es historischer Horror oder, wie in diesem Fall, ein zeitgenössischer Thriller. Ich war nie nur auf eine Sache fixiert, und vielleicht macht mich das zu einem Tausendsassa, einem Meister der nichts beherrscht, aber das ist mir lieber, als in eine Schublade gesteckt zu werden.

Deshalb wollte ich das Buch nicht wie üblich unter einem Pseudonym veröffentlichen. Ich verstehe, warum manche Autorinnen und Autoren das tun und warum manche Verlage darauf bestehen. Sie wollen weder den Handel noch die Leser irritieren, wenn ein Autor, der sich mit einem bestimmten Genre einen Namen gemacht hat, plötzlich etwas anderes schreibt. Doch ich denke, dass das Cover und der Klappentext meinen Leserinnen und Lesern schon verraten werden, worum es in diesem Roman geht. Und auch wenn die Geschichte nicht, wie einige meiner anderen Bücher, tausend Jahre oder mehr in der Vergangenheit spielt, glaube ich, dass sie dennoch alle Elemente enthält, die meine Leser von einem Giles-Kristian-Buch erwarten dürfen. Außerdem bin ich ein Geschichtenerzähler, und diese Geschichte wollte ich schon seit vielen Jahren erzählen. Da ich mir im Laufe meiner Karriere eine treue Leserschaft aufgebaut habe, erschien es mir völlig widersinnig, das Buch unter einem anderen Namen zu veröffentlichen, weil meine Leser sonst vielleicht nicht wüssten, dass ich ein neues Buch herausgebracht habe. Wir Autoren verbringen Jahre damit, uns als Marke aufzubauen und so weit zu kommen, dass die Leserinnen und Leser unseren

Namen auf dem Cover erkennen. Warum sollten wir dann plötzlich einen anderen Namen verwenden und wieder von vorne anfangen? Ich glaube, einige genießen den Zauber und den Nimbus eines Pseudonyms, und vielleicht wird mir das auch irgendwann so gehen, aber im Moment bin ich froh, dass Sie dieses Buch gefunden und die Chance ergriffen haben, etwas anderes von mir zu lesen. Außerdem bin ich Transworld unendlich dankbar, dass sie diesen Roman ins Programm genommen haben und mir so die Möglichkeit geben, meine kreativen Muskeln spielen zu lassen. Sie haben mir einfach erlaubt, eine gute Geschichte zu weben, die erzählt werden musste.

Doch zurück zu dieser Geschichte und ihren falschen Anfängen im Jahr 2007. Hätte ich sie damals geschrieben, wäre es eine ganz andere Geschichte geworden als die, die Sie jetzt in Händen halten, und zwar nicht nur, weil die Prämisse eine andere war. Ich wage zu behaupten, dass sie die vertraute Form eines Verfolgungsthrillers angenommen hätte. Natürlich hätte es Waffen und Dramatik im Schnee gegeben, und vermutlich wäre es sogar eine ersprießliche Lektüre geworden, aber viel tiefer wäre es nicht gegangen. Das Timing gehört zum kreativen Prozess. Die Idee für eine Geschichte kann einem jahrelang im Hinterkopf herumschwirren wie ein vergessenes Bonbon in der Jackentasche, um das sich allmählich Fusseln sammeln. Damals war ich noch nicht bereit, den »Schneekrimi« zu schreiben, und ich bin froh, es nicht getan zu haben. Denn jetzt, da ich ein paar Jahre älter und inzwischen auch Vater bin, wurde die Geschichte zu dem, was sie in Wirklichkeit sein sollte. Für mich war es eine Art Erkundung: von körperlichem Leid und menschlichem Überlebenswillen, selbstverständlich. Darunter aber liegt ein weiteres Thema verborgen, nämlich das von Trauer, vom Kampf eines Vaters, loszulassen, und vom Kampf seines Kindes, ohne ihn weiterzuleben.

Ich glaube, wir schreiben unterschiedliche Bücher in den verschiedenen Phasen unseres Lebens. Zumindest ist mir das klar geworden. Nehmen wir *Raven – Blutauge* zum Beispiel, meinen ersten Roman. Die Geschichte eines jungen Mannes, eines Ausgestoßenen, der sich einer neuen Gruppe anschließt und versucht, seinen Platz in der Welt zu finden. Geschrieben von einem Mittzwanziger, der seine bisherige Karriere aufgegeben hatte, um neue Wege zu gehen. An diesem Punkt in meinem Leben hatte ich es satt, geformt und in diese oder jene Richtung gedrängt zu werden. Stattdessen hatte ich den Wunsch, meine Zukunft zu meinen eigenen Bedingungen zu gestalten.

Als Nächstes folgten meine Bücher über den englischen Bürgerkrieg im 17. Jahrhundert, *The Bleeding Land* und *Brothers' Fury*, in deren Mittelpunkt drei sehr verschiedene Geschwister stehen, die von Loyalitätskonflikten und Gewissensfragen hin- und hergerissen werden, letztlich aber über ihr Blut verbunden sind. Natürlich habe ich in dieser Geschichte mich selbst, meinen Bruder und meine Schwester in die Rollen von Mun, Tom und Bess versetzt und unsere Beziehung als Grundlage für meine Figuren genutzt.

Lancelot habe ich in der Zeit geschrieben, in der ich um meinen Vater trauerte. In der Geschichte geht es um Liebe und Verlust und darum, die glorreichen Momente der Vergangenheit mit dem zu versöhnen, was jetzt niemals mehr sein kann.

Und dann *Camelot*, über Galahad, einen Mann, der versucht, aus dem langen Schatten seines Vaters herauszutreten. Ein Mann, der an der Vergangenheit schwer zu tragen hat und sich fragt, ob er sein Schicksal selbst in die Hand nehmen kann und wie viel von seiner Zukunft vorherbestimmt ist, da er schließlich der Sohn seines Vaters ist.

Und nun *Schneefieber*. Die Geschichte eines Vaters, der mit dem Erwachsenwerden seiner Tochter, seiner eigenen Sterblichkeit und seiner eigenen Schwäche zurechtkommen muss. Es geht um die natürliche Abfolge der Dinge, darum, wie die Kraft der Eltern unweigerlich irgendwann schwindet, während das Kind heranwächst und gedeiht und seinen eigenen Weg geht. Darüber hinaus ist es die Geschichte einer Tochter, die nach Freiheit strebt und sich gleichzeitig mit der Sterblichkeit ihres Vaters und der unabänderlichen Realität auseinandersetzen muss, dass die Welt einmal ohne ihn sein wird. Ein Buch, das von einem Vater geschrieben wurde, der nicht mehr so jung und stark ist, wie er es einmal war. Ein Mann, der von Ängsten um seine Kinder getrieben ist, während er älter und schwächer wird, aber entschlossen ist, zu tun, was immer in seiner Macht steht. Was auch immer erforderlich sein wird.

Das spirituelle Element in *Schneefieber* lässt natürlich unterschiedliche Deutungen zu. Ist Odin (einer seiner vielen Beinamen war der Wanderer) eine buchstäbliche – wenn auch spirituelle – Präsenz in der Geschichte? Der Odin der nordischen Mythologie? Oder handelt es sich um eine andere übernatürliche Erscheinung, die sich in einer Gestalt zeigt, die Erik als Kind des Nordens vertraut ist? Könnte er eine Schöpfung von Eriks eigenem, aufgewühltem Geist sein, ein Ausdruck seines von Trauer geplagten Gewissens? Erik und Sofia sind physisch sicherlich weit gereist, im Geiste aber am weitesten.

Jemandem, der nicht einer der institutionalisierten Religionen angehört, muss es so vorkommen, als spielte ich in meinen Büchern mit spirituellen Ideen und privatem Glauben. Die Visionen der nordischen Asen in meinen Wikingersagas, die spirituellen Reisen von Lancelot und Camelot wie auch Eriks Gespräche mit Odin dem Wanderer in *Schneefieber* zeigen, dass ich mich gerne mit Ideen beschäftige, die über den Augenschein hinausgehen. Mit anderen Dimensionen, entweder in der Realität oder in der Vorstellung der Menschen (was mitunter dasselbe ist), die sich gelegentlich bei entsprechender Begabung und mit einiger Übung erschließen lassen.

Das wird auch in der Figur des Hánas deutlich. Die Gebräuche der traditionellen Samen basieren auf dem, was Anthropologen als Schamanismus bezeichnen – das heißt, auf einem Glauben, der auf einer Art Animismus und Polytheismus beruht. Das Nomadenvolk der Samen in Nordeuropa glaubt, dass die Tiere, Pflanzen und Felsen, mit denen sie ihr Land teilen, eine Seele besitzen. Ich wollte mit dieser Vorstellung in dem Buch nicht zu weit gehen. Ich wollte Hánas nicht selbst zu einem Schamanen machen, denn das kann wie ein Klischee wirken – der weise, spirituelle »Medizinmann« als Vertreter eines indigenen Volkes. Jemand, der irgendwie mehr weiß, mehr »sieht« als die anderen Protagonisten.

Und doch scheint es mir ganz natürlich, dass jemand, der mit der Natur lebt und arbeitet, der die Zeit am Ablauf der

Jahreszeiten bemisst und dessen Zuhause über den größten Teil des Jahres dort ist, wo das *lávvu* (Zelt) auf den Wanderrouten aufgeschlagen wird, mit der natürlichen Welt und der Mystik stärker verbunden und achtsamer umgehen wird als wir, die wir in der Stadt, in Büros, in einer modernisierten, industrialisierten Welt beheimatet sind, die uns unaufhaltsam von der Natur entfernt. Die halbnomadische Lebensweise der samischen Hirten ist von Natur aus an die natürlichen Zyklen gebunden, und ich kann mir vorstellen, dass es für diejenigen, die ihren Lebensunterhalt noch immer mit dem Hüten von Rentieren verdienen, wie es ihre Vorfahren taten, immer wichtiger wird, eine enge Verbindung zur Vergangenheit aufrechtzuerhalten, während die moderne Welt immer weiter vordringt. Als einer der etwa sechstausendfünfhundert Sami in Skandinavien, die Rentiere hüten, steht Hánas mit einem Bein in der modernen Welt (er besitzt ein Handy, ein Schneemobil und hat wahrscheinlich irgendwo ein modernes Haus mit Internet und Fernsehen) und mit dem anderen in der traditionellen Kultur seines Volkes. So bildet er eine Brücke, über die Erik sich weiter in seine eigene Psyche hineinwagen kann, als er es sonst tun würde.

Wichtig war mir auch, Erik von der modernen Welt, der Technologie und den Annehmlichkeiten des Lebens im Skandinavien des 21. Jahrhunderts frei zu machen, weil ich dachte, dass er ohne die Ablenkung und den Lärm der Stadt leichter mit sich selbst und seinen Gefühlen in Kontakt kommen kann. Die weiße Leinwand des verschneiten Landes gibt ihm den Raum zum Nachdenken. In gewisser Weise geht er, weil er sich in die Natur begibt, in die Vergangenheit

zurück, etwas, das er braucht, um mit seiner Trauer fertig-
zuwerden.

Dieses Abstreifen ist Teil seiner Reise. In ihrem verzweifelten Kampf lernen sowohl Erik als auch Sofia etwas über
sich selbst, und das ist der eigentliche Punkt. Denn der Instinkt, überleben zu wollen, ist uns wohl angeboren, so wie
bei allen Tieren. Aber der unstillbare Wunsch, schrecken-
erregende Widrigkeiten zu überwinden, der unbeugsame
Wille, durchzuhalten und weiterzuleben für diejenigen, die
wir lieben und die uns lieben, koste es, was es wolle – nun,
das ist nur allzu menschlich.

Giles Kristian
4. Mai 2021

DANKSAGUNG

Da ich bisher ausschließlich historische Romane geschrieben habe, weiß ich, dass dieses Buch in gewisser Weise einen Neustart darstellt. Als ich meinem Agenten Bill Hamilton die Idee vorstellte, war er sofort dabei. Bill hat, wie sich herausstellte, eine Vorliebe für Thriller, die sich im Schnee abspielen, was für mich eine gute Nachricht war. Wir fingen sofort an, uns die Ideen zuzuspielen. Bill gab mir den Rat, eine abgründige Verschwörung in die Geschichte einzubauen, und das habe ich getan. Die ersten knapp hundert Seiten hat er mit dem Rotstift bearbeitet – eine schmerzhafte Lektion für mich, da ich meinen üblichen Schreibstil zurückschrauben musste. Ein Thriller lebt vor allem von Tempo und Action. Allerdings habe ich mich noch nie gerne angepasst, sodass ich an der Prosa so einiges zu tun hatte. Danke, Bill!

Als Nächstes mussten wir meinen Lektor Simon Taylor überzeugen, der die dankbare Aufgabe hatte, dem Verlag Transworld – der bereits zehn Giles-Kristian-Romane über Wikinger, den englischen Bürgerkrieg und die Artussage erfolgreich veröffentlicht hatte – schonend beizubringen, dass ich nun etwas ganz anderes schreiben wollte. Ich wäre gerne dabei gewesen, als Simon das Buch vorstellte. Ich hatte mit einem Kampf gerechnet, aber Simon war immer auf meiner Seite – mit dem Schweißtuch, unbezahlbaren

Ratschlägen und manchmal auch mit Riechsalz –, wofür ich ihm sehr dankbar bin.

Ich erinnere mich an ein durchaus nervenaufreibendes Gespräch mit meinem Verleger, Bill Scott-Kerr, am 10. Juni 2020. Er fragte mich, warum ich dieses Buch schreiben wolle, und ich legte ihm meine Gründe dar. Ich bin mir sicher, dass viele in Bills Position auf Nummer sicher gegangen wären und meinen Vorschlag abgelehnt hätten, schon allein wegen der Schwierigkeiten, die sich unweigerlich ergeben würden, wenn ich mich in einem neuen Genre versuchte. Bill sagte mir, dass er immer noch glaube, dass das Verlagswesen ein qualitatives Geschäft sei. Was gut sei, werde sich durchsetzen. Während ich dies schreibe, weiß ich nicht, wie es mit *Schneefieber* weitergehen wird, aber ich weiß, wie glücklich ich mich schätzen kann, dass ich grünes Licht dafür bekommen habe, das Buch zu schreiben und zu veröffentlichen. Vielen Dank, Bill!

Dank auch an Larry Finlay und alle bei Transworld für ihr Vertrauen und dafür, dass sie mich bei diesem ganz anderen Abenteuer begleitet haben. Dank ebenso an Richard Shailer für das Cover, das ich liebe, und an Phil Evans aus der Herstellung. Danken möchte ich auch meiner PR-Agentin Hayley Barnes, Lilly Cox und Tory Lyne-Pirkis von Midas PR, die dafür sorgen werden, dass *Schneefieber* den Weg in die wählerischen Hände der Leser findet. Ohne die Verkaufsmannschaft von Transworld würde das natürlich auch nicht gehen. Meinen Dank also auch hier. Außerdem danke ich Josh Benn und Vivien Thompson für das Lektorat sowie Monica Byles für eine Redaktion, nach der ich mich gefragt habe, wie ich jemals elf Romane schreiben konnte.

Anthony Hewson danke ich dafür, dass er das Manuskript als Erster mit kritischem Blick gelesen, Grethe Moberg Widdowson dafür, dass sie das Manuskript mit dem Blick einer norwegischen Abenteurerin betrachtet hat. Außerdem hat sie mir gestattet, den Spruch ihrer Großmutter über die Kälte »die in den Wänden sitzt« zu klauen.

Phil, wie immer ist es ein Privileg, mit dir die Geschichte durchzugehen. Danke, dass du am anderen Ende der Telefonleitung oder auch am Kneipentisch bei einem Bier für mich da bist, wenn ich mich an der ein oder anderen Stelle in der Handlung verheddere.

Sally, Freyja und Aksel, danke, dass ihr mich zum glücklichsten Ehemann und Papa macht. Ihr wisst, dass ich für euch auf Skiern bis ans Ende der Welt fahren würde.

Und schließlich danke ich Tore Nordahl-Pedersen dafür, dass er mich vor all den Jahren auf diese schicksalhafte Skilanglauftour mitgenommen hat. Bei dieser Mission mag ich gescheitert sein – aber ich habe wenigstens einen Roman daraus gemacht!